洞头海霞女子散文社作品集

洞头海霞女子散文社——

著

无尽夏

延边大学出版社

图书在版编目（CIP）数据

无尽夏／洞头海霞女子散文社著. -- 延吉：延边
大学出版社，2025.4. -- ISBN 978-7-230-08223-5

Ⅰ. I267

中国国家版本馆 CIP 数据核字第 2025LY2516 号

无尽夏
WU JIN XIA

著　　者： 洞头海霞女子散文社

责任编辑： 金刚铁

出版发行： 延边大学出版社

社　　址： 吉林省延吉市公园路 977 号　　　　**邮　编：** 133002

网　　址： http://www.ydcbs.com　　　　**E-mail：** ydcbs@ydcbs.com

电　　话： 0433-2732435　　　　**传　真：** 0433-2732434

印　　刷： 四川科德彩色数码科技有限公司

开　　本： 710mm×1000mm 1/16

印　　张： 20.25

字　　数： 363 千字

版　　次： 2025 年 5 月第 1 版

印　　次： 2025 年 5 月第 1 次印刷

书　　号： ISBN 978-7-230-08223-5

定　　价： 78.00 元

施立松

东海边女子。虽煮字以疗饥，亦为心逸而奋笔。有百万字付梓，著书多部。喜焚香成字，爱阅书雅人。只因再寻常文字，也有俗世暖意。可娱乐，善为伴，能拯救，靠得住，唯文字耳。

林秀莲

中国散文学会会员，浙江省作家协会会员。怀揣诗心，游舞婆娑，风檐展书，日光朗照，借假求真，一往情深，心生欢喜，欲辨忘言。

戴婉贞

笔名老末，以抒写探寻自我，用作品注脚生命。出版散文集《行途中的温暖》，作品刊发于《文学报》《联谊报》《温州日报》等报刊。

陈海舟

廿四载春秋在竹简上蜿蜒成苔痕，数十万文字随四季落入市井街巷的缝隙。拾银杏为笺，录鸟语作批，从微曦晾晒的平仄里，捧起宋词的短章；一任蝉声穿耳成线，性情的笔触仿若古渡的木桩，在生活褶皱处拴住即将走失的黄昏。

冷云笺

原名陈海英。浙江省作家协会会员，作品散见于《读者文摘》《文学港》《江南游报》《温州文学》等刊物。洞头骊音渔民画工作室创办人。闲时写几篇粗粝文字，画一些通俗的渔民画，多幅画作入选国家级画展。

赖海霞

认真记录生活，把它们存起来，你会发现人生真的很美好！

林春芬

笔名楼心尘，英语教师。从小在海岛长大，喜欢在海边探望，写作是自己与世界对话的方式，每一次落笔都是心灵的释放。据说写字的人往往内心柔软，我只是想让文字带我流浪。

曾香琴

笔名雨山禾子。喜欢行走于山野海边的海岛原住民，爬山观海阅世事，听风逐浪读四季，偶得一点感悟，行文笔记，体验生命旅程。

青岩

原名黄培培，时常笔墨耕读，行于草木春秋。喜欢背包远行，觉得每一场旅行皆是一场修行。人生如逆旅，我亦是行人。

张丽珍

"80"后中学女教师，喜欢烹饪，偶尔涂鸦，略懂编织，尤爱种花。可以食无肉，不能居无花。疾恶如仇，也对一切美好怦然心动。

张海珍

1971年的猪，温州洞头人。偶尔写作，俯拾时光的碎金，锻造记忆的星辰。

吴蓉辉

海岛女教师。闲暇时光爱访山村、寻古迹，听故事、说人文，探自然、拍野鸟。游历归来，喜信笔记录。

朱扬华

她习惯用文字缝补生活的赠予。晨起收集露珠里的天光，暮色中打捞词语的倒影。她的抽屉锁着四季的缤纷，她的茶盏永远留有半寸留白——那是留给未完成的句子生长的空隙。

张淑凤

笔名红红，温州洞头人。写作是一种心灵触动的感发，追随自己的内心，记录生活中的点滴。

韩淑萍

笔名苔米，现于某小学任教。望谋生之余还能读点书，写点字，随遇而安。

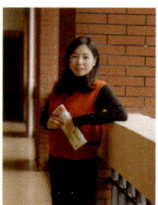

王海珍

洞头区实验小学的语文教师。喜欢文字的温度，喜欢灯光下一群人读书的温暖，喜欢收集生活中的美好与感动。

颜艳珍

温州洞头人，企业职员，闲暇时喜欢写点小文章，用文字记录生活的点滴与感悟。

王思齐

常年浸泡于网络的颗粒选手，写作是为了在纷繁芜杂的AI时代保存今生今世的证据。

目　录
CONTENTS

无
尽
之
夏

村庄篇

家在洞头

老家在大门岛

林秀莲

　　暴雨倾盆，回家的航船里密挤如箸，大多数是陌生的脸孔，一看就不是本地人，而是来看岛上油菜花的。他们的慨叹、惊叫、懈气在雨中氤氲蔓延，我突然有点不好意思，下这么大雨真不是待客之道，暗祷他们能收获不一样的欢乐。

　　船老大挤过来，看到我，道一声："今日回家啊。"多年不变的一句问候，顿感自己变成一个孩子，安安静静地待在船舱角落，等待航船慢慢靠岸、回家。

　　可是回家的航船上怎会让人安静呢？船舱里有许多熟悉的脸孔，即便脸陌生，可是乡音一样啊，大家按照大门岛的礼数和辈分打招呼，浓浓的情意突然升腾，狭小的舱内温度骤增，我如痴如醉。不禁想起作家萧丽红说的——这世上只有这样一个地方，每个人真正是息息相关，再不相干的人，即使叫不出对方姓名，到底心里清楚：你是哪邻、哪里、哪姓、哪家的儿子女儿。

　　踏上大门岛的码头，心缓缓落下，安稳极了。经过街上，老电影院对面的排骨面店，它应该存在三十多年了吧，两间小店面，一碗番薯粉排骨面，千千万万人尝过。老邻居阿灯伯俨然已成为岛上的一个传奇！接手事业的是他的两个女儿，隔着老远，我就喊："阿姐，我回来了，等下来吃番薯粉面啦！"

　　店里还有很多时髦人士，显然是外地回家的游子和慕名而来的游客，端碗解馋也没个形状……我知道，两个阿姐端上面条时看到熟人，肯定会说："好久没回来啦。"吃面的一边狼吞虎咽一边回话："很忙哪……在外面就馋你的番薯粉面啦……"

　　有人质疑，番薯粉面真的有那么美味吗？我只能告诉他，那是因为你不是吃着番薯粉面长大的！只要回家，吃一碗番薯粉面成了很多大门岛孩子的一种仪式，接风洗尘的欣喜和外出闯荡的豪情尽在其中！

阿存美发店门口的彩灯不停闪烁，真不明白为何所有的理发店门口都光耀四射。阿存是我小学同学，初中没读，学理发手艺，学成后在家里沿街铺面开美发店。开始一个人打理，后来女徒弟成了妻，小店夫妻档，美发美生活。他踏踏实实地做手艺，过着安稳殷实的日子，他的孩子已送到城里上学，不必像我们当年那样坐在简陋的旧祠堂里读书。看到他知足的笑容，感觉时光的妙处。每次经过，他必热情招呼："等下过来坐坐！"有时候，恰巧要洗头，冬梅、海娅诸人也在岛上，我们就相约到阿存美发店里，一边洗头，一边听他讲已经讲过多次的小学趣事和相互间的绰号，共同回忆孩童时光，然后祝福话别。

母亲曾说："每次回来，你都去阿存那里洗头，别家不一样吗？"我对母亲说："阿存知道我颈椎和头上的痛点，哪怕我一年半载不曾光顾……"

经过教育路，老二中就在这条路的尽头，六年中学时光就在美丽质朴的老二中度过。不管世界怎么变化，在我心里，唯有这里才是母校。前几日，孩子老缠着我讲"以前读书的事"。实在拗不过，就随口讲了流经母校的小溪，清澈见底、游鱼可数，校旁的稻田由绿变黄、稻香盈校，校后的山上油菜花层层金黄，孩子听了极为羡慕。又讲当年梅姨的优美歌舞、娅姨的如风速度、我们办的刊物、周日上山野炊……一时兴起，把一伙人晚自习后结集外塘夜窃球菜、柑橘的"英雄壮举"抖出来，孩子激动得一个劲儿地要交换时光。尽管那时冬天常穿不暖，冷得直哆嗦，夏天顶烈日踏潮赶海，饿得饥肠辘辘，我还是决定不换。她很生气，吵着要跟我换，可怎么换啊，聪明的，请你告诉我！

路尽头，老二中被拆拆建建的粉尘遮掩，我们当年手植的小树尚存四株，一男同学说，当年半夜三更曾憋住内急跑来为它灌溉。二十多年后，他指认其中的一株是他浇的，我们都坚信不疑。

夜，静寂安然。闭着眼都能想象房间外的田野、庄稼、路上的行人、新鲜的空气，想着他们在雨中静默、拔节生长，便觉得自己也是河流、油菜、罗汉豆，吸收氧气、静静流淌、开花结果……打电话给发小爱莲，告之自己在大门岛，她在那头叫着："幸福啊……"为让她也幸福，我唱了一首歌慰问："乌溜溜的黑眼珠和你的笑脸……轻飘飘的旧时光就这么溜走，转头回去看看时已匆匆数年……"

问："我们算爱大门岛吗？"

答："爱！"

再问："会有人比我们更爱她吗？"

答："糖人（大门话，傻子之意）哦！肯定有的木！"

暗夜里，想着周作人说的"走过的便是故乡"，揣摩他当时的心境，深感悟此不易，意蕴悠长，惜缘之极。如果看油菜花的人都像种油菜花的人一样，善待这片土地，那人间处处是故乡，初识也是重逢，过客也算故交了。

　　人活到不老不嫩的中年，越发觉得大门岛可爱。她不远不近，虽隔一湾海水，但花点时间还能回去；她不繁华也不孤绝，还有龟岩、油菜花可看，番薯粉面、菜头丸子可馋。她不冲动也不守旧，刚好让一群人放下梦想、终老故乡，让另一群人在外，一边追梦一边思乡。

　　世间无常变幻，大门因孤独远离纷扰，无意间，拥有了无常之中些许有常。对漂泊在外的游子而言，这些尘世中能牵动记忆深处最温柔部分的点滴有常，弥足珍贵。小岛自然而然成了一座灵魂圣殿，意义非凡。落照披肩，清风拂面，中夜看寒星，独坐听蛙鸣，那些在心里曾经来来往往的人和事就如手中的茶渐渐凉薄，但大门这个名字却越发厚重，甚至常在梦里浮现！

　　走过千山万水，喝过千杯万盏，构思过千言万语，此刻云淡风轻，合掌为莲，让祈愿如水，流过大门父老乡亲的心头，留一个喜悦、清净、安乐、美好。

春 去 来

林秀莲

农历腊月廿三廿四，按大门岛老家旧俗，得"掸新"，掸去家里一年来累积的烟尘，迎接新春。一桌一椅，窗户板壁，我不敢轻慢，就像幼时母亲带我干活一样。

那时年关，青溪流碧，天气晴好，各家女眷孩子蜂拥而至，岸边人来人往、络绎不绝，各式家具头顶肩扛，放进溪坑，每个人的匆忙中都带着激动，自己也难以觉察。迎面邻居背个五斗柜，赶紧避让到一边，互道："过年了，得好好洗。"孩子们无力搬运，穿水靴站在水中，将肥皂粉泡水，一边吹泡泡，一边洗家什。洗干净一件，摆在岸边的大青石上，溪边壮观极了，树杈上都挂上了箸笼，新旧各异的家什，映照出日子的成色、生活的底子。有些老物件，底下还有制作工匠的名号。我家茶盘的底部写着"五房益阳遣适"，意即五房用的遣兴抒情之物，这是旧时落款的格式，犹如如今的"Made in China"。阳光洒下，桌椅门柜都闪着光泽，原木的温暖，红漆的喜庆，直达心底。溪流哗啦啦，人声哗啦啦，喜悦飞花四溅。

密密挤挤的屋子，搬出物什，一下子空旷了，和平时完全不同，犄角旮旯也现出真身了。父亲用芒花扎了扫帚，披上蓑衣，戴上草帽，开始掸灰；母亲汲来井水，擦拭门楣窗棂。傍晚，打扫干净，家具逐一归位，感觉有些异样，特别的安适，我东摸摸西动动，特别欢喜。都是一模一样的人，一模一样的屋子，怎么就不一样了呢？到底是哪里不一样？我想了老半天，就是不明白，问祖母，她笑笑"过新年了吗"。晚上睡觉，闻到松软的棉被香，我就明白了，屋子里多了阳光，少了尘扰，少了紧张，多了松快，对，就是祖母说的新年的新味道、新气象……

发小梅回大门岛老家"掸新"，深夜发信息，"腊月暖阳，轮船码头，闺蜜俩，幸福早餐六元钱/山边溪水，木桶衣服，浣洗女，今夕何夕不知归/阳台窗台，水枪抹布，母女俩，掸新擦洗过大年/寒夜灯亮，暖床厚被，独一人，静待好梦自然来"，颇有日本俳句的味道。我大为惊叹，告诉她小林一茶"清风加朗月五文钱"的故事，梅咯咯咯地笑，是故乡和大自然给了她不可思议的灵感，妙手偶得天成诗。

门外桥头，老邻居寿青伯又开始整理蜂箱了。他80多岁，比蜜蜂还忙碌，穿飞万花间，一刻不得闲。伯母在世时，常数落他连春节都不歇，就知道干活。其实，他是岛上第一批的高中生，会写古体诗，他父亲以前是温州行署专员，中华人民共和国成立前去了台湾。他在大门岛养了一辈子的蜂，种了一辈子的地。大门岛外塘的很多荒地都是他一锄头一锄头开垦出来的。锄地、耕田、养蜂、酿蜜，一天也没讲几句话。他只是一个大地的行者，一直保持着行走的状态，每年此时，他要和成千上万的蜂儿走向春天，陪伴蜜蜂回家，返回每一座山川田野、每一条阡陌花径，深入世界和生命的内核。我常看见，油菜花金黄四溢，蜂群嗡嗡飞舞，寿青伯戴着草帽、面纱、手套，置身渐渐燥热的天地间，专注而孤独，寻访最芬芳的花枝，阳光洒下，他仿佛也有了光。

蜂群绕着我乱飞，我常惊慌不已，问他："你怕不怕?"他说："怎么会呢?蜂儿也是讲道理的，比人还懂事呢，你不要伤害它，它对你也是和和气气的。"我回来学给伯母听，她笑笑，那哪是蜜蜂啊，是他的宝贝孩子呢。

阿伯，该歇歇了。他还是老样子，惜字如金，只是抬头笑笑，像个害羞的少年。孩子们好奇地围观，他们的世界和寿青伯的世界仅这丝关联，就像细狭的脐带，传输着人和自然的基因密码。这点微乎其微的营养是否会呈几何倍数增长，不可得知。但我深信，对其中的某一两个孩子来说，这点营养意非凡，一样的米养千万样的人，世间万事没法雷同，春风拂人，夏雨润人，某天机缘成熟，总有一颗种子会发芽。寿青伯轻声解说，童稚的惊叹不时响起，像春天里的新桐初引。我忘了问寿青伯还写不写诗，在我心里，蜜蜂采蜜，寿青伯写诗，都是春天里最美好的事。沉默寡言的寿青伯一定藏着一个我们不知道的原乡，那里春风浩荡，鸟语花香。

每年春风吹来，回南台村的念头都会悄悄发芽，外婆去世后，这个想法更加强烈。小林一茶说："故乡啊，挨着、碰着，都是带刺的花。"南台村，我三十多年没回去了，忘不掉，触不到。满山绿树，五六层梯田，十来栋石头房，百来人的村庄，我经常把它画在纸上，山林、池塘、石头房、田地，还有没法入画的好时光，看着，想着，呐喊着，"田园将芜胡不归"。

凯风自南，想着美国学者桑塔亚那的话："我和春天有一个约会。"刚好阿兄自桑塔亚那约会春天的非洲回来，听了这个故事，说："我们和故乡来次约会吧。"

云雾遮蔽，车在山路上绕来绕去，好似茅草上的七星瓢虫不知所向。半晌，确认了村口旧址——那株老朴树还在，我曾在树下捡朴树籽"进贡"给阿兄做"子弹"。树上的麻雀、灰喜鹊、花斑鸠不知是第几代了，也不知它们的祖先有没有说起过这样一个热爱南台的小女孩。我们下车，鸟儿蹲在枝头，一动不动，它们翻阅过天高，测量过地远，不为这三枚"七星瓢虫"所动。少小离家老大回，我们终于来到了父辈的胞衣之地。

路，果真没了，老房子也看不见。芒草蓬勃，薜荔缠绕，杂草披离，村庄已隐在春天的深处。山风吹角，草叶翻卷，苍黄嫩绿，此起彼伏，像给村庄编织了一张厚实的梦网。我们不甘，踩下一丛芒杆，踮起脚尖，芒杆软软的，咔咔作响，似祖先温暖的回应，真担心踩疼村庄老去的骨骼，四下望，天空阴沉。我们和故园终究隔了一把刀或者一柄剑，一把能够劈开烟尘、贯通时间的利器。在这人人赞美的春山上，我们没有老家可归。

我们在外围打转，明明能感受到芒草帐幔中她古老的气息。阿兄指着附近一个小丘说，这里曾是我们的祖坟，那是我们的自留田，以前很多的春天里，他和舅舅还在田里插秧……田边有个大水池，可浣洗衣服，池边长了很多树，夏天傍晚，我经常帮外婆摘黄花菜，大舅说，它就是古书里的"萱草""忘忧草"。池子边上还长有"拜佛珠"，我看到它就满心欢喜，生怕给别人抢摘过去，赶紧下手，回去给外婆串起来当佛珠。

有人经过，徘徊回视许久，近前问，是不是阿唐？阿唐是阿兄的小名，他的大名叫陈秋云。我们也细细端详对方，启动记忆最深处的储存，彼此终于认出，是舅舅邻居小美的姐夫。"啊？这是阿三啊？和小时候完全不一样了……"阿兄五十多岁，我四十多岁，三妹三十多岁，离开南台村的日子都在脸上写着呢。小美的姐夫问我："听说你不当警察了？当警察多好啊！"我嘴上讷讷，心里惊叹，俊朗的他已被风刀霜剑雕刻成一个满脸沟壑的半老头子，他肯定也会听到时光打在我脸上的噼噼啪啪声。我们相互打听亲友的近况，留了手机号码，相约再见，又匆匆作别。

我望着他的背影消失在山路旁，都不敢想我们能否再见上一面。时光摧折大地上的一切，谁能和它争持，把故园重新接枝，唤回她盛年的芳菲？

回到家，母亲正在收拾花菜、马铃薯，准备给我们带回去。妹妹叹息，这么美的一个村子就这样消失了。母亲毫无难过，我很奇怪。她说，人也会老，村庄也会老的吧。大地上，这一季种花菜、马铃薯，下一季就种麦子，道理也差不多吧。

"我知道这世界如露水般短暂，然而，然而……"或许，南台村只是累了，想静静地待在角落里好好休息。或许，就像母亲说的，这就是一个村庄的轮回，他们从大地出发，再回到大地，生命以不同的形式、不同的状态一直存在。只是，我们被时光的洪流抛离故土，一边享受现代化的便利，一边心有不安地凭吊过往，天空浩渺，星河幽蓝，南台村从未错过。她和大地上的很多村庄一样，本来也是无中生有，偶然成了那么多人的家园，养育那么多子孙，把他们送到外面的大世界，她已经完成使命，灿烂静好的岁月已经枯萎。现在，她必须回到寂静中，默默蓄积力量，等待若干年后的春天，一群有缘人把她唤醒，共赴一场生命之约。

去 南 台

林秀莲

回到南台，是所有南台人的梦想，这梦想说不上美好，还痛。小林一茶说："故乡啊，挨着，碰着，都是带刺的花。"对南台人而言，南台忘不掉，触不到，这根刺也拔不出。那些关于南台的信息，一直深植心中，去南台的路，闭着眼都能走去。这个安于大门岛东边最偏远一隅的小村，像一盏孤灯，忽明忽暗，引我频频回首。

我外婆家在南台，幼年，一到寒暑假我就去南台，直到小学毕业，功课吃紧，再也没回过南台。很多年前就听说，南台人都往集镇迁移，村里就剩下一个上间房老妗娘独自居住，她作古后，那座古老的木头四合院倒塌，南台村就消亡了。但那条通向外婆家的山路，我一直清清楚楚地记得。我记得，"繁花之中如何再生繁花，梦境之上怎样再现梦境"；也记得那些难忘的南台夏夜，我和小伙伴们披沐着微凉的山风，走过芬芳四溢的山林，爬上巨大的舢板岩，仰望布满繁星的夜空。

前几年，阿兄从国外回来，我们去找过南台村，但它是真的没了，连路也没了。我们不甘，在村子的外围黄泥岗头，走了一圈又一圈，阿兄不停地踮起脚尖，希望看到外公留下的石厝，天山皆阴沉，什么也不见。无奈下山，岔路边一石厝门口有老妇人，浑身衰草气息，招呼我们："你们要去南台?"她端详阿兄："陈阿公家的?"阿兄见其花岗岩门楣上刻着"团结""双喜"，惊喜大叫："我还吃过您的喜糖呢。""山都荒了，进不去。"她跟我们说，也跟好几拨南台人说过。阿兄遥对南台磕了几个头，起身又出国了。

不久，阿兄拉了一个南台亲人群，叫"怀念南台"，群里除了通报南台后人的近况外，就是讨论如何能回到南台。前年，一个表姊的儿子考上北京大学，她整天在群里喊"真想回南台啊"，这短短几个字，像表姊的喃喃呓语，又像她在念诵一句极具加持力的古老咒语，让我心潮没法平静。我知道，表姊是想回南台和老祖宗念叨念叨这几年的悲喜，一个小学毕业的南台女孩在城市讨生活，需要吃多少苦，才能把儿子供上北大？这一路的艰辛，只能跟南台说；只有回到南台，我们才可以确定自己是有根的孩子，才能放下所有面具长歌当哭。

终于，有一天，表姊在群里邀请和我们视频。呀，她真的回到南台了，给我们现场直播呢：她们姊妹两个戴着头盔和手套，挥舞着大镰刀，在芒草丛中劈开一条缝隙，钻进去，视频里都是她们穿越杂草的沙沙响声，还有不断的叹息。一路披荆斩棘，她们终于来到古厝院子前，古厝是外公用巨石垒成的，我年幼时视之，甚为壮观，历经几十年风雨，余威依稀尚存。断木横亘，老藤缠绕，古厝是进不去了，镜头里木门暗红，屋内的横梁下还有一架纺车，表姊沙哑的惊呼响起："三宝啊，阿嫲的纺车！"纺车，安安静静地，在古厝的厅堂里，几十年不变，仿若还在咿咿呀呀应着外婆吟唱的古老山歌。我就在视频里和它对视，空空的纺车，隐匿着我们的狂喜与刺痛，满屏都是喘气声。

自表姊探访南台后，不断有人回去，一步一步的，回去的路似乎渐渐推进不少，虽然还需要镰刀斧头，但各家各户的石头老厝图片在群里多了起来。在大门岛，在南台村，几乎人人老家都有一座石厝，这些古旧的石厝，从安居乐业的梦想里萌芽、拔节，落地生根，一石一瓦都沉甸甸的。大多数石厝，都被城市化的斧钺摧毁殆尽，有的就像外公的石厝，如今薜荔缠绕、苍苔横啮、檐角残翠、颓垣阴绿，清清楚楚写着生命的过去式。

而我，每次到渔村，看到古老的石厝，总不由自主地想起南台，情不自禁地让自己"住进"这些陌生的石厝，体会它的欢乐，抚摸它的哀愁，和它休戚与共。盘桓在这些陌生石厝的角角落落，我总能嗅到它最初筑石成厝的欢喜和激动。那入厝的欢庆鞭炮未散，新人踏过杉木枝熊熊燃烧的火盆进门了，门楣上"琴瑟和谐"的对联未褪，儿女成行了。"月亮月光光，起厝田中央，骑白马，过中堂……"代代相传的童谣犹在耳畔，孩子长大飞出石厝了。

我拍下别人家的石厝，写上自己的感受：这座石厝的院子宽敞，猫儿懒卧、狗儿追逐、鸡仔刨地、鸭鹅踱步。厝前的美人蕉竞相怒放，厝后的枇杷树随风呢喃，让我想起妗娘忙进忙出做鱼生、虾虮酱，外婆和我把蒸好的金针菜一条一条地晒在软箄上……白天，石厝目送舅舅扬帆起锚，出没风波里，陪伴外婆和妗娘洗衣做饭，穿梭在流年中。夜里，星星洒在厝顶的明瓦上，像一双双清澈的眼睛，和我交流彼此的梦想。星星隐没的时候，月亮来巡游了，她轻柔地拂过石厝上的青瓦，像翻阅一册册线装古书，一页春草绿，一页秋虫鸣。这样的石厝，里里外外都透着灵气和生机。

阿兄在国外看到我写的信息，再次回国。他六十多岁了，还带来四十岁的大外甥，当年在南台玩泥巴的孩子现在已经是医学博士了。我们一起去找南台。听说当地为开发旅游项目，新修了一条水泥路，可达村口。车底盘撞了好几次后，我们终于来到南台村后山，过去的村口已经掩埋在黄泥流里。站在坎上，前面就是外婆家古厝，阿兄指着门口的树木：桑树上的桑葚是舅舅种给孩子们吃的零食，香樟树是外公对孙辈考取功名的祝福……沿着石板路渐渐向下走，我们就像童年时每一个放学回家的黄昏那样，说着咸淡。

过了四十年，我们终于回来了。香樟树已大过两人合抱，厝前鸡屎藤狂长，女贞树即将爆蕊，石凳石桌仍在，大海螺壳花盆摆在石桌下，裂痕深深。几朵陌生的紫色花在院子里生意盎然，外甥用软件一查，竟然是紫苏——古籍里常见的植物，古人常以其生长荣枯表达光阴的流逝，《诗经》云："荏染柔木，君子树之。"紫苏生命力旺盛顽强，古人出门，随意撒种后离开，待回到家中，紫苏已经繁茂，时光尽在一枝一叶的生发和飘零间。这些紫苏必是外婆离开老厝后定居于此的，这种子是飞鸟掉下，或是风儿携来？它根植此间，自开自落，也不知开开落落多少年，而今又恰逢我们回来之际，灿烂如紫珠闪耀，我们未看此花时，它兀自生灭，就像王阳明先生说的："我们的心不能映照它时，两厢同归于寂，如今一见此花，则此花颜色一时明白起来；便知此花，不在你的心外。"呀，今日所遇，真乃天意。或许也是冥冥之中外婆的深意，她用这几株安然寂静的紫苏传递一则信息给我们：她在另一个世界好好的，不必挂牵，好好生活，不必执着。

我静静站着，平和且满足，仿佛从来没离开过。环顾四周，光影斑驳，我坚信外婆正搂着她的"火猫儿"靠着墙根晒太阳，墙上石英晶体仍时隐时现，光芒如昨，像幼时石厝上空的夜星。外婆一直在，阿兄和我也一直在，我们仨在捉迷藏啊。外甥问："曾捉过泥鳅的门前小溪流在哪儿？"阿兄指着野草杂生的泥土："下面就是。"我们找到各自儿时的印记，拍了几张照片，各抓一抔土，折了三枝紫苏，就离开了，像多年前外出读书一样，不再回头，一直朝前走。

看 乡 戏

戴婉贞

看乡戏看的是越剧。

孙犁说，戏剧本来就是一种特殊的艺术。我想越剧的特殊之处应该在于人人都能看懂一点，我这点认知是从小培养的，以前村子里遇到节庆会请戏班子，大人孩子都很欢喜。

请戏班子前要先筹钱。一般是村子里有声望的老人带上两三位能说会道的妇人，到村上各户去游说筹钱。老人对各家的底子都比较清楚，哪家是能认一本戏的，哪家愿意掏出一千元两千元的，哪家口袋捂得很紧实，他都揣在肚子里，入了那家门就该说那家话。譬如，张三是在外地做生意的老板，这两年，凡是大小节日他都开着锃亮的车子回家，还到处请客吃饭，老人跨进他家门槛，先大声喊一句："张老板！"

戏班子请自嵊县，那地方戏班子多，价格也低。远道而来的客人需要安排吃住，村子里可没有旅店，一个戏班子里的十几个人就分散住到村民家里，张家住两人，李家住三人……谁家能挪出空房间就往谁家住。我家兄弟姐妹五人就挤在两间房里，从没有机会接待一位"角儿"。每回，我都会跑到我同学小香家里偷看那一个个从电视机里"跳出来"的人物。小香家的房子翻新过，不仅给戏班子提供了两间空房，还腾出了后院，戏班子的一帮人就在她家后院做菜、吃饭。有次，我在路上碰到两位"角儿"从小香家出来往戏台走，看着像昨天晚上戏台上演小姐和丫鬟的那两位，便美滋滋地跟在她们身边。她俩的头发油亮油亮的，刘海和两鬓整齐地贴着，脸上红的红，黑的黑，白的白，比电视里看到的那些"角儿"还好看。

戏台搭在南山头的空地上。吃过午饭，我就往南山头跑，跑去占位置。戏台下，前五排的板凳上已经坐了几个人，唯一一位大人是陈伯，他好像每天都是第一个到南山头的，坐的位置也从来不变，我估摸他是没吃午饭就来等了。正午十二点左右，台后的帘子被掀开了，走出一个戏班子里的人，他拿着一块四四方方的小木板，搁到戏台最左边的角上，正对着台下的板面上，上下并排着两行字，上排是当天下午将要演出的戏名，下排则是当天晚上将要演出的戏名。

我坐在第四排中间的板凳上，屁股磨着凳子四处张望，终于看到小香慢腾腾地从斜坡底冒出来，我大声地喊着她的名字，招呼着她坐在我旁边的凳子上，叮嘱她帮忙守住我坐的凳子后，快速起身跑回家里，找到在屋子里收拾厨房的母亲，告诉她下午和晚上分别演的是哪本戏。母亲顾着手上的活儿，只是简单地回了一声："喔。"我不敢耽搁太久，顾不上追问她来不来看，拔腿又往外跑了。

为了守住位置，我和小香的活动范围就只能在两条凳子左右，我俩就蹲在条凳边上玩丢瓶盖或捡石子的游戏，看戏的人慢慢来了，凳子前后左右的空间变得越来越窄，我俩只能站在凳子边上，玩翻花绳。周边嘈杂的声音愈发大了，直到一声木槌的击打声将它压下，随之是一阵快速的鼓声，我家和小香家的大人们这时候也来了，大伙儿纷纷坐定，瞪大了眼望着前方的戏台。戏台上，鼓声、锣声、唢呐声汇成一股浪，瞬间淹没了台下的喧哗。

早些年，我母亲的房间里有一个靠墙的矮柜，上面摆着一台长方形、大木块似的收音机，收音机旁边放着一叠磁带，磁带上面标着字：越剧名家唱段。许多个午后，母亲就半倚着矮柜，听着收音机中传出来的咿咿呀呀的声音，时常，她会跟着学唱，听一句，倒带，听一句，再倒带。我在隔着一块木板的另一个房间里，时不时捕捉到那悠扬婉转的女声，不经意间会跟着哼出一些怪调。后来，母亲的磁带换成了录像带，偶尔我也会跟随她看一些戏曲艺术片，也知道了那女声的主人叫茅威涛。母亲喜欢听茅威涛唱戏，说她的声音特别动人，现在还经常听她的戏。有一次我回娘家，母亲问我："你隔壁张阿姨老是在手机里听越剧，是在哪儿听啊？""多着呢，我替你装一个。"我拿过母亲的手机，下载了一个应用软件，让她看着我搜索了好几首茅威涛演唱的越剧名段，并点开试听了几段。左脸颊紧贴着我鬓发的这位渔村老太太，虽生在 20 世纪 50 年代，对智能化的东西掌握得却挺快，一会儿就会用了。

我自以为听过一些越剧唱段便与其他孩子有所不同，看戏时，总是正经地坐在母亲身边，努力挺着腰杆子，盯着戏台上的演员进进出出，打转、挥水袖。可没坚持多久，我就感觉腰酸屁股麻了，偷瞄一眼坐在隔壁的小香，早不见人影了。我又偷瞄了一会儿注视着戏台的母亲，之后，环顾了一下四周，见大人们都盯着戏台上的角儿们，坐我前排的陈伯，身板子直挺挺的，唯独后脑勺微微晃动着。我弄不明白平日里连普通话都讲不清楚的叔伯婶子们，怎懂得夹着方言的越剧。我小叔就很喜欢引用戏文，动不动就教训我："就像戏文里唱的……"他真的能讲出一个个生动的故事。

比起下午这场戏，我更巴望晚上那场戏，日场戏比晚上那场戏少了一折"打八仙"，村子里的"老板"认的那本戏都放在晚上演。夜色浓成墨汁时，戏台上锣鼓声终于响起来了，我和小香已经占到了第二排中间的位置，我高仰着脑袋，望着神话传说中的八仙拿着自己的法宝，一个一个从帘布后变着花样闹腾出来，一番说说唱唱后，才各自端出一盘盘水果、花生、糖、香烟，撒向台下的观众。我一会儿张开双手接，一会儿舞着双手在空中抓，后又俯身在地上一通乱找，台上台下闹成一片，直至台下的人头渐渐矮下去了，台上依旧锣鼓声不断。只见一名童子扛着一株小巧的招财树，后面追着另一名抱着金元宝的童子，他俩在台上逗玩了一圈，撒着欢快的步子走下戏台，送招财树和金元宝去认了这本戏的"老板"家。每晚正戏开演前，都会先来这么一场"打八仙"，撒的果点香烟由认了这本戏的"老板"提供，阔绰些的"老板"还会给戏班子送烟送点心，台上台下都热闹。我和小香比着抢到的香烟数，打算找大人们换钱。

除了爱看"打八仙"，我还喜欢看花旦的妆容，羡慕她们能把自己化得那么漂亮。小香爱看"丑角儿"，她一边指着台上的媒婆，一边用另一只手紧紧捂住嘴巴，咯咯笑着蹦出几个字：真难看，真难看。我想那些大人们也未必懂戏，他们是喜欢听戏里面的故事，表演源自生活，戏文里讲的都是些嫌贫爱富、夫妻摩擦的世俗故事，前者如经典剧目《五女拜寿》，后者如经典剧目《碧玉簪》。这些故事背后又有普通大众都能理解接收的道理。《碧玉簪》剧名看起来很陌生，选自其中的名段《送凤冠》却是取悦过众多的大人孩子。过节一家人聚餐时，我尚读小学的侄女总会表演这段《送凤冠》，曲子旋律一起，"媳妇大娘"四个字一扬，四周便氤氲着喜悦。唱到"手心手背都是肉，老太婆舍不得那两块肉"这一句时，侄女双手翻动，双眉紧皱，努力演出一副"婆婆"苦恼的模样，非常逗人。坐在主位上的母亲频频点头，她说侄女有几个字咬得很准。

母亲没有教过我唱戏，我隔着木板自学了几首越剧名段，唱得还算完整的是《西湖山水还依旧》，选自越剧神话剧《白蛇传》。三十多年后，我独坐书房，品着美好的往事，一个字一个字地咬着唱起"西湖山水还依旧……"，那滋味又是不同。

新年挂灯

戴婉贞

　　年底若有几日晴和天气，在母亲看来，这一年算是遂了人愿，年内必须完成的几件大事都得天公作美。其一是除尘，其二是贴对联，其三是挂灯。母亲老了，一幢四层楼的房子是打扫不动了，只能请保洁阿姨打扫，贴对联年年如是，唯独在挂灯上，母亲最是用心。

　　我记忆中古早的灯笼由红色的绸纸做成，椭圆形的灯身落在一块圆形木头座上，木头座的边角有一个小孔，用来插立香。除夕下午，拜过祖宗之后，隔壁的阿婶会在纸灯笼里插上两支红烛，在灯笼底座上插上三支香，之后，她会搬来一张板凳，颤颤巍巍地踩上去，用双手高举着灯笼挂到屋角外。我家没有挂过这类纸灯笼，一则母亲不喜烧香，二则这类纸灯笼很不安全，隔壁阿婶的纸灯笼被风吹得乱晃，着火了好几回。

　　我家较早就用上了绒布做的红灯笼，早些年的红灯笼比较朴素，表面无字无图，里外包得很结实，就像两个涂上了红漆的大南瓜，极不情愿地被挂到了人家屋檐外守门。过了五六年，我家就用上了绸缎做的红灯笼。母亲虽生在 20 世纪60 年代，却喜欢新奇事物。我家的大红灯笼一年一换，年年都不同。先是灯笼表面嵌入了祝福语；后来，灯笼里面接了电线，可以发光了；再后来，灯笼会自转了；再后来，可见到灯笼里外都有光在流动……除夕夜，按下墙壁上的按钮，大红灯笼流动着多彩的光芒，真喜庆啊！

　　可不是所有人家都舍得买这类"奢侈品"，我公公买的新年灯笼就止步于可通电的程度。除夕前一天，公公把两个红灯笼挂到正门的屋檐下，过了正月十五，他小心地摘下灯笼，擦去内外的灰尘，重新收起支架、灯泡、底座等零部件，装回外包装袋，放置到楼顶储藏间，来年再用。这两三年，他也变得大气了，一对大红灯笼挂到屋前就不再摘下，等来年买了新灯笼直接挂新去旧。可惜年年都是同一款式。

有一年年底，我在购物赠送的礼品中，发现一对很小巧的对联，像小朋友过家家用的玩具。后来发现住商品房的朋友家大门上就贴了这么一副对联，她们是不买大红灯笼的，实在没地方挂。经此一对比，才发现农村不论是大家小家都算得上富有，有了"顶天立地"的房子，哪里还容不下一对大红灯笼呢。

到了正月十五那天，不管收不收大红灯笼，有未成年孩子的人家都会到街上为孩子买一盏小灯笼。当天晚上吃过饭，孩子提着小灯笼，跟着我逛街、串门、观赏花灯，也算是过了元宵节，虽比不上我儿时热闹。

儿时，正月十五这一天，村里有游花灯，其中有几盏小灯是让孩子提的。孩子多灯少，便立下了规矩：或是家长能自己制灯的，或是品学兼优的学生，才有机会提灯。我的同桌不仅学习好，她父亲还会制作各种式样的花灯。游花灯那天，我总能快速准确地从队伍中的一堆人里发现她，她总是双手握着灯笼杆子，跨着别扭的大步，紧紧跟在队伍中间，嘴角都快拉到耳边了。每次回忆起这场景，我便会心生羡慕，一种快乐的羡慕。

回忆中最后留下的总是那对火红的灯笼。大红灯笼是挂在屋外的，不仅自家红火了，也为过路人添了一道色彩，过节图的就是这喜庆和热闹。

雨 事 记

戴婉贞

在南方沿海小镇，夏季是雨水的更年期。夏雨遇"梅"，经历了第一次的性情突变。它以决绝的方式辞别天空，重新选择归途，演绎了雨水和鸣的高潮。

雷鸣声劈开了天空的口子，雨点儿们推搡着涌出后，是一番毫无顾忌的打砸，在石阶上，在玻璃天窗上，在水桶上，那清脆的声响，快速地在小镇传递，引来一阵慌乱的呼喊声："下雨了。"随之而来的是局促的脚步声，我冲上阳台，去抢救荡漾在天空下的衣服和被子们。

某月某日开始入梅，这是一道关乎干支纪年法的算术题。然而我妈完全凭借她长居南方海岛的生活经验，就能断言梅雨季节的到来。我记忆中最长的一次梅雨，连续下了十四天，雨似被扯乱的线球，我始终找不到想要剪断的那头。

在岛上，梅雨常伴南风，海岛人惯常称之为南风天。这天，空气中的湿度到达了一个新高点。那风便似水做的，在屋子里乱窜，楼梯、桌椅、床铺，凡是它拂过的有形物体，都被抹上了一层油水，黏糊糊、湿漉漉，屋里屋外都经历了一阵雨的冲刷。旧时，我家一楼的黑泥地最经不住南风的撩拨。地面泛起了黑亮的水光，又湿又滑。我妈早有了准备，她把堆在墙角边的几十个煤球渣，用铁钳子捣烂，一层一层地铺洒在泥地上。她又翻动了家里的两只大木箱，找出几件破旧的毛衣，先一针一线地拆掉，又一针一线地打成三条大毛毯子，铺在门槛口、厨房口和楼道口。

屋内湿滑的问题解决了，可更棘手的是衣物晒不干，没法换洗。我妈就盯着我，不准我到外面乱跑，不乱动就不出汗，不出汗就不用洗澡，不洗澡，就不用洗衣服。可这么浅显的道理还是败给了夏天，那可是没空调没电风扇的夏天啊！再加上我妈又爱干净，最终反倒是她催着我洗澡。于是，屋檐下、楼道里、窗台边，到处是衣物，病恹恹地耷拉着。

湿度大，霉菌生。我家一楼厨房背阴朝南，有一年梅雨季，连续几天没开火，掀开锅盖，我看见没有擦洗干净的锅边，长出了一片"白绒毛"，凑近观察，原来是长了"猫儿毛"。"猫儿毛"是我们对霉菌的昵称，它会黏附在悬挂于屋檐下的粽叶上，黏附着桌上的那盘炒咸菜，还有筷子、椅子等，凡是木头做的、竹子做的，它都喜欢。这让我一度以为梅雨季是霉雨季。

对这种说不清、道不明的天气，我周边的邻居们抱着一份很复杂的情绪。海岛小镇秋冬少雨，若这一季梅雨不来得疯狂点儿，岛上用水便又要紧巴巴一分，虽然大伙儿都极度嫌弃南风的愚蠢，也只能以爱屋及乌的心态接受它了。

雨从高空降至人间，落地成水，以一种自居下流的姿态，藏污纳垢而包容一切。隔壁的小屁孩看到路面上欢快奔跑的雨水，一下子就闯到了屋外。他一脚重重地踩进一个水坑里，浑浊的泥水朝四面八方蹿出去，落在了他的手背上、裤管上，惹得他咯咯直乐。一个身影旋风般出现在他身后，拽住他的两条小胳膊，往上一拎，一边斥责一边往屋里走。等到下午雨止时，我见他又偷溜出来了，换上了一双胶布鞋，站在墙角边，沿着瓷砖上的水珠，用食指旋转着、画着圈圈，画乱了，移动一下脚步，再画，他嘴角越翘越高，估计快完成他的大作了。

大路边，雨后遗落下的那些不安分的水滴，聚积成几股水流，它们在道路上戏耍了一会儿，又玩到了水沟，又冲入了河道，相互怂恿着，朝未知的方向盲目奔走，以致一股脑儿地跌入了一个巨大无比的水坑。一开始，它们被一股浓重的咸味呛得晕乎乎的，等它们意识到自己终于混入了大海之时，已经被拉入下一场轮回。

走过这一场拖沓的纠缠后，夏雨又遭逢了台风季的教唆，海风激发了夏雨暴躁的一面，它经历了第二次性情突变。比之梅雨的执拗，台风雨顽劣且干烈。

前夕，云层集聚事件频发，它们漫无目的地闲荡，在看似平淡的交流中，原本纯白似玉的云堆瞬间黑化，连炎热的阳光都无法穿透。暴怒中的乌云，积蓄了所有力量，瞬息之间砸下无数雨点，打得路面啪啪作响，这样的冲动行为维持不过几分钟，随着它怒火的消散，一切又恢复了平静。但间隔不过几十分钟或更长的时间，这样的场景会再度出现。这类"预告"台风将至的夏雨，渔民称之为"荡浪"，像海浪一样，"哗啦"一声卷上岸，又快速退去，紧跟其后的是另一层海浪。一层退一层进，玩捉迷藏似的。雨儿藏在云层里，间歇性地出没，幸运者在跨海大桥上能遇上桥东边落雨、桥西边出太阳的诗境。

随着台风风圈的靠近，台风雨也随之变得越来越急躁。雨速雨量逐渐增强，在台风于临近地区登陆的当天"登顶"。台风登陆的当天，乌云一层一层地叠加，越压越低，忽然，密密麻麻的雨粒子噼噼啪啪地砸下来，玻璃战栗着，似乎随时会被凿穿。我们被困在屋子里，循着各种杂乱的声音，分辨着被风雨攻击的对象。"咔嚓"，风雨折断了树的手臂；"啪啪"，风雨掀飞了房顶的瓦片；"嘎吱"，风雨在铆足了劲儿地推门。我们守着家，时不时地要检查一遍门窗，虽然事前堵上了两层破布料，雨水还是浸透了窗户缝，沿着墙体，流入屋内，我们一边用破衣服吸水，一边忧心地谛听着屋外水流的声响。一直等到在码头守船的父亲归来。他一身风雨，一边跨过门槛，一边对我们说："回南了，回南了。""回南"意味着台风已经登陆，危机已解除大半。

台风指导的这场云雨，大片且往往带着随意性。云的散漫是有目共睹的，它无法控制雨的走势，台风前后便成为雨水肆无忌惮的一段时光，它们时而来一场集体性打砸，时而温和地喷点雨花，间或拉上雷公来一场中度敲击乐，而在一波又一波的情绪发泄后，它会很爽快地退场——台风登陆的第二天，艳阳回归，酷暑又至。

独坐书房，我望着沉思中的黑夜，静静地聆听雨滴敲击木桶的声音。这不缓不急的敲击声，似乎扯住了时间的步伐，阻止了一切向前奔走的生命。除了雨水，勃发的生命力促使它在夏天呈现出失态的病征，从撕裂的天幕中，毫不留恋地奔赴大地，流向沟渠、河道、大海……

水墨滩涂

陈海舟

"潮涨潮落，更迭的不只是生命，还有你和我。"夕阳下，海边一片黢黑、泛着光亮的滩涂，是影片里男女主人公离别的背景。

难舍难分的情感、决绝的场面与霞光交织的凄美氛围，留在了这一片黢黑而深沉的滩涂上。这是一个少有人打扰的区域，此刻的画面只属于他俩。潮水慢慢退却，只有深深的、带着一洼洼水渍的沟槽留下来，分割着滩涂上的宁静和他们离别的身影。

几年后，一次偶然的机会，在霓屿的海边我见到了那片相似的滩涂：在固执又不容拒绝的潮汐时间里，时不时地亮出它那光滑而油亮的肚腩，只是少了场景中的人，那画面略微显得有些寡淡。

这片滩涂，大半时间沉浸在静谧的日子里。一侧是防浪堤，另一侧是连接天堑的灵霓大堤。每天，海浪都会带着岁月的潮声来探访；每天，海水会挣脱一切羁绊，拭去滩涂上所有的痕迹。把历史遗留的沧桑、人们生活里滋长的情绪一一摁入平静而空旷的视野，用一片宁静的滩涂和谐地包裹起来，而滩涂又似大海的桥段，按照潮起潮落发生的时间顺序，一次次地重新排列组合，在季节里往复。

倘若有心在日出前赶去霓屿，晨雾弥漫中，滩涂犹如写意的山水，在旭日东升前渲染开来。沉积的一点点水洼反射着云层里太阳即将跃出海面的光亮，似无数细碎的金片嵌入灰暗的滩涂。远远看去，滩涂的淤泥乌黑发亮，柔软得像油脂、像巧克力，有某种说不清的诱惑。赶海人就像是滩涂上的钟点工，掐准了每个时辰，跟着潮汐脉动的节奏，劳作、歇息。

滩涂的淤泥上，满是螃蟹纤细的爪印，还有一溜弹涂鱼爬行的痕迹，连一向不稀罕、学名叫作"吐铁"的泥螺，如今也都成了鲜见的珍品。那嘴里吐着泡泡的螃蟹、警惕地瞪着可伸缩眼睛的弹涂鱼和其他一有动静便挤出一汪水的贝壳，它们都是以生命来体现画作的参与者。尤其是弹涂鱼，这一种堪称奇迹般存在的鱼，花费了三亿年的时间才爬上了陆地，勾勒出生命的延续与繁衍的坚韧。它们天天都在酝酿心中的腹稿，蓄势发力，在滩涂上"泼墨"成画。

近岸处，贴地生着一些水草，匍匐着，只有芦苇昂首挺立，像渔民不屈的性格与萎缩的海湾争一席生存之地。一高一低形成画面上的层次，如近景和远景的切分。落日、潮汐、渔舟、竿影、礁石交错成水墨即景的神来之笔。

滩涂是海留给岸的抒情，又是岸与海培养情感的温床；它的灵魂虽然深邃不见，但吐纳的气息时时呈现在人们的眼前。它留住了太阳的光亮、海水的温暖、潮汐的眷恋、水草的缠绵，构筑成鸟类、贝类、爬行小动物的乐园，孕育着蛏子、海瓜子、花蛤、淡菜、蚶子、毛蚶、泥螺、弹涂鱼等一众小海鲜，把大海赐给人类最美的馈赠一并挽留了下来。

大海洗刷成癖。它每天把礁石冲刷至泛白，把沙滩洗出了铁质般的坚实，无一例外地，将滩涂涂抹得异常均匀，像一面黑亮的反光镜，天的蔚蓝、白云的飘逸都成为它固定的背景。

在这黢黑的底板上，人们驾驭"涂撬"，一纵一弛，搜寻大海留下的物证，在旭日东升或落日的余晖里，日复一日耕耘作"画"。或看顾他们的蛏田、养殖的文蛤，勾勒出极致的"耕海牧渔"图。他们奋力地用脚滑蹬出去，手脚并用去抓捕滩涂上赖以生息的各种活物以维持生计。纵横交错的沟壑带起身后"墨迹"的变化，时而深时而浅，时而浓时而淡，海水与他们脚下涂泥和合，再积墨、着色，谱写生活中的"水墨"日子。

赶海人是一天中水墨画的起笔，深深浅浅的轨迹，刻录下时光的隽永；他们的肩膀背负着生活里灵与肉的质感，在滩涂流线般的划痕里，留下了心中的憧憬和希望。

海边的四季，色彩并不艳丽。但充足的阳光为它预备了七彩的调色板，在滩涂这片黑与白的天地对视中，有海水充当温情的介质，不仅软化了远处的山色，令散淡的薄雾如梦如幻，单调的滩涂也变成空蒙幻象。是滩涂延缓了大海的直白，拦下了它的浮躁，让每一个清晨和黄昏平静地放任于生态，徜徉在无尽的水岸；或为贪恋嬉水的鱼虾留下存活的洼地，或为摇曳在海上的木船，散布海中的渔网、紫菜帘，送去呼吸的空间。

晴天，那丝丝缕缕的金光穿透云层散漫四射，也使得滩涂上直观的黢黑与沉闷一并温柔下来，人们忙碌的灵魂似柔软的泥沼，彳亍在夕阳的暮霭里。雨幕中，天地共欢，滩涂与大海眉目传情。此刻，不必等候着赶海人前来探访。

漫步海滩，"落霞与孤鹜齐飞，秋水共长天一色"的美妙，仿佛是人们眼中海岛常有的一种诗情画意。然而滩涂，只有世世代代以赶海为生的渔民才看重。它不仅毫无美感可言，而且又脏又小，渔民之所以坚持下来，一切都是为了生活和希望。

浮标竹竿、鱼排木屋、孤屿帆影，昔日最常见的渔港风情，正在围垦与填海中慢慢失去。当城市的发展触角在一点点挤压着仅有的一片滩涂，赶海人生存的活动空间，已被压缩到吝啬的角落里。

"海天与我垂直，有时信风推搡后浪，卷来的长浪，总在前面，海岸线还是曲曲折折，滩上留下鱼刺和泛着盐花的钙，而我已经丢失。"最直白的诗句，莫过于出身海岛的人，面对自然资源的枯竭、港湾的萎缩、人为趋利的困顿、分身乏术的无奈。像"九亩丘""铁炉头"等地，曾经是千年的海湾和滩涂，人们过着海滨取食的渔民生活，如今代之以高楼大厦和南塘工业区。良田沃土已成稀有之物。海岛耕地面积稀少，淤积的滩涂便成了重要的土地储备资源。

大海每天总忘记带走类似海藻的遗留物，还有那些无法消化的污染物，这愈发激起渔民心中那份担忧。他们怕若干年后，这里最后一片滩涂也干涸成结板的路基，除了寂静，不留下大海的涛声。

2014年初，九亩丘基建工程施工时发现了一处面积三百余平方米的制盐遗址，有盐灶、卤坑、房址、摊场，以及引、蓄潮水的设施。遗址里出土了商朝的篮纹黑陶片、西周的篮纹印纹黑陶片、战国的方格纹硬陶片等，所有的这些正是人类活动留给海湾、港埠以及滩涂，历史逶迤的文明见证。

曾经像青蛙一样常见的弹涂鱼，用三亿年不仅进化出了身体外层减缓水分流失的薄膜，还在头部进化出了一个天然"水箱"，可以储存大量水分供自己在陆地生存一段时间。但是，它们却比青蛙更早地退出了视线。是因为环境被破坏得越来越恶劣，也因为其味道鲜美而招致滥捕，再旺发的鱼汛，也赶不上一张贪婪的嘴。长此以往，覆灭的不光是海蜇、泥螺、野生贝类，再后来——是人。"每一次的开山填海、筑堤，望着削平的山顶，就会不自觉双腿发软。"上岸后的渔民，望着新建的一幢幢大厦，仍然担心视为天然粮仓的滩涂，也将会"皮之不存"。

当所有的物种还在生机勃勃地繁衍，当滩涂上活蹦乱跳的生物还没有定格在水墨画中，天依然是蓝的，海是绿的，滩涂是肥沃的，生态是和谐的，人们是笑逐颜开的，时光是可以追溯的。滩涂铺满的海岸，在山与水的千年对望中，它因色彩单一而淳朴，因潮涨潮落而生生不息。它甚至还有原始的含义——归于自然。

被岁月浸润的琥珀

陈海舟

　　找到一个能安放灵魂的地方，岁月才有沉香。在海岛，石厝就是一处这样的避风塘。她是离乡别井的游子们心中的港，一块饥渴时慰藉的干粮，是岁月里一粒凝望的琥珀，闪耀着最魂牵梦萦的光亮。

　　走进小朴村，首先入眼的就是一片错落有致的石头房。大小、色泽、深浅、形状迥异，远远看去，这些石头像披了一张张"蜘蛛网"；水泥顺着石头的缝隙，把墙面勾勒成奇异的图案，或黄或灰又仿若斑斓的虎皮。房顶铺着传统的青瓦，排列整齐地压着石块，用来防台，成了海岛石厝标志性的特色。

　　曾经两次去过小朴村。一次是单位组织的爬山活动，一次是陪着几个作家采风。与走马观花的第一次相比，我对攀爬过的那小朴村——一个偏僻的还没有开发完整的小海湾记忆尤深，那儿有陡峭的悬崖和清幽的小石滩，风景独好。

　　小朴村除了风格独特的石厝和精心打造的蜿蜒水渠，还因白马古道出名。悠长的白马古道，位于村子的东南方向。由清风圃、托楼廊、涵秀台和木栈道组成，是新建的游步道。它连接着小朴村和望海楼，全长一千三百米。

　　清澈的水渠穿过小村，两边时有垂柳旁逸。走在宁静的小路上，总能让人感受到一种幽静安然的氛围。哪怕是一处空置的旧房，也能给人带去俗事之外的安定。这也许是岁月中所谓的"积淀"吧。可这种厚重如捧在手中的一盅陈酿，散发着醉人的迷香，牵引着你去触摸、去亲近。

　　年轻人大多去了城里，稍微上了年岁的人就守着这石厝一起傍着日升月落的日子，闲暇时"围炉煮海"，鱼汛时出海牧耕。

　　石厝不大，却是冬暖夏凉；石厝不宽，却能包容下家长里短。走近石厝，你才会发现这里的人们觅取生存能力的智慧。惊叹他们如何从一个个地方搬运过来，如何砌墙设计完工、将风雨阻隔在门外，呵护一个家的温暖繁衍。石厝里的日子一直都那么红火、稳妥，石厝里的梦想是渴望丰衣足食，渴望光耀门楣。一只只雏燕从石厝里成长，化身凤凰于飞，离开了家，离开了石厝这温暖的巢外出打拼去，像候鸟，像一根线拽在父母手里放飞的风筝。而石厝，永远是他们的栖息地。

思乡有时亦如百鸟归巢般情感交集。哪怕只听到三两句乡音，也多了几分厚实缠绵的质感。一旦触景生情，甚至亲切到让人有无法排解的凝重，挤兑难以释怀的唏嘘空间。想起在暖冬春阳时日，几条鱼干、几片咸肉足以把亲情腌制成一道蜜酿，再艰苦的岁月也会变成如蜜一般甘甜的日子。

石厝里装着海岛游子的魂、生命的根。

踏上琥珀的光年，在记忆的深处探寻。踱步村中的石路，仿佛在清点这儿的历史。当我再一次伫立在海岸，对望曾经灯火阑珊的村庄，触摸彼岸的过往，而那些日子里的呐喊、笑颜、伤痛以及恩爱情仇在年历中的迁徙，仿佛因一场梦幻跋涉后淡出的信念，最终被这一处宁静化解并歇息下来。

发纤秾于简古，以淡语写至情。有些记忆则如海上行走的风月，只在波光的浅处粼粼摇晃，而海岛的石厝就像一枚刺青，是海子心中永远的珍藏。就仿若此时小朴村路边草丛中的一两只斑蝥，几条粗壮的蚯蚓，拉出一节故乡的段子，都能让你化解愁肠百结的心情，让时间渐慢下来，让一颗浮躁的心趋于平静。即便是空手盈握，依然情归桑田。

时间是最有记忆的。眼前的小朴村，既有望海楼高瞻远瞩的瞭望，又有绿荫庇护的石厝房向阳的温暖，还有木麻黄的针叶、灌木丛披散一路的阴凉。在唇齿间的笑谈中，潜移默化、日月沉积并磨砺出如海的性情，去提点生命中的孰重孰轻，凝合出一种优雅与大气。

一片灰瓦石壁，凌乱中不失自己的尊严；一渠汩汩溪流，清幽中不落寞闲散的时光。沿着沟渠婉转地唱和一路风雨的石厝，在阳光雨露下晒一晒身上留下的岁月苍苔，又在民宿兴起的风潮中开始了它的梳妆打扮。

时间是最有耐心的。它把小朴村打磨成一粒镶嵌在洞头海湾景区中闪耀的琥珀，带着岁月的沉香，隐于大城小巷，总是在人们的不经意之处，一瓣瓣洒出馨香，让你凝眸。在日新月异的日子交替处，在衔接岛屿和城市的节点上，在你舌尖味蕾深处，离不了这一处石厝里飘香的母亲亲手做的咸饭香、灶台上升腾的鱼香。

早晨，这里空气清冽，从萦绕着灰青色的窗棂里，向蒹葭掩映的小径瞭望，目送一程望海楼爬山的游客。傍晚，花草的清香又在一隅偏安，营造出禅定的气氛，让清幽的心境一路延伸。

　　若有来生，我一定寻遍千山万水，还寻找这古老的唯一。它们总会在流年中折射出光芒，拂拭尘世里艳俗的目光；总会在浮华中探出身子，清唱一曲绝响。

　　若有可能，不妨在身边寻觅一处安放心灵，安放记忆，安放灵魂的清幽之所，像在小朴村的境遇，撷取一段散漫的时光，静候一场似水流年。

在沙岙，触摸冬天

陈海舟

海岛的冬，像是大海里温吞的牙床，长久被湿气合围，极少有坚硬冰冷的雪。这是海岛长此以往的硬伤。

一直以为海岛秋冬不分，季节的界限不甚明显。这种坚持了十几年的认知，在双腿快要被冻成冰棍的那一刻瓦解了。海岛看似温润的冬天，终究还是"绵里藏针"。在黄昏的沙岙里晃悠，感受到了一股肃杀的力量。

江南的雪，向来柔弱。海岛，更是鲜少得到她的垂青。终有意志坚强的成了雪花，绝大部分在半空就已夭折；即便是拼尽全力落地，眨眼就倏忽到泥里不见痕迹。

冬天就算冷峻成灰色，仍等不来雪轻扬。是海风吹散了她努力纷飞的设想？是海面太宽，岛屿太小，雪姑娘手一扬就过了三界而我们无缘照面？来来往往海岛十多年，"踏雪寻梅"一直停留在梦中。

海风打起了太极。一招招绵柔有劲，逼得我们难以招架。无孔不入的海风，带着攫取似的冷。尽管穿了灰色打底丝袜，尽管身上套了棉袍、裹了围巾，依然冷得上牙磕下牙，"咯咯咯"击键似的颤音快速传遍周身。再硬着头皮也难挨风口一个时辰，我们赶紧闪到了背风的拐角。

一早放山野，海风并不怎么凌厉，感觉冬天是如此厚待海岛，慢得像懒洋洋顺着杆子往上爬的蜗牛。甚至北风还没有扯开嗓，青草就已绽开了新芽。海岛的季节像极了人的性情：春柔、夏烈、秋慢、冬急。海岛的冬天不像是冬天，我总觉得秋天没退尽。冬天，仅日历上的标志而已。

印象与感觉的偏差，在踏入沙岙后被纠正了过来。

沙岙的蔚蓝之境，清新、自然，迎合此刻"久别重逢"的感觉。面向大海呼嘘浊气，掬一捧山水清欢；云淡风轻，是它日日絮语相伴的春光。海湾里绿树光影交织，仿佛季节一度停止了辗转。橙黄炫目的阳光像是捕捉了人的心思，色彩温暖而热烈，发出了盛情邀约的信号。

我们在巷陌中各种打卡，享受这份上天赐予的、慵懒的暮秋。那青灰与黄褐交错的石墙、黑瓦，巷弄里高低错落的植物；布置的村中回廊、沟渠、栏栅，看似漫不经心的组装，不乏许多刻意修饰的细节。这颇像一个渔村少妇入时的装扮，光鲜得体，却又掩饰不住招摇之意。

沙岙依山面海，有方圆两百多米的金黄色沙滩，一个天然的游泳场。岙口外，是一个深水港，可停泊上百艘南来北往的各类船只。前有三矗岛、双策岛联襟，左卧鸡母石，右浮梅花礁，西倚翠屏长鼻洞，背靠绿色山湾，风景秀丽。

沙岙渔村在凸垄与白迭之间。是"岩海山居""半山云居""伴·精选""观海别院""玖栖海上桃源里""月半湾"等特色民宿的密集地，还有"白迭·汐语"文化村。它们串联成线，与原生态的自然环境相辅相成，形成温州市内"全域景区化"模式的民宿群落。

2017 年，隔头村启动"蓝色海湾整治工程"，修复了沙岙的沙滩。由于拥有得天独厚的条件，沙滩在成功修复后迅速走红，在此落户的石英沙土，透着异乡的情缘，满足了人们的猎奇心，沙洲上婚纱照拍摄者众，在宽阔的沙滩上开派对、烧烤的人络绎不绝。

沙岙带着人人向往的温婉恬淡之味，出落出一副岁月静好的样子。沙滩轻柔、陷入式的沉迷，犹如一条情感的轴线裹挟了我的意志，深一脚、浅一脚，痴迷地将自己的脚印一个个码在沙滩上。我走过洞头不下十个沙滩，铁板沙的坚实，给人以稳重感，但不会令人上瘾。在沙岙，是一种例外。

原以为冬天这里会"寂寞沙洲冷"，时至傍晚日落，仍然还有五六对拍摄婚纱照的佳偶。海岛除了惯有的云、雾、雨，最有代言权的还数色厉内荏的风。此时，寒风凛冽的沙滩上，就有两大直观的阵营：一是穿冬衣浑身上下裹得只露出眉眼的，一是一袭曳地婚纱冻到脸色发青在寒风中精神抖擞的。

风，努力地，以最大限度将她们的白纱吹拂成摄影师想要的效果。看那勇气，他们是不到天黑不作罢的。我停下来，远远地看着新人们在摄影师的镜头里一次次往返，幸福地奔跑着；看他们一个个侧身亮相的人生完美定格。

小小的渔村，上天赐予她如诗如画的净土。爱情每天穿梭在俊男靓女的镜头里，她该拥有多少的温暖！只要与这些接踵而至的"幸福"打声招呼，梦里也会有甜蜜的笑声。沙岙就此安住在爱情的圆满中，收获一个个幸福的倩影。

我们踱步到海边，才发现撞入了这个被温情裹挟的误区。冰冷的海水划落指尖，似乎能看见冬天刀戟的寒光。它不只闪烁在潮水、海浪，还有直立呼号的风声与青灰暗沉的天色里。我们被强劲的风推搡着，头发从后脑勺翻转过来，遮住了脸，踩在沙滩上重心更加不稳。

海岛的冬天，生不见形，走不见影。它像一个遁天入地的"隐者"，悄无声息。但那种湿冷的筋道，可透骨、穿髓，皲裂肌肤。这些幸福的人儿，得有多么强大的内心去抵御寒冷？也许，这就是爱情的魔力。

爱情，是一个奢侈的名词，一生只够用一次。想余生如山长水阔，奈何负重者多为顶风逆行。

五点四十分，最后一班车终于从白迭驶来。我们旁边多了一个老人和两个小孩。老人是送孙子等车回城的，紧紧孩子的衣领，一再嘱咐后才离去。

触景生情。同样的场景，外婆的背影、父亲的背影一个个闪现。

"寒从脚底起！"每到冷空气南下时，这是父亲常常叮咛的一句话，衣物随后就叠放在枕边了。不知不觉时光都已老去，一年中也难得见父母两回。

此时发觉，深冬的世界不只有暖黄色的车灯给视觉带来了温暖，还有亲人传递的爱，感染着身边所有的人。被风吹得浑身鸡皮疙瘩的我们安稳下来。

虽然，逆风的心情并不像来时那样舒畅；虽然，冬天不如盛夏那般总有荫翳。山色没了葱茏与幽暗，反而获得明净、旷远的尊享。

真正的冬天，终究还是来了。

让灵魂遇见青山

陈海舟

真正的平静，不是远离喧嚣，而是在心里修篱种菊。

——林徽因

我们从小就被说教，山是圆锥形的。思维就被固定在呈斜坡的土堆和石头掺杂形成的一座座山峰之上，尖角永远朝向天空。下意识的"山"就是地面形成的、眼中高耸部分的称谓。

人们大都钟情于山，是因为它稳重、敦实，有脚踏实地的感觉。相对于河流、湖泊、海洋、草原、荒漠，对于山，人有种想征服的欲望。于是，千方百计设法攀登，爬上一座又一座高山。世界上最惊险无比的乔戈里峰，仍然络绎不绝地有人前去。

爬山，触手可及的蓝天、白云，给人一种屏息向上的动力。昔日最具代表性的法国名画《拿破仑翻越阿尔卑斯山》中的拿破仑踌躇满志，"英雄气概和史诗般的远征"，尽显一个男人、一位将军的豪气。他看似信马由缰的眼里，充满着征服世界的勇气。

眼前，伟岸峻峭的高山，奇峰异石、层峦叠嶂，对登山者而言都是一种赏心悦目的激励。登顶，"山高人为峰"，这种感觉很奇妙，仿佛拔地通天、擎手捉日，有种莫名的飘然感。尤其在历尽艰辛跋涉，"一览众山小"之后，看到了远方更多的风景，眼界豁然开朗。

登山，如志向之于人生，宛如桅灯高悬于船头，以看清大海的深邃。但往往我们内心却过于渺小，攀登过几座山便喜不自禁，以为可登峰造极，走向人生之巅了。

其实是我们换了一种方式去看待这个世界而已。所谓的"征服"就是站在了"山"这个巨人的肩膀上，通过它的高度超拔思考，看得更远。但内心的气度远不如山的巍峨，没有谁能够跨越它伟岸的性气，它顶天立地的精神，它长期以来的持重、肃穆与庄严。

山以各种姿态呈现在世人面前，或奇或险，或灵或秀，或幽或绝。有奇如武陵源的石英砂柱峰，险如南迦巴瓦峰，灵如秦岭山脉，秀如桂林喀斯特地貌，幽如青城山，绝如乔戈里峰，等等。千百年来，无论山以何种面目示人，或来自海底深处，或是板块挤压而成的巍巍绝顶，它始终如一地沉默。

曾看到过这样一句话："人类都是短视的动物，看到的是眼前的利益。"然而爬山登顶，让人可以弥补这一弱项。站高望远，让人心胸变得豁达，见识了山外有山，也理解了什么叫"天外有天"。

我曾经走过花岗岩地貌、丹霞地貌、喀斯特地貌、冰川地貌、海岸地貌以及新疆魔鬼城的雅丹地貌的山地，爬过武夷山、黄山、华山险峰，感觉山一旦与人间结了尘缘，它便充满了灵性，各种山势和地表，形成它自有的风格与形态。我们不只是看到它的满目生辉，还有可与人对语的灵性交流。它的形体、外观，它的山势、一草一木，山势蜿蜒，泉水龙腾虎吟，都是来自大山给出的肢体言语，让你可以走近并倾听的心声。

《论语》里，子曰："仁者乐山，智者乐水。"仁者"乐山"的智慧在于坚守、包容与持久。与大自然对语，心中自有山水云逸，不役于物，不伤于物，宠辱不惊。居山，可与梅同瘦，与竹同清，与柳同眠，与桃李同笑……在天地自然之间从容驾驭着自己。

"道上红尘，江中白浪，胜他南面百城；花间明月，松下凉风，输我北窗一枕。"如此画面的风景在文成可以手到擒来。一向以人文底蕴著称的刘基故里，是依山傍水的福地，山水俱佳，二者兼而有之。无论你择取飞云江畔的哪一段临水而栖，可临风弄笛，卷帘看鹤，打坐烹茶；可听松涛、山泉叮咚、飞禽走兽、雨滴阶除、雪洒西窗。

事物的多元性，让人的欲望不会只偏好一样东西，有时"鱼和熊掌"想兼得。我也有同癖，如爱观海又喜看山，在内心的深处对山、水充满敬畏。在中国人的文化底蕴中，山代表了数种迥然不同的人文符号。山，在人们心中一直充满着田园般的诗情画意；山，于每个人的内心埋下一捧故乡的情怀。

文成地势像一只凌飞的鹤。整个城镇，犹如深陷在群山积聚的一个盆地里。这里的山虽属浙南丘陵，但山势依然巍峨、险峻。因为有了周围一圈山的遮拦，随江海而来的冷风，顺势爬坡，途经唯一一处山口突入，也就变得温顺而柔和。所以，有风的日子并不多，极少有海岛上那种狂风嘶吼的呜呜咆哮声。

向南的山，低缓、绵延；靠北的山，挺拔、奇峻。它们都似植物，喜阳背阴。一方水土养一方人，不同地方的人文背景形成了各异的文化魅力，仅一个县城就有多种习性和多种语言。

每一回走进大山，更多的是为了心灵中有一种情怀的诉求：山里有清新的空气，可滋润我们蒙尘的双肺；满山的绿荫，洗亮我们灰暗的双眸。林间小路上，鸟儿鸣啾，给人新生的气力；在季节的兴衰里坦然面对生命的荣枯；在旋舞的落叶下，我们早已习惯了落叶归根的自然。经年的跋涉而显得臃肿而笨拙的身躯，会汲取一种重新行走的勇气。

如此安逸，夫复何求？

宋代苏轼的《题西林壁》有这样的描写："横看成岭侧成峰，远近高低各不同。不识庐山真面目，只缘身在此山中。"就外观而言，一座山的形状或伟岸，或峻峭，或奇崛，或迂回辗转，或雄姿裸露。不管是它单峰矗立还是群山绵长，它的高度，都托起人看到目力所及的视野，它就似一座让你可以依附的靠山，扛着你、托着你行走的世界。

"江流千里，是山痕寸寸，染成浓碧。……便欲舣棹芦花，渔翁借我，一领闲蓑笠。不为鲈香兼酒美，只爱岚光呼吸。野水投竿，高台啸月，何代无狂客？晚来新霁，一星云外犹湿。"很多人将男人喻作山，稳重、伟岸。正因为有它作为铺垫，才有泉水叮咚、飞瀑轰响，一泓清流浩浩荡荡东去。

世间万物都是相辅相成的。有水的山才灵动，有气势；有山的水才飞扬，有不达目的誓不罢休的气概。山是具有智慧的。它并不盲从于自然和人类。真正了解一座山，需要走近它，融入它，把心依偎在它的怀里。况且，大山会成为我们最终的归宿。因为山的包容，我们终将要投入它的怀里，完成了作为人类的使命，落叶归根。

山的胸怀是包容的。在自然的山水里远足，是对心灵的一次沐浴，让灵魂，遇见属于自己的青山，邂逅最真实的自己。

有人说："素养的高低，决定了你的高雅与低俗、辽远与浅狭、明媚与卑琐。"攀登高山，走出心胸的狭隘，悠一竿山水，不也快哉。没有拯救的能力，但足有信心和能力脱逃尘世感知的那种卑微。

爱山爱水的人们，请把你们的胸怀敞向深山，别让爱在一个地方过剩，多一个地方荒凉。

登高，方见天下之大；临渊，才懂地之厚也。

渐行渐远的古木船

陈海舟

人总是或多或少在寻求某种东西，或为寄托，或为安慰。一边是不断消失的旧物，一边是兴起的各种民俗，各种做旧、仿古的建筑。那些带着时间的印记、见证风雨的古迹、历史遗留的物件及器具，都被肢解、拆卸、摧毁或另作他用。

古船木正好从尘世间脱离出来，带着各种各样的印记成为一种新兴的古玩，安抚那些曾经在一起融洽地生活了很久的赶海人。它像一颗滚石，卡在心灵空缺的位置，截留住一缕寄梦的烟火之气。

那些大大小小，见证了风雨的参差洞孔；每一枚铆钉锈蚀后残留的痕迹，非但没有减弱整体的美感，反而平添了一种神秘和深邃的力量。

树成木，木成舟，继而又从船变为古木。返璞，最终成为归宿。它一次又一次穿越炼狱的路途，像凤凰涅槃，以生命的年轮，"树"说着一个又一个沉浮故事。

几年前，南塘工业区一厂房外停放着一艘只剩下半截的、二十余米的废弃渔船，边上堆放着许多拆解下来的老船木。船身裂隙似一张豁口的大嘴向天倾诉着什么，一种落寞又颓败的感觉，挥之不去。

漫长的海上颠簸，风吹雨打，船体已被洗炼出一道道立体而清晰的纹理：或密或疏、或大或小的钉孔，是肉眼可见的沧桑；它们一次次从暴风骤雨、惊涛骇浪中死里逃生，幸存了下来。它，像一条被捞上岸后风干的鱼，骨骼里已经嘎吱作响，却无法逃脱生物链的宿命。

厂房的靠墙处，带着钉孔的椴木，已经按照需要的尺寸，长长短短地分排在一起。里面陈列着各式各样已完工的茶桌、茶盘、茶几、琴案等。经过几十年海水的浸泡，海浪无数次的冲刷，古船木在沉浮的岁月中练就了防水、防虫、防腐和耐磨的"金刚不坏之身"和"包浆"，透着一种自然温润的坚韧质感。古船被打磨出浑厚的暗光，折射出历史和岁月的芳华。积淀的时光，就浓缩在一圈圈被拆解的年轮里，慢慢地渗出它的汗水，浸入茶茗、琴音、书香，悠然飘向远处，直至远古。

"这辈子听过最好听的声音，莫过于木船工匠集体抬木头的吆喝声，制作船只的锯木声……"一声幽幽的叹息，从作坊那儿飘了过来。厂长、老板和作坊里的技工自幼生长在海边，甚至还是"洗脚上岸"的渔民。对祖祖辈辈赖以生活的船只，论情感，论生涯，论了解，谁都不能比他们更深、更切。

渔民与海，犹如农民与土地。船是渔民的命根，是他们赖以为生的支柱。他们将优质的硬木，黄花梨、花梨木、酸枝木、鸡翅木等作为船木，有的，甚至是红木、紫檀，还为此倾尽了家当。

出海的号角，船工的号子，风帆猎猎，这些声音萦绕在海边，海仿佛生动了起来，此起彼伏，组成了最亲切的乡音。而今，岁时更迭，这些热闹的场景已不再见，风帆更是销声匿迹。

从前，渔船出海捕鱼，完全依赖"三靠"："一靠风，二靠潮，三靠把橹摇。"那个时代所形成的谚语渔谣，逐渐作为一种"渔文化"的历史积淀，流传了下来。由于海洋资源的枯竭、海湾的萎缩，渔民转产上岸，另谋生路。木船的退隐与消失，是海洋生存法则中，一种无法逆转的结局。一些传统的、落后的生产工具，慢慢在退化，直至被迫放弃。如今，很多传统的木质船由于不适合远洋捕捞等生产作业而渐渐被淘汰，淡出了人们的视野。

曾经在半屏山，看到一个老渔民在出售他的旧渔船，商定价格后，老渔民抚摸着旧渔船，嘴里喃喃："就这么去了。老了，越来越没价值了，唉！"他起先还好好的，当商家将一匝钱交到他手上，他竟然像个孩子一样呜咽，并蹲了下去。看着他黯然的双眼，我们以为他反悔了。哪知，他又站了起来，狠狠地擤了下鼻涕，挥挥手，仿佛在跟这"老伙计"告别，头也不回地走了。站在一旁的渔民说，当初为了造这艘木船，他连"老婆本"都搭进去了。最后，这艘船搁在沙滩上，已风吹日晒多年。

从"刳木为舟"起始，数千年的时光掠过。人类从造独木舟进化到造船，跨越了漫长世纪。继钢化船舶的兴起，只用了短短的几十年就让木船黯然退场。在1936年，大门潭头造船厂造出1艘65吨级木质运输船"金三利"号，以洞头历史上建造的吨位最大的船舶被记入了洞头历史。20世纪70年代，地方国营洞头造船厂建造了1艘300吨级木质运输船，为洞头有史以来建造的最大吨位的木质船舶。

在档案里，我偶然翻到摄于 20 世纪 90 年代初期的一张造船照片，赫然入目的，是一艘大木船。画面上船主体构架已完成，船体展现，七八个造船工匠正在用竹丝捣桐油灰对船板缝隙进行封堵，一副一丝不苟的样子。

在 1989 年，大门创办了一家钢质船舶修造厂，次年 5 月自行设计建造出 1 艘钢质定置张网船。这艘船以更高、更快的捕捞作业效率逼退了木质船舶，新造的木船就面临逐步退出，乃至消失的结局。自此，"叶叶渔舟，装饰千姿百态；片片帆篷，点缀五彩缤纷"成为过去。

渔民倾尽财力打造的木船曾经是他们眼里财富、安全的象征，还没有充裕的考虑时间就变成了颓势的旧物。就像渔民的思维尚未跟上海洋资源的退化速度，还来不及准备上岸谋生，就要面临无家可归的局面。

浪涛中作业，具有不可估量的危险，很多当地人不愿再当渔民。渔船，也与上千年的传统一起加速了衰亡。那一艘艘精巧别致、手工制造的木船，随着时代的变迁，渐渐驶离了人们的视野，停靠在岁月的彼岸。

长驻海岛，我深知讨海人对船的依恋超乎寻常。饱经风霜的渔民甚至相信：历经过大风大浪的船木可以用来镇宅辟邪，并为此倾注了更多的情感。

渔民一辈子经历的雨雪风霜就在船上。除了日月星辰，唯一能烙下时间划痕的，只有船体上斑斑点点的挫伤、藤壶等滋生物死去的痕迹，以及载着他们沉浮、搏命的经历。船舶，见证着他们日子里的点点滴滴，刻录下绵延的时光气息。

严峻的生活现实，使得许多渔民上岸转产，从事种植和养殖海产。欸乃之声，在现代人眼中都成了过往的浪漫诗行。

每一件旧物，都会勾起很多记忆，行将就木的老渔民也回到了岸上，告别了追风逐浪的日子。然而，完成了航海使命的木船，等待它们的，则往往是废弃、日晒雨淋，或者拆了付之一炬。但闲置搁浅或废弃的古木船，即使被岁月的风雨侵蚀到破碎，它也要在海边留下嶙峋的风骨，一片片随着海浪沉浮。那些"小花瓕""三角棱"之类的木船，最后只剩下一个个消逝的名词。许多的曾经都已飘忽远去，甚至难觅踪影。

对渔民来说，船是海之魂，是寄托，是希望，是他们精神支撑的根。总是在它离去之后，才会想起曾经什么都没有留下。而那些曾被海水侵蚀几十年甚至上百年留下的痕迹，船体的每一处补丁，每一个钉孔周围的"墨迹"似乎都在向人们诉说着它那不平凡的经历……

"舟能渡人须自渡。"如今，它像是走失许久的一头老牛，又被老农寻了回去。最终割舍不掉的是一起面对惊涛骇浪、生死相依的情分。

如果说，品木需从内而外、由古及今，甄木之质、观木之表、察木之史，则古船木比品木多了一层岁月的沧桑底蕴。古船木是时空辗转的年轮，是岁月凝结的精华。它结实、凝重，苍劲之下不乏一身搏击浪涛的傲骨。

其实，人们很早就发现了古船木的珍稀价值。

最早的资料显示其应用出现在宋代。明清两代是古船木家具发展的黄金时期。在这个时期，古船木家具的制作工艺日臻完善，其造型、雕刻、装饰等方面都达到了一个新的高度。这时的人尤其偏好经过岁月洗礼后的水松木，它们的表面充满了流畅、深浅不一的凹凸纹理，构成了独一无二的品质特色。

古船木制作的成品家具归真返璞，大巧若拙，是高档木制家具中的奇葩；富有故事和沧桑的经历，让它独树一帜，一度成为流行的新宠。古木船在它生命的最后一刻，就像是一个人临终前献出最有用、最有价值的"器官"。

它体现出来的时间厚度与自然的天性，以及它所见证的在浪尖上的搏击，是沧桑岁月赋予它的一种"残缺美"。它像维纳斯，又似卡西莫多的人格升华——是无可复制的，是至爱和深沉的。

百福古船木家具厂的方国防告诉我，每件古船木家具都是孤品，一钉一凿都无法伪造。渔民从它们的新生中，看到它们被续接或利用，有了新的价值，或怀旧，或释怀，或坦然，在精神上有了慰藉；时常去抚摸它们饱经风霜的纹理，嗅一嗅这种咸湿的，海的熟悉味道。

执着于船模的叶元龙师傅说，他要雕刻出一只只微型渔船，用巧手留住大海的记忆。不管是洞头乌槽，还是福建绿眉毛，每件船模作品都栩栩如生，带着海风，带着灵气，带着故事的寄托。

船是渔民维系情感的纽带，每一块木板、每一枚钉和榫头都连着他们的欢愉。但再默契的搭档，终有一天也会挥手告别。古船木又如修行者，经历起伏，遍尝甘苦，最后修成正果，成为人们手中珍藏的永恒杰作！

但凡浮沉之间留存在世界上的，或许仅仅是身临古迹时那一声浅浅的轻叹，抑或有那么一丝丝可以寄托的安慰。将来，某一天我们也渐成旧物，是否还有如今古木船这般重组和新生的日子？

以霓为名的地方

冷云笺

    霓屿岛，位于温州瓯江外，洞头区西侧，地形酷似霓虹，故名霓屿。

    小时候，每当潮涨时，机帆船便"突突突"地载着"过水的人"来北岙采购，每趟都是匆匆忙忙的，生怕误了潮汐。而北岙人听到"浪走浪走"的语腔便偷偷地抿嘴一笑，指着背影道：霓屿人很奇特的，上下辈同睡一张床，一条裤子全家人轮流着穿，谁要出门给谁穿的。

    这无非是在讥笑他们的穷。一水之隔，交通的不便，霓屿贫瘠得如烟熏火燎中的妇人，显不出半分姿色来。土匪抢过，黑军掠过，鬼子践踏过，穷是最大的缺陷，让人望而生畏。霓屿，在亢重的贫苦中辗转反侧，孤岛，有如弃婴般，艰难地生存着。

    岛虽艰难，灵气却是掩不住的。一百多年前，有个叫天复的乩神夹着一身破祆子口出妄语：霓岙镇会开饭店，桐岙口浮金门槛。岛民们嗤之以鼻，霓岙镇是如今的上社村，当时是最穷僻的地方，谁也不愿去想象那地方会有什么发展，一个从不出门，又目不识丁的傻子会懂些什么？他一定是懒过头了，烧坏脑子了。乩神却是不理，懒懒地背剪起双手，仰头朝着天边最后一抹彩霞喃喃自语：倒吊葫芦八百丘，天鹅会下蛋。

    时间流逝，讥笑他的人一个个老去，而他的预言却被当作茶余饭后的笑料流传了下来。时光荏苒，沧海桑田，这些笑料在一步步的实现中神奇了起来，真切了起来。预言中天鹅是隐喻，日本轰炸机飞过时扔下的一枚枚炸弹好比下蛋，那是一段苦难的日子，仇恨肆虐了霓屿这片土地，永生永世都不能遗忘。后来每家每户都接上了电灯，光芒万丈，如同八百丘田地。五岛连桥时，霓屿大坝动工，大批工作人员的进驻带动了经济，上社村得天独厚，不但开起了餐馆面店，还开了商店，一下子繁荣了起来，曾一再被嘲笑的乩言神话般地实现了。如今，桐岙口 13000 亩（1 亩≈666.67 平方米）的紫菜养殖基地是取之不尽的金门槛。靠海吃海，经过几代人的努力，在新政策的驱使下，在领导者的带领下，霓屿，如一块蒙尘的珠玉般，渐渐显露出充满光泽的本色来。

在下郎，我们坐在蟹壳模样的紫菜船里去看养殖中的紫菜。憨厚的船老大身一躬，一竿子将船撑离了长满藤壶的礁岩，随着"突突突"的发动机声，码头越来越远，村庄却越来越饱满地呈现在眼前，白墙红瓦小高楼依着山，鳞次栉比，且有绿树掩映，紫薇、海棠等花树相衬，分明是一座座度假小堡，哪有想象中瓦房三两座的破旧与落后？坐在船上，无暇顾及海水湛蓝，臆想着若能拥此小楼一座有多好，每天一睁开眼就拉开窗帘，面朝大海，让湿咸的海风肆意地踢蹭着皮肤，蹭成棕黑。行船，讨生活，在波与涛之间穿梭，在浪花丛中流连，然后沏上一壶清茶，看瓯鹭飞鸣，滑翔蹁跹，是何等惬意！望潮起潮落，看紫菜在海水中沉沉浮浮，一帘帘一亩亩地黑盛起来，是何等欢喜！等晒干了紫菜，看着银行日日增加的存款，又是何等的幸福啊！

多有盼头的日子呀！随着一声声惊呼，我返身一看，竟已经在紫菜田里了。季节未到，紫菜才夹入苗种不久，几万个桶状的泡沫整齐地漂浮在水上，似一队队突降的白衣天兵列阵于海面，两个一组，雪白的泡沫桶罩着绿色网衣，底下有铁棍固定，铁棍口一些黑色藻类缠绕着，像女子的青丝随着水流轻舞，柔柔地招摇着，诱惑得人心痒痒的。泡沫桶身上绑着青绳，丈量着距离，接得多了便似一条长龙，在水面嬉戏舞动。同伴们张大着嘴质疑："这就是种紫菜吗？怎么和之前的方式不一样呀？"船老大得意一乐："这是最新式的啦，管理轻松，亩产还增值不少呢！"解说了几遍，看着我们还不解的神情，船老大爽朗地说："好啦好啦，带你们去看插杆的啦。"

船调了个头，向另一片海域驶去。远远的，一片竿子如丛林一样立在海水里，支撑着一张张养着紫菜的网，像风雨中的父亲，护卫着他的孩子，它们把海规划成一亩亩桑田，竿子上刻着数字，记录着海水的深度，它们是一个标志，也是一块里程碑。潮起或潮落，每一片紫菜都在吸吻着海水咸湿的血液，记录着霓屿紫菜的发展史。

霓屿紫菜一直都是口碑最好的紫菜。不管插杆式还是筏式，待剪了菜晒干时，漫山遍野都是黑色，在阳光下闪着亮亮的光泽，整齐有序，是一道风景。轻摘一片尝尝，韧中又带着脆嫩，入口轻嚼，一股子鲜甜的滋味直涌舌根。紫菜生长周期大约九十天，第一茬剪下称"花水"，最嫩，会吃的精货们姜蒜炝锅后和着几根芹菜清炒，或是做成紫菜丸子，那种鲜简直是要连舌头都吞了去。

回来的途中，船叶子被水草缠住，船老大趴在船板上把缠在船叶子上的水草扯掉，我俯身去看，同伴们是读过《摸叶子》的，紧张地拉住我。霓屿人除了紫菜，他们还靠讨海过日子，机帆，网槽，孤拖，双拖，讨海的汉子是豪气的，把命拴在了帆上。大海有着太多的不确定性，不可逆，因此，霓屿人将鱼与船也连在了一起，吃鱼绝不翻鱼身，"鱼翻"意味着"船翻"，这是忌讳，谁翻跟谁急。

　　海岛人与海有着毕生都扯不清的关系。霓屿的孩子一出生，第一次入食的汤必是鱼汤，而且是浑身带刺的白鱼汤。来吧，海岛人的后人，尝一口腥，与所有的鱼类交朋友！血液中有鱼的细胞在流动，行船在海面，便有了鱼的基因、鱼的标识，海就有了家一样的亲切与安全感了。

　　在海上漂泊久了，尝尽了无尽的无助之后，自然就有了悲悯之心。霓屿人是善良的，海面上不管从哪儿漂来的尸体，他们都会打捞上来，入土为安。关于尸体，总是有着许多恐怖的传说，但霓屿人是不怕的，说是"拾元宝"，因为他们坚信，所有的善念都是有福报的。

　　从山尖木制的栈道下望，村庄正在建设中，一些山被炸开，一些路在修筑，美好的愿景正在走来的路上。薄岚轻罩，绵长的海岸线浪花飞舞，大片大片的紫菜田随波荡漾，荡着荡着就荡来了富裕。

慢岛一隅

冷云笺

　　船急切地靠了岸，人群散去，喧嚣散去，世界安静了下来。

　　雨水打在灰色的水泥地上，水流在脚边隐隐地波动着，什么都是灰蒙蒙的，冷冻厂灰色墙面上用黑色线条勾勒着欣欣向荣的劳动场景，两个女工在楼梯边窃窃私语，在聊什么呢？女孩子的心事我们来不及猜，一句"发展才是硬道理"，生生地把人扯进了那个年代。犹如毫无防备中被袭击了一把，残存的记忆像暗夜中的烛火，晃晃悠悠地、闪闪灭灭地，照着历史的脸。我们在记忆中抚摸历史，抚摸曾经迷失了的自己，有如抚摸着一场不紧不慢的雨。

　　雨一直下，悠悠地沉浸在自己的世界里。走进山坪，村庄慵懒着一种自由的静谧。老瓦三两片鱼鳞状叠起空隙，一层层，叠起日月交际的每一份酸甜苦辣，叠着暖，延续着血脉。牌匾古旧，"万里流江"依稀可见当年大户的格局，而今用了现代的水泥修葺好，旧木门依然旧，推开便是一条通古的语言途径。倚着墙倾听一片灰土、一株枯草的絮语，像一场梦，在时间的烟尘里渐消渐散。

　　一盆九死还魂草静静地伏在半塌的老墙头，绿中带黄的叶条攥着拳，在时间里轻舒绽放，跳着自己的舞蹈。老石头斑驳着古往今来的纹理，过往是舔着岁月的老狗，不经意间会咬你一口，惊起隔夜的宿痛，而后又被悄然蔓延的藤蔓无声掩盖。

　　村庄老了，一些不忍遗忘的记忆被捡拾起来，又加入新的故事，装潢装潢就丰满了，勾引着那些漂泊的魂魄。在住宿的茶室里，我遇见了与我们同船而来的一对温州的中年夫妻。女人已烧好一壶水，烫杯温壶，轻掂一撮茶，洗茶拂面，封壶后，一道玉液便如琼脂落入粗陶里。男人只是静静地看着，不时地端起茶杯轻啜一口，目光迷蒙着，像是在回忆初恋时。雨水在帘外悄悄滑落，在叶片上积得多了便"唰"的一声倾泻而下，偶尔窜过一两声鸟鸣，如世外的禅语，忘了时光。

我不忍打扰，与其相视轻笑，便匆匆离去。

我们在爷爷的茶楼里躲雨，撞见一桌正在打纸牌的老人们，他们衣着朴实，乡音呢喃。白发老太手里抓着一把牌，胸有成竹，淡定自如，几位男女老人各自侧着或偎在打牌人身边。打牌者不高声，也不甩牌，轻轻地放在桌上推出去，像是重了会疼着桌子似的。观者也是专心注目，有紧张得提着一口气的，有露着微笑一脸笃定的。我们的突然"侵入"并未惊动什么，他们只是瞟了我们一眼，又陶醉在自己的世界里，这让我们这些陌生客也就不显尴尬了，赶紧把这画面拍进了相机。

一位坐在交椅上把弄衣服的老太站了起来，友善地笑了笑，示意椅子给我们坐。同行者撒着娇，嚷着："我也要我也要，我一直记得东岙那栋老房内，昏黄的灯光下，有四个老太太围着打马吊，嘴里还叼着烟，那仿佛是走进旧社会，真是太美了，美得我满心都是欢喜！"我白了她一眼，其实我心里也一心羡慕着那种略带颓废的旧场景，我们都在寻找一种慢，能让时光慢慢地度过。而慢岛上则到处有着自然的随意，像一剂定心药，慢慢地抚平了焦躁，如草房中的旧马桶、弃到路边的石头猪槽、老房拆下的柱墩。偶尔还有散落在短草上的老床雕件，真漆还有金色光泽，人物还是栩栩如生，像一个个媒介，触动着封存在脑子深处的印记，燃起了兴奋，于是你一言我一语拼凑了起来，拼凑起一个有血有肉的奶奶的时代，一个属于自己的小时候。

草长得恣意，剑麻野性地威武着，老榕树连根拔起，倒在了地上，身上盖满苔藓，依旧顽强地活下来……慢岛，像一位拙朴的农妇，用最原始的手法，装扮着自己。我们贪婪地享受着越来越浓郁的惬意，金线菊随性地开着，格桑花奔放，一条蓝色的大船憩息在花丛中，沿着这条路走上去，慢岛在我们脚下吞吐呼吸，歙合着微微醉意。翻手是云，覆手是雨，新与旧像两张牌，在我们手心纠结缠绵，慢岛慢岛，还是请您慢成一张老照片吧。

天井往事

颜艳珍

　　每一个人心中都有一座老旧的房子，小朴这个古老的渔村，还保留着特有的石头房，旧式的房屋是那个时代的印记，儿时就在那旧式的房屋长大，那里保留着儿时最纯真、最朴实、最美好的东西。我家住在那旧式天井房，天井房中间留有天井，下面是青石铺成的地板，抬头望天，天空成了四四方方的，中间是大厅，供着神龛。有叔叔和伯伯几户人家住在一起，四周房间、厨房或储物间相连，二楼是卧室。每到吃饭的时候，小孩子们都好好坐着吃饭，孩子们的美食都互相传到了对方的碗里，而邻居之间的感情也随之传到了对方的锅里。

　　"好雨知时节，当春乃发生。"江南春季里多雨水，人在天井里，大门一关，光线会暗淡许多，梅雨季节到处都感觉比较潮湿。在雨天经常望着天井发呆，看着雨水或急或缓地从屋檐落下，一串一串的好似珠子往下落，滴在青石板上飞溅开来，滴答滴答，清脆而恬静。靠近厨房有口大缸，用于储水，叔叔在天井里养了两盆茶花，水缸里的水就用来浇花和简单的洗漱。茶花刚开始看着绿油油的，也不觉得好看，到了三月，开出了红白相间的花朵，给古老的天井增添了几分春色，多了些艳丽。每当叔叔婶婶家做什么好吃的都会叫上我，我沿着天井走廊一路小跑过去，这段天井生活，温暖着我的美丽人生。那时的花开得很娇艳，五彩斑斓，花儿散发着馨香。现在离开了天井，才知道没有好好欣赏那美丽的花朵，岁月在快乐中也很快流逝了。

　　"仲夏苦夜短，开轩纳微凉。"那时的夏夜没有空调，也很少有电风扇，大伙儿吃完饭，几户人家围坐一起。老人们讲生活的琐事，回忆起当年的故事，我和弟弟会拿着小板凳静静地听着。家里有个竹子编的躺椅，我喜欢躺在上面，一边听大人们讲故事，一边看着夜空，那时的星星格外明亮，洁白的月光透过天井，显得圣洁无瑕，让人情不自禁地想起七夕牛郎织女的传说。在洞头，七夕节也叫

"乞巧节"，七月初七设置七星亭、祭拜七星夫人，孩子们祈福和举行成人仪式。做祭拜活动要用七种不同的花和祭品，妈妈都会叫我们去收集花，我和弟弟约上村里的小伙伴一起漫山遍野地寻找，一起采摘，将收到的七种花给妈妈做祭祀用。小朴的山上、田野里都留下了我们一起游戏、一起欢笑、相互追逐的印记，如今漫山遍野的花香，珍藏着儿时的回忆。

"独在异乡为异客，每逢佳节倍思亲。"那时候，姐姐早早地出去挣钱，承担起养家重任，到了中秋都希望能回来吃个团圆饭，每次姐姐从温州回来都会带玩具和零食，我和弟弟都拿着吃的、玩的去村里和同村的伙伴分享，在那个物资匮乏的年代，小伙伴们都会投来羡慕的目光。虽然我们的童年过去了，单纯天真也过去了，但是童年那段回忆，会永远留在记忆里，浓浓的，甜甜的。月到中秋分外明，秋夜里一家人会在天井下，围坐一起吃着洞头特有的月饼，透过天井，抬头望四四方方的天空，讲着那嫦娥奔月的传说。姐姐只在假日回家，就因为有了姐姐的这份疼爱，我们便多了一种期待，这种期待如甘甜的清泉，让我们留念，如今长大后我也出去闯荡，也都在回家的路上。

万物迎春送残腊，一年结局在今宵。冬天家里人会忙着做鱼干和腊肉，天井房里，唯有那一块地方阳光充足，成了晾晒的宝地，房子外面也都挂满了晾晒的鱼肉。深冬，在外闯荡的游子离回家的日子就不远了。过年，目的只有一个，那就是回家团聚。即使走得再远也知道家的方向，常常想念家里的美味。家是生命开始的地方，是精神的港湾，也是凝聚着亲情的纽带，家里的味道是每个人的乡愁，承载了人们对美好生活的向往和追求。除夕晚上十二点过后，村子里就会响起此起彼伏的鞭炮声，妈妈总是第一个起床，打开天井的大门，伴随着"吱吱呀呀"的开门声，天井的那头，婶婶也准备出门去寺庙烧香，为家人祈福。

如今小朴村口的海滩变成了荒地和冰冷的水泥大楼，在古老的天井房里，邻居们一起生火、做饭、扫地，成为一段记忆，这里记录了我的成长、离别、团聚的人生百味。世事变迁，水泥森林把我们隔开了，村里剩下了一些老人，年轻人大多出去闯荡，小朴的山也被开发成了景区，环境优美、空气清新，冬日里老人们坐在门口，轻叹静如流水的时光，或是回首往事，或是聊聊生活的琐事。

朝看日东升，暮观天星象。看潮涨潮落，渔民们早出晚归，小朴渔村还有一些上了年纪的"讨海人"，老船工修补着打捞的渔网，经过大海雕琢的肤色已经变成了古铜色，老船工的身上或许留有海水的咸味和鱼的腥味，但并未能阻挡他对美好生活的追寻，和对大海那乘风破浪的激情。

时过境迁，昔日热闹的小朴也变样了，儿时的玩伴早已各奔他乡，而这老房子或许还会一直在那里，但是那院子早已被芳草掩盖。再次站在天井下，青石板缝隙里长着杂草，石板上也长着青苔，我突然感到这一切好熟悉。往日充满欢声笑语的老房子，如今已人去楼空、冷冷清清，又让我感觉到陌生。

随着时代的变迁，这老式的房子已经变得不合时宜，随着城市的改建演变成一幢幢高楼大厦。但记忆中，老房子承载着简单而快乐的生活，总是无法抹去，留下太多回忆。

溪水长长

林春芬

2016 年，大门与乐清市翁垟片区连桥通车之后，返乡归家的人们更加便利，探访景点的游人更加密集。来踏青的人往往选择偏远的乡村，赶潮水的梦偏偏追逐江海的辽阔，当年公交车无法抵达的景点簇拥着熙攘的人群，奔流的汽车穿过仁前途村通往长沙的隧道。自西向东的选择里，大家沿着新建的柏油路惬意地遨游在山水间。

镇上的人们显得有点落寞，被石头板盖住的溪水暗自呢喃。

大溪是我自小长大的地方，位于大门的中部，处于集镇中心，我住沙岩，就是人们常说的镇上。家门口的右边，就是一条溪坑，长长的溪水流经了大溪沿街的每户人家，然后流入前面耕地的各个河道。"高山高，溪水长"，溪水总是缓缓地流淌，蜿蜒向南，自在潇洒地融入每一块田野，每一个角落。

小时候，我和隔壁要好的伙伴总是争着抢着去溪水边洗衣服。傍晚的夏季依稀有点闷热，在屋里或者井边洗了头、冲完澡，我们赶忙拿起换下的脏衣服往塑料盆里一扔，挎在腰上，立马往小溪边奔去，还没跑出门框，若是碰上田里耕作回家的母亲，她总顺手抓起大厅墙上挂在绳上的小件衣物往盆里一放，美其名曰帮家里分担。我倒不太在意件数或者大小，就盼望着第一个冲到目的地，抢到溪坑边的长石板。

顺好母亲的说辞，我便拿出短跑的架势开始冲刺，把盆扎实顶在腰边的肉堆里，用棒槌、板刷和肥皂把衣服压紧，确定不会突然散开或掉落之后，在大人的起哄声中，赶忙往溪边跑去。到了溪坑边上头，我瞅准时机往瞄准的石头上一扔，阿玲和彩花也不甘示弱，于是，一瞬间，红色的、蓝色的和绿色的塑料盆在空中或轻或重地飞舞着、旋转着，然后带有归属感地落在相中的石头上，我一阵得意，在伙伴们羡慕的眼神中占据公认的最佳位置。偏黄色带着白色纹路的石块最让人喜爱，又大又长，估摸经过溪水长久的冲刷，摸着更为平整，适合搓洗大大小小的衣服，是我们每次都会争抢的长石板。拿出肥皂，就着溪水打湿，再匀称地涂抹在领口与袖口，看到污垢明显的部位，就多涂几下，然后用塑料盆舀半盆溪水，把衣服放进去浸泡。趁着空隙，我们就顺着溪水往下头走，落山的阳光抚摸溪坑边上的未名植物，我们用自己的方式摸索着命名，紫色花瓣迎面碰撞的就叫喇叭花，绿色瘦长个高的就戏称长条儿，至于密密麻麻布满溪坑的都说是爬山虎，想着溪边可能会突然冒出来一只，我们在彼此的一惊一乍中返回属于自己的石板。溪水缓缓漫过小腿的时候，蹲下身子的我们拾起棒槌对着衣服一阵敲打，再和着溪水一阵飘荡，似乎所有的污泥都随着溪水远去。刚刚还很浑浊的小溪渐渐清冽，阳光被树枝打碎，散落在水中，倒映出波光点点，溪底的黄沙熠熠生辉。

家门前的水泥路，现在异常平坦。奶奶说家门口以前都是一片滩涂，涨潮时，打开门，便是滚滚浪涛。围海涂、填沙滩，祖辈几代人的努力才有了一直延续到现在的田地耕种。

父母是田间劳动的一把好手，每次去田里的时候，总和我们交代说去"十八份"。父母仍然习惯称呼家里的几分薄田来自20世纪60年代的农场大队，"十八份"也有我家的地块。"四月叹苦叹耕田，肩挑田水盼雨来"，早稻晚稻、春种秋收，每个时节都有父母忙活的时候。记忆中的父母经常轮着挑粪去自家的田地浇灌，再倒上几碗溪水，都是滋补庄稼的肥料。等傍晚回家的时候，若是遇上我们忘了收衣服，父亲的声音便格外响亮，他喜欢爆一两句无意义的本地粗话引起大家的注意。等到隔壁邻居探出几个身子，他就扯大嗓门嚷着自家的衣服要晒月光了，然后我们都会特别羞愧地出来，低着头赶忙收拾衣物。钉在墙上的绳索是绿色的，特别牢固，我们一扯完衣服就又反弹恢复原样。母亲就是邻里夸赞的善人，她从不埋怨，到家放下扁担，按照年龄逐个喊我们的名字，叫我们帮着动手收拾，等我们应答着出来接过衣物。也许是经过溪水的冲洗，或者太阳的照射，我们透过芳香总能感到母亲的欣慰。父亲估计看着自己的叫喊起了作用，咧开嘴笑了一下，便满意地把扁担堆在后门的猪圈旁，径自抢起两个粪桶一顿冲刷，然后往西走，坐在溪边冲脚。溪水淙淙，劳作后的疲惫在流动的溪水中散开化解，透明的溪水映照着蓝天，洁白的云朵拂去了父亲满脸的褶皱。

1990年，村两委牵头，在大溪坑山坑中筑坝蓄水，并把自来水安装到各家各户。我们不再去溪边争先恐后地抢石块，父母买来了三轮车，踩着去自家地里浇田。

常去的溪坑更多成为我们寻宝的天堂。"淘沙，洗沙，半升米，半升沙。煮起饭，散呼呼；煮起粥，对半沙。"溪水清澈，往常洗衣的石头，四周被我们翻了个遍，合力搬开石块，底下总会溢出一些沙子和泥土，我们拿着竹棍一顿搅拌，浑浊一片中更看不清想找的宝物。拿着木棍的和提着笼子的两个伙伴相互抱怨，溪水早已恢复澄明。我们求证过多次，确实没有泥鳅，也没有小鱼，但是春天的时候，抓个蝌蚪也够我们得意万分，有时摸到个好看的石头，赶紧装进笼子，总之不能空手回家，否则父母问起还得被训话几句，又落了面子。到了家，碰上大人或兄长好奇追问，我们装腔作势地摇晃几下笼子，一阵收获的响声之后，如得到宝贝似的我们一溜烟就躲进自己的房间。在瞅准家里无人的时间，弄个玻璃器皿，酱油瓶或者老酒瓶，清洗干净之后，再去取点溪水冲刷几遍，仿佛才算真正的讲究卫生。寻个晴朗的日子，小心翼翼捧着玻璃瓶，去小溪边装点新鲜的溪水进去，把瓶口微微倾斜插进小溪里，阳光照耀的溪水随着微风泛起涟漪，轻轻地荡漾。没有鱼，就养蝌蚪，没有蝌蚪，养块石头也是欢喜的，就在溪坑里摸索几块温婉静怡的石头，轻柔地挨个放进瓶子里。依稀记得，每过个把星期，我们总是抱着瓶子和小伙伴们比试一番，夸着石头变胖的我们都是满脸炫耀，五彩斑斓的小石子似乎浓缩了童年的欢乐。

"去镇上喽!"山上的同学过年回家的时候，还总爱说去我家看看，也就是来沙岩逛逛。我仍然在家门口的右手边等她们，我们沿着铺上石板路的小溪往前走，脚下的溪水声依旧熟悉，沿着溪水改建的房子高大又明亮，房前屋后点缀的绿色舒心也怡人。

溪水长长，绵延田间，两旁的树木与白色的建筑相得益彰，坡前路边的三角梅，庭前绿野的山樱花，碧树琼枝，繁花似锦，大溪盛开在繁花似锦的怀抱里。

顺着溪水流动的方向去走人家，又是另一番阅览大溪居热闹繁华的景象，发电厂、养老院、电影院、供销社、种子站、铁器店……我们在各处寻找记忆中的老地方，拔地而起的各个建筑总是让我们惊喜家乡的飞速发展，新建的大门农贸市场品种丰富，遍地的各种大小酒店顾客盈门，芬芳的兰小草纪念馆汇聚所有的善心善意。

小溪缓缓，流淌着滴答的时光；水声潺潺，奔腾着故乡的眷恋。每条大马路敞开着，小溪水奔腾着，迎接四方八面的游客。父母年事已高，自然不像当初那样操劳，舀一泓清溪，说一段年头，田园大门的生活早已揉碎在大溪村的小溪里，烙印在老百姓的心窝上。顺着溪水流经的方向，我们慢慢走向更加广阔的田园，遮天蔽日的高树，历经风雨的小草，每一棵植物，每一束果实，分隔成不同支流的溪水，在大自然的怀抱里酝酿着收获的香甜。

　　傍晚的路灯下，父母每次看到现代的灌溉设施，河道的清淤整治，站在田间的景观亭边，他们总是感叹如今的好时光。月洒清辉，明澈的溪水慢慢流淌，如盘的月影静静地躺在溪底，洁白如玉，晶莹如镜，夜晚的村庄似乎更加安静。

　　我们依然环山而居，背靠后山的清净悠然，聚集闹市的人间烟火。暑假的餐桌上涌动着农家乐的鲜美，南瓜汤和小番茄营造的色调差，紫茄子和绿豆荚搭配的纯天然，我们梦寐以求的故乡画卷经过溪水的冲刷，农家生活的甜味氤氲在舌尖与心上。

　　家门边的小溪依然缓缓流淌，漫过村庄，流向田园，催熟金色的麦浪，滋养茂盛的庄稼，长长的溪水用蓬勃的生命力滋养着大溪居每一个勤劳的村民。

寨　楼

吴蓉辉

　　寨楼，位于洞头大门岛北面的半山腰，依山傍海。东北临东厂自然村，北近东沙自然村，北与玉环县隔海相望，西临温州湾，与乐清市相对。隶属洞头区大门街道寨楼行政村。

　　印象中"寨"字更多用在山区，尤其是南方少数民族山区的定居点。山寨大部分都有防御措施，有寨墙等。大门的寨楼又是怎样一番情景呢？

　　驱车直奔寨楼村。在环岛公路旁的小广场上，一座石屏矗立着，上书"古寨银楼"。其后的墙上有不少关于寨楼的文化宣传栏，这成了公路边一道美丽的风景。

　　远远地，就看到"寨楼村党群服务中心"，便继续前行。进入村子，犹如闯进了一个宁谧的世界。寨楼村三面环山，形如燕窝。村里的房子大多已翻新，传统的洞头渔村石头房已难觅踪迹，更难找到寨楼壁照。于是寻求帮助，一按摩店的老板娘告诉我，只要问"张强老屋在哪里"，就能找到壁照。原来，张强是村里的能人。1970年，他创办了洞头第一家工艺雕刻厂，生产的黄杨木雕和滑石雕刻产品远销日本、韩国。在她的热心帮助下，我顺利地找到寨楼壁照。

　　原来，壁照藏在民宅后面。壁照后面是高高的山体，山上有各种树木。壁照上雕刻着各种吉祥图案，尽管大部分已风化，但依稀还能看见当年雍容华贵的遗风。飞檐翘壁下隔成三个水池，估计这是古时候人们的消防池。一侧的石碑上刻有"浙江省第六批文物保护单位"字样。

　　站在壁照前，思绪不断飞扬。其实，历史上寨楼所在的山区被称为"来其山"（清光绪《玉环厅志》黄大岙图上有记载）。传说明末清初时，"银勾大王"曾在这立寨，寨名叫"来其山寨"，人们叫这块地为"寨上"。清康熙年间，温州永强人张振昌（明朝张阁老后裔）在一位和尚的指点下，选择"寨上"作为居住地，做起"牙郎"（类似于现在的经纪人）。后来，张振昌的海蜇生意越做越大，成了富翁，盖起一座四合院。楼下回廊，楼上厢房，屋后花园，宅中木雕、灰雕、石雕极为精致，充满富贵吉祥的气息。这座楼在寨中的凸显，轰动了大门岛。人们将它简称为"寨楼"。"寨楼"本来是指这座房屋，是这个地方的特征，无意中便被演变为地名"寨楼"。后来张氏家族人丁兴旺，又陆续建起了四座大房子，屋外有青石旗杆夹，院里有水池、花园，屋内装饰华丽。这五座大宅院耗资巨大，简直是用白银堆砌起来的，人们又叫它"银楼"。这"银楼"也曾一度被人们作为地名与"寨楼"并称过。

可惜，后来豪宅或被大火焚毁，或被后人拆除，仅存眼前的壁照和远处的旗杆夹。它也成了洞头区唯一的照壁。

如今村里年轻人很少，大多是老人。但历史上这里书声琅琅，人才辈出。张氏家族创办"榴隐书院"，免费招收当地群众的子女接受文化教育。1950年，村里创办了寨楼小学。

一位过路的阿婆指引我来到古老的城门前。城墙上只剩下两块偌大的石板架在残存的墙垣上，石面斑驳不堪，一眼就能看出经历过不少岁月。它是洞头海岛人民英勇抗击海盗的历史见证，也是研究近现代洞头乃至浙东南沿海海盗活动历史的重要依据。

遥想当年，外有列强入侵，内有天灾人祸，尤其是海盗活动猖獗，百姓生活艰难。咸丰六年（1856年），张氏兄弟为了家族和大门岛的百姓不受海盗侵扰，出资建造寨楼防盗城墙，并添置炮眼、炮台等设施，组建护寨队伍。城墙用乱石垒砌，全长800余米（现存遗址600多米），实属不易。

如今，城墙外便是公路。远眺，你会发现这里的地理位置非常特殊，从岙口出发向西，过大门港可达温州，向北可达乐清、玉环；向东南可通南北国际航线。也理解当年建城墙防御的必要性——这是兵家必争之地。早年，人们想过安宁的日子实属不易。

城墙附近的殿岗背上有一片巨石阵，村里人叫它"寨楼岩"。它看起来好像是有人特意堆垒起来的避暑好去处。岩下可容纳不少人，可站，可坐，可卧，很惬意。绕着巨石阵走一圈，发现岩石上有个被大炮打中的炮洞。老人说，当年海盗经常来大门岛豆腐岩外的海面上骚乱，这是海盗对准寨楼开炮留下的炮洞。

在寨楼岩下有座始建于清雍正年间的杨府殿，不过近年翻修过，显得崭新。据说，20世纪30年代，红十三军二团有部分战士曾住在这殿里。

寨楼，得天独厚的地理优势孕育了海岛渔村不一样的历史。漫步在村子里，犹如进入时光隧道。岁月痕迹值得铭记，历史价值需要唤醒，如何挖掘寨楼历史文化价值，促进文化传承，值得深思。

买相堂

吴蓉辉

买相堂，位于洞头区鹿西岛西南部（鹿西岛在洞头岛的东北部），东边山脚与四座厂自然村接壤，南与外山头自然村相连，西后山下濒海，东北与口筐村毗邻。隶属鹿西乡鹿西行政村。

我最早听说"买相堂"这个地名时，对方是用温州话讲的。由于"买"和"卖"温州话发音比较接近，我便一直以为是"卖相堂"，并对村庄名字来历进行一番推理和想象。

一双大脚，一副担子，一个清亮的大嗓门，一阵醉人的拨浪鼓声。这主角就是"卖货郎"，用温州话讲便是"卖绡客"。这双大脚能走四方，这副担子是百宝箱，里面装满了精美的商品：造型丰富的泥人、五颜六色的针线、拨浪鼓、红肚兜、剪刀、镜子、火柴、糖果……数也数不清，看也看不够。这个嗓门里尽是悠长绵延的吆喝声，悠悠扬扬、独具韵味的呼叫声听得人心里酥酥的。而这波咚波咚的拨浪鼓更是诱惑无数人的心，特别是孩子们一旦听到，个个兴冲冲地从屋里、水井边、田地里，从任何地方，都像雨后春笋一般冒了出来，家里的破铁钉、牙膏壳都成了他们蓄谋已久的换货对象，一下子出现在"卖绡客"面前。而走南闯北的"卖绡客"就住在这个村子的一座简易草房里，他是周游各地的"购销员"，名气大，人们便叫这个村庄"卖绡堂"，渐渐地演化成"卖相堂"。

后来得知，买相堂的地名来历有多个版本。其实，不管村名真正的来历是哪个版本，反正你来与不来，它都在那儿等你。不过，由于村庄交通不便，基建配套落后，1990年开始，村民陆续下迁，现在它只是一个空壳村。但远去的村庄，让好奇的我更想看看它的庐山真面目。

四座厂自然村的巷弄口便有"买相堂巷"的路牌。按路牌所示，沿着巷弄一路向上，花20分钟左右，走过长约300米的石阶古道（这是进村唯一的通道）便到村口。古道路面宽不足 1 米，沿途被人精心打理过，干净整洁。各色花在山野的轻风里摇曳，带着清逸的香气。我仿佛看到了从冬到春的旅程在时光的身影里前行。

一路上，空气清新。可以说这是座天然氧吧，深吸一口便觉神清气爽，爬山的疲惫烟消云散。回头俯瞰山下的鹿西村，高楼林立，车声嘈杂，人声喧哗；茫茫大海上，渔轮往来，海鸥飞翔，心中便有一种超凡脱俗的感觉。

村口地标十分显著——古寨墙。古寨墙外有一条深沟，靠古寨门处一株榕树舒展着茂盛的枝叶。古寨墙内是村庄。

买相堂古寨墙沿山坳呈东西走向，由块石垒砌而成，上下收分。一旁的石碑上介绍说：墙总长 14 米、高 2.6 米、厚 0.76 米。墙东侧设拱券形寨门，上部呈方形，门高 2.85 米、宽 1.65 米。石墙建于清末，它的存在对研究洞头海岛民俗或岛民抗击海盗历史具有较高的见证价值。

从村口寨墙的石门进村，首先看到的是寨墙前的一口水井。井口呈圆形，直径 1 米多，井沿上长满青苔和蕨类植物。井里有水，看起来常年不竭。它旁边还有一口大井，直径六七米，只是上面被盖着，成了不见日光的井，显得暗淡了很多。

从寨门进村是一条弯弯绕绕的石阶村道，自南向北延伸到村后的山间树林。山后树林里有一座碉堡。想必这是当年买相堂村的主街吧，这里也曾有过喧哗和热闹。只是眼下，除了偶有一只大山雀闪现外，这里弥漫着无边的静，所有的光阴于此静落。

村道两旁依山势建有十几座房子，房子与房子之间相隔不远，错落有致。想来早年这里人员往来，鸡犬相闻，相亲相爱，一副其乐融融的样子。这些房子大都为 20 世纪六七十年代所建，石块砌墙，屋顶黑瓦，单进两层多间。这里大多数房子中间门楣上饰有匾额。特别是村口第一间房子匾额上的"北国风光"字样依然十分清晰。斗转星移，世事沧桑。随着村民陆续下迁，村庄昔日铅华渐行渐远。眼下，每座房子都写满沧桑，屋内杂草丛生，四壁爬满青藤，屋顶坍塌，它们静静伫立，像是在思索，在回忆。

据记载，买相堂古寨建于清末，至今已有 100 多年历史。那时，匪寇横行，渔民出海时常遭遇人祸天灾，一年四季填不饱肚子。为了抗击海盗入侵，从乐清来的先民把房子建在山腰，四周种上大树，浓荫遮地，以便更好应战。尽管日子贫困，但那时人们讲究风水，要求村后高山环绕，村前碧水长流。从村子的地理环境看，这里具备了风水宝地的选择标准。东西北高山环绕，分别对应青龙、白虎、玄武，只是南边朱雀位相对平缓，有煞风水。于是，先人在村口砌起一道高高的石头寨墙加以破解，又在寨墙旁开挖水井，使之臻于完美。这样，也便有了后人所见的古寨墙了。

村里一条小溪沟紧挨着石阶，石板桥下偶有跌跌绊绊的溪水抚过石头，轻婉低吟流淌。星星点点的蒲公英攀附在石阶上那些幽绿青苔的缝隙里，点亮乡野沉寂的村庄。青苔是寂寞的，是安宁的，它们躲在岁月的边缘蔓生，湮没了村庄的往事。

后来，为了躲避战乱，山下的渔民都搬进古寨，古寨也便显得年轻富有活力。中华人民共和国成立后，特别是改革开放以来，党对渔民的优惠政策和当地政府对渔民的关怀力度不断加大。1990 年开始，村民大办渔轮捕捞业，家家收入颇丰，户户过上好日子。于是，古寨里的渔民相继成了山下的移民，最后一户也在 2012 年前搬到山下。

100 多年来，买相堂古寨渔民从立寨抵抗匪寇、躲避战乱，到现在成为新时代移民，过着安居乐业的生活。这一切的变化，无不诉说着：人民过上幸福安康的日子的背后是国家的力量。看着沿途精心打理的石径，盛开的各色花朵，我想，我们有理由相信：不久定有独具慧眼的有识之士来开发它，建设它，让买相堂古寨焕发出新的活力。

石子岙

吴蓉辉

石子岙，位于洞头霓屿街道东部，东北与深门、浅门、窄门三座大桥相连，西与霓屿布袋岙相邻，南临洞头"海中湖"景区，隶属于石子岙行政村。

沿环岛公路行进，可见路边一大石上刻有"石子岙"三字，随后沿机耕路前行即可抵达村口。村子坐落于半山腰，房屋沿溪沟而建（部分溪沟已被填埋），整体布局呈三角形。村子里随处可见漂亮的小别墅，只是其间偶尔夹杂着几座遗存的石屋。墙上绘制的图案无不讲述着"廉""善"的故事。家家户户门前屋后都辟有小块土地，或栽种各色小花，或种植四季瓜果。村民们三五成群地坐在门前的空地上谈天说地，这既是风景，也是生活，充满了质朴与惬意。

继续前行，可见一口"打扮入时"的古井。古井被贴满鹅卵石的小围墙环绕，井上安装了崭新的防腐木遮阳棚。记得前两年来时，它还保持着原汁原味的模样，挂着一块蓝色的"第三次全国文物普查信息点"的牌子。坦白说，我更喜欢古井原来的模样，尽管略显沧桑，但它是历史的见证。

不久，便来到一座庙宇前。我被门柱上那副有趣的对联所吸引，可惜未能完全辨认出字迹：上联前四个字分别由一个日、两个日、三个日、四个日组成，后三个字为"通天下"；下联对应的前四个字则分别由一个月、两个月、三个月、四个月构成，后三个字为"镇乾坤"。赶紧求助网络，才得知这些字的读音。据说这副对联一般还配有"亘古一人"的横批，但我一时并未看到。

庙外，便是传说中的城墙。据石碑记载，防御墙建于明末清初，墙体长22.7米、高3米、厚0.3米。一侧设有拱形城门可供人进出。墙体石块看似随意堆砌，却透露出一种不寻常的和谐之美。石块经过简单加工后垒在一起，再根据石块的空隙填充进相吻合的小石块，辅以黄土等物质，历经多年依然坚固。整体看上去，城墙沉稳而厚重，展现出别样的美感。

站在城墙边眺望，景象万千，可以望见对面岛上树木青葱的轮廓，那是进入洞头本岛的入口，也是通往海洋的必经航道。石子岙周围的水路地形独特，傍海独峙，颇有"自古华山一条道"的韵味。人们若想从海滩上岸，只能沿山坡拾级而上，过城墙才能进村。这样的地形真可谓"一夫当关，万夫莫开"，只要把守住通往山塞的要道，便可"守株待兔"。

传说300多年前，石子岙有18户人家，他们或是为逃债，或是被官兵逼迫，或是因打鱼途中遇风暴而爬上岸。由于仅有的几块山地难以维持生计，加上每次出海都充满危险，于是他们一拍即合，成了"打劫群体"。他们经常结伙出海，在深门、浅门一带打劫过往的商船。为防御官府捉拿，便修建了这座城墙。因此，这个岙被唤作"贼子岙"。后人认为"贼子岙"名字不雅，又因温州话中"贼子岙"与"石子岙"谐音，且岙口滩头石子圆而多，于是从清末开始改名为"石子岙"。

当初他们上岸的地方，现在已成了紫菜养殖专用码头。紫菜养殖也成了石子岙的主导产业。我不禁想：如果传说是真的，那么石子岙的人是在什么情况下逐渐走上了改邪归正的道路的呢？

回到村子里，我看到一座有着100多年历史的基督教堂。据说石子岙是霓屿基督教的发源地。也许这就是答案：外来文化的注入以及生活条件的好转，让石子岙人放下了有违良心的劫掠行为，逐渐与文明接轨。

村子里还有一座两层高的石屋，拱门设计，身上挂着"第三次全国文物普查信息点"的牌子。可惜当我向女主人询问房子的故事时，老人却表示自己远嫁至此，并不知晓具体细节，真是遗憾。

文化广场附近人声鼎沸，卡车上、箩筐里装满了各色蔬菜、肉类等食品供村民们选购，他们各取所需，生活得十分滋润。

继续前行便来到大贡岭森林公园的山脚下。山坡上有两位阿婆在种地。阿婆告诉我，山上有水库、部队营房、碉堡等景致，可惜我未能走完全程。

返回时，在村口工地附近意外地发现了《天地图》中提到的那棵平均冠幅达23米的古老朴树。于是我缠着保安让我进入工地拍摄几张照片。百年老朴树身躯挺拔、绿荫如盖，傲立于天地之间，静静地守候着这山这水，见证着世事变迁。我想，一个人若能跟树一样，把那些健康有价值的思想、知识和情感，适时地储存在自己的生命里，那么，他一定会成为一个美好的人。

石子岙在发展，在前进，愿古老与现代良好的糅合，能给它带来更多的美好。

一棵树

张丽珍

那是一棵老树，有像老榕树一样强大的气场。

姐妹们晨起去徒步，有人提议去金岙，我立马赞成。那地儿，我去过好几次，每次吸引我前去的都是岙顶那棵树。

但它一定不是榕树。它的叶片比榕树叶片轻盈，随着风可以看到上扬起飞的姿态，阳光照射下来一部分仿佛能穿透叶片，另一部分折射出来，远远望去，树仿佛散发着诱人的神圣的光芒。

它的光芒，我在苦楝树上见过。但它一定不是苦楝树，苦楝树我的老家有。老家的屋外就有两棵苦楝树，秋天树叶落尽，树枝上会挂满一个个橙黄的果子。这果子不能吃，但是在枝头小小的、密密麻麻的，总让人感觉生活很有盼头。你看，这棵苦楝树，名字那么苦，果实却那么明亮，那么耀眼。

我第一次发现苦楝树的耀眼，是在成年后，偶然一次回老家。远远地看见那些渲染在枝头的金黄的光芒，我以前竟不知道家里有这么一种树。我坐在那树前用手机随手拍了一张照，得意地发在"花草群"里，炫耀道："看！我家的大树，会发金色光的大树！"

眼尖的朋友私底下发来一条信息："姑娘，这是苦楝树，它是不能随便种在家里的，在风水上是有讲究的。"朋友也讲究，讲到一半，点到为止，我只好去查资料。原来，风水上有一说，这树种在家里屋后，不好。我想，可能跟这名字有关吧。

这样一查，我对这棵树更来兴趣了。就问父母："爸妈，门口这棵树是什么时候谁种下的啊？"老妈瞥了一眼门外："哪棵？除了那些果树，还有樟树是你爸种下的，其他都是自己长出来的。"我使劲儿指了指门外："那棵，喏，树尖长满果子的那棵。""哦，那棵啊，也不知道什么时候长这么大了。前几年你爸听人说这树不好，原本是要砍掉的，后来放着就忘了，现在长这么大了。"

说到树，老爸来兴趣了。门口那棵樟树是他十几岁时种下的，听说上回有外地人来村里买树，就看中了这棵几十年的樟树。"怎么不卖掉？"我打趣道。爸爸举起小白酒杯，抿了一口白酒，看着门外他亲手种下的樟树，借着酒劲儿提高了嗓门说："我不卖！别人爱卖让他们卖去。这树宝贝着呢，越老越宝贝。这树能驱虫辟邪，下次老爸砍个小枝条给你放家里柜子里，可香啦。咱们村口庙里的佛像用的都是樟木。"老爸讲起这棵树就滔滔不绝，语调高昂。我想他的少年时光里一定有这棵樟树的荫庇。

金岙的这棵老树既不是榕树，也不是苦楝树，更不是樟树。

这棵树比较特殊。它在岙顶，遥望着东海，两条相对的小路，把它像玉珠一样串在村庄的胸口。第一次见它，是一个夏天，我从村庄的另一条小路爬上来，汗涔涔的，抬起头，还来不及擦把汗，就撞见了它。夏日阳光刺眼，我眯着眼，在蓝天的映衬下，发现它是黑色的，没有绿色的叶子，没有粗糙的纹理。它是一些干干净净的黑色的线条，嵌在蓝天的光芒里。它不是长在地上的，它像从天上而来。作为一棵树，那一刻它应该在这个世界上已经存在了几亿年。而那一刻，我也因此而存活了几千年。它更像一个关于生命的抽象符号。

树下有一位阿婆将我思绪拉回。她认真询问我们从哪里来，知道我们是本地人后，很自豪地说："现在好多人来金岙村玩。"这个平台看海很好，有外地人在附近的民房里吃好洗漱好之后，就在树旁大大的空地上，搭个帐篷过夜。夜里月光倾泻下来，远远的海风吹来，浪涛伴着入眠，帐篷外这棵树发着光，像守护的神灵。

阿婆说，这树是村庄里最老的树了，没人种下。她指了指天空，应该是从那里来的。

不知道哪年哪月哪天，天上哪只飞鸟携了这种子，这些种子从空中落下，随着风起起落落，然后不经意间就选择了这片土地，落地，扎根，发芽，壮大。也没有谁专门去浇灌它。大风大雨中，它站成自己的姿势。

后来，我知道它叫朴树。

网上说，它是南方一种较普遍的树种。但是那么多的树，只有它被称为"朴树"。

还有一位我年少时喜欢的男歌手叫朴树，他在最当红的时候，选择隐居。十年后因为朋友得了绝症，他又出来赚钱，唱着："我曾经跨过山和大海/也穿过人山人海/我曾经拥有着的一切/转眼都飘散如烟/我曾经失落失望失掉所有方向/直到看见平凡/才是唯一答案。"

　　看着他在零下七八度的天气里带着乐队走上街头，为来来往往的人们演唱。"我想唱给那些早出晚归的人们，那些生活特别艰辛的人们。"他羞涩地说。

　　它和他都叫"朴树"。

　　"朴，质也。"（《说文解字注》）《老子》说："见素抱朴，少私寡欲。"朴树，真的是一棵树原本的样子，平凡的样子，没有枝繁，没有叶茂。

　　是谁说的，去一个地方，先看看这个地方的树。

　　是谁说的，如果有来生，要做一棵树。

　　而我想说的是：需要等来生吗？

探秘瑞安寮

张丽珍

随行的姐姐说，这条路是找人刚割的，往常根本找不到路。

清明快到了，为了方便人们扫墓，才特意清理了这条山间小道。昨日刚下过雨，去往无人村瑞安寮的路变得更加湿滑。伙伴们陆续摔了跤，青苔混着泥土，黏了一身。

这次探秘活动是王和坤老师组织的。他是本地的"植物大王"，也是"谱牒大王"。他孤身一人无数次深入山野、墓地，寻找没见过的花草，拍照记录并带回培育；拓印墓碑上的碑文，整理姓氏族谱。私底下我把他的行为称作"王仁营救"。

有一段路，两旁芒萁长得比人还高，叶片边缘呈锯齿状，像佩着刀，一个不小心，稍不留神就要挨它一刀。割到的小伤口虽不见血，却格外疼。王老师一边走，一边教我们辨认油茶、紫萁、爬岩红、水杨梅、冬青、鹅掌柴等。

前面的队友从斜坡上滑了下去，在野外滑倒是常事。滑下去的人忙说没事，大家便也顺着坡滑了下去。抬头望去，头顶大树的枝丫密密麻麻，光线从树梢之间若有若无地穿透进来。树与树在天空交织，仿佛结成夫妻。整个村庄被高高的大树温柔地庇护着。地面在光影间交替，我们像行走在一片斑斓的舞台上。

十几间老屋沿着山岙错落分布。门前橘子树、柚子树、柿子树长得比平常所见的高大许多。去年秋天结出的果实依然挂在枝头，自然掉落的果子东一处西一团散落在地。所有空地都被植物占领，最显眼的是常春藤——这种在花店里卖二十块一小盆的柔弱植物，在这里却如千军万马，攻城略地，横扫了墙内墙外。

我们小心翼翼地走着，生怕被藤蔓绊倒。

走到一间石头屋，门半开着，王老师停下了脚步。这间屋子与这里其他屋子一样已经很破败，一部分屋顶已经坍塌。一株金龟树的枝条从窗内伸出来。屋内光线昏暗，但门旁老灶台上的白色瓷砖格外醒目。

"进去看看吧。"有人推开了虚掩的门，门嘎吱一声，屋内的陈设清晰起来：老灶台边放着一口缸，屋子正中间摆着一张褪色的木桌，桌旁的墙上嵌着一个一米高的两层木制碗柜，柜门半开着，隐约可见上面雕刻着图案。

几位队友站在灶台边拍照，不时发出惊叹："这雕花真精致！""这盐罐真少见！"陆续有人进屋，有人怂恿我也进去。吴姐站在我旁边，随口说："这屋子，二十几年前我常来，朋友家住这儿，我们在屋外烤过番薯，烤过白糖，以前这里可热闹了。"讲到这里，她压低声音，凑到我耳边："后来这屋子吊死了一个女人，我就再也没来过了。"听到这话，我顿时寒毛直竖，背后一阵冷风袭来。原本想迈进去的脚，立刻缩了回来。只好站在屋外，和吴姐闲聊，掩饰内心的恐惧。

过了好一会儿，队友们才陆续出来，脸上洋溢着笑容，举着相机说："这些东西如果不拍下来，它们就永远湮没在这里了。"

越往村庄深处走，杂草越密集，植物完全接管了这里。没过多久，王老师在前面喊道："快来看，发现好东西了！"

原来是一处宽阔的院子，院子里的老屋保存得相对完好。外墙爬满了藤蔓，使屋子像一位长须老人端坐在院中。庭院外的电线杆上，藤蔓缠绕着垂下来，像一面竖琴，等着风和鸟来拨弄。

空地上长满了齐腰的或及膝的植物。有些叶片下方结出了一圈红果子，像一群乖巧的孩子围坐在枝叶下，枝干像暖炉，风雨仿佛带来了神话故事。

"朱砂根。"王老师兴奋地说道。大家的心情被这一大片朱砂根点亮，气氛变得异常活跃。我们跨入藤蔓中，像踩进滩涂地，每一步都艰难。我们不得不扎着马步，才能俯身观察、辨认、抚摸、嗅闻。有人尝了一口，随即吐掉。朱砂根叶片像冬青，既能赏花又能观果，果实清热解毒，又叫"黄金万两"。种在家里，老人一定很喜欢。于是每个人费力拔了几株小的带回去。

途中还发现一座民国时期的四合院。王老师根据建筑风格判断，这房子大概建于20世纪20年代。整个建筑被薜荔爬满，门面已看不清，屋内基本倒塌。屋外的墙上的花纹也被藤蔓覆盖。王老师站在屋外，感叹道："这一定是大户人家。这房子要是在别处，修缮起来就好了，可惜啊可惜。"

黄昏像一只蝙蝠悄然降临，鸟鸣在四周响起。

大家喊着下山了。我们从村庄边缘的山坡上，手扶着黑松林的枝丫，一路滑了下去。在村口外的空地上，黑松树细软的松叶铺了一地，掀开松叶，露出黑色的松软泥土——这便是中性土了。

王老师指着山下村庄对我说："看，山下是你的老家，九仙村。我们沿着这个山坡下去，经过九仙村，再到文岙村，我带你们去看会戴小花、会捕蚊虫的茅膏菜。"

这是我第一次来到瑞安寮，也是第一次站在这个村口，眺望我的村庄。

很小的时候，爱喝酒的大伯常给我们讲山林猛兽的故事。他常指着瑞安寮的方向，说那里有老虎，后来被打死了。大伯的故事总让我们既害怕又好奇，心里对瑞安寮充满了好奇。如今，站在这片被大树覆盖的山林前，心中不禁感慨万千。

瑞安寮的探秘之旅虽然结束了，但那些古老的房屋、茂密的植物，以及被时间遗忘的故事，依然在脑海中挥之不去。王老师的热情和知识让我对这片土地有了更深的了解，也让我意识到，这些被遗忘的角落，其实承载着丰富的历史和文化。

下山的路并不轻松，但大家的脸上都带着满足的笑容。夕阳的余晖洒在山间，给这片寂静的山林增添了一丝温暖。我们沿着山谷小溪，穿过九仙村，最终来到了文岙村。

王老师带我们去看茅膏菜，那是一种会捕食昆虫的小植物。它的叶片上长满了细小的腺毛，能够分泌黏液，吸引并捕食昆虫。王老师蹲下身子，小心翼翼地拨开草丛，指着一株茅膏菜说："看，这就是茅膏菜，它的花很小，但很精致。你们小心一点儿，现在很少能发现它了。"凑近看，我才知道这是我小时候常玩的一种植物，那时候小路两旁多的是。

回程的路上，大家都没有说话。

最爱老屋的秋

张丽珍

父母总在秋天住回老屋。

老屋是一间石头屋，青瓦砌的屋顶，以前还漏雨。老屋的窗户开得很小，每回躺在床上，看光斑怯生生挪进屋子犹如小脚女人行走，小心翼翼，歪歪斜斜，没走多久也就歇了。只有秋天我才爱住在老屋，其他季节住在老屋，都是一场磨难进行曲。

记忆里老屋的春天总有雨，那雨没完没了，无病呻吟。有时吟上十天半月，屋内的家当也被感染得都是黏腻缠绵的味道，仿佛都可以缠出线来。你再仔细分辨，最先是竹制品上长了点点黑斑，然后是棉制品，再然后你发现墙壁也变了脸色给你看，最后你一摸自己的头，你就觉得脑袋也开始恍惚、发晕。人像困在蒸笼里的湿面团，连叹息都能黏着墙皮。你是被这雨给憋晕的，在老屋里的春天，你觉得自己都长成一棵霉树，脚底扎根，寸步难行。

夏天的老屋是座喧闹的戏台。

清晨，屋外鸟叫声不绝于耳，好听得让人难受。叽喳——清脆地啄两声，我满心期待，没了。老半天再来一大串，又没了。做什么都是徒劳，耳朵吊在那里，我只觉得它跟个乞丐一样，等着打赏。

中午烈日当头，蟋蟀全军出动。我根本就见不到它们的影子，但是它却遍布周遭。

夜晚来临，老屋里圈养的野生动物们轮番登场。一马当先的是蚊子，先是派出小分队，举着冲锋枪，派头十足。再然后，等我躺回床上，蚊帐外只觉得是千军万马、杀气腾腾。我一开始还有所警觉，等一入睡便放松警惕了。于是一不小心一个翻身，胳膊碰到蚊帐。第二天一醒，保准让我见识什么叫作"千管齐下"。这还好，如若半夜憋不住起来上个厕所，那付出的代价就惨痛多了。我一起身，就掀蚊帐，迷迷糊糊掀起蚊帐，蚊兵蚊将们早就在一旁候着了。一路伺候着我去厕所，另一路飞身进我的寨营，埋伏着。等我回来，一夜鏖战，就此拉开序幕。

比起接下来出场的角色，蚊子还算好，因为蚊子只跟人打交道，这家伙就没这么厚道了，一直"黑道"上混着，而且"黑白通吃"。

有时我梦见有人啃我手指，有时感到有什么东西从我身上窜过。不用想，十有八九是老鼠在作怪。后来父母找了师傅用三合板直接盖住凹凸不平的石头墙，连顶部也用铝合板扣上。这样老屋的墙面看起来就平整多了。却不想这就好像人为地在老屋里面再造一层空间。这个空间带，刚好用来养老鼠。于是夜晚，老鼠放开手脚大干了。有时我觉得是一群老鼠乒乒乓乓从我头后面的三合板里窜过；有时我觉得它们打起来，抢起来，分赃不均；有时我感觉是一只落单着急的老鼠；有时我甚至怀疑是一条蛇在追一群老鼠。因为老鼠们是那样慌不择路，毫无阵法。

老鼠的夜生活一下子精彩多了，我的精神却日渐萎靡了。

比起春夏，冬天的老屋算好多了，只是干、瘦、冷。北风最爱在老屋弹琴。北风一吹，老屋自带音响。它再一纠缠，老屋就拖个长音。它还经常从石缝里挤进来，在铝扣板顶上吹埙，把寒气描满每道裂缝。灶膛里的火苗总缩成怯生生的橘豆。听起来我又添了个寒战。

好在老屋三面环山一面向海，屋里虽堵了点，但屋外大好河山，山高海阔。于是我就往外撒野，蹭一身野味，每次都被父母逮回家，被数落不着家。

唯有秋日的老屋清爽干净，仿佛过年过节换了一身新衣服，怎么看怎么欢喜。夜露把石墙沁得微凉，海风裹着桂香穿过窗棂，连老鼠都在夹层里安了家。最妙的是逢着夜雨，雨脚轻点瓦片，像菩萨指尖叩着木鱼。先是三两滴试弦，待《雨霖铃》的调子起了，满山松涛便跟着应和。

这时我只管闭着眼睛，躺在老屋静静听秋雨，往日的狼狈都成了趣谈。瓦当垂落的雨帘里，望见春天的霉斑化作秋菊，夏日蚊虫变作促织，冬天的寒风已然是鼓乐。

古村拾忆

赖海霞

我想说，这是一次特别的采风。今年同伴们的元觉采风之行，我没有一同前往。我写的是十多年前的印象，因此，不需要刻意创造什么新的东西，而是将古老且早已熟知的事情，一件件梳理清晰。

花岗，我去的那天，春天也恰巧到了，真好！船在村西头的礁石边晃动着停靠稳当，人们互相搀扶踏上船舷与礁石之间铺设的木板，利索地迈到岸边坡上，整理一下行李，肩挑手提的，沿山路向各自家中奔去。

我在蜿蜒的山道上，瞧见路边干枯了一整个冬天的树枝重新抽出嫩芽，草丛里有几只母鸡伸头缩脑地觅食。我还记得，某一年的六月天，带了三只毛茸茸、嫩黄的、摇着小屁股的"唐老鸭"在花岗放养。隔一些时日，来村里，闲逛着，三只"唐老鸭"列队跟着，甩不掉。我两三步并作一步跨向台阶，返身在巷弄里奔跑，它们扭着小屁股，像三只黄色气球系在我脚上，紧紧跟牢。三只后来只养活一只，年边腌成酱油鸭，被几个渔家大叔当下酒菜了。

紧邻乡间小路，有一座房子，屋顶竖着红十字，门口埕圈着一道篱笆墙。每逢周日，会看到三三两两穿戴齐整的村民走进教堂做礼拜，我从门口经过，会听到悠扬的风琴声飘出来，想到一首老歌，不由自主地哼唱起来。

走过一道弯，跟前出来一片平地，有一排低矮的小平房，面朝着大海，透过门缝看到一面墙上挂着斑驳的黑板，顶上刷八个大字：好好学习，天天向上。几张陈旧的课桌默默注视着黑板，仿佛教室里正端坐十来个不同年龄段的少年，安静认真地听老师讲课。

教室门口立着一根杆子，我们路过的，会把这杆子当成一面旗杆，对，学生早晨做操是要先升旗的。也许当年这所学校，老师并不多，但各门功课都会教。

我见过几个在县城工作的花岗人，他们所书写的公文材料，那字，有的行云流水，落笔如云烟；有的或劲健或婉转，笔势丰神隽秀。我好奇：他们怎么会写这么好的一手字？回答是，我们上小学时，老师就很注重培养我们的书写，老师说字如其人。细想，每个人现在的气质里，都藏着他曾走过的路、写过的字和读过的书。

距上次过来不到一周，就像回到久别的故乡，渔家大嫂见了我会欢喜地喊我的名字。进入花岗村的地界，我就和花岗沾亲带故了。三餐不必摘果充饥、掬泉解渴，自有那好客的村民向你发出诚挚的邀请："来呃，弄来，弄我厝里夹笨！"（洞头话，意思是"来啊，来我家里吃饭"）

进屋，桌上，眨眼间摆满鱿鱼、虾皮、咸鱼、青蟹、鱼干。渔村是一日不得无鲜的吃货天堂，在岛上随时都有蒸煮海鲜、干货的鲜味扑鼻而来。我一直认为，一般的美食会让人觉得好吃，但是真正的美食会让人从心里感动。我怀揣这份感动，收起客套，端起一杯三两半抿一口，那是满满的一杯白酒，人们总是把一箱喝完，集齐十二个玻璃杯子，下回请客吃酒，杯子还能继续使用。地道的美食加醇香的三两半，不由醉了留宿，主人把家里最好的房间，浆洗过的被子留给我。

多年以后，说起花岗，眼前就会浮现出渔家房前屋后竹匾上晾晒的鱼货，那舌尖上鲜香的味道；还有我酣睡在浆洗过的被窝里，那种妥帖的感觉。这些是令人开心的，是花岗在我记忆中，平添的一幅美好画面。

花岗，清晨是由海边渡船柴油机马达声唤醒的。海面还蒙着薄雾，渔村的人们，就已上山下海劳作了。

村口就是大海，岸边白色的渔网躺在海滩上，如果留意一下渔网，轻易就能搜到网中几只青蟹在兀自挣扎，越挣越绕。我就像在地里刨地瓜一样，解开一层层渔网，把青蟹"解救"出来，肚皮朝上，放锅里蒸，锅边围一群小屁孩儿咂嘴舔唇地候着。

晒太阳和领着一群小屁孩儿追逐鸡鸭猫狗，是我在花岗做得最多的事了。岛不大，岛上的鸡鸭猫狗躲藏的巷弄，再远也在我的视线范围之内。

我最喜欢搬一把躺椅放在门口，懒散地躺着，周围是一座座石头房，它巧妙地嵌入了碧蓝的天、翠绿的山、鲜艳的花、黄色的小狗和咸腻的海风中。

早晨，我在屋前无所事事，摆弄相机。对面，石屋跟前，一对小姐妹依偎在父亲的两侧，相机还没对准他们，他们就摆好了姿势等我。

回县城，把照片冲印好，看着他们的神情，想起顾城的《门前》："我多么希望，有一个门口，早晨，阳光照在草上，我们站着，扶着自己的门扇，门很低，但太阳是明亮的，草在结它的种子，风在摇它的叶子，我们站着，不说话，就十分美好。"

我是一个多月后，带着照片和一些食物去的。石屋，门帘上系一条红带子。"谁啊，怎么了？"她们的母亲含泪告诉我，"姐妹俩的父亲在一个深夜睡着后再也没醒来。你特地送来的这张照片，是他们仨唯一的一次合影。感谢你。"

听罢，唏嘘不已。

姐妹俩在饭桌上写作业，书包里有纸、笔和画，还有童话书，书里的故事犹如迷宫，迷宫通向大海。她们悄悄告诉我，有个叔叔过来和她们住了，要培养她们上学，是她爸的亲弟弟。灶膛里的炭火，微暗的光，似乎在诉说，有的人一生都在半途而废，有的人一生都在怀抱热望。

她们拆开我送的糯米粉准备做红糖麻糍招待我，糯米粉添了水揉成团，拧成块状，搓圆，指头按一个扁，姐姐顺手拿来墙边一条干巴巴的毛巾，铺在桌上，把粉团排排放在毛巾上，那毛巾底色已经看不清了，酸酸的汗味溢出来，我心底里是抗拒的。锅里铺了层油，粉团放进热油两面煎好，再往滋滋冒烟的粉团上撒红糖，糖化开粘着焦黄的粉团，此时，它有了个名字叫"红糖麻糍"。姐俩与我，吵闹着抢麻糍，咬一口，我已忘了麻糍入锅之前躺在毛巾上的样子。那一刻，唯愿她们今后的生活里除了书本，还有甜食和欢笑，而且不会停。

我听得屋前的青石板台阶有脚步声，一个穿着雨靴，围着油毡裙的瘦高男人，扛着一捆渔网，提着一大筐海鲜，裹着一阵海风跨进门里。姐妹俩立刻放下筷子跑上前唤"叔叔、叔叔"，争相把红糖麻糍喂到他口中。他腼腆地冲我笑笑，蹲下，分捡海鲜，念叨着："这几尾鱼能卖好一点的价钱，这些留着孩子们吃，这些晒干了，我再拿去卖。"

我明白了，这个人，从今往后，是这个家的一家之主！

此时，他在我眼中，是个身披祖传黑色斗篷的侠士。他开着他的船只出海，站在船头，斗篷随风飞扬，窸窣作响，他一甩手，撒出渔网，鱼虾落入网中，满载而归。他收了网，向着大海挥挥手："我从海上来，我还会回来的！"

夕阳西下，我提着一袋虾姑出得门来，他对我说："三月虾姑身，九月蟹儿仁。"很好的一个人，送你东西，还要替你找个由来。石头房的影子印在地上，不知为什么，看到特别安心。

有人曾经问我：花岗究竟是哪里好，让你这么多年还忘不了？

我说，因为花岗，每个角落都有我。

遇见花岗

张红红

      远离城市的喧嚣，来到美丽海岛渔村，在这遇见久违的你，是一种缘分。

      一个人，背上简单的行囊，去感受百岛洞头的自然风光、民俗风情，感受洞头海洋文化。抛开尘世的纷扰，远离城市的喧嚣，寻找一份宁静，奢侈地享受旅不问人、行随己意的潇洒。

      在花岗，一个人的旅行，不理会繁杂的琐事，自由自在地去体验一个小城市的一段故事，留下一片欢笑。

      在这里，我遇见了你，似曾相识，似曾来过。一个人来洞头，来到这里，你可以不带相机，也可以不带手机，但一定要背上几本书，在花海花田里、草丛旁悠然品味，在闲淡时光里徜徉书海。

      以前，若是寂寞了，我会寻一座灯红酒绿的城市，登上楼顶，俯视万家灯火，在繁华中体会热闹，也是一种放松。现在，厌倦了喧嚣，我会寻一处宁静的幽谷，找寻隐藏在山间的纯净和那"鸟鸣山更幽"的寂静，让自己放空，一个人静静去感受。一根弦若是绷得太紧，总有一天会断裂；一颗心若是禁锢得太久，总有一天会失去平衡。我们需要放飞心灵，让心翱翔在自由的天空。

      曾经我在想，在哪里遇见和寻找自我呢？在这里，我找到答案了。原来只需要一颗安静的心，然后静静地思考，尊重自己的内心和思想，寻着自己的记忆和那份纯真就够了。在这里，与海为伴、与书为伴的日子，感觉真好，真希望时间就此停息，一直慢慢变老。

      花海花田，古村古韵，在岁月的浸润里，早已融合了花岗的昨天与今天。一入村口，假山上"花岗渔村"这几个字映入眼帘，天是那样的明朗，幽幽小径，仿佛回到儿时，石屋更耐人寻味，依山而建的石头房，朴实自然，错落有致，米黄色的石头砌成虎皮墙，黑色陶瓦盖顶，瓦片上压着不大不小的石块，面朝大海，沿山而建。

带着对古民居的热恋来到这里，习习清风吹拂着古村的原汁原味。行走其间，好像回到久别的故里，很亲切，很淳朴，很安宁。如果用心品味，你会发现这里的每个足迹都有一个故事，这里的瓦、石屋、桥，甚至每条河、每一寸石板都留有历史的遗韵。

抬眼望去，不远处，几条小船安静地停泊在海面上，在阳光的照射下，星光点点，柔软的沙滩、碧蓝的海水，闻着岛上那飘散着海风的咸味儿，眼前呈现的情景再次让浮躁的心平静下来。

在花岗，悠然享受和大自然融合之乐，是一种缘分。一个人的旅行，孑然一身隐入苍茫自然，自有一种孤独的意味，更有一种逍遥，可以浑然忘我，与大自然彻底交融。

在花岗，你可以沏一杯清茶，捧一本好书，读几篇好诗词，漫游在书中的斗转星移，徜徉在诗词中的亭台轩榭；你可以仰望星空，对着那轮明月，倾听海的声音；你可以做一只小小的纸船，在爱的海洋里流连千里；你可以悠闲自在地行走在花海花田中，尽情地享受早晨新生的万丈光芒；你可以沐浴在晚霞绚丽的氛围中，编织美丽的童话。

这里独特的海岛风情让我无法忘怀：或因渔家庭院小溪流水的声音停下脚步，或被庭院门口渔家妇人补网的身影而吸引，有时走进一条深沉的巷道，还会遇上一位撑着油纸伞，丁香一样忧愁的姑娘。

在花岗，一个人，一首歌，在繁忙的季节寻求一丝宁静。在这里，遇见你，我从中收获心灵的沉淀，从中得到灵魂的升华。

情系那片海

张红红

　　周末，约一两个文友，前往洞头东岙沙滩走走，去感受一下夏日洞头风情，让人不由得想到那片海。

　　东岙沙滩的夏日，在蓝天下，在阳光里，构成夏季光亮迷人的一道风景线。眼前那一望无际的湛蓝大海，它蓝似天空，可比天空要蓝得更深沉。它蓝得纯净，蓝得深湛。那蓝锦缎似的海面上，泛着几朵浪花。远远望去好似一幅巨大的画卷。徜徉在沙滩上，碧波涌涌、人头攒动，眼前的景色无疑会把你融化在海的怀中，让你陶醉在物我两忘的境界里。即使弄一身沙子，一个浪头卷过来，沙子瞬间就被冲洗得无影无踪，自己则变得清清爽爽。

　　五彩太阳伞及救生泳具沿海岸星罗棋布。游人或租一顶太阳伞遮阳小憩，谈笑风生；或举家躺卧沙滩上，享受这别具情趣的日光浴；或到近海中游泳，或乘快艇穿行在海面上。一把五彩的太阳伞就好像一把浪漫、一种情趣和一种氛围，不知不觉地深植于旅人的心田。也许不曾想过浪漫是什么，浪漫就那么不经意地来到了我们身边。那金色细软的沙子，以难言的愉悦之情容纳了可爱的人们。沙滩上，鹅卵石遍布，大大小小，白白净净，错落有致，水石相依，沙石一体，也不失为一道别致的景色。

　　东岙虎皮房改造成符合当地特色的石头房民宿，吸引了众多的摄影师来到东岙采风，修复后的沙滩，已变得平整有序，自然恬静。昔日乱挖乱采后坑道纵横，陷阱密布、杂乱无序的场面已了无踪迹。沙滩修复工程对当地民宿发展及就业带来了新的机遇，百姓笑开了颜。

　　站在蓝蓝的大海边，浪用她那温柔的双手抚摸着我们的小脚丫，凉爽的海风迎面吹来，令人真想拥向大自然的怀抱。我们用手在沙滩上学神笔马良画画，用脚在沙滩上踩出一个个小小的脚印，用耳朵趴在沙滩上聆听着大海的歌声。这是一个美好的回忆，一种诗意的生活，一种欢乐的气息。

沙滩那边，响起一片童稚的呼叫。一群孩子，放飞着自己的梦想，向着远方追逐着、奔跑着。记得小时候，我们经常在沙滩过夜，遥望星空，想象着那片沙滩、那片海，呵护着我们一天天长大。

天边的晚霞已经把天空染成了玫瑰色，夕阳像喝醉酒的老人，悄悄地向西方走去，一路上，他把金黄的色彩洒了一地。我远远地望着、望着，身上也镀上了美丽的颜色。沙滩上落了许多小巧玲珑的贝壳，浪花把它们带来，作为送给沙滩的礼物。我一边走一边捡，手上，衣兜里都放满了，还带着些金黄色的细沙。瞧，这是"尖塔螺"，这是"扇贝"，这是"观音手"，那是一颗颗形状各异的贝壳。

错落小岛，遐想无穷，引动我们的心绪。那片海，留存着太多的记忆，让我们一起慢慢地去感受如此美好的洞头吧！

就恋这片海湾

曾香琴

　　暮春，午后恬适的阳光下，倚靠在洞头东沙渔村民宿庭院的围栏边，远望前方在阳光下闪烁金光的碧波上，似有一种在无边泳池戏耍的既视感。港湾里的渔船都出海作业去了，静谧的港区三面环山，成了天然的避风港。海岸线曲折蜿蜒，仔细瞅瞅，港湾有点像中国地形图上的"渤海"。

　　此时，港湾很宁静，平潮的海面上，水波轻漾，几艘摆渡小船泊在海湾里，横七竖八地，有种"野渡无人舟自横"的意象。一条从东沙村到大王殿村的陆海公路，从海岸边穿行而过，使原来隔着海岸靠摆渡的两个渔村，交通便利程度大大提升了，车轱辘一转，很快就能到达对方的村落。公路穿过东沙妈祖庙前的海滩，边上修起了一个巨大的临海舞台。海边的妈祖庙有两百多年历史，是省级文物保护单位。先祖福建渔民将这一信俗引进东沙村，从此，天妃娘娘护佑着这里的渔家百姓的平安。每年农历三月廿三，妈祖娘娘诞辰日，这里都会举行隆重的妈祖平安节祈福活动。来自闽台及海外的信众代表，和本土的渔船老大，在司仪的指令下，举行庄严肃穆的平安节开幕仪式。这一天，游客们纷至沓来，在应运而生的庙会活动上，海岛美食和各种特产在这里亮相交易，民俗节目在舞台展现，成了海湾里一年中最热闹的场景。上海的孙先生带了一支老年团队再游洞头，指名要到东沙渔村看看，朝圣妈祖古庙。之前他来过洞头，也参加过妈祖庙会活动，热爱摄影的他，被这一处海湾和沿岸渔村所吸引。由于一些原因，古庙没有对外开放，他们有点悻悻然。走走东沙村庄，看到活了三百多年的古榕树，还有几处老建筑，放眼海湾里的风景，还是有些许欣慰的。码头上，一对夫妇刚从无人岛采挖藤壶回来，挑着藤壶上岸，引来了客人们的好奇。这种海鲜是他们不曾见过的，大家都争相看看这种叫"藤壶"的海鲜长什么样子，如何食用才好。在海岛，让城里人感到新奇的事物比比皆是，只要你愿意，深入渔村，你会学到很多。

站在大王殿小林家的民宿凉台，余老师放飞了他的无人机，他和团队成员带了模特前来拍摄视频素材。在手机屏幕里，无人机俯瞰海湾，每一个画面都是大片。小林家对面的海湾，有一个巨大的"几"字，"几"字的码头一角，有小林家的小游艇。模特在游艇上惬意地摆出各种姿势，将这一海湾的风情都融入每一个画面里。小林发动机器，快艇在海湾里兜转起来，客人们发出肆意的欢笑。这场景，谁说不是人们曾经艳羡的影视剧里的桥段呢。小林说，这个海湾，随着将来"国鸿星海湾"住宅楼盘的开发交付，将成为更好的海上休闲旅游基地。小林的父亲原来是船老大，如今不再远洋出海捕鱼，而是做起了旅游休闲捕鱼的船长，父子俩都做起了文旅行当。

海水渐渐退去，双垅村口修复好的沙滩裸露出来。几位从市区开车带孩子来沙滩游玩的家长，拿出了孩子们的玩沙工具，挖了一个巨大的沙坑，家长坐进去，孩子们挖沙将爸爸"填埋"，妈妈在一旁拍视频。爸爸假装歇斯底里地讨饶，孩子们清亮的笑声在海湾里回荡。一个个浪头涌过来又退回去，一个孩子在沙滩里挖到了一个蛤蜊，惊呼起来："我挖到宝贝了！"家长们凑过来，掂量着贝壳的分量，讨论着是不是活体的蛤蜊。听年长者曾经讲过，双垅沙滩曾经盛产"西施贝"。或许，这修复好的沙滩，各种贝类也将在这里安家落户，这可是环境变好了，物产也丰富了，真是双赢的举措。

微风不燥，阳光柔和，海浪轻吻着沙滩，涌上来，又退回去，日复一日在海岸边徜徉。涨潮，退潮，春夏秋冬，海湾里都有不一样的风景。每年开渔节，站在呇仔村村口码头上，看海湾里千帆竞发的出海盛况，你会觉得，生活在海岛渔村，也是一种幸福。大海赐予的丰厚物产，是海岛人最大的财富。感恩大海的赠予，海岛人的血液里早已融入了大海的基因，与海同在。

藤壶肥了

曾香琴

　　"去削雀儿喽!"爷爷拿着一把自制的"雀枪"、几条网袋子、一把扁担,兴冲冲地往码头走去,他要和邻居几位大叔一起驾驶小船到远处的无人岛去挖"雀儿"。"雀儿"是藤壶的小名,是一种甲壳生物,因为长在岩礁上,一大片一大片的,类似爬藤形状,每个藤壶上方还有一个似水壶的口子,有点像火山口,因而学名为"藤壶"。四五月间,南风徐徐吹来,东海的水流滋养着岛礁上贝类、甲壳类生物,它们似乎在一个大潮汛之间就肥硕了起来。

　　那时我还很小,不知道为什么出海的都只是壮男劳力。后来才明白,渔家人忌讳女人们坐船出海,女人们只能在近海岛礁上自己去赶海。等到傍晚看到小渔船即将靠近村口码头,留守家里的人们便赶紧拿了扁担到码头上帮着将一袋袋藤壶挑回家。土灶上一口大锅开始煮藤壶,另一口小锅上,主妇差使孩子们生火做饭,将男人出海挖来的石乳做成一锅美食犒劳全家老小。那原汁原味的石乳,吃在嘴里咯吱咯吱的,很有嚼劲,味道鲜美得几乎没有什么食物可以与它媲美。

　　藤壶煮熟了,捞起来放在大竹匾里,摆在桌子上,屋子里立刻弥漫着一股鲜香的海鲜气息。全家齐动员,将藤壶肉挖出来。左手拿起一个藤壶,右手拿一枚小钉子,朝着藤壶上头小小的口子捅下去。钉头顺着藤壶壁沿刮一下,肥硕带膏脂的藤壶肉就掉到小盆子里。人们迅速重复同样的动作,不一会儿,眼前小山似的藤壶堆慢慢变小了,盆里的藤壶肉渐渐多起来,一旁篓筐里的藤壶壳也随之多起来。

　　藤壶壳也是有用的,壁沿像细密蜂巢组织的藤壶壳可是制作石灰的好材料,等过些日子海腥味消失,会有客商来收购。大的藤壶壳,还是刮洗铁锅的好工具。粗粝的藤壶壳还是人们调侃男人的道具。男人们在外喝酒打赌的,人们会戏谑他："还不回家，要不老婆要给你跪雀儿壳了。"比起如今人们调侃跪键盘、搓衣板什么的，"跪雀儿壳"可是更严厉的惩罚。

藤壶肉那个鲜美啊，真是拿什么都不换。渔家人大方，会将撬下来的藤壶肉分一点给邻居品尝。人们都知道，削挖藤壶是很危险的作业，都不会轻易接受馈赠，多少会用自己方式来回礼。

小时候，我也曾跟着邻居伙伴到近海岛礁"敲雀儿"。提个小桶，里面装一点清水，带上小刀，来到浅门山岛附近的礁岩上，对着藤壶敲起来。敲碎藤壶壳，刀片将藤壶肉刮下来放进小桶里。人一走近长有藤壶的礁岩边，会听到藤壶们集体发出"嘶嘶"响声。退潮后正在休养的藤壶被赶海人打扰到了，它们想以"闭嘴"方式来保护自己，但到底还是被眼尖的赶海人敲了去。生的藤壶肉，可以腌起来成为下饭菜，也可以烧汤或蒸煮起来吃，无论哪种吃法都是很美味的一道海鲜美食。

时光荏苒，曾经不那么起眼的藤壶肉竟然身价暴增，由几十元每斤卖到如今一百元每斤，并且很抢手，硕大的"虎雀儿"还能卖到更高价。而那些"虎雀儿"来自悬崖峭壁上；是从浪高风急中抢挖过来的，所以藤壶又有"来自地狱的美食"之称。海岛人去海鲜市场买藤壶肉，是不还价的。人们口口相传并遵守着这个规则，都知道去外海无人岛上挖藤壶有多危险，甚至有些人因此而丧生。

美丽乡村东岙顶有很多渔人专门以挖藤壶为生，小小藤壶养活了几代人，很多人因此而发家致富。去年，我去东岙顶那天，村子创设的"藤壶古巷"项目正在街道进行工程投标。半年后，我再去东岙顶，看见古色古香的藤壶小巷已经完工。以藤壶为文化元素的标识随处可见：渔人围在桌前挖藤壶肉的雕塑，镶嵌在花坛边的藤壶壳，道路旁建有"虎雀儿"造型的围栏。低矮老宅旁煮藤壶的大铁锅静静地等待着，装藤壶的篓筐还被搁在老宅一旁，烧火的柴爿被罗列得整整齐齐。藤壶古巷从东岙顶一直延伸到东岙渔村，游人一路过来，藤壶的故事也一路被传扬。藤壶古巷里，更能体现藤壶文化的是本土青年作家白卿写的《藤壶赋》，她以古诗文体裁将藤壶的生长环境、食用与药用价值都介绍得十分到位。在此引用她的作品，以飨读者：

江浙钟灵之地，瓯越毓秀之区。奇珍满目，异宝盈途。芳播天涯，泽及海隅。

中有藤壶者，其势若藤，其形似壶。貌虽鄙，性且深固。游人啖赏，骚客感赋。

其聚居江海交汇之地，雄踞滩壁林立之渊。邻于浮云礁石，接乎碧海蓝天。临千丈深崖，逐万顷惊澜。历经光景变换，历尽岁月变迁。

　　宝哉藤壶！外承天地之曦微，内蕴古今之养。历金瓯风雨，纳六合华光。闻者仰慕，南北嘉名昭著；见者欣幸，瀛寰盛誉弘扬。

　　况能食医两用，分明相得益彰。滋味回甘，乃客座之玉馔；唇齿余韵，实渔家之珍藏；制酸止痛，为入药之妙品；疗疮祛毒，属愈疾之良方。能解人以厄困，亦娱人于寻常。

　　嗟夫藤壶，窥文化民俗之豹，鉴家邦经济兴。上秉坚毅，下涤身心。虽不能至，心向往之。今著此篇，以遂情志！

　　藤壶又肥了，海鲜市场有许多外来民工成了采集藤壶的生力军，他们习惯了海岛生活，也学会了海上劳作技能。小小藤壶以鲜美著称，成为餐桌上人们的饕餮美食。其坚韧之躯，犹如渔家人刚毅的性格，在东海边一代代繁衍生息。

泉眼无声

曾香琴

　　父亲生日那天，带孩子们回老家陪父母吃饭，家里却停水了。弟弟买了很多菜，表妹在厨房里炒菜，对着有点凌乱的灶台抱怨着：这水停得真是时候，还好舅妈用老水缸蓄了点水，否则晚饭大家都别想吃了。我叫来儿子，想带他一起到水井里抬一桶水应急。老妈说，省省吧，那水井都快毁了，没路了，你也下不去。我有些愕然，这是怎么回事？

　　前阵子，我在家族群里看见过人们讨论这口用了上百年的水井的命运。据说，在村里开发某楼盘的开发商，根据规划区域设计，要把这口供给村里原五、六两个生产队的居民生活用水的水井给掘了夷为平地，几位老人出来嚷嚷，找村委会评理。关于水井的命运，这事儿就被悬了起来。

　　人们嘴里念叨的这口冬暖夏凉的水井，离住家也就两百米左右，是在村子住家范围外的一口井。村路并不平坦，人们去井里挑水，走过去还好，空桶是轻松的；挑着水的重担，要小心翼翼踩着湿滑的山路，两旁还有许多杂草丛生，艰难跋涉。常常一担满桶的水挑到家里，已经溢出了不少。记忆中我家在"知古场"边建好石厝以后，家里的生活用水都来自这口井。井不大，井深不到三米，井口也就一张饭桌大小。井水充盈的时候，两三个吊桶一起打水都没事。干旱时期，井水供不应求，人们只能摆着水桶等待轮流打水。坐在井沿上等得无趣，干脆下井用瓢轻轻地将水刮起来续到提桶里，由井外的人提上去注到水桶里，这样显得快一些。下井的人攀住井沿，双脚撑开，找到井壁凸起的石头，小心翼翼地手脚并用下到井底。看到井底有那么一瓢左右的水了，拿起放在提桶里吊下来的小瓢刮水倒到提桶里，不一会儿就能接上一桶水。因为井下温度低许多，下井的人待在那里，感觉很凉爽。泉水从石缝里汩汩流出来，往上涌，很快就漫过井底光滑的石块，拿瓢一下一下轻轻刮起来，不让井底的沙子混进来。"满了满了，提上去。"井下的人一喊，侧过身，井外提水的人三两下就将提桶拉上去。水桶蓄满，井底的人攀爬上来，下一个轮到打水的人继续下井操作。这事儿我们没少干过，回想起来都是略带心酸而又快乐的满满回忆。

清冽甘甜的井水滋养着村子东面片区的乡亲，也解决了人们洗衣洗澡的问题。等到干旱的夏季，邻居男孩儿都会拿着脸盆、毛巾到井边洗澡，似乎这时候，井边成了大家公共的浴室。搓好香皂擦出泡泡来，将身上的汗渍污垢褪去，一盆水端起来从头上淋下来，那叫一个爽。冰凉的井水淋在身上，冲走了疲惫和污渍，男孩们一个个尖叫起来。如果有几个孩子一起洗澡，他们会把冲水当作玩耍。直到被井水冰得嘴唇发紫，母亲在叫唤吃晚饭，他们才会收拾好洗漱用品跑回家。在卫生条件有限的年代，这样的洗澡方式几乎是渔村百姓的共识。勤劳的年轻媳妇，一早就端了一盆衣服来到井边，打了水浆洗衣物。洗衣皂特有的香味弥漫在水井四周，很是好闻。如果是冬季艳阳天，人们还会在井边洗涤被子，挤干水的被子就近晾晒在草地上，像一面面彩旗装点了枯黄的山野，煞是好看。平日里，人们清早起床第一件事就是挑着水桶，提着吊桶，到井边打水挑回家，倒在大水缸里供家里日常用水。为了减轻父母劳累，家里年纪稍长的孩子，会学着挑半担水回家，或者与兄弟姐妹学着两个人抬水，这样的情景在渔村是常见的画面。水是生命之源，在渔家娃心里，不用说高深的道理，他们早就知道，口渴之极，从水缸里舀一瓢水咕嘟咕嘟喝个痛快，那是最好的享受。

有一年夏天维修水井，为了不让从泉眼里流出来的水冲掉刚抹上的水泥，人们要到井边将水不断打出来倒掉。轮到我家的时候，奶奶一个人不敢在黑漆漆的野外待着，拿着手电筒叫上我陪她去。我们祖孙俩坐在井边，在寂静的野外，秋虫在呢喃，萤火虫一闪一闪地飞过来飞过去，远处海上的渔火忽明忽暗，偶尔传来渔船的马达声。想着让水井不会漏水，护井之举只是义务，有人做伴，便也不再害怕。直到下一波守井人过来，我们才回家。

水井见证着孩子们的成长，年迈的老者离去。泉眼一年四季日夜不停地流淌，滋养着村东片区的百姓。直到村里修起了水库，人们家里安装了自来水管，水井才慢慢淡出人们的视线。但是，家里的老人，还是喜欢到井边洗衣服，有的人还在井里安装了水泵将水抽到家里使用，水井依然行使着她的使命。人们经过水井边，还是忍不住拿起吊桶打一桶水去喝一口，或者给脚冲个凉。

再一次回家，我特意去看了看那口井。只见离水井最近的人家屋外，被挖机挖成了悬崖，远远看见孤零零的水井上盖着一块铁皮。据说关于水井的去留还在协商中，村民希望水井保留住，开发商说会尊重大家意见。近日，我回家再去看那口水井，已不见踪影，连同附近的山野庄稼，都被掘为平地。一旁罩着绿色安全网的高楼拔地而起，水井原址附近，一架打桩机在吭哧吭哧地工作着。维系着乡愁的山野和给养了几辈人的水井再也不见了。

在老家，聆听时光的跫音

王思齐

多年以前渴望长大，渴望住进新房子的那个小女孩，不知是否会想到，多年以后的自己，会不厌其烦地任记忆穿梭在过去的日子里？过往不可逆，只愿现世久长。

——题记

正月初一，回大门岛奶奶（我称外婆为奶奶）家。

一进门，我就提了自己的东西、趿了拖鞋噌噌噌往楼上房间去。

咦？这是……我的床？

因为我的童年大部分时光是在大门度过的，寒暑假基本也有一半时间待在大门，所以，比之二姨家的那两个小不点儿，我和爷爷奶奶要亲近许多。

有一回奶奶就拉着我感叹："唉，还是和阿齐你好一点，我都不知道楚灵、楚栋（二姨家的弟弟妹妹）喜欢吃什么，做的饭菜都不合他们的胃口……"尽管我有时和楚灵、楚栋一样，嫌弃奶奶蹩脚的普通话，但每当奶奶遇到不会说的词语时，我还是会操起小时候奶奶教我的大门方言解说。以往回家，我不是和爷爷奶奶一起睡，就是一人独占那张堪称古董级别的雕花木床。但是现在一看，房间里原用于安放那张年代久远的镂空雕花柜子的地方已经被一张小小的席梦思替换，它堪堪卡在那里，一面靠墙，一面临窗摆着一张小书桌，窗明几净。明净的光线大刺刺地透进来，泛着温馨鲜活的气息。不知不觉，时光已从雕花木床上轻轻流淌而去……

爷爷踩着楼梯也上来了。笑眯眯地看着我，眼里有几分等待。我像以往那样跳上那张小床，开始手舞足蹈。爷爷满意地下楼，我听见他高兴地跟奶奶汇报："我就知道阿齐肯定喜欢！"

楼下饭菜的香味那么熟悉，难道真的只有在相同的地点，记忆才会忍不住地打开闸门？

恍恍惚惚的，我好像回到了小时候在旧楼里，每天早上还暗沉沉的时候，爷爷擎着红烛，踩着水泥楼梯上楼，发出沉闷的咚咚声。这种沉闷的咚咚声，在那时的我看来，是最契合耳郭的悦音，让我十分有安全感。

小时候，每天早晨我醒来的时候，只要大喊一嗓子，奶奶就会应声踩着楼梯咚咚咚地上来给我穿衣服，新的一天就这样开始了。在楼上玩着玩着，就会有咚咚的声音渐行渐近，唔，小伙伴来了，还带了玩具，欢乐嬉闹的午后就这样飞快地度过。有时候，我也会故意在楼梯上踩出咚咚咚的声音，不外乎是为了炫耀我新得的拖鞋和玩具。

大概是我三四岁时的暑假，我午睡醒来，将痱子粉涂满全身，然后穿着一双破拖鞋，一边扶着楼梯一步一顿重重地下楼，一边和着咚咚的脚步声，用大门话大声唱着自编的歌儿："鞋跋鞋跋，我有鞋跋，楼上跋跋，楼下跋跋。"全家人都在厅堂闲坐，见我像一只小白猫儿似的，都目瞪口呆，我停在最后一级阶梯上，无比骄傲地宣布："嗯，我是白雪公主！"顿时，引起哄堂大笑。这，至今仍是亲人们聚会时戏谑我的内容之一。

老屋里的时光都是这样平淡又充满欢乐。每天都有人来来往往、上上下下在楼梯上——幼时的玩伴、淳朴的邻居、熟悉的亲戚。于是这乐音里又含了小小的期待——上楼的是谁呢？

但随着老家的翻修，这种沉闷的咚咚声还是成了绝响。偶尔，我也免不了想起随着搬家而一去不复返的冬日暖阳、夏日清凉，还有在旧房子里生活了十六年的我。

晚饭后，全家围坐闲谈，老邻居来串门，看到我，惊叹"长大了"。我突然醒悟，老屋承载的家也需要"长大"，它的"成长"更需要我们全家人的呵护……

夜黑如墨，在爷爷奶奶起伏的呼吸声里，我贪婪地嗅着浆洗得干干净净的陈旧被单，那种因为岁月而不可避免的淡淡的酸腐的气味混合着太阳清新的气息，在这个没有月光的夜晚，显得格外令人眷恋。

时光在屋外轻柔而过。屋里，有一种温情在悄无声息地涌动，躲在温暖干爽的被窝中，我自然而然地暗暗祈祷：愿岁月静好，现世久长。

渔乡海雾

青 岩

　　海岛的春天来得有些迟，一切如同归港的渔船，还在静谧的避风港里沉睡，桅杆轻晃，水波荡漾。海风扶起耷拉着的旗帜，迎风飘扬着。海雾，漫卷升腾，时而幻化成各种形态，像是独有的生命体，在以它独特的方式在海面上蔓延。

　　我曾经看到过一位穿戴着防水靴的渔民在退潮时下海，驾着泥涂船在海田里驰行，速度飞快，从这头到那头，如同在云雾里穿梭。海雾一丝丝地逼近他的发丝，在他的身旁萦绕，直到将他吞噬，眨眼间那位渔民不见了身影。就在我四处张望，用目光寻找他的时候，他又驾着泥涂船在迷雾中脱身而出，这个姿态，像极了守岛的勇士，冲破迷雾险境，这般义无反顾，不被浓雾所阻。

　　涨潮时，有人过来泛舟。依靠船桨的力量，小舟在迷雾里缓缓驶去，直至消失在山与海之间，这是一次在半屏山大桥上的偶遇。我素来有跑步的习惯，于户外，我喜欢沿着海岸线迎风奔跑，既锻炼了身体，又可以顺道采风猎景，可谓是两全其美。半屏山韭菜岙的灯塔一直是心中所念，灯塔是众多人心中的诗意与远方，孤立存在着，它如同一种坚毅的信仰，更似心底的一道光亮，总在黑暗中指引着方向。

　　去半屏山韭菜岙，得经过七彩渔村。这个村子不大，面朝大海，独具地理优势，渔民抓住了民宿崛起的契机，弃渔从商，大都将自个儿家的石头房改成了民宿，将各个切面漆成了七彩颜色，保留了渔村的本色。再加上近年来海峡两岸同心文化的入驻，整个街与道，便充满着浓郁的台湾韵味。一面色彩鲜艳的墙绘，一簇风趣特色的闽南语，让整个渔村顿时鲜活了起来。

　　晨起时，正是浓雾郁结的时候，白茫茫的一片，无法看到对岸的村庄与道路，只隐隐露出了青山一角，这角青山如同水墨速写一般，随着大雾的飘浮、迁移，逐渐遮挡了渔村的真颜。七彩渔村早在浑厚嘹亮的汽笛声中苏醒，靠海一侧的路旁，已悬挂着处理完的水龙鱼，还渗着水珠，滴答、滴答……樟树底下坐着一位穿着大红棉布衣的妇人，看上去五十来岁，一把破旧且残缺了靠背的竹椅，在她肥硕的臀部下被压得嘎吱作响，看上去不堪重负。

显然，这把破旧的竹椅全然没有影响到妇人的忙活，只见她微微将头埋在胸口，用娴熟的手法，将这些肥嫩白净的水龙鱼剖开，扯出内脏及齿鳃，丢到身旁的一个塑料筐里。她的两侧，是一排排整齐的已经悬挂好了的水龙鱼。水龙鱼用纤长的尼龙绳串起，系在道路两旁的树干之间，等待被风干。

渔村的早晨，忙碌的身影，交织在活鱼与绳索、波涛与岸石、海风与浓雾之间，还有那把嘎吱作响的竹椅，击磨着耳朵，仿佛在下一刻，会立马崩裂四散，成了一堆无用的碎竹。

这条风景秀丽的环岛公路，坡道上铺满了漆黑的沥青，摩擦着鞋底的凸纹，急缓的脚步落入地面而又迅速被弹起，三步并作两步，转身回转到了半屏山大桥上，深蓝的桥栏在云雾缭绕中若隐若现，如同一朵倚靠在桥边的浮云，乘着过往的清风小憩。停下步伐，深深地喘上一口气，如释重负，呼出的气息伴随着鼻翼之风融入雾气，转而被桥上的海风带走。站在桥栏边，有些错觉，总感觉桥梁在随着浓雾的飘浮而缓慢移动着，双脚有些战栗，心生慑惧，本能性地退缩到桥中央。

顷刻间，云层仿佛裂开了一般，一束微弱的阳光从白茫茫的缝隙里喷射而出，击碎了集结的浓雾，周围的雾气缓慢散去，不远处的房屋逐渐明晰了轮廓，七彩渔村展露新颜，变得更加明朗了起来。站在桥上，依然可以清晰地看见樟树底下坐着的那位妇人，将一串又一串的水龙鱼系在两棵树之间。一艘货船从桥下而过，水波推动着船尾，劈开一层层水花，形成了一条隐形的水路，船过之后又立即恢复了平静，完全看不出船只驶过的痕迹。

行到灯塔坐落的堤坝上，有渔妇在修补渔网，织网的梭子在网眼里来回穿梭着。记得小时候，乡村的生活拮据，村里的很多妇人都会去镇上"拿网线"织成渔网换钱。那个年代，一条成品的渔网大约是四五十块钱，在当时，也是一笔不小的收入。手脚麻利的妇人，一周就能织好一条渔网，去趟城镇，就能捎几斤肉、米、面回来。母亲也曾拿了些网线回来，在四方椅上起了个"网头"，忙碌时就搁置在那里。我见织渔网好玩，也学母亲的样子织了起来，但总有误差。母亲见我热情高涨，自己又忙得无暇去织，只能手把手教我织渔网。还别说，小孩子家家，学东西就是快，很快就掌握了技巧，母亲就完全交由我去织了，一条渔网，我大约织了一个月。除此之外，母亲还教会了我如何在梭子上绕线，如何正确放小竹片（用来固定网眼大小的竹片），这样一来，我几乎成了名副其实的渔家姑娘。

那时，父亲还是个渔民，出海捕鱼经常是早出晚归，讨海归来时，一家子就要开始忙活了。母亲要缝补被暗礁割破的渔网，一坐就是一整天。父亲则动身去"扫网花"，这些"开满"了橙黄色网花的渔网，如同大海里的织锦，明晃晃的一大片。父亲显得有些焦头烂额，或许，令渔民最为头疼的不是破洞的网眼，而是这些密密麻麻且又顽固的网花，网花与渔网交织在一起，渗入每个网眼的纤维里。所谓"网花"，其实就是海里的杂质与草屑混合在一起形成的物质，类似于苔藓之类的。因为渔网长期在海水里浸泡，容易堆积盐分，吸收海里的杂质，再加上海上的漂浮物，例如草屑之类的，也很容易被网入其中，所以每隔一段时间人们就得将网拉起，搁置岸边清理干净。长满网花的渔网最难以清理，网花植入了每个网眼里，人们总不能挨个儿去戳网眼，只能将渔网从海水里捞出，平铺在堤坝上，让阳光晒干渔网上的水分，蒸发一些盐分，待到网花被晒干，然后用扫帚扫除，拍一下，抖一下，就容易了许多。这就是海岛渔民多为常见的"扫网花"，自从父亲"解甲归田"，不再讨海之后，家里的几张渔网也出让给了别人，我们家就再也没扫过网花了。

白日里的灯塔是不放光芒的。站在塔下，也有人踩着外层的铁梯拾级而上，从近处而看，此时的灯塔与其他的观光小屋别无两样，非常庞大，显得有些粗犷，远没有心中所想的那般诗意与细腻。站在百米之外，灯塔就犹如手指般大小，颇有那番手可摘星辰的感觉。对于灯塔，我没有过多的寄望，只是能在黑夜里洞见那缕照射于海岸上的光束，心中便有不言而喻的自愈力。黑暗，让无数人恐惧迷惘。而光芒，自始至终是追寻的方向，有光的地方或许就会有希望。

海岛的迷雾去又复返的时候，便已近黄昏，清朗的天空逐渐变得混沌。海雾开始游走于海面，蔓延至青山，浮过岛上的一排排香樟树，仿佛披挂上一袭薄如蝉翼的细纱。一阵轻柔的春风路过枝头，唤醒蜷缩着的新叶，温婉地将枯竭的叶片带落，枯叶簌然落下，堆积在了路面，被扫进了簸箕里，运往了垃圾回收站。

春日里，每当路过樟树下，一阵树叶雨急骤如下，落在路人的发梢上，转而被拨落在地上。人从叶片上走过，车轮将其碾碎，破碎的落叶随着春风，连同脚边的尘土，被带出了好远好远。

雾霭沉沉，是海岛春天的常态，烟雨空蒙，缠绕在半山腰，就如同一条青山玉带。雾海茫茫，葳蕤的群山就似浮动的岛屿，山岛相连，呈现出一个与世隔绝的世外桃源。

树以经年

青 岩

　　山村的树向来是大地生长的年轮。当第一粒种子在春雨中裂开胚芽，数百年光景便顺着年轮层层洇开。那些交错的枝干是向天空摊开的手掌，接住候鸟迁徙时遗落的羽毛，也接住一代代山民落地生根的执念。

　　被围拢在其内的村庄，像极了树的心脏，而那石头垒成的房屋则是跳动的脉搏。山村里的树木每逢甘霖骤降，一贯是成批疯长，直到根深叶茂，耸入云天，也不会因此而停滞。或低或高的树，长势参差不齐，追溯其源，殊不知是哪一只路过的鸟儿，从何处衔来的种子，落在了这片土地里。

　　老屋半里外的古榕树是村史的活碑。三十年前它还蜷缩在土墙的阴影里，而今虬结的根系已悄然攀过石阶，在青苔斑驳的院墙上密布了苍翠的绿荫。每逢冬日的雨季，气根如垂老的泪痕悬在半空，它将仅有的绿荫覆向了几垄良田，继而将枝干指向天际，将农耕的背影浸得潮湿而又绵长。这棵看似老迈的榕树，用了长达几十年的时间不断深植于土壤的底层，就像生活在这片土地上的人一样，用尽一辈子的气力去落脚与扎根。

　　我常在暮色里凝视它嶙峋的剪影——那些扭曲的枝丫就像老祖父布满老茧的手，既要攥紧脚下三寸薄土，又要替远行的儿孙指认归途。

　　听啊，春天的鸟鸣声已远去，夏蝉的聒噪声不复在耳，秋虫的窸窣声藏匿于杂草丛里，而萧条的枝干在冬季里，大多已无鸟雀可栖，鸟儿大多已藏进了温柔的梦乡里。

　　站在树前，老屋在其后，脱了皮的枝干高低错落，犹如雄鹰的利爪，将猎物罩在它的爪下。

　　如今，老榕树仍是孑然一身，它是气盛的，但又是孤独的，在漫漫的长夜里，它只能目送着一个个熟悉的面孔，背着包袱相继离开了村子。

我总习惯于站在老榕树下，透过盘旋交错的树枝观望不远处的老屋。望得久了，眼前一片模糊，我的念想先行带我打开了老屋的大门，身后的玻璃从老旧的门框掉落，在背后摔得稀烂。我穿过爬满蜘蛛丝的灶台，走向里屋，径直登上褪了红漆，甚至有些发白的楼梯，一株爬山虎从木窗的缝隙进到屋里，沿着木梯的台阶生长，不可否认，这是老屋里唯一的生机。我有些迫不及待地想要站在我那张老旧的书桌前。走得急些，灰尘便纷纷扬扬地从腐朽的木头里四处进出，在光隙里化作一颗颗沉浮的粉尘。或许，我早已遗忘了石屑里的书桌上还留着中考写下的志愿，灶屋梁上悬着的粽叶早已褪成霜色。

　　渐渐地，远望成了一种习惯，不近不远。

　　我的记忆，如同这棵老树一样被根植在这片土地里。所以，老榕树收藏了无数离乡人的记忆碎片，将它们拼凑成了枝干上的手指，一面将老屋围拢，一面指向天空。

　　我伸手触碰树干，凸起的树瘤硌着掌心，忽然懂得草木的衰老是这般具体——不是飘零，而是将光阴一寸寸夯进年轮，直至成为土地坚硬的骨骼。这棵凝聚乡村兴衰气息的树，如同人类的血管一样，将枝干长进了山村的血肉里。

　　正当暮色渐浓，古榕树将影子叠在老屋的虎皮石墙上。我坐在树下，等到最后一缕天光在山那头隐去。归巢的鸟雀飞得急些，抖落片片银灰色的羽毛，像洒向人间的星。古榕树渐渐化为巨大的墨痕，向天边书写落幕。

　　我知道，当黎明来临时，熹微的晨光会再次给古榕树镀上金边，唤醒睡梦中的山村，路过的晨风会带着昨夜星辰的余温。而我，在树下静静伫立，等一次回到过往的穿梭机。

凤鲚来信

施立松

亲爱的小凤鲚，霜降已过，你们该准备启程向海了吧！

自春末夏初由海入江，产卵后便返回东海，我就盼着你们来东海过冬的那一天。等待的日子，每天都那么难捱，几个月的时间，仿佛等了几个世纪。每天，我都想象着你们长成的样子：狭长的身子是像凤尾，还是更像雪亮的柳叶刀，小嘴和鱼鳃是淡淡的粉吧，该是多么的娇嫩可爱！通身的银光，会在阳光下折射出怎样的光彩？

像每一位与孩子相隔遥遥的母亲一样，我每天都在担心和思念中度过，担心你们能不能好好成长，担心那些倾慕"茶山杨梅雁荡酒，江心寺后凤尾鱼"的人们，对着可爱的你们如何垂涎欲滴，更担心你们的洄游之路会不会像许多年前一样，被一道长堤阻隔，让我们母子再无相见之日。

亲爱的小凤鲚，昨天我又游到长堤旁，发现那个247米长的破堤通海口仍在，并且通道也清理过了，岸边的滩涂上，柽柳还开着一串串粉色的花，它们整齐而昂扬地挺立着，像守护通道的绿衣卫士；涨潮后，海浪翻滚，成群的白鹭亮着银翅上下翻飞。通道之上，为破堤而兴建的两座通往长堤的桥上，车水马龙，繁忙如斯。

亲爱的小凤鲚，你不知道，这条长达14.5千米的跨海长堤，对处于东海之滨的孤岛洞头意味着什么。它像陆地母亲伸向孤岛洞头的臂膀，它让祖祖辈辈生活在洞头的人们告别那种"隔千重山不隔一道水"的无助和辛酸，也让洞头的经济社会发展从此掀开新的篇章。据说通车10年，洞头生产总值从19.10亿元增加到61.48亿元，年均增长13.8%。

通车后不久，飞奔在长堤上的人们就发现，堤两侧的海面迥然不同，南片浪潮翻涌，生机勃勃；北片却总是平静无波，仿佛沉睡未醒。再过不久，人们又发现，每年九月的紫菜育苗期，大堤北片养殖区经常出现大面积的死苗、烂苗，造成紫菜大量减产。海洋专家检测后才发现，两片海域的盐度发生了变化。北片盐度比南片低了两三度，这相当于一千克海水里少了两三克盐。这显然是瓯江水流入东海，被长堤阻挡在北片所致。

亲爱的小凤鲚，他们哪能想到，像你们一样生活在瓯江流域的鲈鱼、鳗鲡、日本对虾等二十余种洄游性海洋生物，因大堤的阻隔而洄游受阻，再回不去江心寺后那片咸淡相宜的"温柔乡"水域产子了。河口性鱼类从原来的 42 种减少到 22 种。为求生存，你们只能另寻生路，向更远的河口跋涉，因路途遥远而累死在迁徙路上的凤鲚们不计其数，那些惨淡的历史，我每每想起，都泪湿衣襟。

好消息来得有些突然，2020 年底，"破堤通海"的炮声震动了正在为来年洄游发愁的你们。他们拆除灵霓大堤坝头，打通海洋生物洄游通道，恢复海域生态，为你们"让道"了！

破堤通海之后，作为对海水的盐度、水质、流速最为敏感的你们，很快就感知到了许多不同。春天快过去的时候，你们呵护着因孕育而圆鼓鼓的肚子，在薄刀鲚的护送下，结队游到瓯江口外，寻到最舒适之处，完成产子重任，而后返回东海。亲爱的小凤鲚，没错，薄刀鲚就是你们的父亲，你们的母亲也有个好听的名字，叫"子鲚"。

你们回来时，在破堤口不远的地方，会遇到一片红树林和柽柳林，这就是颇有些名气的"百亩柽柳林、千亩红树林、万亩海藻场"，是洞头近年打造的全国唯一的"南红北柳"生态交错区。中、低潮间带的红树林与高潮间带的柽柳在霓屿海岸线共同生长，发挥着防风消浪、促淤保滩、固岸护堤等作用。之前，这里是一片满是沙砾和死水的荒滩，废弃的对虾养殖场不时散发着一阵阵臭味，滩涂上的跳跳鱼、海螺、蛏子、文蛤、招潮蟹、牡蛎等昔日一起玩耍的小伙伴，仿佛一夜之间全都不见了踪影。而今，你们从这里经过时，会看到几百只白鹭成群结队地在红树林间觅食，你们还会听到它们低音炮一样鸣唱，它们的欢脱和从容，正说明这里的饵料丰富起来了，鸟类赖以果腹的小鱼、小蟹、贝类品种越来越多了。据我所知，目前这里已发现几十种鸟类，包括一些珍稀鸟类。

亲爱的小凤鲚，再往前，你们就会看到海面上密密麻麻竖立着紫菜养殖竹竿，竹竿间一垄垄漂浮的紫菜帘，如长发般在水波里荡漾。当然，如果你们路过翻转全浮式养殖区，会发现"紫菜田园"果然名副其实，养殖户脸上洋溢着丰收的喜悦。

亲爱的小凤鲚，我在东岙沙滩上发现一块电子显示屏，屏幕上显示"温州东呑蓝色海湾指数"。你们知道什么是"蓝色海湾指数"吗？它就是指在一定时间内，蓝色海湾整治行动工程对遏制生态环境恶化趋势，改善海洋环境质量，提升海岸、海域和海岛生态环境功能，维护海洋生态安全，促进沿海城市经济社会可持续发展的效应评价指数。东呑沙滩"蓝色海湾指数"为 85.99，表明海湾质量状况良好、稳定，保护和管理较全面。路过这里时，你们可以停下一路奔波而酸痛的脚步，歇一歇，看看风景，也听听人们戏沙逐浪的欢声笑语。

亲爱的小凤鲚，如果你们夜晚经过半屏大桥，想必会记起"陌上花开，缓缓归"，桥上音乐喷泉的美妙旋律会让你们翩翩起舞吧？再回过头看看韭菜呑沙滩每晚八点如约而至的"打铁花"——沙滩烟火音乐会。你恐怕跟我一样，很难想象这个沙滩原来的沙子都被人们取走运出去卖掉或者建了房子，沙滩因此碎石、滩泥遍布。是蓝色海湾整治工程的实施，使沙滩重修后，才有了如今的盛况。而这样被过度挖掘、侵蚀退化的沙砾滩，洞头已修复了 10 个，每一个都带活一个村庄，救活一段海岸线。

亲爱的小凤鲚，即将停笔之际，又有好消息传来。洞头区蓝色海湾整治项目领导小组办公室主任李昌达说，为真正给鱼儿让道，他们正准备启动生态海沟工程，要在已经打开的堤坝位置，继续向下深挖，为海洋生物通行缩短洄游路程的同时，给你们腾一条更宽敞、更舒适的通道。海沟建成后，他们还打算在里面放置生态浮标，监测水动力、海洋生物多样性，用数据了解海洋生态修复的进展，好为下一步修复谋划思路提供依据。

亲爱的小凤鲚，人与鱼和谐共生，是我们的命脉，又何尝不是依托环境快速发展的洞头人的命脉。

期待我们的重逢。一路平安。

石 头 房

王海珍

　　一座老旧的石头房，写满了故事。

　　那紧闭的窗扉是你安静的心湖，你习惯了在风雨之后的神闲气定。青苔在你的眉眼处冒出了新芽，你笑着让它欢喜成长，看着它那嫩黄嫩黄的花在你纵横交错的皱纹里绽放；鸟儿在你的怀里寻一处家，你笑着看它呼朋引伴，在洁净且坚强勇敢的石头上起起落落，编织出一片温软和安逸……

　　你，已经有些老了，已经习惯了静静地等待和凝望。门前的这株香樟树，是陪伴你的老朋友，你记得她的小时候，也记得她的裙下曾欢笑满堂……

　　岁月推开了那扇窗。

　　你记得那是一位老工匠，在洞头六月的夏风中，顶着草帽，用一双粗糙且勤劳的手，和着水泥，捡着砖头，再眯缝着眼睛，将或长或短的砖头一块块细细叠加的故事。很快，这质朴结实又不失美观的窗门，便成了女主人挑针绣花的灯影儿；成了孩子们张望窗外风景的一双好奇的眼；成了夏夜里，月光下，邻里街坊聚在一起谈笑喝茶、摆弄茶盏的钟爱之地……

　　于是，你开始怀念，那段远去的岁月。

　　你还记得，当第一位女主人为这个家族开枝散叶时，就注定你是要承载这份热闹和欢喜的。雕花的木质走道，镌刻着你的庄重，也留下了儿孙满堂的欣喜；垂挂的印花青瓦，彰显着你的高贵，也印证着男主人对你年复一年的呵护；顶天立地的木头柱子，是你勇敢的脊背，更是孩子们捉迷藏的嬉戏处；喜上眉梢的对联，是你对这个大家族念念不忘的祝福，也是儿孙们愿你天长地久的守护……

　　而今，在你那呈"口"字形的天井上，晒着鱼香的，也是一对老人。"执子之手，与子偕老"，你见证了他们的爱情，也见证了他们对彼此生命的尊重和坚守。他们也习惯了你，那百年来依旧散发着木头清香的味道；习惯了在春天里，仰望天井，听雨珠敲落在青石板上滴答滴答的声音；习惯了看着雨珠汇集成流水，从水槽上浅浅流出的俊俏模样；习惯了在冬日里，期待遇见那一方从你的天井中大大方方漏下的金色阳光，照亮你满堂的明亮！

你也习惯了他们，习惯了看着他们有些蹒跚的身影，在花园的小广场上，伴着音乐，轻轻地挪移着；习惯了看着她们慢慢老去的容颜，在渐渐富足的日子中，舒展着笑意和满足；习惯了看着她们坐在花香鸟语中，聊着过去，谈着未来！

停落在你怀里的，还有那想歇一歇脚的信鸽。这远方来的客人啊，在一路追寻着风景的时候，望见了你，这一片高高低低的青瓦房，竟忍不住落脚。它们喜欢静静地站立在你那绣着青丝苔的屋脊上，在洒落的那一片日光下，或打个盹儿，或嘀咕几声，自由地张望。

你知道，没有人会打扰它们。在你温暖如初的怀里，它们是自由的天使。

岁月，让很多东西变了模样。只有你，依旧沉默着，如最初那般安定。可淘气的风，却企盼着它们带着你的故事一起飞翔！

岁月静好

王海珍

　　就在拐弯处的那一瞥，你与它邂逅了。在石头房的脚边，这一片野雏菊开得自然，绽得灿烂！仿若村子里那谁家的巧媳妇，传承着海岛人几百年的待客之道，已早早地候在码头迎接远客，娴静中不失热情，朴实中不失精致，在这夏日的晚风中，摇曳着岁月的色彩！你浮躁的心，在面对它那份纯粹的美丽时，竟，渐渐地有些静了……

　　放开沉沉的背包，你只想找一个有山有水的地方。听鸟儿鸣唱，望涧水潺潺。任风，吹动了天空的衣裳，也吹动着你的草帽。你寻思着，小屋前枝繁叶茂的大榕树上，住着多少只可爱的鸟儿……还有那深埋的、看不见的根，在这片土地上，是如何快活地向四周伸展、自由呼吸！

　　情不自禁地张开写满疲累的手臂，让山尖的风，带着大自然最纯净的呼吸，拂过在岁月的摩擦中绷得太紧、累得已经有些变形的手掌。你听到了，每一个关节都在清风微软的怀抱里欢笑、耳语！

　　你听不懂它们彼此间的喃语，就在闭上眼的那一会儿，你觉得自己就成了风的一部分，成了这山水的一部分！心中悄悄流淌过一句话："累了，就让心灵在山水间休憩，任灵魂在清风中漂泊……"这句话是哪位哲人说的吗？你已经有些忘了，但又有什么关系呢？这一刻，你可以什么都不想，什么都不管，抛下那争分夺秒的算计，抛下那满街繁华的嘈杂……

　　任那时光，在大榕树绿色的叶片上，一点点地滑过，一点点地跳跃；看那鸟儿"嗖"的一声钻进巢里，眨眼间，又"嗖"的一声跳出来，嘴里叼着些枯黄的干草，转悠着脑袋，在思考着什么；看那夏蝉，全神贯注地趴在桦树粗壮的枝干上，小肚子一鼓一鼓的，使劲儿地哼唱着夏天的歌，唱累了，就不吭声了；看那穿着黑盔甲的天牛，摆动着长长的触须，在绣球花那宽大的叶片上摇过来又摇过去，它也是如你一般，在寻找今夜的落脚点吗?

你笑了，继续前行。

一抹不知名的绿，赫然出现在你的眼前，伸展的小绿叶折射着勃勃生机，看得出这里的主人必定是懂得养护的。一幢木质结构的"避暑山庄"出现了，还没有踏进，你已经暗生欢喜了。看来，曾在洞头游玩过的朋友说得没错，那鹿湾的民宿，果真能滋养人。

民宿的主人是个细心的老人家。在清晨的鸟叫声中，为你备好了一种叫"海岛人参"的番薯丝，配上点淡淡的虾皮，和着点麻油拌的酱油醋，令你胃口大开。番薯丝带着大地的甘甜，你一口气吃了个精光；粉里透红的虾皮一朵一朵的，那是大海舒展的眉眼，带着纯粹的鲜味儿，留下一点儿叫作"甜津津"的味道，还停留在舌尖。

来了洞头，就要四处逛逛，卸下，重组，漂亮出行。

洞头码头自然是必须去的。且不说那铺天盖地的云霞，如掠过的凤凰一般渲染着海边的天空，照得你的双眸展现出从未有过的明亮；也不必说那彩色的小屋，犹如块块巨大的、充满魅力的豆腐一般，让你一声惊呼；单是那扑面而来的海风，夹带着海鲜特有的味道，就硬生生地逗诱着你的味蕾，使你垂涎三尺了。是谁家店铺门前的"水晶螺""野生小鲍鱼""观音手"，透着大海的味道……还有些叫也叫不出名字，见也没见过的贝壳类海鲜，更是让你在这等五花八门的味道中留连不舍。

若说山尖的风，足让你休憩；那海边的风，则让你"放纵"。忽忆起诗人杜甫诗中有："白日放歌须纵酒，青春作伴好还乡。"是这样的感觉吗?你偷偷地笑了，笑自己竟然穿越了时光，找到了一点莫名其妙的相似感觉。你原本就知道"对酒当歌，人生几何"的豪情，那么当下，何不喝一小盅，醉一把?或许，李清照当年"争渡，争渡，惊起一滩鸥鹭"的情怀，你，也可以在这充满着海味儿地方，享受了。

如鸟儿一般，你"咂吧"一下嘴巴，将一将飘摇的长发，再顺着那长长的路，来到了东岙。同样是渔村，这里竟多了分安静。青石板铺砌的小路，走着走着，就消逝在视线中，再往前走，却又是柳暗花明。你喜欢这种原生态的小路，就像是小时候在奶奶的背上，来来回回、晃晃悠悠的感觉。你知道，这家家户户门口的红灯笼，自然是东岙渔村人的热情，你喜欢从他们那或浅或深的掌纹中接过洁白如玉的小贝壳手链，让它成为你美丽的一部分。

望着那镌刻着花纹的木窗，终究，还是按捺不住那颗好奇心，你跟随在一个小男孩蹦跳的脚丫后，推开了那扇老旧的木门。

日光漏在老屋内，也漏在一位老母亲勤劳的双手上。她正细细地挑着被日光锤炼过的细丝条儿。你认得它，在清晨里，它曾滋养过你干涸的心湖，没想到，竟然在这里，再次与它相遇。

老母亲左手扶持着木匾子，右手摩挲着细丝条儿，慈祥的脸上，溢着淡淡的微笑。或许，她忆起了老伴儿为她的人参汤而特意勤劳播种的流汗背影；也忆起了儿女们围坐一桌，嘻嘻哈哈吃着番薯丝，逗弄她时的快乐模样……

这一刻，在她翻动的影子里，时光竟然在这里停下了脚步。"岁月静好，莫非如此?"你笑了，一抬头，看见了屋脊上的一只猫，它正慵懒地眯缝眼睛，享受着这一寸阳光……

寮顶 1966

张海珍

　　父亲和战友们从三垅到垅头岙，沿着海岸线巡逻山上山下的碉堡、坑道时，阳光耀眼，三月的草丛散发出泥土苏醒的味道。

　　一起从新兵连分配到二营四连一排三班的，也就两名新兵。其中一名，就是18岁的父亲。那年是1966年。在家里只有吃番薯丝的父亲，到了部队后，吃上了白米饭。三个月的新兵连生活，父亲的胃填饱了。填饱了胃的父亲，感到自己和以前有了很大的不同，甚至可以听到自己身体里每个细胞在舒展的声音。满足感洋溢在嘴角、眼角、眉梢，洋溢在每个毛孔。父亲感到自己的每句话、每个动作、每个步伐，都充满了力量。走路时，带着风。说话时，风都停了。

　　二营四连一排三班负责碉堡坑道安全巡逻，和营部驻在一起。营部驻地在寮顶村北部的寮头自然村，大垅岭公路下方，一排四间的砖木结构瓦顶房。

　　来到寮顶营部后，父亲发现每天早晨的起床号和新兵连不一样了。在这里，每天清晨唤起睡梦的是一阵阵清脆的哨声。父亲猜想，大概因为这里的营房小，边上居民又近，不需要吹号了。

　　用哨子吹醒的清晨和用号子吹醒的清晨，还是不一样的。新兵连在铜沙顶，营房分布很散。每天清晨的军号声嘀嘀嘀吹响的时候，新兵连所在的洞头岛东部的整个北沙片区的万物生灵都会听到军号声。家禽家畜们都骚动起来了。猪们伸伸懒腰，换个姿势继续躺好。羊们张开惺忪的眼睛，抖去身上的稻草。鸡鸭推推搡搡起来，公鸡高鸣起来。有些母鸡也忍不住地随着打鸣了。窸窣的起床声，开门泼水声，灶前风柜声……晨曲有了变奏，就更丰富了。吹军号的战士，除了需要完成常规的军事训练任务外，平时一有时间就要练习吹号。他练习吹号时，整个北沙片区的山上田头，都可以听到的。远离营房训练的父亲听到后，真是很羡慕。吹得多好啊，这么响亮，这么充沛，这么悠扬……

来到寮顶营部后，听不到起床的军号声了。父亲习惯了清脆的哨子声。清晨的营部操场上很快集合了出操的战士们。跑步声、口令声，跑步声、口令声……附近早起的菜农们也是按照这个节奏来挑水浇菜了。等这些都安静下来，出操的战士们陆续前往食堂准备吃早饭了。这个时候，呑仔呑口海面的天空已经变白，云朵逐渐绚丽起来。在海里休息了一个夜晚的太阳，也悄悄起床了。

二营四连一排三班一共九人，分三组，三人一组。一组看弹库，两组巡逻。吃完早饭后，大家各就各位。

巡逻的坑道有三四百米。刚开始还是有坑道口照进来的微微光线的。没有走几步，里面就黑乎乎了，只有一把手电筒。父亲和其他两个战友靠得很近。手电打向哪里，他们的眼睛和枪口就齐刷刷地瞄向哪里。通道两侧有水渠，地面渗出来的水可以沿着水渠流出来，通道下面还有水沟。父亲听到的水流声，就是从水沟里传来的。听到在黑暗里传来的水流声，父亲有种诡异的感觉，不由自主地和战友们靠得更近。一转念，父亲想起奶奶曾说过："你身上的这个衣服，有五角红星，脏东西是不敢靠近的。"父亲随即呼了长长的一口气，眼睛好像更亮了。

进去后就看到里面有很多房间，房间里面既牢固又干燥，地面铺着石子。父亲和战友们仔细检查这些设施有没有被破坏，直到所有的角落都看过，一切都正常。当父亲和战友们走出坑道，春天的阳光温和又耀眼。父亲他们在门口站立一会儿，看着坑道口的那丛草的颜色从黑色转为绿色。再深吸几口气，等肺里鼓满了青草的气味，他们走向下一个目标。

1966年3月到11月，父亲和战友们在寮顶负责巡逻的9个月里，营部指挥部坑道的门都没有上锁，也没有人来搞破坏，也没有发生塌方渗水等自然灾害带来的安全事故。他们每天都非常认真仔细地巡逻，不放过一只苍蝇。这里一直保持安全的重大原因，是可靠的工程质量。坑道的施工也是部队完成的，所用的石子的直径被限制在2—3厘米，太大或者太小都是不合格的，严禁使用。施工的过程必须严格细致，不允许有一丁点的马虎和随意。有一天，监督员发现在墙角有个石子，没有被水泥浆包实。大概是某个粗心的战士在处理水泥浆时，没有铲匀夯实，给这个石子周围留下了一点儿空隙。监督员马上上报，层层追查。事后，负责这个片区施工的战士和班长都被处分了。这么严格的施工要求和监督，谁敢马虎？

没有意外情况出现，每天进行一样的巡逻，想必会很无趣吧？哪会无趣呢！父亲和战友们穿着整齐的军装，扛着擦亮的步枪。帽檐下的双眼炯炯有神，刮过胡须的下巴光洁明亮。解放鞋里的双脚舒坦地丈量着这片逐渐熟悉起来的山头和海岸。当他们在寮顶山上巡逻时，路过吃草的牛羊也会抬头"咩咩""哞哞"地打着招呼；路过山上的番薯地和菜地，村民也会停下手里的活，看着他们走过。看着寮顶山岙的袅袅炊烟，父亲心里充满了幸福。

一场巡逻大概要花两个小时。巡逻结束，回到营部，继续学习和训练。学习，大多是班长读报纸，大家讨论。讨论，实际上就是把报纸内容复述一遍。记不住的，可不能乱说，不可讲错。所以，父亲必须又快又准地记住班长读的话。好在班长读完报纸，会把报纸给其他人看。战友们大多是和父亲一样的小学文化。父亲拿到报纸后就拼命抄，拼命记。会后，又拼命读，拼命背。他笔记本上的字，也越来越整齐了。

学习之后，就是训练。这个时候，食堂那边也陆续飘来不同的香味。操场上站着队列的父亲和战友们眼神更加坚定，迈起的脚步更加有力，喊起的口号更加响亮了。

无尽
夏

节气篇

立秋迎长夏

立秋迎长夏

戴婉贞

"六月立秋快溜溜，七月立秋秋流油。"这是出自洞头气象谚语中的句子，意味着立秋日在农历六月，天气凉得快；立秋日在农历七月，热气退得慢，初秋炙烤般的气温会让你热得冒油水。立秋一般都在农历七月，所以，洞头的立秋从来不是从秋凉开始的。

一、气候

在南方海岛，作为秋天的第一个节气，立秋不仅没有带来凉意，反而背叛了时序，成了夏天的长尾。暑热一日胜过一日，中伏未过，末伏潜在，不仅气温居高不下，空气湿度更是突破了百分之八十，以致家中的竹制品都开出了"小白花"。

立秋之后的炎热天气惯有"秋老虎"之称，或意味着秋天被老虎吃了，抑或这闷热的天气猛于虎。古人称这段特殊的时节为"长夏"，非常符合我们海岛的实际。海岛的初秋似病者的脉搏，微弱得失去了存在感。

小时候的四季更分明些，到了立秋，父亲便不准我到海里游水了，说是海水敏感，水温已有变化，容易着凉。此外，家里也不再买西瓜了，秋后的西瓜已经是老得干巴巴的。不比现在，有了室内泳池，一年四季都可游泳。农业科技的发展也让果蔬不再受时令的束缚。

洞头虽逃不出长夏的桎梏，但历史上的最高气温从未突破 35 摄氏度。另有海风的调节，夜幕下坠后，沿着海边步道散步、慢跑都是极其舒适的。

立秋前后是台风的活跃期。每年的 8 月至 9 月，菲律宾以东洋面台风西北行，受其影响，常有暴雨，俗称台风季节。我印象最深的那个台风，发生在 1994 年。当时台风在温州境内登陆，洞头也深受其害。抵抗台风一直是我们海岛生活不可回避的一环。

二、鱼汛

陆上的高温影响不了海洋生物的生长。秋来，田地里的农作物日渐滋长膨大，"海作物"更是在不断繁衍生长。早些年，还未开始全面禁渔期时，立秋之后，鱼、虾、蟹进入了"青年期"，远洋捕捞和近海捕捞作业都开始繁忙。以三盘岛的近海捕捞作业为例，夏秋两季的捕捞区域航线最短，一则因天气炎热，"海作物"喜欢在浅水区活动；二则航线越短越有利于保证海鲜不受高温影响。在这时节，出海捕捞作业的渔船往返航行时间在两个小时左右。

每年立秋以后开始捕带鱼，直至来年惊蛰，其间以冬至过后至春节之前为旺汛。故民谚道："冬至过，年关末，带鱼像柴片。"立秋后，洞头的钓船便北上钓秋白带，至渔山、洋鞍、浪岗、中街山等渔场，冬至南下大陈、披山、洞头渔场捕捞，至次年惊蛰结束。（仔船）一般年捕捞 6 至 7 吨带鱼，多者 10 吨。1966 年发展鼎盛时，有钓船 426 艘。20 世纪 70 年代逐渐减少，20 世纪 80 年代又略有发展。

三十年前，立秋之后是洞头洋"秋海蜇"的旺发期。民谚有"四月初一海蜇出世"一说。每年的农历四月初，洞头渔场便有海蜇的幼体出现，逐步随南风北上，到五六月逐渐长大，经过梅雨季节的滋养，初现"身姿"，这时捕捞上岸的海蜇叫"梅蜇"，个小肉薄，不值钱。八九月后，海蜇群体南移，在洞头洋形成旺汛，这时捕获的海蜇叫"秋蜇"，个体大，质量好，经加工之后远销福建泉州、漳州等地。

洞头渔场的海蜇捕捞历史，最早可追溯到南宋。南宋建炎年间，洞头已发展张网作业，就是捕捞海蜇的方式之一。洞头三盘岛上保存比较完好的三盘海蜇行，可追溯至清朝晚期，是洞头洋海蜇旺发历史的极好佐证。

这时节，近海捕捞的小渔船也逐步进入繁忙期，捕捞的海获以虾、鱼、蟹为主。虾类以哈氏仿对虾（俗称剑虾）和大管鞭虾（俗称红虾）为主；鱼类以鲳鱼、龙头鱼、梅童鱼为主；蟹类以梭子蟹（俗称江蟹）为主，偶尔能捕捞到大闸蟹。此时仍是"海作物"的生长期，鱼蟹都只有几两重。早年立秋日我去过一次码头，刚巧碰上渔船归航，一筐筐渔获被搬上码头，我往筐里一瞧，泛着银光的小鲳鱼，个头不超过我的拇指，甚是可惜。

之后，洞头全面推进禁渔期，慢慢拉长禁止捕捞的时间，才彻底改变了这一不良局面。

洞头禁渔期从每年的 5 月 1 日中午 12 时开始，持续到 9 月 16 日中午 12 时，这也是东海海域的伏季休渔期。8 月 1 日是第一批渔船"解禁"的时间，包括桁杆拖虾、笼壶类、刺网和灯光围（敷）网等 4 种作业类型，以捕捞虾蟹类、中上层鱼类等为主；8 月 16 日中午 12 时是张网类作业渔船结束休渔期的时间；帆张网、拖网及其他作业方式的渔船是末批"解禁"渔船，于 9 月 16 日中午 12 时开捕。

三、节庆

七夕成人节

洞头的七夕成人节主要覆盖在洞头区以闽南语为方言的村居。作为重要的风俗之一，七夕成人节在当地群众中具有普遍的影响力。每年的七月初七那一天，家家户户都会祭拜七星娘妈，为家里的孩子祈福。

洞头有句俗语："十六岁女孩没衣穿怨不得妈，十六岁男孩没饭吃怨不得爸。"海岛渔村的生存条件和社会环境，决定了孩子要尽早长大成人，十六虚岁开始便要担负起社会和家庭责任。因此，在洞头民间，便有了"十六岁成丁"的传统习俗，而七夕成人节便是在孩子十六虚岁时，举行的一种成人仪式。

相传，某日，玉皇大帝发现人间有人用糯米饭拌蛎灰砌坟墓糟蹋五谷，便下旨让人间三年大旱、五谷不长。七仙女下凡后，从老渔伯口中得知，财主才用糯米饭砌坟墓，穷人吃的是野菜糠饼，老渔伯十六岁的孩子都饿得皮包骨头了。聪明的七仙女用米粉做"人形粿"，使人们度过这一劫，老渔伯的儿子吃过这种粿后不久就长得非常强壮了。又有人说了，七仙女以后还会到凡间体察民情，得给她一个遮风挡雨的歇息地呀，于是人们就扎出了"七星亭"。人们把这种粿叫"巧人儿"粿，把"七星亭"、十六岁成丁也沿袭下来了。

每年的七月初七这一天，洞头老百姓虔诚地举行成人节的仪式，向七星夫人祈福祭拜。七星夫人又称七仙女、七星娘，即民间传说的织女。在闽南地区，称七星夫人为"七星娘"，在洞头称为"七星娘妈"。

七夕成人节前一至两周，有十六虚岁孩子的家庭，便开始准备供品。一是制作"七星亭"。"七星亭"仿亭阁的剖面形状扎制，有圆亭和扁亭两种，圆亭为双层或多层，最高为七层，结构精致、工艺复杂；第一层的两根亭柱上，扎有磨喝乐吉祥偶人。磨喝乐又作"摩睺罗""魔合罗"，源于佛典，传自印度，为传说中佛祖释迦牟尼的儿子，佛教天龙八部之一。磨喝乐传入我国后，由原来蛇首人身的形象演化为可爱的儿童形象。以泥土为原料，用手工捏制成人形，脸部略涂色彩，饰以彩纸剪贴的衫裤。扁亭一般为单层，结构较为简单。亭阁正面门额挂有"七星夫人"匾牌，阁内正厅贴着七星夫人画像，两侧有彩色花卉饰品，门、窗、阁檐还有雕镂装饰。七夕成人节一定要用圆亭，圆亭制作好后，先供在厅堂供桌上。二是制作"巧人儿"粿、红圆、红龟。"巧人儿"粿是祭拜七星夫人的重要供品，它是一种印有各种人物、动物形状的红色粿饼，把糯米和粳米按比例掺和磨成粉，加入食用红粉和糖，搓揉均匀后，在木雕印模上印出图形，蒸熟后即可食用。红圆是以煮熟的糯米饭加花生、芝麻为馅，外裹红色糯米粉煮制而成，一般为圆形。红龟（闽南语发音"gu"）是把糯米和粳米按比例掺和磨成粉，加入食用红粉和糖，搓揉均匀后，在龟形木雕印模上印出图形后蒸熟，一般为长条形。一般来说，成人节需要准备数量不等的"巧人儿"粿、十六个红圆和十六个红龟用来祭拜。家境殷实、亲戚朋友多的家庭往往会制作大量的红龟、红圆。三是准备公鸡一只，七夕当天煮熟（如果行成人仪式的孩子属鸡，或是家庭经济条件差，可以用米鸡替代）。此外，还需要的供品包括七样干品（长寿面、红枣、香菇干、明甫干、豆花、糖果、水果），七样熟食（六素一荤），还有七双筷子、七个酒杯、七盏茶叶，还得摆上七朵鲜花（一般采用凤仙花，洞头俗称指甲花），胭脂粉七块，彩色丝线七条。

七月初七下午四至六时，祭桌（以八仙桌为佳）安放在自家庭院天井或屋门前，桌脚用条凳或厚木板垫高，使之与地面有一定的距离。家中年长者从供桌上请出"七星亭"，面朝内放在厅桌上，摆上供品，再从土地公神龛请过一个香炉，意为地下佛迎请过天上佛（七星夫人）。有的撮一把米在罐内代替香炉，点燃七支香、一对烛，放在香炉两边。

家中主妇上香跪拜，口中祈福："七月初七天门开，七星娘娘坐莲台，信女坚心举香拜，有花有粉请您来。保佑平安又赐福，每日无事免消灾。"祈福完毕，回头手牵小孩到桌前，面向"七星亭"，双手合掌轻声祷告："保庇，保庇！保庇孩儿长大成人，全家平安吉祥，信女虔诚谢七星娘妈！"然后带孩子离开桌边。祭拜完毕，待香烛燃点过半，再烧金银纸，焚"七星亭"，放鞭炮。灰烬要放在金纸炉里，待火熄后，放进厅堂保存，不可以乱倒。

普度节

农历七月还有个重要的节庆是七月十五的中元节，俗称鬼节。这一日，洞头东岙会开展普度活动，为亡魂普度，使他们早日解脱在人间游荡之苦，这是闽南文化中的习俗。东岙普度节有近二百年的历史，发起人是以海上捕捞作业为生的船老大。因为农历七月十五是大潮水，为近海作业的丰收期，为了不影响生产，普度节定在每年的农历七月廿三、廿四，被称为"中元普度"或"中元普利"。东岙普度节的特别之处在于其中一项内容——牵犪，是专门为超度海上遇难、无人认领的死者亡灵的。

东岙普度节是传统文化的继承，普度节中的火牛、火狮、水灯极具渔村特色，其中的放水灯已从原来引送野鬼、祈祝海蜇丰收到当代灯会自娱自乐，有清晰的变革轨迹。2008年，东岙普度节被列入浙江省第三批非物质文化遗产名录。

立冬 "补冬"

戴婉贞

《月令七十二候集解》说："冬，终也，万物收藏也。"对于大海而言，恰恰相反。洞头洋鱼汛一般分为春夏汛和冬汛，春夏汛从清明至夏至，冬汛从立冬至惊蛰。立冬是冬季之始，也是东海渔业生产的大好时节。

一、气候

洞头属亚热带海洋性季风气候，温和湿润，日照充足，冬暖夏凉，舒适宜人，但各种气象要素略有变化。极端最高温和极端最低温分别为 34.5℃和-2.2℃。下雪很少，雾日较多，易受台风袭击和影响。洞头风速的季节变化十分明显，冬季处于北方冷高压气流的控制之下，常出现北或东北大风。据鸽尾礁气象站多年积累的风力资料，可利用的风速在 3 米每秒以上的时间全年平均有 7525 小时，有效利用风速在 6 米每秒以上的全年平均有 4635 小时，风能密度为 346 瓦每平方米。出现 8 级以上大风，就会影响渔业生产和海上交通运输。据世代渔民的经验，一般中秋节过后，海面上就不会形成台风了。近年来虽有异常，但到了立冬日，台风已销声匿迹，基本不会出现大风警情。

立冬前后，气温降幅不大，空气的湿度仍比较大，还未到晒鱼干的最佳时节。不少渔家人会在这个时节晒点虾干和小鱼干，譬如鲳鱼、龙头鱼、梅童鱼等小型的鱼类。

二、饮食

"补冬"是中国饮食文化的精华，立冬是冬季的第一个节气，也是"补冬"的起始点。在洞头，我们称立冬为"养冬"，即补养身体之意。立冬日，各家各户的主妇都要杀鸡宰鸭，加入当归、人参、枸杞等药物一同煨炖，给家人补身体。滋补品须在辰时即上午七点到九点食用，据上辈人说，此时进补最为有效。

因燥火太猛而夏秋不宜食用的羊肉和牛肉，也是立冬日滋补的首选。只是这两种肉价格更高，一般渔家人舍不得买，而且，立冬仅是滋补的初始，真正适宜大补的时节在冬至后。

早年，海岛人家普遍会买来鸡雏或鸭雏，放养在房前屋后，养到冬至当天，天未开眼，抓住一只老母鸡，捆住双脚之后，开始烧水，准备杀鸡。母鸡要留着下蛋，舍不得吃，鸭子也舍不得当年吃，最好是养三年成老鸭后再烹煮。按父辈的说法，老鸭煲才滋补。

洞头粮食以旱地生产为主，中华人民共和国成立前以一熟番薯为主，冬季休闲时间长，20世纪50年代以来改一熟为二熟，变冬闲为冬种。秋末番薯丰收，立冬便可以开始制作各类番薯食品，其中番薯粉煎和番薯粉茨至今仍是洞头的特色美食。番薯粉煎属面食类，以番薯粉为原料。番薯粉茨属糊食类，以番薯粉为基本原料。番薯粉大致的制作过程是：把生番薯洗干净，考究地把皮刮掉或削掉再洗干净，磨轧成碎末；然后用纱布袋子装起来放在清水中洗压，或用很细密的筛子装上让清水冲洗，把番薯淀粉（含水）榨出来，盛在缸或桶中使之慢慢沉淀，大约10个小时后即可沉淀凝结；倒出表面的水，留下的就是番薯粉。为了方便储藏保存，番薯粉大多晒干后保存使用。番薯粉做的番薯粉茨呈胶冻状，可立即食用；也可冷却后，切成片，经油煎之后吃，风味更佳。

立冬后也是食蟹的好时节。清代苏州贡生蔡云留下一首吴歌，唱道："冬酿名高十月白，请看柴帚挂当檐。一时佐酒论风味，不爱团脐只爱尖。"末句所言的"不爱团脐只爱尖"指的就是大闸蟹。大闸蟹能以脐部的形状来区别雌雄，团脐为雌蟹，尖脐为雄蟹。到了农历十月，雌蟹的蟹黄已经长得比较结实，不如九月时那样流转多汁。而此时的雄蟹恰恰膏丰肉腴，一口下去，晶白的蟹膏都能粘在牙齿上，回味无穷。而生长于东海的雄梭子蟹与大闸蟹的生长期几近同步。冬至之后，梭子蟹中的雌蟹的蟹黄还未饱满，雄蟹的蟹肉紧实且带蟹黄，滋味更胜雌蟹。

自明代以来，深秋初冬之际，上自达官贵人，下至平民百姓，家家都爱办蟹宴。明代秦兰徵有《天启宫词》云："海棠花气静霏霏，此夜筵前紫蟹肥。玉笋苏汤轻盥罢，笑看蝴蝶满盘飞。"可见当时吃蟹，不仅觥筹交错、杯盏交叠，吃完之后，人们还将蟹钳拼成蝴蝶形状，甚是风雅。

海岛渔家人吃蟹仍是以保留原汁原味为主，一般是挑选上等的梭子蟹，冷水干蒸，螃蟹仰卧，以防膏体外流，一番桑拿浴，螃蟹盖由青而红，烫手的螃蟹适合佐酒。还有另一种烧法，曰：煎蟹，烧热的油锅，下生姜、大蒜子和葱段，对半切开的梭子蟹立在油料中煎至壳发红，再下料酒焖烧。

三、鱼汛

洞头渔场北至大陈渔场，南至南麂列岛，东连温州外海渔场，西至洞头诸岛，水深30至60米，属温台渔场。洞头渔场自然条件优越，水产资源丰富，四季均可作业，尤以冬季捕捞带鱼著名。立冬前，机帆对网北上追捕带鱼，赴舟山渔场、大陈渔场。冬至前后，南下渔山渔场追捕带鱼。

20世纪50年代至20世纪70年代中期，浙江沿海各县，以及福建省、江苏省、上海市的渔船皆于冬汛期间汇集洞头渔场捕捞带鱼。盛时，作业单位达几千个之多。

立冬后，气温下降，海洋生物开始向深海区域迁移，近海捕捞作业的渔船也开始向更深的海域转移。这时节，捕鱼方式以"外洋应捕"和"三角棱"为主。"外洋应捕"是单桩框架张网，以三盘、鹿西、半屏、霓屿等地为主。每船挂网40—80张（筐），年筐产2—3吨，最高可达4吨。1954年有1610个筐，20世纪60年代增至2000个。后因渔场受阻，20世纪80年代逐渐减少，1980年仅623个筐，1988年又减为578个筐。每年清明至夏至作业于虎头屿东南渔场，秋分至次年惊蛰在洞头洋外生产，俗称"冬桁"。主要捕捞中国毛虾，兼捕七星鱼、鳗鱼、幼带鱼和冬季北流带鱼等。"三角棱"是单桩框架张网，因框架呈三角形而得名。1950年，乐清人在青山一带张捕而流传，作业主要分布在元觉、三盘、鹿西等地。每船张网30—40筐。清明至冬至作业于花岗门、口筐门、南策、大瞿、虎头屿等水域，主要捕捞中国毛虾、龙头鱼等。

20世纪80年代初期及中期，福建渔民到洞头海域浅水区张网捕捞河鳗鱼苗。当时河鳗鱼苗是国家控制的出口苗种，价格很高，同时产量也较高，经济效益极佳。洞头的渔民和副业生产者获得这一消息后，就从福建渔民处学会捕捞技术，陆续发展生产。由于河鳗鱼苗体形细小，需要用网眼很小的特殊渔网进行张捕。其作业方式有三种：一是锚泊后，在船两舷横出毛竹，在毛竹上系上渔网进行张网；二是抛锚式，用锚来固定渔网张捕；三是桩式，用竹桩来固定渔网张捕。作业范围在瓯江口外咸水与淡水交汇的浅海区域。为防止出现不合理、不规范的捕捞，20世纪90年代初将河鳗鱼苗张捕作业纳入渔政管理范围，限额发放捕捞许可证。

由于捕捞河鳗鱼苗的时间比较自由，且作业量相对小一些，且可直接被收购，不需要进行二次加工等，这在很大程度上减轻了渔民冬日海上作业的辛劳。故进入冬月后，三盘、霓屿一带的渔民以河鳗鱼苗张捕作业为主。

小 团 圆

林秀莲

　　说不清楚这场冷雨是何时开始的，或许是为了给心头热切的期盼来一次不动声色的降温吧？为防止一个木讷的小孩被突如其来的巨大喜悦冲飞上了天，管教一下，似乎很有必要。可是不管冷气怎么缠裹大地，阴沉袭人，每一个人都能感受到，接下来的这几天，日子要开花了，不一样了。也没啥事，心里就是咕嘟嘟地，偷偷冒出星星点点的乐儿，摁都摁不住。

　　街上店铺里花花绿绿的玩意儿多了，掌柜不停地搓着双手，满脸笑容，鼻子红彤彤的，站在路牙子上吆喝："新进来的（货）哪，来次次（温州话：看看）！来次次哦！"隔壁杂货铺的米花大妈用旧报纸把瓜子分成两分钱一包、五分钱一包的，堆满了她的塑料透明饼干桶，吸引了小馋虫们的目光。她天生近视，一辈子戴眼镜，肤色白皙，夏天着月白色对襟长袖薄衫，冬天着深蓝色棉袄，像极了电影《黑三角》里卖冰棍的特务老太太。她眯着眼睛对我说，你最乖，买吧，我给你多几颗瓜子。我寻思半天，终究还是没买，两分钱可以租一本小人书看。

　　廿四过后，街上的人如潮水起涨，真不知他们从哪里冒出来的，大家都是东走走、西次次，受了店家的诱惑，还进去挑挑拣拣，出来都不会是空手的。我贪婪地看着这一切，在人间狂欢即将来临的烟雾人气里，独自微醺。有长辈亲戚路过，我规规矩矩、恭恭敬敬地大声问好，她却说："这孩子，怎么呆呆的?!"

　　或许，她说的是对的，整个寒假，我始终处于混沌而游离的糊涂状态——所以，至今看到伶俐之人仍然不免暗羡。我只有在拔草冻僵时才会清醒过来，天地四合，麻雀归巢，在透骨的寒冷里，听着晚间开播的广播曲子在苍茫暮色中响起，吸着鼻涕，拖着大竹篮一步一步往回走，心里无端地弥漫着一种无可言说的伤感。走到家门口，看母亲刚好在蒸松糕，锅气缭绕，她身影迷蒙，我的心激动得快要跳出嗓子眼了。母亲却用手示意我不要靠近灶台，怕我多嘴，惊惹灶神，松糕会夹生。我只得在院子里转悠，读左邻右舍新贴的春联，心里惦念着松糕，百无聊赖，胡乱吃了点东西，就跑出去玩了。

那些日子里，农村孩子玩的花样很多。左邻右舍几个交好的凑一起，躲在遮门头、大榕树下或稻草堆背风处，打弹弓、玩纸牌、弹橡皮筋……花样百出；东一伙，西一堆，几个黑压压的小脑袋正挨得密不透风时，冷不丁又被自家的大人逮住，责令清理猪圈、鸡窝去了。剩下的孩子才惊觉父母交代自己的任务还没完成，也赶紧拔腿溜回去，在大人没察觉之前快快弥补。

白天，我早已把鸡窝掏干净，踩匀烧透的煤球渣，仔细洒上——不干这活，臭的是自己，鸡窝就在自己房间的背面旮旯里呢。

院子里也铺上干爽的黄沙了，沙子是父亲从后山挑回来的，平时很少铺，只有这个时候大家才会去挑点，装扮一下庭院，就像如今盛会时的红地毯。细细的黄沙就是一个充满期待和希望的符号，预示着盛大节日和令人激动的好时光的来临；更像小家小户的黄盖头，有着使劲掩饰还是抑制不住悄然流露的欣喜。铺着黄沙的院子里还摆着刷洗干净、露出木头原色的家具，偶尔几件红漆鲜艳、铜丝镶嵌明显的，在南方难得的冬日暖阳照射下光彩夺目，经过的人都会驻足端详片刻，连隔壁的哑姑见了，也"啊啊啊"地笑，比画着，竖起大拇指。

父亲的拇指和手背都冻裂了，就像窗前苦楝树的枝干。在寒风里，他不停地忙里忙外，做事麻利，比风还快。晚上他舀出汤罐里的热水给我洗脚，帮我搓，疼得我龇牙咧嘴，他还哈哈大笑。晚上，我和妹妹在父母烹制鸡鸭鱼肉的香味中辗转反侧，几经挣扎，终于沉沉睡去。

除夕，开始准备年夜饭了，父母把鸡翅和鸭腿切下，放在檐下高篮里，准备正月送给外婆吃。我和妹妹各获一点肉脯，在一旁嘻嘻笑着，相对而啖。母亲把项链拿出来，这是前不久父亲进城办事时，特地为我们买的，玻璃和塑料夹杂，妹妹和我一人一条，红绿蓝黄，极是鲜艳，挂在我们同样五彩斑斓的新衣服上，顿感自己貌若天仙，说话都细声细气了。

待祭祀了诸神和祖宗，一家团坐，热盼的时刻来了，我却对自己的表现有些泄气和不满，竟然没法达到想象中的狂热状态，不管吃喝还是玩乐。因为，我突然发现，过新年，年是新的，人却慢慢会变旧。父母拿着兑换来的崭新的五毛钱，给我们压岁，让我们慢慢长大，是不是怕我们也太快变旧了呢？

守岁了，父亲把红烛插在番薯片做的简易灯盏上，番薯灯盏躲在家中角落里欢快跳跃，到底是不是也在说着"新年快乐"？它能守住时光和岁月吗？为何要大家都希望快乐呢？是盼着开心的事儿快点来，来了能不能说"祝你慢乐"？我趴在窗台上，看着黄沙铺满的院子里一地红色的鞭炮屑，心里特别希望能"守岁"，不是害怕长大，而是觉得这好吃好喝的好时光流逝得太快，父母和阿嬷伯伯难得轻松的日子过得太快了。

当广播开始播放晚安的二胡曲子时，我们都乖乖上床安歇。父亲说了，春节早起，新年读书才能都早起。可是，那么华美的晚安曲子，低回深情的二胡，它的旋律一直在我的脑海，缠绕啊缠绕，真不忍心没听完就睡去。可若是听完了去睡，脑子里满是二胡不舍的主旋律，就像越剧里美人舞袖，她已经隐入侧幕了，长长的、白白的水袖还在缓缓地、轻轻地飞舞，叫人心里空落落的。"嗯……"二胡将每一个音符都拉得绵长不绝，像抽丝般；最后一段每两个小节就用一个下滑音装饰，我的心在那若有似无的丝上荡漾着，万般不舍。最后一个音符即将消逝的时候——啊，这美好的一天就要过去了！丝断了，眼泪终于掉下来，"咚"的一声，砸在枕头上，耳膜震荡如山响，我静静地躺着，听到血液在血管里流动的声音，嘣、嘣、嘣；听着偶尔礼花飞升的呼啸声，啾、啾、啪。我有点慌张，最应该高兴的时候怎么会这样呢？偷偷擦掉眼泪，告诉自己得好好想一下明天高兴的事儿，还没想完，就被睡浪席卷，携入梦海。

捣杵也要背归过年

林秀莲

过了腊八，大门岛的亲友开始相互问候："今年回家过年吗?"无论外面的豪宅有多奢华，在我们的心里称之为"家"的还是岛上那间老旧的石头古屋，那块胞衣之地。不管多远，有钱没钱，都要回家过年，大门岛俚语说：捣杵也背归（"归"即家）过年。

在大门岛，过年的序章由"掸新"开启，到"祭冬"时年味已然十分醇厚，街头巷尾，都能闻到熟悉的酱油肉、腊鸡鸭的香味，路上相逢，大家彼此也会问一下"祭冬了吗"，这习俗传承至今。除夕前两三天，腊月廿七、廿八开始，家家户户准备鸡鸭鱼肉、香烛银纸等祭品到附近的小庙里，表达对天地庇佑的感恩，祈求来年的风调雨顺、家门清吉。"祭冬"有一种必备的祭品叫"玖拾"，这是温州民间流行的一种纸钱，黄色，纸质粗糙，上印铜钱的模型，呈 9×10 排列。其模具叫"玖拾敲"，木块做的，底部是铜钱的纹样。幼时，做"玖拾"是孩子的重要任务，把"玖拾敲"在黄纸上放好，槌子敲下，"铜钱"就印到黄纸上，仔细挨着敲完整张，"祭冬"时焚化。这是送给上苍和祖先的"钱"，所以，做此事时，哪怕再调皮的孩子也不敢马虎。小伙伴们玩耍时也会相互问"玖拾做好冇"，没做好贪玩会吃大人的"栗凿"。

"祭冬"后，贴春联、福字，门里门外站满亲人乡邻。人们每年总是为福字的贴法吵来吵去，正有正的方便，倒有倒的寓意，都好。贴的人、指挥的人、评论的人都喜气洋洋的，露出平时没有的闲适，浑身也似沾了福字和春联的红光，松弛感随处可见。

除夕黄昏，祭祖，分岁。供品放在十个高脚红碗里，摆在厅堂八仙桌上，每一碗尖都放一片红萝卜，盛着鸡鸭鱼肉、荸荠白等，旧俗称"十碗"，代表"十全十美"。过年必备的糕有两种，一种叫水晶糕，另一种叫糖糕。做水晶糕时，将蒸熟的糯米粉揉好，放点红糖或者调色粉，放特制的木印版里摁压而成，有"状元及第""喜（喜鹊）上眉（梅）梢"图案。做糖糕时，须将刚出笼的冒着氤氲热气的糯米粉团摁进模具，严丝合缝，待冷却后翻出，连状元纱帽都看得清清楚楚。我父亲手上都是老茧，像层保护膜，饶是如此，做糖糕时，他也经常被烫得嘶嘶叫，一边赶紧摁，一边沾水搓手。小时候，我家有几个这样的木印版，逢年过节邻居总来借，有时候连父亲也被"借去"。

除了糖糕，有种供品大门俚语叫"白披"，就是熟肥肉切片。做"白披"是父亲的拿手活，熟肥肉凉透，切得透光的薄，满盘层层叠叠如堆雪，母亲看了很满意，不住地说，父亲的手艺没白费——父亲曾做过篾匠，一指宽的篾条都能劈出四五根篾丝来。"白披"属于祭祀"花瓶"类菜肴，必须摆着，但不怎么吃，祭祀后，母亲会拿些给外婆熬猪油，油渣满颊香。

八仙桌上还摆着专用的小酒杯、筷子，置锡壶，装老酒。斟酒原是父亲的工作，他斟酒时念念有词，一张瘦脸，头发夹丝白，在烛光的映照下忽明忽暗，甚是神秘庄严。我大了点，争取来"祭酒"一职，锡壶上手时，才明白"祭酒"并非好玩，这感觉和我看父亲斟酒完全不一样，而是大舅告诉我古书里说的"执爵堪任"的重担，有点兴奋，有点惶恐，还有一丝忧伤在心尖轻悄悄地划过，我至今记得那个感觉，也不知为何忧伤。在父亲的指挥下，母亲点上香、红蜡烛，全家向列祖列宗合掌鞠躬，我们若敷衍，父亲会训斥：单单合个掌都七歪八扭的，过去可是要下跪的呀。我余光瞥见妹妹弯腰敬礼如小鸡啄米，就知道这小家伙肯定趁此一年中最宏大的祭拜良机，向祖宗许了很多心愿。待"酒过三巡"，小酒杯满了八九分，父亲最后总结祈愿，全家边念佛，边逐张焚烧"玖拾"。

祭祖圆满，吃年夜饭，这是过年的重头戏。除了鸡鸭、鱼肉、虾蟹，大门人的年夜饭还必有菜头丸子、番薯黄夹等特产，这些流传千百年的美食不仅入了口还入了民谣——"吃了年糕年年糕""松糕松糕高又高"，哪个大门孩子不会唱这些民谣呢。喝的必有米烧、美琳琼等家酿美酒，特别是美琳琼，它甘甜清冽，好过口，易"后滚翻"，男女老幼都喜欢。挂满红灯笼的老街小巷，不时有跟跄相扶醉归之人，说着平时不会说、不敢说、不能说的情话、胡话和气话。过几天亲友互请"年酒"，大家相聚，这些都是最有意思的谈资，下酒。很多年后，我看到小林一茶的俳句"醉后的胡话，颠三倒四，像重瓣的樱花"，就想起大门岛那条酒香浓郁的沙岩街，那些酒话，大概不少变成了带刺的玫瑰吧。

过年，孩子们最渴望的除了美食，还有压岁钱，不管多少，拿着就高兴，和新衣服放枕边，梦里也会笑。我姑父部队转业，在粮管所工作，每年除夕前，他都会去银行兑换很多崭新的五毛钱，给晚辈每人一张，我们夹在书里舍不得花。姑父的压岁钱，我们家族兄弟姐妹到如今都记得。年夜饭后，点灯守岁，把红蜡烛插在番薯片上放在家中的角落。哪怕有了电灯，父亲还是认真将番薯灯安好，一家人喝茶聊天、打牌，真真"灯火可亲"。子时，鞭炮声骤然大作，这是开门炮，放好后，有人安心去睡，有人继续守岁。

除夕夜，很多人去寺院祈福。海岛谋生不易，几乎各村都有寺庙、宫观、庵堂。人们常去清福寺，寺院在峛底村后山对联岩下，不大，就一个大殿、一个厨房，但奇特，奇在整座寺院由两三块巨石天然垒成，有几处行走还得猫着腰，寺里就一个老和尚，是我的小舅公。小时候，祖母一年两次带我去寺院看望小舅公，小舅公曾经蒙冤入狱，出狱后就在此苦修。他清瘦，颀长，一身灰色长袍，总淡淡地微笑，不论谁找他办事，他总是应答，轻声细语地劝人行善，大家都说他解签灵，颇受尊敬。在大门岛，有些人并不真的信佛，但大年初一必去清福寺，拜一下，上炷香，求个心安。清福寺山下的天后宫（现名太阴宫）香火很旺，这是道教的宫观，里头供着一尊观音菩萨，大年初一来求子的人很多。峛底村这条路，是大门最热闹的，来往的人不停交换着彼此上香的信息。

春节，要起早。起早第一件事，供"前间佛"，把红枣、金针、糕饼、米鸡、寿桃等物供在前间（即厅堂）的清供桌或八仙桌上，直到初五"佛落地"撤下。过年人人穿新衣，不出海下涂，不劳作，这是上苍让你休息的日子，如果下地干活反而会被取笑，大门俚语说："正月初一开田眼，不乜（像）勤力不乜懒。"该日也不去亲戚家拜年，老人去庙里看戏祈福，年轻人则去爬岛上最有名的乌龟岩，看看传说中的那汪水是否仍清如许。这是全年最闲适懒散的一天，连老一辈都会打趣孩子"吃饱穿暖，懒点勿要紧"。一家老小各找各的乐事，实在惬意。

过去，春节也有乞丐上门讨吉利，拿着米做的元宝，用红线穿起来，一串串，自觉站人廊下——乞丐不进门，这是规矩。他们唱吉利的词："元宝跟过来，年年发大财。""千岁姆，读书年年升级，给点我穷人作作队（作伴）……"大家就把准备好的米、年糕送出，不拿钱施舍，现在还是这个习俗，初一十五不跟人借钱要债。有孩子不乖（生病）的人家，会吩咐乞丐过了初五，拿些讨来的"百家米"换自家米，据说孩子吃了"百家米"会"显能"（即"乖，平顺"之意）。有的乞丐还会测字、唱道情，竹筒一敲，我就来了兴致，听得认真极了——都是一些劝人孝老爱亲勤学的典故。

孩子们也喜欢在春节唱温州方言版的《正月初一谣》："正月初一头，有个老人头，捉张单个头；走拉屋角头，买个大菜头，熬起一镬一罉头。阿一挟一挟，阿二连汤喝,阿三还爱添,阿四叫皇天,阿五给妈讲,阿六头打肿,阿七端起抿,阿八挟箸添,阿九走拉到,阿十看看罅头绯恁燥。"拉几个小伙伴,边唱边演边串门,越玩聚集的小孩越多,也越发闹腾,大人瞧见,啧啧两声:"这班姆姆,像水井里的麦螺,都凑一起啦。"孩子们可不管不顾,还偷偷点燃百字炮,扔到大人的脚边,大人也不恼怒,只大叫一声"留心点!你们这几个大头蚂蚁"。

山河静谧,人间安然,哪怕最底层、最穷困的中国人,过年时,也自然而然地焕发优雅娴静的意趣,这是中华传统文化绵延至今的神奇之处,这种不需要提醒的文化自觉深植每个华夏子孙的基因里。过年时节,大家都非常自觉地保持好心情,大人对孩子也不再严厉,老一辈还会调侃儿孙:嬉嬉氽氽,政府照应。没几天,吃吃、嬉嬉、眙眙戏的年过好了,大家带着过年汲取的补给滋养奔赴四面八方,等新的一年再相聚。

与一场大雪相逢

青 岩

一

大雪之日，时光缓慢；天地琼瑶，苍茫悠远。

传统节气里的时光，仿佛流转着水的韵律。从淅沥的雨水，到迷蒙的谷雨；从草尖的白露，到叶上的霜降：由雨而露，由露而霜，由霜而雪，这一切，都是宇宙间的自然规律。正如现在，小雪，归隐寒林；大雪，相期云外。

作为天气，大雪落在土地上；作为节气，大雪落在时间里。而更多时候，大雪是一种境遇，落在了逐梦的人生里。

大雪，或许是岑参诗句里"忽如一夜春风来，千树万树梨花开"的细腻温婉，也可能是柳宗元人生境遇里"千山鸟飞绝，万径人踪灭"的孤独寂静，抑或是边塞诗人卢纶诗中"欲将轻骑逐，大雪满弓刀"的豪迈大气。大雪，在二十四节气中的第二十一个节气，在冬季的节气中排行第三，它似一位年迈的智者，为满目萧瑟的寒冬覆上一层来年的生机。

大雪初至，天已彻寒，这就意味着仲冬时节正式开始。《月令七十二候集解》说："大雪，十一月节，大者，至此而雪盛也。"意思是说，进入大雪节气，天气会更加寒冷，降水量增多，比小雪节气里更有可能降雪。

大雪节气后，海岛的冬日，夜很快就黑下来了。在夜幕即将归隐山林时，行色匆匆的人群在疲倦的渔家灯火里隐去，时间仿佛在寒冷的风中瑟缩。天边那一片低垂的冬云，在海风的呼啸中点燃了苍茫的暮色，星星点点的灯光在海雾弥散的寒意中，也随之颤抖着。就在我与那朵灰色的云相对而望时，彼此的目光里竟生出同样的期许：下一场大雪吧！是的，一夜大雪，整个海岛将变得粉妆玉砌。

天地之间似乎感应着一种默契，又似乎是"心诚则灵"，大雪就真的来了。纷纷扬扬，从天而降，于水瘦山寒间又铺上一层雪白。

大雪对洞头来说，是多年未曾见面的故友。而当这位故友在无意间登门造访的时候，可把岛民高兴坏了。似乎什么都没有这场雪来得重要，暂且放下生活的重担，与飘扬的雪花来一场赛跑。对于这个不经常来的稀客，大家都想极力捉住这一抹零星白，于是，整个朋友圈一下子被雪刷屏了。我发了几张雪景给远方的发小，并向他说明洞头下雪了，表达自己无法抑制的激动，一解多年来盼雪而不得的遗憾。

二

民间有句俗语说"小雪腌菜，大雪腌肉"，每年到了这个节气，家家户户都忙着制作腊肉了。记得小时候，每到大雪节气，母亲便开始忙着腌制"咸货"，这些"咸货"包括酱油肉、酱油鸡鸭，也常有腌鱼。洞头的酱油肉酱香浓郁、口味咸香，由古法技艺制作而成。

据老一辈人说，酱油肉不是晒出来，而是晾出来的。因为这个时候，天气干燥，风势较大，"腌肉"容易被自然晾干。相比之下，在阳光下暴晒后，水分会被蒸干，这样的"腌肉"吃起来又干又硬，口感上大打折扣，因此，"晾"肉时以风大为佳，避免太阳直射。腌制时，一般人家会称足量的猪腿肉，家中有小孩的，也会腌些鸡翅根、鸡腿之类的小吃。腌制完成后，将"腌制品"挂在铁钩上，或串在绳索上，悬挂在屋顶或阳台等通风处晾晒，以迎接新年。

最令人难以忘怀的，就是"兑糖儿"了。大雪节气前后，温州街头就会出现"兑糖儿"的场面，用洞头话来说，叫"打铁糖"。"糖儿客，慢慢担，小息儿跟着一大班。""兑糖儿"就是各地的饴糖作坊主自己，或者收购饴糖的小商贩，担着糖，一边敲打糖刀，一边吆喝卖麦芽糖，他们就被叫作"糖儿客"。每闻清脆的打铁声响起，就知道"糖儿客"来了，大街小巷聚集了好些人，都来看"糖儿客"打糖。小孩子放学了，快速跑回家把数日来收集的鸡毛、药膏壳、电线、橡胶底，以及旧铜旧铁等一些废旧物品拿出来，去跟"糖儿客"换糖吃。牛皮纸上，包着几块雪白的麦芽糖，深吸一口气，便闻到浓郁的麦芽清香，甜滋滋的，让人迫不及待地用手指掐起一块塞进嘴里。

长大以后，每年在这个时节，还能看到穿梭在大街小巷里的"糖儿客"，他们挑着一担麦芽糖，边走边敲击着打糖刀，用"叮叮叮"的打铁声叫卖着，以吸引过路的行人。此时，若有人将"糖儿客"喊下，买上一袋麦芽糖，卖糖人则会用小铲子和小铁锤娴熟地在一大块麦芽糖里打下一小块来，再一块块敲碎，撒上用炒米磨成的细粉，避免糖块粘连。十元一袋，取一小块放进嘴里，先品尝到的是米粉的清香，随着糖块慢慢融化，麦芽糖的甜味逐渐弥漫在口腔中，这是很多人童年美好的回忆。

当冬意渐浓，北国呈现一派"千里冰封，万里雪飘"的风光，而海岛也有了"银装素裹，分外妖娆"的"南国雪色"。小时候在乡村生活，每当大雪过后，门前的橘树上便挂满了银色的冰凌，像一蓬蓬水晶柱吊挂着、簇拥着。院子里也满是厚厚的积雪，足有一尺多深，孩子们在院中堆雪人，打闹嬉戏。一截胡萝卜就是雪人的红鼻子，再斜插上一把笤帚头，就成了活灵活现且顽皮的雪人，好像吹口仙气，小学课本里的雪孩子就能跑。孩子们踩着积雪，围着雪人，伴着有节奏的咯吱声又唱又跳。小狗不知深浅猛地一扎进去，就顿时没过了头。抬头仰望屋檐，屋檐的瓦沟瓦渠处挂满了长长的、粗粗的凌钩，再也看不见屋顶一片黑灰色的瓦，全被白雪笼罩着。即便炊烟四起，房顶的积雪也丝毫没有融化的迹象。

大雪天里，天寒地冻，飞鸟早已没了踪迹。我蜷缩在木窗旁数雪花，忽然听见屋檐下传来细碎的啾鸣——是麻雀在墙洞里缩成毛球，偶尔探出尖喙，啄食瓦缝里残存的草籽。它们的羽毛裹着霜花，像裹着件褴褛的旧棉袄。

那几只雷公雀耐不住饥饿，扑棱棱地跌进雪地，爪印在素绢上勾勒出歪斜的一幅墨梅图。这动静早被邻家孩子窥破，尽管攥着雪球的手被冻得通红，睫毛结满了霜花，单薄的布棉鞋陷进雪里，他们却仍蹑足潜行，小心地跟在雷公雀的后面，伺机抓住它。忽然，一阵北风掀落了柴堆上的几块木柴，惊得雀儿振翅腾空，抖落了一些雪粒。孩子们追着那抹残影，清脆的笑声撞碎在冻僵的云层里，化作零落的碎雪，覆在了歪歪扭扭的脚印中。

没有抓到雷公雀，这群孩子怎肯就此罢休。他们蜷在柴房檐下窃窃私语，生怕自己的机密被鸟雀听了去。其中一个鬼灵精怪的大孩子突发奇想，准备用竹筛继续捕捉雷公雀。他们先在院中的积雪里扫出一块空地来，撒上一些玉米粒和稻谷粒。金黄的玉米粒躺在银光闪烁的雪褥上，像散落的星子。支着竹筛的槐木棍颤巍巍地立在朔风里，大孩子远远地拉着细细的长绳。他们等着麻雀与雷公雀飞下来吃谷子，可十几分钟过去了，没见鸟雀的身影。有些人开始耐不住性子，带头的大孩子知道鸟儿刚受了惊吓，恐怕不会那么轻易飞下来，需要耐心等待。

终于，一只麻雀还是耐不住饥肠辘辘，率先飞下屋檐，小心翼翼地飞进竹筛下，竹筛扣下的瞬间，雪沫飞溅而起，足足有三尺高。这些将自己隐藏起来的小孩子从四面八方涌来，欢呼声震落了老榆树上最后一片枯叶。

这只被捉住的麻雀在棉手套里扑腾，黑豆似的眼睛望向天空。其中一个孩子用苇管喂它雪水，也有人抓起地上的雪沫塞进它短而尖的喙里。正当暮色漫过院子里的大水缸时，不知谁先松了手，灰影掠过袅袅升腾的炊烟，眨眼间，麻雀已飞入高空的云层里。

日头西斜时，雪地上只剩凌乱的沟壑，像是用竹枝乱笔写下的草书。檐角的老麻雀又探出头来，衔走了最后一粒稻谷。

三

大雪节气裹着凛冽的北风叩响门环时，整个村庄都屏住了呼吸。檐角的冰凌像凝固的时光，在晨光里折射出细碎的光芒。父亲总在这时把铁锹倒立在院角，让寒霜磨砺刀口，他说，这是土地爷在磨刀。

锈迹斑斑的锄头犁耙被请到了日头底下，冰霜摩挲着犁铧上的锈迹，像在抚摸旧年的收成。三叔将开裂的竹篾浸在盐水里，细篾在青筋盘结的指间穿梭，这些褪色的、早已有些破旧的竹篾，似乎织进了几代人的手温。尽管三叔没读过多少书，但对于这修补的方法却颇有心得。三叔见我感兴趣，笑着说："这盐水浓度配比也是非常有讲究的。在农村，村民大都目不识丁，这门手艺活儿，全靠祖辈口口相传。修补过程需将竹篾在指腹间反复揉捻，让盐霜渗透竹篾纤维间隙，干燥后形成微小结晶，这就如同天然黏合剂，能填补裂纹，还可以降低虫蛀风险。"三叔说完，又埋头揉捻竹篾上的裂痕。我想，这或许与农耕文明中"物尽其用"的生存哲学一脉相承。

腊月里的第一场雪总是来得郑重。老人们总说这是天公撒盐，要给越冬的麦苗盖被。雪被视为吉祥的象征，人们期盼大雪的到来，以保证丰收的好兆头。同时，大雪时节禁忌扫雪，尤其是大雪当天。人们视雪为上天的赐福，是吉祥的象征，因此珍惜每一片雪花，不轻易扫动。

大雪是"进补"的好时节，素有"冬天进补，开春打虎"的说法。补冬也是母亲在冬日里的必修课。母亲常说，三九补一冬，来年无病痛。在老家，每到寒冬，母亲会在土灶的大锅里熬煮咸粥、南瓜粥或是红薯粥，也会熬些萝卜排骨汤、鱼汤、羊肉汤之类的，让孩子们吃下喝下御寒驱寒。红薯，洞头方言叫作"安子"，是每户人家冬季的必备粗粮，在二十世纪六七十年代里，农民常吃不饱饭，常有"一季红薯半年粮"的说法。现如今，百姓的生活水平高了，但栽种红薯的习惯还一直保留着，待到十月下旬红薯开始收成，便能储存过冬。

烤红薯可是农村孩子心头的最爱。每当母亲熬粥时，我就负责在灶台旁生火，往灶洞里添一把柴火，锅盖就会"咕噜咕噜"冒着热腾腾的水气，手冻着了，可以贴近灶口取暖，柴火燃烧的火焰，会将热气传送出来。嘴馋时，悄悄地将几个小红薯头儿扔进灶洞里，埋进燃烧的柴堆里，待母亲熬好粥，灶口里的柴火熄灭了，就用火钳偷偷将烤得乌黑的红薯夹出来，有时候夹得急了，误将烧黑的柴火块儿当成是烤红薯，这是常有的事。

记得有一年寒冬，我的双手长满了冻疮，红肿痒痛，握笔写字都有点困难，母亲便用民间土方帮我缓解肿痛。她将晒干的番薯丝放在锅中熬煮成汤汁，煮熟后将汤汁倒入一个搪瓷的脸盆里，此时热气就会升腾而起，用冒出的热气熏蒸双手，再用一块干净的毛巾盖在上面，以防止热气散发得太快。直到热气消散后，番薯汤不再烫手，最后将双手伸进盆里浸洗，如此反复熏上几次，即可缓解冻疮的红肿痒痛。虽然我不知这是什么原理，但的确有效。

冬季正是吃白萝卜的季节，白萝卜如红薯一般易种好收成，所以村子里的每户人家都会种上几垄地的萝卜，俗话说"冬吃萝卜夏吃姜，不劳医生开药方"，在洞头，白萝卜做成的美食可谓是多种多样，有酱萝卜、灯盏糕、菜丝丸（原材料为晒干的白萝卜丝）。洞头大门岛还有一种传统的米制糕点——菜头粿，它以白萝卜（俗称"菜头"）和米浆为主要原料，经过蒸制而成，口感软糯，风味独特。

在闽南和潮汕地区，菜头粿是年节或祭祀时的必备食品，因"菜头"谐音"彩头"，寓意吉祥如意、好运连连。

每年三四月份，正是食用鲛鳒鱼的最佳时期，鲛鳒鱼炖菜头丝便成了海岛人家餐桌上的必备菜肴了。鱼肉的鲜润渗入萝卜丝里，萝卜丝的清甜又反哺鱼肉的醇厚。金黄的汤汁，把鱼肉的鲜和萝卜的甜融合一起。一口下去，满嘴都是春天的味道。

令人垂涎三尺的当数洞头的传统特色小吃——灯盏糕。在洞头的冬日，灯盏糕的香味遍布大街小巷，咬一口金黄酥脆的灯盏糕，让人唇齿留香。灯盏糕最经典的主料是鲜白萝卜丝，以猪肉和鸡蛋为辅料。将大勺子烫热，浇上米浆，在勺子的内部转匀，形成一层膜后，再放白萝卜丝以及想要的馅料并贴紧，最后再浇上一层米浆，放进锅内油炸。三五分钟后，色泽金黄、散发着诱人香味的灯盏糕就出锅了。它外皮香脆，馅料清香适口，浅尝一口，别有滋味。在干燥的冬天，它既能润喉，又能暖胃，是海岛人家舌尖上的美味。

冬日风雅，听雪烹茶，这或许只有在大雪时，才能体会到此番意境吧！

大雪的苍茫里，并非只有孤独。它那雪白的底色，是万物的至纯和萌芽，古往今来，大雪带给我们丰收的祥瑞的同时，也构成了中国文人的诗意和审美。在这些漫漫的节气里，我们伴随着立春的细腻柔和，沐浴着夏至的炎热蒸腾，感受着秋分的霜凝露重。而现在，我们真的需要在严寒中按下忙碌的暂停键，去感受大雪节气里至暖的人间烟火。

在立夏的光影里

青　岩

由立夏节气开始，就是夏天了。

立夏，作为二十四节气中的第七个节气，标志着夏天的正式到来。经过一整个春季的蛰伏与孕育，海岛迎来了一年中最具生机的时节。满目的青翠葱茏，伴随着蝉声鸟语一片。岛上明亮而不燥热的阳光，清爽静谧的海风，还有即将响起的蝉鸣，构成了海岛夏天的基本元素。

最有意思的当数夏蝉了！立夏过后，似乎蝉儿们也收到了夏天到来的讯息，早早地做好了放声歌唱的准备。在绿荫深处，偶有几处短短的鸣叫，中午热度加码，蝉鸣便加大分贝，仿佛热烈的太阳就是指挥家，阳光越热，蝉鸣声越响，此起彼伏，直把午休的人们扰得不得安宁。

立夏初至，才让我们真正感受到"春意藏，夏初长"。

据说在古代，夏天来的时候，君王会到城外去迎夏，而迎夏的日子就是立夏日。在举行迎夏仪式时，君臣一律穿朱色礼服，配朱色玉佩，连马匹、车旗都要是朱红色的，以表达对丰收的企求和美好的愿望。除了古代庄严隆重的迎夏仪式，洞头民间也很重视这个节气，每年立夏前后，洞头会举行一场隆重的迎夏仪式——妈祖平安节。妈祖是中国古代神话中的海神。相传在明末清初的时候，一艘福建渔船来到洞头东沙港，这里的人们祭拜船上供奉的妈祖神像后，神像手、足掉下，人们认为"妈祖喜欢留在这里"，于是在此建庙，妈祖信仰传入洞头后仍保存着古老的祭祀习俗，并与洞头独特的民俗风情相结合，继而产生了传承有序、影响广泛的妈祖祭典。如今，洞头的"妈祖祭典"是国家级非遗项目，已有**400**多年的历史。

当海岛一入夏，岛民们还未来得及感受夏日的惬意时，就迎来了禁渔期。洞头民间有句口口相传的农谚，"春禁一碗籽，秋收一担鱼"，讲的就是禁渔的重要性。每年 5—9 月是鱼类繁殖盛期，为了保护水生生物的正常生长和繁殖，保证鱼类资源得以不断恢复，东海海域将进入为期四个半月的禁渔期。这对于平日里"无鱼不欢"的岛民来说，无疑是噩耗。追溯历史，洞头自古便是海上花园，数百年来岛民们靠海吃海，以捕鱼为生。作为海岛人，洞头人与鱼的羁绊由来已久，日常生活更是少不了吃鱼。毫不夸张地说，就是"一顿饭没有鱼就等于没有菜"。

立夏以后，海岛的温度明显升高，舒适慵懒的阳光照在身上，空气渐渐弥漫着热气。此时，海岛已经有了浅夏的味道。早上的太阳是柔和的，夹带着丝丝凉风，中午则是透亮的，这时便热得让人出汗了，下午又变成了诗意的多彩之光。待到黄昏时，天色渐暗，风也趁机送来了清凉，这时便可切身感受海岛初夏的舒适与惬意，不愠不燥，温度刚刚好。

小时候，最期盼立夏的到来，想脱下厚重的棉衣，甩掉保暖裤的枷锁，穿上汗衫薄裤，跑着、跳着、呐喊着去寻觅野果子，到海边去捡贝壳、戏水，上树摘枇杷，打"竹筒枪"。

在儿时的小山村，"竹筒枪"几乎是每个小孩人手一支。砍一根小竹子，沿竹节处截取一段，头端带竹节，尾端镂空，削一段适合这竹孔大小的木棍，一头插进竹节端孔，固紧，便可在竹筒里穿插，制成既可以用果实做子弹，也可以用废纸揉捏成圆球状做子弹的竹筒枪。而竹筒枪最常用的子弹，就是朴树上青绿圆实的果子。如果朴树的枝叶一天天茂密起来，那么意味着夏天就到了。

立夏尝新是民间风俗之一。立夏见三新，就是吃些这个时节长出来的鲜嫩作物。在温州民间，有立夏吃笋、槐豆及青梅的风俗习惯。在乐清，则要吃茶叶蛋、青梅、鲜笋、鲜蚕豆，认为这样可防"疰夏"。"槐豆"是温州话，普通话称"蚕豆"。从前农民在田里种一两亩早熟的槐豆，清明节前赶早挑到温州城去卖，能卖得好价钱。立夏吃槐豆也有一定的科学道理，因为槐豆有安肾补脾的药用价值。以前，立夏是插秧的季节，农民天天弯腰在田里插秧，立夏插好秧，坐在门口吃自家田种的炒熟的槐豆，休闲又健康。尽管槐豆有很好的补腰之效，但前提是要有一口好牙，故有温州民间谚语："好吃伤牙齿，杨梅槐豆子。"

记得小时候，蚕豆炒肉、蚕豆炒酸菜可谓是家常之菜，蚕豆除了这几种家常吃法之外，还有一种别有意趣的吃法——那就是串蚕豆。孩子们将煮熟的蚕豆用针线一颗一颗串起来，长长的一串戴在脖子上，更有"头环""手环""耳环"，可谓是"穿金戴银"，好不威风。游戏时随手取下一颗蚕豆放进嘴里，嫩豆香在舌尖萦绕，一口一个，很是过瘾。这种孩童间的游戏，和灶台间爆出的炒豆香味一起，成为最美好的童年记忆。在西北旱塬乾县一带，人们习惯在立夏前后吃蚕豆，久而久之也习惯性地叫它"立夏豆"。

每年立夏回老家，远远地便可闻到村子里陈年的老酒味，酒香里混杂着当归、党参、黄芪等各种中药的味道，老传统有立夏"补夏"的讲究，老话说："千补万补，不如立夏一补。"在这天，村里人还会吃点桂圆、荔枝干、红枣、黑枣和鸭肉等补品，以增强体质，为下一步"双夏"劳动做准备。温州地区有立夏做"焖冬瓜"的习俗，首选自家田里最新鲜的冬瓜，大小适中，掏空瓜瓤，然后放进一些肉丸子，整个冬瓜盖好了以后放在蒸屉上蒸。剩余的肉丸用当季的荷叶包裹好，放在冬瓜下面的蒸屉中蒸。当热气一上来，蒸出的冬瓜汁滴在荷叶上融在肉丸里，荷叶的香味向上飘，包裹在冬瓜的外面。蒸好的冬瓜搬出来要用线切开，烂熟鲜嫩的焖冬瓜和荷叶肉丸就成了立夏日的爽口美食了。

立夏之后，岛上的植被也展现出了它们最繁茂的一面。这时候乌饭树就长得尤其茂盛。乌饭树，也叫南烛树、青精树，大多数都是野生的，并且长在山坡丘陵、路旁灌丛。所以在立夏时节，人们仍然保留着立夏吃乌米饭的古老习俗，乌米饭因此也称立夏饭。《本草纲目》记载："摘取南烛树叶捣碎，浸水取汁，蒸煮粳米或糯米，成乌色之饭，久服能轻身明目，黑发驻颜，益气力而延年不衰。"因其含有的花青素、槲皮素和抗氧化剂等还可以使人们防蚊虫叮咬，所以一到立夏，家中的长辈也都会给孩子准备上一碗乌米饭。

"不饮立夏茶，一夏苦难熬"，没有茶的夏天是不完整的。在闽南一带还有立夏饮茶的习俗，立夏到来，降水增多，天气转热，人就容易上火。记得小时候，一入夏就开始上火，在物资匮乏的年代，家中的长辈就常到山中挖来几种草药，煮水给家里的孩子喝，这些草药多为车前草、夏枯草、鱼腥草、马蹄金。通常将采来的草药清洗干净，放几颗红枣，放压力锅中熬煮，待草药出汁，再用文火小煮片刻，便可盛碗饮之。剩余的新鲜草药可晒干密封保存，以备不时之需。更有机智的人家利用夏枯草等中草药和豆制品制成"青草豆腐"，以供夏令饮用，清凉止渴，口味甚佳。

进入立夏也意味着完完全全进入"闷热"的夏天，所以饮食一般以清淡为主，"尝鲜"为辅。除了饮立夏茶之外，闽南地区还有吃虾面的说法。在闽南语中，"虾"与"夏"谐音，故虾面也称"夏面"，再加上入夏之后食欲不佳，故有"补夏"之说。闽南有句老话："立夏吃虾面，吃了勿会破病。"意思是说，吃了立夏的虾面，日子过得生龙活虎，不怕夏令疾病的攻击。而海虾熟后变红，为吉祥之色。

最有趣的莫过于"立夏称人"了。据说，立夏这一天称了体重之后，就不怕夏季炎热，不会消瘦，否则会有病灾缠身。在温州民间，过去有着不少的旧城区院子、天井和道坛，到了立夏日，人们便在这些空敞的道坛挂上一大秤，全家老小或邻里过来称一下体重。立夏秤人，称一下自己的重量，看看一年来轻了多少，重了多少，并记住重量，到明年立夏再做比较。称人的操作也颇有讲究，大人、小孩用双手握住秤钩，双足离地即可，而婴孩则要放在箩筐或大篮子里称。旧时的民间，称体重有诸多禁忌，如秤锤只能往外移，不能往里移，往里移则是减轻，体重轻了则被认为不健康。凡逢九数，再加一斤，因九是尽头数，不吉祥。

立夏时节的海岛，色香味俱全，积攒了整整一个春天的能量，仿佛就在这立夏之际，尽情迸发。那么，就在海岛的夏日时光里，漫步最美的海岸线，听最响的蝉鸣，看最蓝的大海。

清　明

冷云笺

时有八风，清明为东南风，万物皆显，气清景明，此为清明也。

——题记

清明通常在公历四月五日前后，是春天的第五个节气，此时柳叶初绿，万物蓬发，草木清新，空气含香，令人心旷神怡。清明又是一个缅怀先祖的节日，故有祭祖、扫墓、踏青等诸多活动。

早前在本岛，岛民大多以海上捕鱼为业，几经凶险，只为讨一口饭吃，久之，这种生活方式被称为讨海。每每出海，渔民们都戏称自己是一只脚踩在阳间，另一只脚踩在鬼门关。风急浪大，人与船好比一片树叶飘在风中，又断了联系，遇事只能听天由命了，无助之下，神与鬼便成了精神的依托，于是，岛民凡大节都要祭祖以求庇佑。

岛人说：清明只算半个节，非讨海人家可祭可不祭。祭拜的方式很简单，以家为个体，煮上一桌好菜，点上香和蜡烛，请先人的灵魂过来享用一番。

平常吃饭桌子是直对门的，而祭祖的桌子要横摆，对着祖先牌位的就是上横头。上横头前方放一张长凳当座，其余三面不设座位。我在娘家拜七杯，在夫家拜的是五杯，即五个酒杯在上横头一字排开，放上五副筷子，杯中倒入少量黄酒，剩余的黄酒置于右侧，便于魂灵们自斟自饮。一切安排妥当，点燃一对蜡烛、两根清香，说些祈愿的话召唤先祖们过来吃席。据说先祖在黄泉路上就是靠着烛火照亮、香烟引路，后人点燃香蜡，先祖就可准确地来享用了，速度是即刻便到。酒水妥当之后便是上菜了，也需和常人吃席一般，一边煮一边上菜，保持着一口烟气，煮出来的菜也不许尝味，这第一口必须贡献给先祖，以示尊敬。菜的数量也是有规定的，有些人家拜五碗，有些人家拜八碗，碗碟上桌放定之后就不许再移动。

祖先的魂魄很轻，最怕阳气惊扰，每每此时，奶奶总是不许我们站在桌边，怕惊跑了先人。

香支快要燃完的时候，先祖们的酒席也该结束了，按例要烧些银元宝和冥钞做伴手，请求先人在阴间能为阳间事多做转圜。若是露天烧元宝，还需执水壶顺时针绕火盆浇上一圈水，念道："这是祭给我家祖宗的金银财宝啊，过路野魂不可抢夺啊。"看着纸元宝在火中扭曲、化灰、腾空，在风中旋转飞舞，又安静地降落时，心中的祈愿似乎也完成了一次托付。待纸钱燃尽，放一串鞭炮欢送先祖灵魂归去。一切完毕，还要挪一挪上横头那条长凳，以示先祖已离席，才可收拾桌上的东西。

先人走了，饭菜凉了，回锅热一热又是我们这些凡人们的大餐。待酒足饭饱，而阳光也正和暖，便提起扫把、簸箕、锄头、花篮、墓纸等物件，不慌不忙地上山去。

扫墓又称压墓纸。墓纸是红、黄、绿、白等多种颜色叠在一起的普通纸张，扣上铜钱印，十多厘米宽，二十厘米长。未建公墓之前，本地的墓大多为类似于交椅的椅背或宝塔形的石头墓，依山而靠，墓与墓之间留有空隙，杂草繁生，非得锄头、铁锹等硬家伙才能清理干净。

扫墓要将墓周边的杂草刨去，露出泥土。土为植物的母体，亦是生命的源泉。祖先的尸骨入土，与其融合，渗入了情感，会庇佑子孙。

清理杂草一般从墓后面的山壁理起，沿着两边一路刨出，刨出可供一人通行的干净小路，然后在墓场前面一左一右各种上一株松柏。此时，桃花还在含苞，偶尔开了几朵也显着涩。映山红倒开得艳，一簇一簇的，在漫山绿意中间红得抢眼。坡不高，总会忍不住揪着杂草攀过去扯下几枝来。映山红的枝细细的，有点脆，朱红色的花朵在风中颤颤巍巍，水水的，教人忍不住扯下一朵，揪去须放嘴里当喇叭吹，吹来吹去吹不出声音来，干脆就卷进嘴里嚼起来，花瓣微微带了点酸，倒是有点滋味。

等玩够了，便爬上墓顶，将去年压在小石块下面的纸屑一一清出，拿起扫帚一层层地扫下来，扫干净，再一圈圈压上墓纸。已经入葬的称白墓，压上彩纸；未入葬的叫红墓，压上红纸。压完后的墓纸随风飘动，干净鲜活，煞是好看。

老人轻易不上山，怕被勾魂。有次，奶奶跟我上山，压完墓纸后，一寸寸抚摸着自己去世后的房子，目光也有些迷离，仿佛时光在瞬间倒退，前尘往事如电影般涌了上来，一脸的温馨和惬意。末了，挨着坟墓点上一对蜡烛，插上三根香，烧些金元宝，不停地叨念着请土地公公多多保佑的话。

我随奶奶在乐清也扫过一次墓，那是很大的一个交椅靠，前有凉亭，后有走廊，墓室分了三层，从上而下，分支清晰。上坟的人腰上别了个白纸和棍子制作的小狼牙棒，说是避邪，烧的不但有纸钱，还有纸制衣服和粗纸折成的大金锭、大银锭。

后来，为了不让死人跟活人争地，公墓取代了私墓。公墓便于管理，但狭小逼仄，放上鲜花，再压上几张墓纸后，便连站脚的余地都没有了。以后，也许还会有新的丧葬方式取代现在的公墓。扫墓的习俗渐渐远去，消失在历史的尘埃里。

在本岛，没有寒食节一说，却有做清明糕祭祖的传统。清明糕带了点祭奠的意味，做清明糕时不用红糖，通常用白糖，讲究些的用红糖水调色。做清明糕用的是干磨粉，三分糯米、七分大米混在一起，六成热的温水冲洗之后盖上布闷一闷，掀开时手一捏感觉米粒有点松松的，磨出来的粉就会很细腻。

在我小的时候，用石磨磨粉已经很少见了。石磨是由两块整石手工凿出来的，和锅盖差不多大，约十几厘米厚的圆形青石，平时随意地放在门前屋后，用时搬来架子，将两块磨盘叠在一起，上下磨盘的中间都有一个大孔，上磨盘的孔是通的，插上木栓固定，上磨盘除去中间大孔，两边还有两个稍小的孔洞，不通的一边插上个木栓当把手就可以推着转动了。用时一人侧坐，一只手转着磨盘，另一只手将米一小勺一小勺地舀入孔洞，粉便从磨盘四周滑了下来。如若是水磨，下磨盘有沟槽，伸出个石舌，上磨盘把手处连接着一根扁担长的大木棍，再横拴个一米多长的把手，用绳子吊在梁上。磨粉时，一个人推着把手，一只脚在前，一只脚在后，有节奏地推动磨盘，吱呀吱呀的；另一人坐磨边，将米和水混合，一小勺一小勺地喂入孔洞，像在喂一个孩子，也是在喂辛苦之后的欢愉。水和米磨成浆后从下磨的石舌流出，流入桶内，盖上布，倒入沙土或煤球灰，吸去水分。也有人为磨后的混合物装进布袋里，用重物压去多余的水分。

后来，有了机器绞粉。节日前夕，整条街都可听见嘭嘭嘭的机器声，各式各样的盆、桶，装着数量不一的米排着长队候绞。绞粉机器是一个和人差不多高的铁家伙，上面是一个大漏斗，漏斗的下部有个巴掌大小的闸门，闸门开一点小缝，米便流入下面的轮毂中，轮毂不停地转动，将米绞成粉，从出口处送入一个长长的布袋中，布袋的另一端打着结，受着轮毂的气流，鼓鼓的，不停地颤动。

端着还透着热气的米粉回家，先把糖水化好，粉中间挖个窝，慢慢倒入糖水，由外向里搅拌，揉成一个大粉团，然后再分成一个个小团。模具是木制的，叫龟印。一面刻着龟，一面刻着清明糕的图案。旁边多余的地方刻些小小的动物或花草，侧面刻着巧人儿。给小粉团压图案时，要先在模具上抹上菜油，将粉团揉成球放在清明糕图案正中，并拢四指轻压轻拍，直至粉团没过整个图案，倒转龟印，将圆饼轻轻掀起，印出来的米糕中间是一株开着细小花朵的花枝，边上一圈的装饰花边很漂亮。随后，将压好的米糕放入锅，蒸熟即可食用。母亲说："清明糕一定要圆的，印几个大的拜祖。你若不喜欢，可以印些公鸡、小鱼的米糕，但一定要圆的。"

我一直琢磨不出清明糕中的图案是什么，那些带圈圈的小花朵酷似阿拉伯婆婆纳，我也曾错误地将阿拉伯婆婆纳认成清明草。直至到了乐清，有人带我上山采棉菜，才知棉菜叫清明草。棉菜学名鼠鞠草，这种一年生的草本植物根茎很短，分四五个叉往地面斜长，才几厘米高。棉菜长到适合吃的时候，其匙状的叶子在杂草间很容易被忽视，等它长出黄色的花苞，又老了。所幸这种植物很会繁殖，找得到就是一大片。采摘时采顶上最嫩的那一小段，摘着摘着，当感觉自己把棉菜都摘光了的时候，一返身发现自己踩过的地方倒了白白的一片，原来棉菜叶子的背面都是白色的棉毛。

四川人把棉菜剁成饺子馅，而乐清人对棉菜最常见的吃法就是做清明粿。我们把摘来的棉菜挑拣洗净，烧一壶开水，将棉菜的苦味烫出，沥去水，用刀柄捣烂，捣出汁水来。加入粳米粉和糯米粉慢慢地揉搓，将草叶和草汁都均匀地搓进粉里，再加水，揉成淡绿色的、带着草丝的粉团。因为加了棉菜，摘粉团时明显地感到很有韧性，还有一种不粘手的粘力。

清明粿的馅分甜和咸两种。甜馅是豆粉红糖，剁点花生、核桃、芝麻搅拌搅拌，再切一小点肥肉进去，包好后在外皮上沾上几颗芝麻做标记。咸馅是将雪里蕻酸菜、豆干、鲜笋等切成小丁，加入肉末入锅炒熟，撒上乐清的灵魂配料虾皮和葱花就可出锅了。包的时候先将粉团捏成薄片，舀入馅，一只手托底，另一只手的拇指和食指环握，用虎口的力量慢慢收口。

清明时节正好是新柚子叶刚长成的时候，此时的柚子叶鲜嫩清香，很是干净。清洗柚叶后剪去头尾，再剪成两半，垫在棉菜粿的底下，经热气一蒸腾，清明粿油绿油绿的，青草香和柚香融合在一起，沁人心脾，又让人心旷神怡。掀开锅盖，烟还未散去，便急着拿起一个，烫啊烫啊！上下门牙嗑住一小角，哧呵哧呵地扯进嘴里，馅的甜香爆了出来，说不清的各种香味混合着粉的糯，让牙齿和舌头再也不会忘却。

"多吃几个，清凉解毒的，吃了一整年都不会长疮。"老人在一旁微笑地看着，顺手递来一把红艳欲滴的茅莓。清明时节，万物生长，到处是取不尽的宝贝。

小　寒

冷云笺

小寒时节二三九，天寒地冻冷到抖。

天色微曦，雪茫茫地盖下来，看不见瓦，也看不到地，到处是高高低低的白。奶奶呵出一口白白的烟气，说："姆儿，来，扶住瓶。"我笨拙地蹲下来，抱住长长的、冰冷的玻璃瓶，生怕一不小心就摔碎了。奶奶从怀里掏出锅铲，一铲一铲地将雪铲进玻璃瓶。白糖一样的雪沙沙地落入瓶里，我的手也从冰到麻，几乎没知觉了。

奶奶擦干玻璃瓶外的水，如常吊在靠墙的那支橼下："好东西呀，这是宝贝，没处得的。"我听不懂啥意思，隔三岔五地去看一看，雪渐渐融化成了水，开始还有半瓶多，也没见动过，水竟越来越黄，越来越少了，后来突然记起，再去看时，瓶子已经干了。我始终未曾明白它是什么宝贝，只听有人说铲雪的那天是小寒。

小寒是一年中第二十三个节气。《月令七十二候集解》中有解："十二月节，月初寒尚小，故云。"此为小寒这名字的由来。这时已进入腊月，万物萧瑟，天阴冷阴冷的，风吹在身上透骨的凉。大舅来我家，两条腿在宽宽的裤筒里像抖糠筛似的。

小时候觉得母亲不仅长得美，还心灵手巧。她不知从哪儿弄来褐色的药丸瓶子，装入煤油，盖子上用铁皮做成一个小管，再套入棉线，就是一盏小巧的煤油灯，停电后，夜里起床再也不用瞎摸黑了。她把旧风箱拆开，研究了个遍，在外面涂上漆，里面绑入新的羽毛，拉起来又轻风又大。

天冷时，我喜欢蹲在灶前拉风箱，起初是快速又使劲地拉，拉到额头见汗时再一下一下地推，灶膛里的火旺了，我就把脚踩在灶壁上，灶壁的砖被柴火烘得烫烫的，热气顺着鞋底涌入脚底心，从小腿爬上来扩散到全身，我的脸抵抗不住，变得红彤彤、热辣辣的。不多久，一股塑料的焦味愈来愈浓，仔细一找，哇，鞋底烤焦了！我懊恼地脱下鞋，鞋底对着鞋底互拍，拍不去焦黑。无心再烧火，便穿上鞋去掀锅盖。锅里的糯米粥咕噜咕噜冒着泡，绿豆裂成两半，有些仁煮化了剩个壳，红枣像被吹了气，鼓鼓的、亮亮的。撒上红糖，盛起一碗等不及晾凉，沿碗边哧溜着吸一口，热气顺着食管滑入胃中，又散发出去，四肢百骸瞬间轻松了起来，那种满足感足以令人忘却世间所有的不悦。

这甜粥或许就是腊八粥的前生吧。近年来，每至腊八前夜，隔壁的"海霞妈妈"① 通宵煮粥，两个高压锅轮流煮，一整夜都在发出嗤嗤嗤的声音。配料也很讲究，有荔枝干、红枣、红豆、莲子、薏米、花生等。煮好的粥倒进保温桶闷一闷就变糊变稠了。天亮时，一群海霞妈妈过来抬，抬到区府路边，抬到社区门口等人流密集的地方免费施粥。凌晨最寒时起来的环卫工人喝一碗粥，突然连心都暖了；大清早赶班的人喝一碗粥，通身舒畅，连电瓶车也变轻巧了。弟弟给我送来一碗，粥是红豆粥，不稀不稠正正好，上面浮着两个大大的荔枝干，看上去很诱人的样子。我放下勺子，像小时候那般端起碗大吸一口，却没了小时候那种黏黏的香，也没了那股子丝滑。

喝了粥的我脑子开始跑马。记得初入小寒，我家岭下的宅基地长出了几根蒜叶，叶片特别肥厚，待长到一尺来高时，竟开出了白色的花来，花朵有六片瓣，中间是一圈漏斗一样的黄蕊。哦，原来是水仙哟。

父亲攀着石头爬到岭下，给我摘来一茎花。我拿着花蹲在岭上等另一茎花开。等了两天，不见花开，居然连叶和根都不见了。我哭了，父亲却笑了："那个某某人嫁女儿，挖走了。"

某某人嫁女儿把我的花挖走了，奶奶还买了两斤粉干给新娘当送嫁点心，真是好窝心啊！甜甜的喜糖到了嘴里，我又开心了。

新娘家很热闹，一早上鞭炮声都在啪啪响，红红的鞭炮屑里，十二个男人挑着箩筐，排着长队过来。领头的挑了一担猪肉，走起来箩筐有节奏地晃动着，扁担也随之颤动。眼瞅着就要进院子了，他们却停了下来。手握着一叠红包的喜娘高声叫着："挑盘的来啦！挑盘的来啦！快快快，接盘接盘！"新娘家急忙跑出一个打扮讲究的男人，将头担担子接了过来，他显然气力有些不足，只好站在原先那人身前，装模作样地握着扁担一起挑了进来。

酒席是早就备好的，一群人放下担子，喝茶嗑瓜子。一会儿菜上来了，这群

---

① 海霞妈妈，温州市洞头区的志愿者服务队叫"海霞妈妈"，已成立30周年。

人便欢快地吃起酒来，喜娘顺势将一个大红包塞给挑头担的人，其余的清一色小红包。

趁着这群人吃喝的工夫，新娘家忙乎着把箩筐盖一个个掀开，清点着香菇、红枣、荔枝等许多物件，一样样报给一位貌似权威的老人，问询着该收多少回多少。头担的猪肉是个难题，只能切一刀，这一刀要怎么切、大约切多少是个大讲究，一群人叽叽咕咕了半天，前三后四扯得都离了题。在一阵笑声里，一个女人提了两个装满淘米水的酒瓶子进来："米泔水养猪，嫁过去像猪一样好养。"遂将两个瓶子并拢，用红线绑在一起，红线绕到瓶颈处打了个蝴蝶结，很是好看。她把绑好的瓶子放到一大麻袋花生旁边的红桶里，我赫然发现自己等的那株水仙花立在红桶里，也开了。

回礼完毕，屋里堆了像山一样高的礼品，那些花花绿绿的喜糖一袋一袋地叠着，其中一种糖纸带金的糖果看起来特别好吃。

女人们将箩筐盖好，一一放上扁担。又叽叽哇哇地不知在安排些什么。吃好喝好的那群人，嘴里叼着香烟，探头问："好了吗?""好了好了。"屋里人将箩筐挑到院里，依次排成一队，又搬了很多柜子、沙发、电视、冰箱等。鞭炮声中，一群人挑着担，抬着家具，排成长龙，晃晃悠悠地往人多的地方走去。

我人小，被安排搬一张椅子。新郎家不远，却要从大街绕一圈回去。这些搬家具的人都不是干重活的料，没走多远，抬的人痛得耸起了肩膀，搬的人左边换右边，抬柜子的羡慕搬沙发的，搬沙发的羡慕拿花瓶的。我的手臂又酸又痛，看前面的人把椅子顶在头上，可我连抬高的力气都没了。

到了新郎家，天快暗了。新郎家很冷清，只留两个人招呼我们，既没酒席也没分糖，我好失望。姨妈家就在旁边，我进去歇了会儿。姨妈说："邻居家娶新娘了，你要不要去讨糖?"想了一下又说，"嗯，让你姐带你去吧。"

邻居家的门开着，里面很安静。姐带我进了后面的房间，木制的楼梯很陡，我是扒着楼梯板爬上去的。我只记得楼上的灯光是红色的，两个穿红衣服的女人，看见我们相视一笑，温柔地说："来讨糖的吧。"于是她打开抽屉，各抓了一把糖和一把冬瓜油枣给我们。

美食来得太容易了！我一条一条地吃着冬瓜油枣，再一颗一颗地吃着糖，都吃完了还是有点不敢相信。

第二天，我还在回味糖的味道，却看见某某人喜笑颜开地提了两根长长的排骨、几根带须的小葱，一路走一路问询着骨头饭怎么烧。次晨，我在睡梦中被鞭炮声吵醒。某某人烧了一锅咸饭，上面横放着两整根排骨和那一小把葱，葱也没切，连根带叶放在排骨边，煮熟后夹起来软软的。新娘子啃一口排骨，吃一口饭，就要出门了。但新娘的八字似乎带了"回头禄"，会把娘家的财运带走。因此，她出门时娘家人全部避而不送，关了大门，关了所有的灯，让新娘、新郎等一群人自行从后门走出。昏暗的星光下，一群人悄悄地走，媒婆腋下夹了两把伞，投在地上的影子显得很怪异。

后来，我去乐清生活了几年。那里娶新娘不用赶子时后的第一个潮水，而是在大中午人最多的时候风风光光进门。老丈人没到座，谁也不敢开席。洞头嫁女就像泼水出去，女方父母不能亲临女儿最幸福的时刻，两厢对比，我心里像出了一口恶气一般，通身舒畅。

十二月是热闹的，洗好晾年糕的簾，做年糕的也来了。当做年糕的师傅搭起棚子、架起炉灶的时候，婆婆赶忙从谷仓里一斗一斗地往箩里量米。乐清人很少种粳米，单用稻米有点硬，要加点糯米，合适的比例是年糕糯弹的关键。

做年糕需要先洗米，拿个大盆，把整个箩置入，热水直接淋在米上，淋得差不多了再整箩提出来，摇摆几下，滤去水，把米倒入绞粉机里磨成粉。

炊粉是个技术活，矮矮的大叔肩上披着一条毛巾，用手一捧捧地将米粉抖入炊桶中，炊桶下小上大，中间隔着一块纱布。待锅里水滚，大叔抱起几十斤重的炊桶不偏不倚地放入滚水正中央，便又去忙活了。烟气腾腾中，炊桶里的粉慢慢下陷，米糕的香气散了出来。大叔用食指触了触粉，拿下肩头的毛巾围住炊桶中段，一使劲抱了起来，调转个头，"啪"的一声将粉倒在机器的铁板上。早已候着的师傅一按开关，粉被机器绞了进去，挤成圆圆长长的形状，从另一头出来，师傅拿起剪刀，在凉水里蘸一下，熟练地一剪，一条年糕就掉了下来。

师傅拿起这条年糕给婆婆。"吃吃看，行不行。""不够韧。"师傅把那条年糕又绞了一遍，"再吃吃看"。"再绞一遍看看。"婆婆把绞了三遍的年糕递给我，年糕居然比橡皮还韧，咬都咬不动。婆婆忙道："两遍够了，两遍够了。"

师傅微笑着把剩下的糕条收回去，准备绞第二遍。婆婆眼疾手快地扯下一块来，又从裤兜里摸出一小包东西，叫我打开，我打开一看，是混在一起的熟花生碎和红糖，不知干什么用。只见婆婆把扯来的那块年糕捏出一个凹槽，把花生红糖塞进去，又把年糕捏平递我："给你，好吃的呢。"我接过这条包了馅的年糕，咋看着那么粗糙呢？半信半疑地咬了一口，我的天，它有着松糕的松软又有着年糕的细腻，再加上红糖的甜、花生的脆，咬起来松香软脆，好吃到不知要怎么说了。

这仅一次的做年糕体验成了我们一生的话题，多年以后，妹妹还常常提及："好想再跟你去乐清做年糕啊，你婆婆包的糖糕啊，真的很好吃！"

春天，一只鸟跌落

张丽珍

这是一只成年斑鸠，比我的手掌大，头垂在胸前，双眼紧闭。肉眼可以断定，前夜里它刚断了气。要不是我醉心于露珠，俯下来细看，也不会发现它。

春末的清晨，阳光刚露脸，草尖上的露珠还未散去。阳光是一位指挥家，轻轻一挥洒，一地的露珠瞬间苏醒，乐符似的跳动起来。

它就这样静静地躺在草地上，草地松软，以至于我踏上去，它身体的一侧就微微倾下来。而草地旁的公路上，三两车辆飞驰而过，它腹部有一两根白色的柔软羽毛随之扬了扬。

我决定把它就地掩埋。这不是我第一次葬鸟。

第一次葬鸟，是跟家人一起。

那是我十岁以前的事情。每年秋后时节，我都会跟着爸妈，带着弟弟妹妹，带上镰刀、斧头、尼龙袋，上山砍柴，耙黑松叶。那时候的山林是包干到户的。我家的山林在屋旁往左数的第三座山坡上。山上的落叶、杂草、枝丫都是极宝贝的东西。那时候哪里来的煤球、煤气、天然气？家家户户生火烧饭靠的全都是它们。

每到上山时节，我们兄妹仨都很兴奋。三个孩子都想要拿钉耙，最后站成一排，一个握着钉耙头，一个提着钉耙尾，妹妹老三站中间扶着钉耙的柄。

爬山，一路真的是爬上去的，我们趴在山坡上，到处翻找好吃的"零嘴"。这个时节，野生金橘长成拇指大小，开始呈现出诱人的黄色。也不用洗，摘了连皮就往嘴巴里塞，嘴里先是尝到一点酸味，慢慢甜味出来，最后嚼到皮就有点苦，赶紧咽了下去。

翻白草，此刻正戴着黄色的小花，趴在地上。我们从草的两边慢慢拨开土层，翻白草的根茎就露了出来，将一整根完好的块茎轻轻拔出来，能看到它的表皮是黄褐色的。剥掉表皮，里面白白嫩嫩的，放嘴里嚼，越嚼越鲜甜。在我们当地，大人把它唤作"三脚蓖"，可能是因为根茎总是有分叉，像长着三只脚。据说它还可入药，所以我们又唤它"小人参"。

最美味还是地捻，地捻的花是紫色的，像一朵朵小牡丹，一丛丛匍匐在地面。这个时节，它的果实已经熟透，是黑色的，一颗颗高高举着，跟蓝莓一般大小，味道也很像，酸酸甜甜的。摘一颗，含在嘴里，嚼一嚼，鲜甜在舌尖蔓延，还有绵绵的颗粒感。吃完几颗，牙齿、舌头、嘴唇，满嘴乌黑。我们互相张大了嘴巴笑对方。

一路上，我们的眼睛闪闪发亮，不停地捕捉着这些美食。

到了平整一点的山坡，松叶开始厚起来，父母会喊我们停下。父母负责砍多余的松树枝丫，我们仨负责耙松叶。把松叶都耙到一处，耙成堆，然后装进尼龙袋子里。这个时候的松叶，已经呈灰黄色，松软干爽，是老土灶最好的引火材料。

那时候家家户户都用老土灶，用枝丫在火灶里搭出三角锥的形状。三角锥的内部，放一小撮这种松叶，擦上一根火柴，哧的一声，火苗串起，噼噼啪啪的声音响起，映照得脸颊都红火明亮起来。等火势弱下来，要赶紧再用火钳添些松叶进去，直到枝丫都烧着。看着熊熊燃烧的火焰，我们围在灶台边，个头刚够得着灶台，眼巴巴等着锅里的食物煮熟。

有一次，我们正耙着松叶，突然啪的一声，一只鸟从我们头顶掉下来。我们小心翼翼地连着松叶一起捧起它。它的身体瘦小，跟当时的我们一样。我们唤来父母，就近刨了个坑，把它掩埋了。母亲说，我们不能碰鸟，不然烧的菜不好吃。我不小心碰了一下，没跟她说。不知道是不是心理作怪，那阵子我掌勺（我七岁就开始掌勺下厨），盐老是放不准，不是淡了就是咸了。

那一年，我葬过的这只鸟，它从空中跌落，断气，摔在松软的松叶上。动作干脆利落洒脱，一气呵成，决绝而不悲伤。不久后，它会被松叶覆盖，开始腐烂，它的骨血渗入地下，变成它栖息的松树。

生命戛然而止，却又像重新开始。

今天的这只鸟，我找不到掩埋它的工具。

想了想，我便开始拔草丛中的草，拔出一个十几厘米宽的坑。脑子里不自觉就想起母亲的告诫："不能碰鸟，不然烧菜就不好吃了。"于是我找了几根枯树枝，用树枝将鸟慢慢架起，小心翼翼放入草坑，盖上刚才拔出的草，上面再用树枝覆盖。

做完这一切，我起身准备走，却突然被眼前一幕惊呆了。

我望见草丛边缘不远处，分散地粘着好多细软的羽毛，公路边也飘着一些，才想到这些都是它腹部和屁股周边的羽毛。怪不得翻转它身体的时候，看到了一大片裸露的、泛红的肉。我还以为是它老了，像人老了牙齿会脱落一样，它的羽毛脱落了。

　　我一厢情愿地认为，它像我孩提时碰见的那只鸟一样，从空中跌落，像一位寿终正寝的老人，在最后时刻，把身体里的气一直往外呼，只有呼气没有吸气，慢慢地排空体内的浊气。

　　我又想，也许是它跌落到地面时，一息尚存，它在闭眼前，看到这片绿草地，它扑腾着衰弱的翅膀，艰难地挪移过去。水泥地上的树枝和碎石扯下了它腹部的羽毛、尾部的羽毛。每一根羽毛，都跟它在空中飞翔过。它们招降过风，浸润过雨，享受过七彩的日光照耀。现在每一根羽毛的离去都是在成全它最后的愿望：安眠在松软的草地上。仿佛在茂盛的枝叶间，在洁白的云朵下，它的身体会重新变得轻盈，它的羽毛会再次扇动，歌喉依然嘹亮，它的爱人和孩子们都还在身边。

　　说起它的爱人和孩子们，我想起它是一只斑鸠。

　　初中同学跟我讲过斑鸠的故事。他说："斑鸠可逗了。"搭个鸟窝，薄薄的一层干草枝，树底下抬头一望，能望见窝里的蛋。等到鸟窝慢慢变厚实了，就知道小鸟已经孵出来了。将小斑鸠抓回来，慢慢养大，就能亲近人。成年斑鸠就不行了，一放笼子里就到处撞，撞得头破血流。

　　如果被成年斑鸠撞见有人要上去抓小鸟，它就会故意扑通一声从树上摔下，然后扑腾扑腾在地面滑动，试图牺牲自己来引开敌人，那样子滑稽而感人。但是抓鸟的人一般都是铁石心肠的，而且早已识破它的伎俩，先抓了大鸟，再折回去抓小鸟。

　　我注视着路面上一根一根的羽毛，一根一根地捡起，感受它们被一根一根扯去时的痛楚，重新放在斑鸠的身旁。

　　这些羽毛，很轻很轻，是最贴近它身体的毛。

风语者

张丽珍

　　窗外的铝合金窗框在战栗。2019 年的台风裹挟着太平洋的积压云，正用千万根钢针般的雨脚叩击大地。女儿蜷在我怀里，睫毛在闪电里忽明忽暗，像两柄随时要阻击风暴的小伞。

　　即使洞头在十四级台风影响的外围圈，家家户户也是一夜难眠。屋外的风刮倒了树，甚至刮走了高楼的两户窗户，窗户在窗外像纸片一样飞走。雨水从窗台渗进来，台风在窗外咆哮嘶吼。

　　手机屏幕在黑暗中亮起，友人发来的消息泛着幽蓝，"像 1993 年……"几个字便掀开了记忆的封印。那年屋外台风像只猛兽，到处撕咬。几扇小窗户都已经被父亲用木板钉上了钉子，我们根本看不到外面的景象。

　　屋内，雨点，一开始像猴子，一滴滴甩进屋里来。慢慢，漏雨的那个口子就像猛兽了，一群群涌进来。一家子慌忙下楼拿脸盆来接雨。雨点敲击在塑料脸盆上啪啪作响。水敲击到脸盆上，借着撞击的势，到处飞溅，很快脸盆周遭的木板便湿了一圈。那时候的木板不像今天的木板，没抛过光，也没上过漆。雨水很快渗进木板，经年的木板已经有点摇晃，有点生脆，被雨水渗进后，就开始发软，一脚踩上去，脚就戳进木板里，戳了个洞。

　　父母很快抓起一条旧毛巾，摊在脸盆里。撞击的声音和气势马上就消融了。

　　忽然传来一声巨响，全家人都绷紧了神经。又一声巨响，妈妈对着一旁的爸爸说："我们是不是到楼下睡，安全点？"

　　于是一家子便卷起席子跑到了楼下。楼下空余的地方少，把饭桌搬到门边，灶台边就空出一块地，铺好席子，一家子就躺了上去。

　　我们姐弟仨缩在父母边上，地面潮湿，蚊子在边上嗡嗡响。我们闭上眼睛，佯装睡着。

没多久，听到妈妈打蚊子的声音，她用力喊了一声"死蚊子"。然后听到她坐起，叹气，然后又站起一会儿，又坐下，又叹气。对着一旁的爸爸，又好像是自言自语："海里的紫菜，不知道能不能扛住，才刚发出苗头，过二十天就要收成了……"妈妈说着说着陷入了沉默……

　　也许是想到了海里那些正冒出苗尖的紫菜，那可是凝聚了一家人一年的心血。

　　养紫菜确实不容易，工序繁杂。

　　首先要育苗。先要从外地买回一堆文蛤壳，从中挑出大小均匀，表面完整的，将它们一个个整齐地排在育苗池子里。每个文蛤壳都要朝向一致，碗口一律朝上面，然后一个挨着一个，一个紧扣一个，像鱼鳞那样紧密排列着。再去海里挑水，这咸水要放过一日，等海泥沉在桶底，取上面清澈的部分，倒入育苗池，淹过文蛤壳。等到了清明时节，才能放紫菜苗。

　　紫菜苗，是从前一年的紫菜网上取来的。那时紫菜已收成到最后一水，一般是在冬季。海水冰冷，父母要下海去把紫菜网升高，在海面上晒上两天。然后再放下来，在海里浸泡五天。等到第五日，紫菜开始发红，红得很耀眼，那便是紫菜种子在闪耀。

　　用手把这些发红的紫菜摘下，用咸水洗几遍，洗去泥污。碰上好天气，晒上两三天。人要守在这些紫菜边上，像守护待产的孕妇。时不时还要去给紫菜翻个面。两三日后，紫菜开始发干，但还有点微微潮湿时，就可以收起来放袋子里，再放进冷库或者冰箱里。

　　等到清明，把紫菜取出，放咸水里洗两遍，把冰咸水倒掉。

　　再将恢复常温的干净紫菜放入大桶里，放在阴凉的地方。一家人坐在桶边，等到上午九点到十点，太阳升高，气温上升，海水涨潮，紫菜种子基本上就快从紫菜上蹦出来了。这个时候用干净的细网纱套住紫菜，然后放入过滤过的海水，浸泡几分钟，再挤干水分。这个时候那一桶咸水里就全部都是紫菜种子，用肉眼是看不出来的。

　　之后，拿起事先准备好的喷水壶，像浇花一样，一点点喷到育苗池里，紫菜种子便附到了文蛤壳上。每半个月，育苗池里的咸水都要换一次，一直持续到五六月。

　　五六月后，要把育苗池上方的篷布拉开，让紫菜苗见见阳光。见阳光的时间得慢慢延长，傍晚则要再重新盖上。到了七月，父亲会把种有紫菜苗的文蛤装入网袋，然后跟村里某一户人家一起，包一艘大点的船，把这些网袋挂在船边，放入海水最湍急的地方。夜里他们要睡在船上，因为这个过程要持续十三四个小时。用我们本地话讲，这个过程叫作"刺激"。也许刺激的意思其实就是激活，激活沉睡在文蛤壳上的紫菜苗子。

十三四个小时过后，要把网袋收上来，然后重新运回紫菜育苗池边。而文蛤壳则放回育苗池子里，用澄净的海水没过它们。等到九点多，需要拿个小碗，从池子中舀些水，拿出显微镜，用手指沾一滴碗中的水，滴入显微镜片中间。从显微镜下观察，里面一颗颗圆的、发着银白色光芒的颗粒，便是紫菜活苗子了。数一数，一滴水里面有五六颗种子的，属于一般；有十几颗的就是很好了；如果只有一两颗那就是育苗失败，需要去别人家高价买紫菜活苗子，有时甚至要去福建沿海买。

确认紫菜苗是否已经激活，必须在十点前完成。然后，将已经洗好晒好阴干好的紫菜网一张张洒入育苗池内，要保证每张网的每根线都被育苗池里的水浸泡过。

然后，等到下午一点多钟，要载着这一捆捆刚育上苗的紫菜网，到海上去。滩涂地上密密麻麻插着小腿粗的竹竿，竹竿间有拇指粗的网系着。把紫菜网一张一张地沿着四个角系到竹竿和绳子上，几百张网要赶在日头前都系好。

接下来，只能期盼老天爷眷顾，往后的天气，最好是有七八级的北风。只要七八天，就能看到像蟑螂血的紫菜小苗尖了。如若突然刮起几日南风，或者没有一点风，这个苗就会被扼杀在襁褓之中。最怕的还是打台风，不仅紫菜苗没有了，所有的工具都可能一并被冲走，那这年的收成也就没指望了。

如果顺利度过了七八日，接下来便是管理了。养苗的人每日都要去海上巡视一番，看看哪一边紫菜长得好，哪一边长了青苔。几乎每年都会长青苔，长了青苔就折腾人了，所有的网都要重新摘下，然后搬运上岸，晒个两天两夜。否则，等紫菜长大了，青苔夹杂在中间，紫菜的质量就大打折扣……

突然，有擤鼻涕的声音，还有轻微的啜泣声，是妈妈哭了。

我们赶紧张开眼，跑到妈妈身边。妈妈看着我们说："看这台风的样子，咱们家海里的紫菜看来是保不住了。今年你们的报名费，妈妈又要去借了，不知道借不借得到。你们想读书吗，要好好读书吗？"

我们拼命点头，泪水在眼眶里打转……

突然妈妈抬起头，挺起了胸，咬咬牙说："三十年河东三十年河西，我们不怕，紫菜网如果被冲走了，我们再去福建买……"只是，去哪里找钱呢？想到这，妈妈又抹了把眼泪。

今年八月，超强台风要来的那两天，父母都在老家种菜养花。打了电话叫他们赶紧去几年前镇上买的套房里，套房牢固，楼上楼下都住着人。"怕啥？现在老房子屋顶瓦片都用水泥封住了，窗户都换成铝合窗的了，门板都上锁了，这么牢固怕啥？"老人家嘴里这么说着，但怕儿女担心，很快也就到镇上的房子里去了。台风天打电话给他们，母亲说："你爸睡了，我在看电视。"我跟妈妈唠了一会儿嗑，提起那年的台风，母亲说："想起以前，现在的日子真是……"

我望着怀中安睡的女儿，想起了睡前女儿安慰我："妈妈，爸爸去单位抗台风了，你别怕，我教你一个方法。你听外面风那么大，像不像是老师在教学生演奏——当当当？现在风有点小了，是学生在学着演奏——叮叮叮。啊呀，风怎么又大起来了，那一定是老师在纠正错误——哐哐哐！"

我闭上眼睛，仿佛真的在听乐队演奏音乐：当当当——叮叮叮——哐哐哐……

此刻所有的台风都成了信使，从 1993 年衔来紫菜孢子，落在 2019 年的风雨里。

涂撬儿的美好时光

张丽珍

晨光未褪尽时，友人便急急来电："快帮我寻艘老涂撬儿！"我尚在蒙眬中，含糊应声，她已发来几张照片。屏幕亮起的刹那，睡意如潮水般退去。

霞光浸润的船体里，满满一船的多肉：生石花、陇月、姬陇月、冬美人、火祭、乙女心、红稚莲、姬星美人、佛珠、紫玄月……还有一些我叫不出名字的多肉。它们反射出炫目的光彩，红的绯红，绿的翠绿，黄的橙黄，长短高低胖瘦不一，貌似无序，却棵棵饱满，昂首的高高在上，垂挂的从船的周身悬挂下来。昂首的多肉像顶着酒杯，盛着满满一杯霞光酒；垂挂的多肉，应该是佛珠和紫玄月，一串串，微风一吹，霞光跟着挪移，像一件七彩的锦织衣，将斑驳的船身绣出斑斓的锦缎。旁边的那艘船里，波斯菊姑娘们正从细丝般卷曲柔软的叶子中探出头来，仿佛正提着彩绸舞裙，在绿纱帐中踮起脚尖，这般热烈，这般蓬勃，倒像是把海岛千百年的精气神都种了进去。

可谁料这种多肉的船，竟是我再熟悉不过的涂撬儿呢？

北方有雪橇划过雪地，我们这儿的涂撬儿在滩涂上起舞。木龙骨弯成新月，船首船尾微微上翘，中间横着两根斑驳木柱——那便是渔家人的鞍鞯了。走到海边，父母会牵出系在岸边的涂撬儿，像草原上的人们牵出一匹马儿。

幼时随父母下海，我们总被安放在船首的凹槽里。为了防止被泥地里的蛏子壳、牡蛎壳、小木棍儿划破脚，父母总是给我们穿上一双特制的小脚套，小脚套是用破裤子破袜子裁制的。装备齐全后，母亲单膝跪在中间的方凳上，轻喝一声"走嘞"，涂撬儿便哧溜划入如银色镜面的滩涂上。滩涂在身后铺展成无边的墨缎，远处采蛏人弯腰的剪影，像极了正在叩拜大海的黑色礁石。

最盼着运西瓜的傍晚。斜阳将滩涂养成蜜色时，从海里回来的叔叔阿姨们，大老远就喊我："快去海上，你爸妈叫你下去运西瓜了。"此时不管当时我手头正在忙什么都会立马放下，飞奔着从家门出来，像出征的将军蹬着涂撬儿劈开胜利的航道，战利品是一个西瓜。经过某一块滩涂地，见到大人就问："叔叔，我爸妈在哪?"那些叔叔阿姨都会挺直了身子帮我看看，有时帮我喊喊。听到的人会指着一个方向说："那边，那边，正在挑西瓜呢。"我便唰地一下，就朝那边蹬过去。

日光下，父母晒得满脸黝黑，咧着嘴，用沾着海泥的手，紧紧地抱着西瓜，朝我一步步慢慢跨过来。这个感觉，是所有美好的词语都难以描绘的。我吃力地抱过西瓜，小心翼翼地将它放进涂撬儿前面的凹槽，像更小的时候，父母把我抱起来放入那里。

那时家家户户都还没有冰箱。把西瓜气喘吁吁、小心翼翼地从海边搬回家后，是舍不得马上吃的。爸妈教我，要把西瓜放入网中，再用长绳子扎紧收口，慢慢放入家门口的井里。等父母从海里回来，再拿出来吃时，就是带着丝丝冰凉且甘甜的西瓜了……

西瓜并不是常有的，但是父母经常让我踩着涂撬儿去海里运鱼、虾、蟹……常常是因为他们手头活儿还没干完，而这些海鲜在海里曝晒一段时间就要发臭了。家里有事先准备好的咸水，趁鱼、虾、蟹还有一口气便先拿回来，放咸水里就可以保鲜久一点，也就能卖个好价钱了。

"快帮我问问!"友人的催促将我从记忆中唤回。拨通母亲的电话，未料那头笑声清亮："咱家那艘，老妈也准备用来种花。"

"啊? 也用来种花啊?"我有点被母亲的话惊讶到。小时候妈妈都跟我抢家门口的地，我种了花她有时拔了去，用来种葱、蒜和菜，有时要用来埋紫菜网。此刻她竟然要用心爱的涂撬儿种花。母亲在电话那端笑着说："是呀，种花呀，妈妈也很爱种花的，村子里几家新开的民宿，门外用涂撬儿种了一船的花花草草，别提多好看了。我们家也要种一船。你不是爱种花吗，你给妈妈弄些种子过来，妈妈要种一船的花儿给你看……"

母亲说得兴奋起来，一口气讲了好多，我能想象她黝黑的脸上，光芒闪烁。

曾经，涂撬儿载着年幼的我，载来西瓜，载来蛏子，载来紫菜，载来鱼虾，如今它将载满一船的鲜花……

涂撬儿，它在滩涂地上快乐得像一阵风，它一直载来期盼，载来渔家人对美好生活的向往。

一分清欢，一种传承

颜艳珍

时间刚刚叩响了新年的钟声，除夕的灯火尚未阑珊，转眼又到了元宵节，老人常说正月十五之后，这个"年"才算是真正过完了。

儿时记忆并未消退，那时的元宵节，父亲会扎个灯笼给我，父亲说，"灯"和洞头话"丁"谐音，有添丁的吉兆。我会提着父亲用竹扎纸糊的灯笼，点燃一只细小的红烛，小心翼翼地放入灯笼里，相约邻里的小孩子一起拎着灯笼，围着村子转一圈。拎着灯笼的队伍虽星星点点，但是内心在微微地发热，弟弟用花菜的根茎挖出一个深洞，再填入棉花，浇上煤油，做成属于他的灯笼，也加入我们的队伍。队伍从村的这头，走到村的那头，队伍越来越长，充满了欢歌笑语，整个夜晚都沉浸在这温暖的灯光中。

元宵的夜晚我喜欢在天井里放"万花筒"，流光溢彩，甚是夺目。但是弟弟更喜欢把一串鞭炮拆散了，一个一个地放，点着火，邀约几个伙伴用罐子或者瓶子罩着，"砰"的一声罩着的东西蹦得老高了，看谁的鞭炮威力更大，罩着的东西蹦得更高。这是属于我们那代人的记忆。

元宵佳节是浪漫的节日，也是中国古代的情人节。古代女子"三步不出闺门"，只有到了元宵灯会，才被允许结伴出门看灯赏玩，正好提供了邂逅的机遇。欧阳修在《生查子·元夕》中写道："去年元夜时，花市灯如昼。月上柳梢头，人约黄昏后。"在元宵节遇到爱情的，不止欧阳修一个人。辛弃疾也在《青玉案·元夕》中写道："众里寻它千百度。蓦然回首，那人却在灯火阑珊处。"这几千年来，无论是甜蜜还是思念，又或是离愁，每一种关于爱情的诗句在元宵夜都变得美丽动人。

而洞头的小村庄里有着另外一种活动——走马灯，突出一个元宵的"闹"，所以年味一点不亚于除夕。大人们在正月十二会开始准备具有民俗特点的马灯，正月十二也是小朴村祭族谱（洞头俗称"号谱"）的日子。这一天，妈妈会在家里的大厅佛龛前摆上一本族谱、一桌贡品，点上香炉和蜡烛，在大门外的空地上放一个盆烧纸，嘴里默念着，许下新年的祝愿。到了十五这天，由村里推选出的族员带着大家开始走街串巷，人们用走马灯的方式，赶走一年的疲惫。此时的一轮明月挂在柳梢头，也将新年过节的气氛推向了高潮。

北方人"滚"元宵，南方人"包"汤圆，儿时到了这天，妈妈拿出糯米粉、碾碎的芝麻和白糖，用几种简单的食材包成的汤圆好吃不腻。为了满足不喜欢吃甜食的我，妈妈也剁好了饺子馅，和两个姐姐围坐着一起包饺子，饺子包好了放入锅里蒸，我每次都要跑去看两遍，还美其名曰替大家尝尝饺子熟了没有，拿起筷子先吃几个。就是这份期盼，才使得日子过得更有滋味，更有念想，"才下舌尖，又上心间"。

随着年岁渐长，对于过节的感觉也日益平淡，不像小时候那样期盼，更多的是一种回忆，一些感念，一些血浓于水的情怀。但无论岁月如何变迁，过节那种暖暖的情节一直在心里。父母做出的饭菜，虽然味道不一定比得上饭店里的佳肴，却是几十年来我们的舌头、味蕾和胃里都已经习惯的味道，那味道里，有父母包容的酸、骄傲的甜、思念的苦、关怀的咸。有时候陪父母吃顿饭何尝不是人间最美的清欢。

可能是人们的生活节奏快了，有空回家看看也成了现代人的一种节日期盼，多陪陪父母，父母不需要我们带很多的礼物去看他们，只要把桌上他们烧好的饭菜都吃进肚子，他们也会感到欣慰和幸福，有时候父母的爱就体现在那一顿饭里，就这么简单。

不管是否情愿，生活总催促我们迈步向前。生活节奏的加快也使得元宵这天，很多游子已经踏上了离家之路，开始返程上班，不能和亲友吃顿团圆饭。都说年味越来越淡，可能是物质变得丰富了，孩子也少了对过节的期盼，可能是现在的孩子有了自己的娱乐方式，只有我们在怀念那种过节的快乐。当物质生活不再成为困扰心智的枷锁，精神内核便有意无意地需要我们去传承，传承中国文化的不仅仅是唐诗宋词，还是与我们生活相关的每一个细节。

今夜，愿人月两团圆。

窗外有棵树

朱扬华

我喜欢抬头望见树的感觉，喜欢绿意调拨着瞳仁展缩，眼中泛起的涟漪，晕开心底的柔波；我喜欢伸手就能触摸到绿色的语言，沿着偶然的鸟鸣或渗透的光线，大自然的呼唤轻轻降落在我的耳朵里，慰问着，也唤醒着我体内盎然的生机。

记得有一次，我去杭州学习，进入一个校园时，发现每一幢楼的窗户前都有一棵树。我真喜欢教室窗口的绿树！每一片绿叶都应和着琅琅的书声，每一朵花的芬芳都弥漫在被咀嚼的文字上。我真羡慕那些在教室里读书的孩子们，在鸟鸣陪伴下，接受树叶那繁盛的祝福，成长的幸福是那样的酣畅淋漓！

从那时起，我便喜欢上了有树的城市，有树的学校，有树的房子……

2010 年，我来到了一所新的学校，常常独自一人坐在办公室里，对着电脑打字、阅读，时间一长，便感觉眼睛涩涩的，感到一种疲乏从墙壁的四周向着我合拢。一次偶然静坐时，窗外的鸟鸣逗引着我的脚步。我移至窗前，拉开将窗户遮蔽得严严实实的窗帘：一棵在风中摇曳的大树的一角出现在眼前。我的眼睛，我的心，在那一刻都按捺不住地跳跃。

原来，我的窗前有树，一棵茂盛的树！茂密的枝叶，层层叠叠；圆似珍珠的果子，调皮地晃动在风中。这是一棵大叶冬青，繁茂的枝叶包裹着十余米高的身躯，如此伟岸，是校园里一道粗犷、明亮的风景。这是一棵耐寒、耐阴，适应性极强的树。功效十足的苦丁茶就是它的叶之所聚，情之所养。《南宁药物志》记载："其可清凉解毒。治痧症，风热。熬膏可除热疮。"显然，这是一棵从远古走来，生生不息的、美好的树。

伸手托住一片墨绿色的长叶，其边角有丝丝裂痕。是虫咬，风撕，雨虐，抑或是鸟儿贪食的杰作？一幕幕影像掠过我的脑海。岁月在叶片上诉说，串成故事，谱成童话，唱成传说。在大树下，我的生命天真得有理。

从那一刻起，它，便成了我工作之余的最好陪伴。

阳光下，满树熠熠生辉，绿叶筛下的一束束光影灵动又活泼；雨来了，树上的叶子翠色欲流、晶莹剔透，黄色的、细碎的小花在低调中尽显奢华；雪落时，它用无数诗意滋养着我的双眼，是一道无比肃静的风景。鸟的闹腾，叶的飘落，风的喧哗，雨的洗礼……我一样也没有错过。这棵树，陪伴着我工作和思考，一日又一日，一年又一年。

隔着玻璃，我喜欢它的迷离；亲近触摸，我喜欢它的摇曳多姿；透过它，我看到了远处的山隐隐约约，远处的天忽远忽近，远处的房子扑朔迷离。

驻足。眺望。花开花落，五个春秋。

这棵树，由窗外站到了我的心里。这棵树，也让我的岁月葱郁、明亮。

大自然的蓬勃生气，大自然的芬芳清香，大自然的美妙音律……一棵树会用听不见的语言与人对话。暖暖的温情盈满人的每一个足迹，让人走得从容、踏实、久远。

窗外有棵树，真好！

白露凝霜　习俗传情

赖海霞

《礼记》中用"凉风至，白露降，寒蝉鸣"来描述起源于黄河流域，拥有两千多年历史的二十四节气之一的白露。白露在秋季，是二十四节气中的第十五个节气，通常在每年公历9月7日至9日中的一天。而古人又是以四时配五行，其中秋属金，金色白，故以白来形容秋露。

白露姓白，白天的白，露却是夜晚来的。夏季风逐渐被冬季风所代替，多吹偏北风，冷空气南下逐渐频繁，日照强度减弱，夜间常晴朗少云，地面辐射散热快，故温度下降速度也逐渐加快，空气中的水蒸气就会凝结成露。秋意越来越浓，大雁南飞，燕子离巢。此时节，秋高气爽，天气转凉，开始有了寒意，民间还有"白露秋分夜，一夜凉一夜"之说。

白露时节，恰逢秋季的开始，各地有不同的习俗来体现人们对自然的敬畏与感恩，尽显各地丰富的地域文化特色。

比如在洞头，白露时节有炖滋补品、煮带鱼饭、扎耳穿环等习俗。有的人把白露和立冬补冬混合起来，《礼记》曰："羞者，所养之食。"入秋，鸟类开始储备过冬的食物，如藏珍馐，人们也开始炖鸡、鸭、猪蹄来贴秋膘了。

在苍南、平阳等地，人们会在白露这天采集"十样白"炖滋补品养身。十样白指的是十种带"白"字的草药，包括白芍、白及、白术、白扁豆、白莲子和白晒参等。洞头民间也有"白露食三白，老头变小孩"的俗语，选取三种带"白"字的草药与白毛乌骨鸡、老鸭或猪蹄等食材煨炖，据说食后可滋补身体、润燥清肺、祛风湿。

幼时，逢白露，母亲会寻熟人买本地鸡鸭或是猪蹄，找中药房先生配一服药，有黄芪、牛膝、刺何首乌、枸杞子、党参、三两半、三七、杜仲、天麻等。先把几味草药熬两碗汁并倒入锅中，汁水浸没锅中鸡鸭或猪蹄等食材，再搭配花生、桂圆、红糖、老姜片、料酒煨炖。炖好，母亲端两碗递给我和弟弟，示意我们到屋外去，到家门口、街路头啃吃干净再回家。想当年，我们那小手端着一大碗，她咋不怕我们把碗给卖了，咋会允许我们端出去显摆。平时吃饭都不许我端着碗筷离开饭桌，跟着她出门做客，她还表扬我一顿酒席吃下来，屁股都没离开过椅子，下次做客还带我。

长大后，也悟了，母亲这般做派，源于洞头白露时节的民间习俗，因为"白露"的"露"与"路"谐音，白露这天让我们站在路口吃，是借助白露这一节气的特殊意义，让年幼体弱的我俩远离常见的小儿伤风感冒、咳嗽、尿床等疾患。这一民间习俗不仅代代相传，更是一种祈福的方式，体现了人们对自然现象的观察和理解，并且寄予长辈对子孙后代远离疾病、平安健康的美好祝愿。

浙江有句渔谚——"白露天，带鱼满船尖"，白露正是钓捕带鱼的大好时机。海岛洞头的渔民习惯煮带鱼饭款待亲朋好友，煮带鱼饭用土灶大锅、电饭锅、高压锅皆可，最好是用土灶大锅烧柴火，火候掌握得越好，咸饭越发美味。

还记得 2018 年白露那天，我和几个朋友扛着电饭锅，提着佐料、浸好的糯米和粳米，洗切好的五花肉、鱿鱼、虾仁等，最重要的是，带上主角——两条刚钓到的带鱼。一行人从洞头岛直奔龙湾大罗山的民宿，煮带鱼饭。

民宿的管家是洞头岙内村人，听得大家唤他"蜜蜂兄"。记得那天风吹白露衣裳冷，他穿黄色套头毛衣，外罩一件披肩灰色斗篷，驾着敞篷跑车从山上飞驰而下，像扑棱着翅膀在花间采蜜的蜂，领着我们上了山。

山野里，水塘边，小院开火第一天。由于民宿灶间还未完工，便用带过去的电饭锅插上电源。热锅煎炸两斤多的五花肉，煎得滋滋冒油，舀出一小碗油备用。倒入山里的芋头、胡萝卜、香菇干，海里的鱿鱼、虾仁，在锅里一阵翻炒。添加生抽、盐，顿时一阵山海香味弥漫在民宿各处角落。忙忙碌碌打扫卫生，帮忙布置民宿、陈设物品的朋友们全涌了过来。大家催促着把米倒进锅里，拌匀，七嘴八舌、七手八脚地将鲜活的带鱼盘在最上面，让米饭吸收带鱼的汤汁，使其更加鲜美，然后按了煮饭键焖煮。在一片期待美味绕舌的笑谈声中，朋友们继续搬桌挪凳、擦窗拖地、拔草摘橘、油漆椅子、种植多肉，在民宿里里外外参观拍照，耐心等着开饭。

待饭煮熟后，撒上葱花和备用的猪油。这锅带鱼饭虽然少了土灶大锅的大火煮、小火焖这道秘诀，且我们使用电饭锅焖煮咸饭，毕竟是头一回，可这锅咸饭竟然软糯程度都恰到好处。

盯着盘在最上方的带鱼，一时让几个没见识过这场面的人感觉无从下手。有个曾经尝过带鱼饭的朋友便上前来，一手抓起鱼头，将鱼悬空，一手拿着筷子，轻轻刮一下鱼身，把鱼身上的肉撒在热腾腾的咸饭上。这时盛一碗带鱼饭，尝一口，其味道的鲜美就可想而知了。这种做法不仅保留了带鱼的鲜香，还让米饭的口感更加饱满筋道，吃起来既满足又过瘾，味道鲜而不腥。

这次的煮带鱼咸饭，算算已过去五六年了。这几年间，也有聚餐煮过带鱼饭，味道像从前，但又不复从前。有人念叨，从小到大吃过各种饭，却把心落在了2018年的带鱼咸饭。

关于白露，连着说了两个跟吃有关的东西，真是"贪夹因仔爱过节"①。接下来说说打耳穿环吧。

古人管扎耳洞叫"穿耳"。穿耳戴耳饰的习俗起源甚早，在夏代乃至更早的原始社会，人们就开始戴耳饰了。起初，男女都扎耳洞，直至周朝。周朝分为西周和东周两个时期，周朝往后，穿耳的大都是女子。就在上周，我还在想耳饰就是穿搭的魔法，过年的战袍要搭配哪对珍珠耳饰才能更加出彩。幸好三十多年前，为了戴上台湾舅公送的金耳环，扎了耳洞。

1992年8月底，居住在台湾省新竹市的舅公携少妻回乡修缮祖坟，在家族成员欢聚一堂的时候，舅公拿出好些金饰，赠送给家人们，男的是金戒指，女的是耳环。耳环，儿还，一对耳环，寓意着游子归来，也表达了游子对家人们的思念。

母亲说，白露的天气适宜，打耳洞不易感染、愈合快，冬季气候太冷，会引起耳垂冻疮。当年还没有高科技，她用老法子，拿银针在烛火里烤一下，就相当于消毒了。用胶布把薏仁贴在我的耳垂处，又捏又揉，揉搓挤压到耳垂没有痛感，也不过血了，抓住机会用银针赶快穿过，然后折了两截扫把头的竹枝儿戳进耳洞。母亲嘱咐我三不五时，用菜籽油抹一抹耳洞，活动活动竹枝儿，耳洞就会通了。这听起来就很痛，是吧？

母亲说，过些天就可以换上舅公给的金耳环，人会变得"井水水"②。爱美之心人皆有之，我的疼痛似乎也随着这份期待而消散。

---

① 贪夹因仔爱过节，洞头话，贪吃孩子爱过节。
② 井水水，方言，形容很漂亮。

无尽之夏

夏

美食篇

舌尖上的洞头

姜　茶

施立松

以姜做茶饮，并不鲜见。

王夫之因爱姜，自号"姜斋"，他写过一首《卖姜词》，称姜"最疗人间病，乍炎寒"。寒湿入侵时，切几片姜，放几颗枣，一瓢水煮开来，加一点红糖，琥珀色的一碗姜茶，热气腾腾，白烟氤氲，像晕黄在寒夜深处的一盏灯光，看着都暖了；喝将进去，胸中一股暖暖气息，春蔓般伸向四肢百骸，寒气湿气，无处遁形，指尖心上便起了一层隐隐的湿意，身体也轻盈通透起来，像一段好的爱情，把凡俗人生演绎成温暖深情的轻喜剧。宋代诗人吴文英一曲《杏花天·咏汤》也吟颂了姜茶："蛮姜豆蔻相思味。算却在、春风舌底。江清爱与消残醉。憔悴文园病起。停嘶骑、歌眉送意。记晓色、东城梦里。紫檀晕浅香波细。肠断垂杨小市。"诗人笔端那春风般姜茶的温暖，牵扯的，分明是对给他端姜茶的心上人无尽的思念，于是姜茶就缠绵成了相思物。

在海岛洞头，讨海人每日风里来雨里去，时时搏击在风口浪尖，冰冷咸腥的海水亲吻上来，再厚的棉衣，也抵挡不了寒意。捕鱼归来，瑟瑟发抖中，来一碗滚烫的姜茶，御寒祛湿，强身舒体，有了它，那些汹涌的浪，那些狂野的风，都不再那么难以忍受。姜茶之于渔民们，是一种生活的必需品。久而久之，海岛人把姜茶做出了自己的特色，做成一种海岛文化，好似一腔苍茫心事，历经风雨的磨砺，酝酿成一脉痴绝的情意。

姜茶的配料很多，制作过程也复杂。姜要去皮切碎，碎得比米粒还小。鸡蛋打散后，加入切碎的橘饼、核桃仁，混入碎姜，再撒一把炒香的黑芝麻，继续搅拌，油锅热后，倒入煎熟，起锅备用。荔枝干、桂圆干在水中煮开，放入煎好的鸡蛋同煮片刻，再加红糖或砂糖，盛在白瓷碗里，仿佛一朵莲花在沉浮、在绽放。

一碗内容丰富的姜茶，如同一首曲调轻扬、词句淳厚的歌，令人在轻声哼唱时，舌尖心上都战栗着一种美好的恍惚。她的热，她的香，她的辛，她的甜，牵动着你跳跃性的想象，那些在生命的留白中沉睡的，都渐渐苏醒。那一股腾腾的热气，勇猛地、痴狂地扑向四肢百骸，扑向寒潮冷露，率真直接，又霸气十足，让你感觉自己沉寂的身体里，正澎湃着一段生命的汹涌狂欢。

海岛人的姜茶，不仅包含丰富物质，精神内涵也很深厚。

在海岛，姜茶几乎成了坐月子的代名词。身体虚弱的产妇吃它，去恶露，养精气，是极好的滋补品，"送庚"（海岛人把探望慰问坐月子的人叫"送庚"）的客人吃它，垂涎生津。

我很小的时候，跟随母亲去给表嫂"送庚"，吃过一回姜茶，便心心念念，觉得世间美味莫过于姜茶，连带着也喜欢上了"送庚"这种人情走亲。世间所有刚出生的孩子，都像一则悬赏已久终于得以揭开的谜底，令人想一探究竟。一个粉嫩的新生命，就是一首活色生香的诗。摸着那比绸缎还细腻的小手小脸，心底里就会有那种含在口里怕化了的呵护和疼惜。于是我常常偷偷地盼望着，邻居或亲戚中有人生孩子，好再去"送庚"。

嫂子怀孕时，是冬天。个高体瘦的嫂子，穿上厚厚的衣服，肚子一点都不显。我知道肚子要滚圆得像瓜熟蒂落的西瓜，才到分娩时刻。我每天找机会摸摸嫂子的肚子，对小生命的期盼中，夹杂着对姜茶的期盼，很难说到底哪一种期盼更多一些。那种等待，于年少的我而言，是漫长的，焦灼的，甜蜜的。无数次在梦中，听到孩子呱呱坠地的哭声，也闻到香辛中带着丝丝甜意的姜茶香。那种执拗的、坚贞的、痴情的等待，是我生命中最初的灯光，和暖地停伫在我记忆的深处，无论岁月的飞尘如何弥漫，都掩不去那些温暖和希望的底色。

如今，在海岛的餐馆里，姜茶成了一道风味独特的餐后甜点。吹了一天海风、踏了一夕海浪的旅人，在华灯初上时，就着点点渔火，美美地吃上一碗热热的姜茶，才算是全方位体验了海岛的风情。姜茶的滋味，从舌尖到心上，慢慢地，也成了这个海岛的滋味。

敲　鱼

施立松

在洞头海岛住上一年，就会发现，洞头的节日特别多。除了春节、清明、端午、中秋、冬至这些众所周知的年节外，洞头的二月二、三月三、六月六、七夕、中元节、重阳节等等，也都是不得不过的节日，其中大多是祭日。洞头人对祖先的尊敬，几乎如宗教般虔诚，这是其他地方比不了的。往上数三代，即从曾祖开始，到祖父母、父母，他们的祭日，是必须要祭拜的。一些没子女的前辈如叔伯的祭日，也要祭拜，所谓子孙不断，香火不灭。还有每年一到两次的祭家谱。祭拜除了点香烛，烧纸钱，最要紧的，是一盘盘精致的菜肴。这就有点挑战渔家主妇的智慧了。

海岛上，能用来做些精致菜肴的，只有鱼和番薯粉。渔妇们便拿这两样东西翻出不少新花样，鱼圆、泡圆、鱼煎、鱼排等，无不是她们的杰作。而敲鱼，可算是她们的生花妙笔了。

敲鱼的制作看似简单，却费时。鱼要去骨，切成薄片，淀粉碾细装在纱袋里，再有一根木槌便好。更多时候，她们会拿一个空酒瓶子，洗净瓶身，细瓶脖子抓在手里，当木槌使。制作敲鱼，自然是要敲的。装淀粉的纱袋在鱼片上轻拍几下，鱼片上沾满了粉后，用酒瓶轻轻地敲打，鱼片就扩张开来，再拍粉，敲打，直至鱼片薄如蝉翼，粉不能扑太多，多了鱼片就失了韧度。通常敲鱼片都只有成人手掌大小，太大容易破，破了切开来就碎了，卖相就差了。敲好的鱼片稍微晾干，再切成一指宽的细条，有点像细面条，却比面条还要细薄，接近于透明。煮敲鱼很简单，清水加盐，水开后放入敲鱼条，煮沸，再扔把青菜就行了。青菜的绿，衬着敲鱼的白，敲鱼就成透明的水晶了。

味道？不用说也能猜到，清淡、鲜美，没有半点鱼腥气，像岁月留白了故事的结局，又在夜色里留一朵未开的芙蕖。人食五谷，总有生老病痛，渔家人风里来雨里去，再强健的体魄也难免有不敌环境的时候。病中的人，味蕾上覆了厚厚的苔衣，食物的美好都被阻隔在千山万水外，一碗敲鱼青菜汤，便似一条通幽的蹊径、一股袭人的香气，穿过重重迷雾，唤醒沉睡的味蕾，直抵病痛的躯体。

　　一碗敲鱼，像是为病人污浊的身体之屋，敲开一扇窗，清风朗月就照拂进来修缮。我关于敲鱼的记忆，便常常与生病的时光有关。因馋敲鱼的美味，而想生一场病，几乎是每个渔家人的童年记忆。而留在我记忆中的，却是一个初冬的午后。阳光金子似的铺了一地，躺椅在背风的墙角，阳光把躺椅照得暖暖的，父亲蜷缩椅上，身上盖着的红芙蓉花色的棉被，让他不堪重负似的。父亲肝癌晚期了，原本高大健硕的身体，瘦得失了形。父亲已经好几天吃不下东西了。许是阳光好得让他有了点心情，许是回光返照，父亲说想喝点敲鱼汤。母亲便急忙令哥哥去海边捞鱼，捞来的鱼不大，却鲜，母亲把鱼肉一点点剔出来，然后用纱袋装了新磨的番薯粉，轻轻扑在鱼肉上，而我早把酒瓶洗净备着了。那年我六岁吧，坐在父亲的身边，一遍遍地敲着鱼，敲好一片就拿给父亲看，父亲赞赏地点点头。那个下午，父亲的目光也一遍遍地扑在我身上，像阳光一样，暖而明亮。父亲喝了小半碗敲鱼汤，吃了几根敲鱼，轻轻说，真好吃。第二天晚上，父亲就走了，敲鱼汤是父亲最后的晚餐。许多年过去，每当吃着敲鱼，每当阳光像金子似的铺了一地，我就会听到父亲轻轻说"真好吃"。

　　每一种食物，都会在岁月里，留下一道它本身之外的味道。那味道，像一句谶语，只可意会，难以言传，却那么长长久久地占据在人们内心深处。敲鱼呢，每年父亲祭日，母亲都要亲手做上一碗，恭恭敬敬地放在父亲的牌位前。

行走的沙蟹

青 岩

　　住在大海边，最叫人上心的当数徒手抓沙蟹了。海岛的小沙蟹，虽远不及阳澄湖的大闸蟹有名，却也是海岛人家的一道美食。

　　说起阳澄湖大闸蟹凝如玉脂的蟹黄，想必人人都会垂涎三尺，暗地里咽下口水。大闸蟹虽好吃，但也不是人人都能吃得起的。小沙蟹就不同了，亲民而实惠，海边的沙滩上随处可见，信手便可捉来。小沙蟹的个头虽小，却也五脏俱全，身上背着一个椭圆形的硬壳，长着一对火柴棒似的突兀的眼睛，眼柄细长，轻巧又精致，称得上是螃蟹家族中的袖珍子孙了。

　　凡在海边长大的人，几乎都认识小沙蟹。这种路人皆知的小沙蟹，有人称它为"招潮蟹"，因雄沙蟹那一对摆在前胸的大螯像武士的盾牌，在沙滩上行走时，经常挥舞着，故而得此名。这个"招潮"的动作，目的是威吓敌人，以求自保；或是求偶，向雌沙蟹彰显自身的强壮。洞头本土又称它为天公蟹，为何叫它天公蟹呢？听老一辈的人说，因为沙蟹生性胆小，经常群居在沙洞里，或是躲藏在石头底下，不轻易出洞。但是只要天公一打雷，沙蟹就会从洞里爬出来，如此一来，人们就觉得沙蟹只听天公的召唤，只有天公才能叫得动它，所以就称它为天公蟹了。另有一个说法是，在海岛科技不发达的时期，天公蟹能够预知气象，因海岛多台风，渔民们无法准确预知台风消息，但久而久之，细心的渔民就洞察到天公蟹在台风前群体出洞的奇特现象，从此以后，渔民就以此为判断，只要天公蟹群体出洞，就说明气象有变，台风就要来了。

　　我想，这或许也是有科学依据的，小动物的预感往往比人类更加敏锐，就像蜻蜓低飞要下雨的现象，小沙蟹能预感海里的动静，以寻求安身之地，因此经验丰富的渔民根据天公蟹的行动，也能早一步得知海域的气象。而遇天公打雷就集体出洞的现象，或许是因为伴随下雨，大气压降低，导致水中的氧气不足，小沙蟹如同鱼儿一样在水中呼吸困难，所以只能浮到水面，以获得充足的氧气，或者顺势爬向沙滩寻觅食物。

胆小的沙蟹常穴居于海滨沙泥质底，或是躲在石头底下，民间有句歇后语："石头缝里逮螃蟹——十拿九稳。"我们经常能在沙滩上看到一片片粗糙的小疙瘩，凑近一看，原来是一粒粒细小的沙球，和一些小沙洞。落潮时，小沙蟹会钻出沙洞，东张西望，见周围的环境安全之后，就明目张胆地在沙滩上爬行，开始在沙滩上打洞，以便在受到侵扰时及时躲藏。在觅食时，小沙蟹两只眼睛高高竖起，观察周围动静，一旦发现情况，就迅速撤离。

话说小沙蟹可是沙滩上打洞的行家，它先是把自己的身子埋进沙子里，然后用胸前那对大螯把身下的沙子团成一个小沙球，动作娴熟且灵巧地推向身外。小沙蟹有时也会用小腿和大螯直接把沙球从洞里抱上来，推向洞外。再用那两只坚硬的大螯往嘴里送被海水浸湿的沙子，然后吐出一个个米粒大小的小沙球。这些小沙球又细又圆，大小相同，小沙蟹们就在它们藏身的沙洞周围大片地"生产"小沙球。所以，要想寻找小沙蟹的踪迹，顺着沙滩上的小沙球就能找到它。

秋日，正是蟹肥时，我不禁想起了幼时捉沙蟹的回忆。那时，蚤埠厂海岸的小沙蟹特别多，清早吃过早饭，大人们下海作业，或是耕田务农，小孩儿们就凑在一起，去海边钓小沙蟹，没有钓竿就自己动手制作，看到倚在墙角边的小竹竿就顺手抄走，系上玻璃绳，没有鱼钩就用旧的细铁丝弯折出形状，鱼饵是被大人晒在门口竹筛里的臭虾米，从苍蝇的口中夺下来。怕大人责怪，就一只手捂住鼻子，另一只手用食指和大拇指捻起臭虾米，放在一个方形的小盒子里，揣入怀，兴冲冲地跑到海边的码头上。且不说能不能钓到小沙蟹，就为自己的得意之作，也能沾沾自喜，乐上好半天。后来，果真钓到了几只小沙蟹，几个小孩就在沙滩上挖了一个坑，运来一些海水，将小沙蟹放进沙坑里，却忘了小沙蟹会打洞，一转眼就让它逃之夭夭了。

真正吃沙蟹是七岁那年。一个秋天的午后，正遇退潮的时辰，邻居玩伴建议去海边捉沙蟹，海边距离家里不远，趿拉着拖鞋提着小水桶就直奔海边。我们一到海滩，赶忙脱掉鞋子，挽起裤腿，撸起袖子，去沙滩上捉沙蟹。机灵的小沙蟹似乎预感到危险，四处逃窜，钻进了沙洞里，几次"捉拿"无果，我们便有些气急。别看它小巧玲珑，感觉却异常敏锐，行走也疾速，当我缓缓走向它时，小沙蟹便快速地钻进螺旋形的沙洞里，不时用眼柄窥探洞外的情况，等你躬下腰寻找它的时候，它早已跑得无影无踪了。

随着捉沙蟹的次数增多，我慢慢悟出了经验，常人一看到沙蟹时就两眼发亮，莽撞地扑上去，或是蹑手蹑脚地慢慢靠近，然后犹豫该如何下手，生怕被夹了手。其实，看到沙蟹不能伸手就抓，不然会吓跑它，甚至会被它的大螯紧紧夹住。别看沙蟹小，被它的大螯夹住可得受皮肉之苦了。所以在抓沙蟹的时候，需要看准它的大螯在哪儿，避开后从背部入手，卡住它的大螯，就不会被夹住。以此手法捉沙蟹，又快又准，屡试不爽。

我们将捉来的小沙蟹用海水淘洗干净，将它串在铁丝上，在海边就地起火准备烤沙蟹。寻来海岸上的干海草，用石头筑起一个小土灶，将串好的小沙蟹架在石头上，海风呼啸，火势猛烈，转眼间小沙蟹青色的外壳在火焰里逐渐变得通红，这是我第一次烤沙蟹，可能火候不对，烤好的蟹肉有些发涩，大人们说是因为没有将内胆去除。之后，我便再也不吃沙蟹了，原因是沙蟹吃起来太过麻烦，体积小巧，也吃不出什么味儿来。

后来，大人们将沙蟹去壳，制作成蟹生，由于沙蟹体积较小，制作蟹生时往往需要用上几十只小沙蟹。制作手法细致而烦琐，首先要剥去沙蟹壳、精辟分解，用黄酒、糖、醋、酱油、生姜、胡椒粉等浸制入味，或辅以其他密法原料，浸制时间为半小时至一小时。蟹生吃起来是酸酸甜甜的，有浓浓的酱味儿，也有蟹生的鲜味儿，蘸点芥末吃，就变成了鲜猛辛辣的味道。在海岛，除了蟹生外，还有"鱼生""螺生""藤壶生"等等，当然所有生食中唯这"蟹生"的味道最令人叫绝。虽然离不开调料的佐味，但腌制出来的口感总是比其他生食要略胜一筹。广西北海一带，将沙蟹制作成奇特鲜美的沙蟹汁与沙蟹酱，这些沙蟹汁与沙蟹酱成了独具特色的北海特产，深受本地人的喜爱。

捉沙蟹，成了童年里一段至深的回忆，这些海岛上的小生物，潮退而出，潮涨而归，以沙洞为房，以石头为顶，在大海里度过短暂的一生。每当看到黄昏的滩涂上，落日余晖里，沙泥上星星点点的沙蟹洞，我仿佛听见远处传来了儿时吟唱的螃蟹歌，由远渐近："螃呀么螃蟹哥，八呀么八只脚，两只哟大夹夹，一个硬壳壳哟，横呀么横上坡，横呀么横下坡，那天从你门前过，夹住了我的脚哟……"

面 线 饭

施立松

　　洞头以米饭为主食，面条也有，且吃法也花样繁多，炒面、汤面、拌面，跟北方吃法基本差不多。要说不同，大概就是不管什么面，都会加上海鲜，文蛤、鳗鱼干、带鱼、虾米、紫菜等等，让面条变得很有渔家风味。

　　海岛上有一种特殊的面食，其他地方绝不多见。它的名字也很独特，叫面线饭。

　　面线饭的材料，就是面线，即长寿面。海岛上的长寿面也很独特，和面时要加入分量不轻的盐卤，面条拉得很细很长，足有三四米，但脆而易折，要小心翼翼地折成"8"字形。

　　既然是长寿面，自然是有特殊寓意的。孩子满月、大人生日、老人祝寿，都离不开它，图的就是它绵绵长长的象征意义。面线饭，是女人坐月子的必备品之一。

　　海岛渔家人特别讲情义，人情往来多。女人坐月子时，亲戚朋友、同事邻居都会带上礼品礼金前去探望，海岛人称"送庚"。"送庚"时，必须吃面线饭，因此，有时候，大家就把"送庚"直接说成吃面线饭。

　　面线饭的做法并不简单。先要将海鲜，如鳗鱼干、目鱼、目鱼饼、虾、蛏子、干贝等，加上精肉、芹菜、香菇，炒熟烧好，留适量的汤备用。然后烧一锅开水，把面线放入，再烧开，面线熟后，要立即用漏勺捞出来，不然就糊了。水不能太少，否则面线里的盐卤味除不干净，会影响口味。装面线饭要用大瓷碗，里面先放一小块猪油，面线放进去后，放一勺料酒，然后用筷子把面线轻轻挑起，搅拌均匀。这样的面线，干干的，像一碗饭，所以叫面线饭。接着，把事先烧好的海鲜等物放上去，再根据各人口味放适量的汤。至此，面线饭还不算大功告成，面线饭还需要一样特殊的佐料，叫菜油姜。做面线饭可以没有海鲜等佐料，却万万不可少了菜油姜，少了菜油姜，这面线饭就不叫面线饭了。

菜油姜的做法是这样的：将洗干净的生姜去皮，切成碎末，摊在篾箩上，晾干，或在太阳下稍晒一会儿，然后放到菜油里炸，油温不能太高，不然就容易炸焦。炸姜末时要不停搅动，使姜末受到均匀烹炸，待炸到金黄，便立即捞出锅，放入漏盆里沥油，沥到八九分干，姜末的温度也下降得差不多了，再放入熟芝麻和少量白糖一起搅拌。这时的菜油姜，金黄中点缀着白点点，煞是好看；闻着也香，菜油的香、芝麻的香、姜末的香汇聚在一起，让人垂涎欲滴。尝上一口，脆脆的，酥酥的，辣中带着微微的甜，仿佛早春的风，尖利中已有了春天的柔媚，唇齿间，便活色生香。

拌上菜油姜的面线饭，仿佛锦上添了花，妙不可言。

吃面线饭，也颇为有趣。面线很长，却不能折断，折断不吉利。干面线很脆，易折断，煮熟后，却很有韧劲，很筋道，用筷子不容易夹断，往往挑起一根，得在筷子上卷上好一会儿，才能入口。脾气急的人，不想慢慢卷着吃，就挑着一束面线站起来吃。于是，海岛人常会互相调侃，说"搬梯子吃面线"，话虽夸张，却把吃面线的场景描述得生动又形象。

大门素面汤

林秀莲

　　在我的老家大门岛，面食的花样并不多，素面可谓是其中的"明星"。每逢四季八节、婚丧嫁娶、盖房上梁等大事、喜事，家家户户都得备着素面；祭拜天地祖先，招待贵客亲友，也免不了素面的帮衬。素面丝丝滑滑、细细软软，可甜可咸、可荤可素，做法很多，尤其适合小孩、老人和体弱者。大门岛的女人坐月子是一定要吃素面的，不仅产妇吃，客人也是一定要吃的。所以，添丁人家一月吃掉上百斤素面是非常正常的。素面吃得越多，一是说明产妇胃口好，是大好事；二是反映这户人家亲友众多、人脉深广，有面子。到添丁人家道喜，大门俚语就叫"去吃素面汤"，可见素面的至尊地位和深刻意义。

　　素面对很多老大门人来说，不仅是香喷喷的美食，还是难以忘怀的爱的符号。犹记小时候的冬日，天气极冷，农村贫困，孩子们几乎都穿不暖，若是谁家里哪个孩子着凉受冻感冒了，浑身没劲，窝在床上哼哼唧唧的，母亲见了，准会赶紧烧水，下素面，另起一小锅煎蛋，然后撕几缕紫菜，放几张虾皮，折几段葱白，小心翼翼地从瓦罐里挖出一小块猪油，调好配料，然后把素面从开水里捞入青花大海碗中。对馋嘴的孩子来说，美食的香味总比母亲的呼唤早点抵达，一听厨房里的动静，心底的食欲早被深深地勾起。在母亲慈爱的目光中，倚坐在八仙桌旁，埋头在素面氤氲的汤气里，"嘶呼嘶呼"，三下五除二，一大碗美食落肚，额头已是微微沁汗，寒气消去一大半。再在母亲的呵护下，躺进松软的被窝，捂着厚厚的棉被发汗。母亲一边帮忙掖被角，一边反复叮嘱：一定要捂得紧些，暂且忍住闷气，不要把头探出来，不然素面汤就白喝了！虽然病号平时顽劣，闷在被窝里极难受，感觉似要气绝，但心头暖暖的，幸福得不得了，比任何时候都要乖巧配合，"唔唔唔"地应答着。

　　没过多久，被窝里的孩子全身汗流浃背，人却是神清气爽了。守候在旁的母亲忙用热毛巾擦干孩子的全身，让孩子换上干净的衣服，再美美地睡一觉，感冒也就治愈了。身体快速恢复了，素面汤的香味还留在嘴里和心里，那小小的人儿竟没心没肺地暗叹：感冒真好，有素面汤吃！他深知，这美味若非逢年过节或客人光临，母亲是舍不得做的。粗心的孩子不会想到，这一大海碗素面汤和配料是母亲用来招待贵客的镇厨之宝，若要备齐一份压橱柜，她得省吃俭用好几天呢。年幼单纯的孩子更没想到，这碗素面汤里不仅有上好的食材，更盛满了母亲满溢的爱和深情的安抚，若干年后这些都让他回过神来，反刍之后，便倍加珍惜这人间至味。

　　吃素面的孩子长大后各奔东西，每每在外打拼疲累，心里总会升腾起丝丝缕缕故乡的素面香，那份念想缠缠绕绕，低回不已。前几天，同学群里晒出一张大门岛老家老师傅纯手工做素面的图片，一排排素面木架子临街而立，一条条细如蚕丝、白如美玉的素面当空垂挂，在冬日正午明媚而浓烈的阳光下，似一架竖琴，弹奏古老的妙音，质朴、悠远。这一切，仿佛还是我们小时候的模样，只是，做素面的师傅往日的黑发已经跟素面一样白了……同学还配了一句话："亲爱的小伙伴们，你家姆妈叫你回家吃素面汤啰！"顿时，大家相思成灾，集体失眠，直到深夜，还有人辗转反侧，在群里絮絮叨叨，感慨不已。

　　次日，我遂买来素面逐一快递过去，快递小哥对我说："姐，让他们外地买算了，您这运费比素面还贵呢！"我无比骄傲地答道："外地会有大门岛素面吗？就算有，能有我们的地道吗？姐寄的不是素面，是爱，是暖，是回得去的故乡和一剂堪慰乡愁的良药。"

番薯粉糊

林秀莲

　　番薯粉糊，是我老家大门岛的传统小吃，担纲食材就是番薯粉。其汤色蜜黄，浓稠似锦，因而，它还叫"锦粉糊"，锦——粉——糊，多美妙的名字啊！因此我一直偏爱它的小名，亲切。世间人事匆匆，能叫得出小名的，总是深知几分，总有情义。

　　大门岛，乃温州市第一大岛屿，形如半弯之月，泊在东海之滨。它四面临海，多岙口良港，中有田野广袤，沟渠纵横，春天油菜花燃至海边，夏天遍岛蛙鸣稻香；山不高，多种番薯。我的老家大溪村就在岛中央的"黄岙平原"上，家家户户皆有几块薄田、数爿山园。春耕夏种，寒来暑往，饮食积习随之相应：人们在早餐和午餐之间、午餐和晚餐之间，即上午十点、下午三点钟左右，会加餐，类似西方的下午茶，上午的美其名曰"小接"，下午的那顿叫"接力"，意思就是早餐或午餐过后，到此时，人饿了，快没力气了，需要再进食"接力"，以便继续劳作。做"接力"的食材无须太精细，一般都是面条、粉干之类的，或是自家做的菜头饼、番薯汤圆等；量也不必多，制作方法得简单，烹制时间不能太久——农村的家庭主妇往往比男人还忙，既要洗衣做饭，还要下田。她得赶紧烧好"接力"送到田间地头。

　　一眨眼工夫，女人做好"接力"，还没到田头呢，看见自家男人弯腰弓背忙活，就扯嗓子喊，让他歇息，"接力"来了。那爷们听了，在水井里洗一下手，顺手在身上擦拭一下，在田埂边拔一把草，垫着坐下，长吁一口气，伸开僵硬的双腿，摘下草帽扇风，看看天上的日头，估算一下农活进度。此时，女人刚好赶到，放下竹篮，小心翼翼端出靛青布包，打开，露出搪瓷缸，不凉不烫，刚刚好，揭开，香气扑鼻，女人笑着，说，快吃快吃，冷了无益；男人闻味，说，是番薯粉糊啊，放了腊肉？哪里来的？三两下食毕，又去干活。

番薯粉糊天生"短平快"，最适宜充当"接力"角色。幼时，母亲常差我送"接力"。邻近田间的人们常借此聚拢，边吃边聊，这短暂的"接力"时分，难得的休憩与缓和，不仅接了力量，也承续了无与伦比的温暖体恤。

番薯粉糊做法简单，大门岛的家庭主妇无人不会。所谓食不厌精，脍不厌细，居家过日子，她们总有很多办法可以使普普通通的番薯粉糊深入人心。虽是一份粗淡的"接力"，登不得大雅之堂，但做法一点都不能偷工减料，都是认真对待：热锅、倒油、炒姜丝、放虾干虾皮，爆炒加水至滚，放入调好的番薯粉水，搅拌，待锅里的白色变得晶莹剔透，撒葱花，起锅……我年少时学得一招，母亲揶揄那是懒家伙想出来的笨办法，却能一招制"糊"，管用。先把干燥的番薯粉兑水，搅拌，溶解——煮一小瓯番薯粉糊只需一汤匙番薯粉。同时，在锅里倒入适量的水，待水烧开后，将搅拌好的番薯粉倒入锅中，慢慢搅拌，直至白色的番薯粉晶莹透明，用汤勺舀之，丝丝滑滑，似锦似缎。然后，再加入适合自己口味的调料即可，甜咸皆宜。在大门岛，人们喜咸，老人言咸食长力气，大家经常在番薯粉糊中加入青菜、虾皮、紫菜、鳗鱼干、黄酒、小葱之类的，极有渔家风味。

幼时寒假，村里一党同龄孩子，趁父母外出劳动，翻箱倒柜，找出番薯粉，再从东家菜园子拔一根葱，西家后屋摘一棵菜，折腾出一大锅番薯粉糊，吸溜吸溜喝下，在父母回来之前，刷净锅灶碗筷，凑在八仙桌前，挤挤挨挨，嘻嘻轻笑，假装认真学习。至今，这仍是发小团聚必说趣事。

隆冬，大人们忙完农活在家，少有的闲适。下午，一家人围坐，母亲停下手中的针线活，突然说："天色恁冷，我们做点吃的吧。"我们几个孩子欢喜不已，一致要求吃番薯粉糊。母亲就会再加点粉干，她说，软硬都有，更经饿。

我送北方友人一袋番薯粉，她却另有新意，加了桂花、红枣、桂圆肉，给我发信息："屋外狂风呼啸，大雪纷飞，手捧番薯粉糊，顿觉人世堪忍。"我想象着她的样子，急急下厨，炮制一碗，发图过去，一南一北，两人痛饮。咦，一碗番薯粉糊所能抵达的世界，竟广远绵长得如此不可思议。

如今，外卖遍地，极少有人做这些古旧小吃了。前几天，发小回大门岛挖番薯，朋友圈广而告之。我嘱她多备些番薯粉，待正月返家做番薯粉糊"喝喝暖"，霎时响应者众，我不禁莞尔，大家要喝的是往日美好的时光，温暖未来的路程。

谁的家乡没有番薯，谁的家乡没有美味，可是，这样的番薯粉糊大概只有大门岛才有吧，也只有大门岛的孩子才能喝出不一样的味道来吧！

梭子蟹的秋天

戴婉贞

　　经历了五个月的休渔期，在秋风的撩拨下，大海中的梭子蟹不仅长了个头，蟹肉也开始变得饱满而有嚼头。这是梭子蟹初入青春期的时节，它那铁青色的外表，显得格外鲜活好斗。

　　姐夫自小就在码头边混，经他手搭过的梭子蟹，个个都是蟹中的佼佼者。只见他双手摁住蟹螯，将螃蟹翻面，这时候无论蟹螯使出什么招式，都无法伤到他。他用两个手掌托住蟹壳，右手大拇指按压一下梭子蟹的"肚脐"之后，举起螃蟹，对着光，观察"梭壳"两个尖端的颜色，基本就能判定螃蟹的肥瘦了。他说秋天的梭子蟹，公蟹多发白膏，母蟹红膏未发，公蟹要比母蟹肥美。

　　为了保证质量，姐夫会在第一轮筛选之后，再从优质品中挑出一批更佳者。挑剩下的几只梭子蟹，基本是壳长硬了，但肉还不够饱满，用以切脍腌制。古人云："食不厌精，脍不厌细。"虾蟹切脍保留了海鲜的鲜甜本味，佐之以酒醋，足以刺激味蕾。早年渔民无冷藏工具，切脍腌制海鲜更是家家户户贮存食物的良方。温州一带将炝蟹称为江蟹生，算得上是一道名小吃。

　　姐夫这手挑蟹手艺我是不敢练的。秋季的螃蟹野性足，那一对刚长硬的蟹螯凶得很，我就被这双"钳子"夹过。它用左钳卡住我拇指的瞬间，我有几秒的愣怔，随即快速把手浸入身边的水桶中，忍着痛不敢动弹。螯钩已没入皮肉，两条红色的水脉荡在拇指的周围，疼痛仅仅比打针扎入更猛点，这让我稍稍放松了些。我保持着弓背弯腰的姿势，左手乖乖地躺在螃蟹身边，努力保持着静止的状态。生物受攻击的本能反应就是自救，螃蟹亦是，我想让它松开脚钳子，就得把手放到水里，默默等待，让它咬够了，自认战胜了敌人，它才会放弃进攻，放松下来。

　　秋天有些蟹长得嫩，手指稍微使劲，壳就破裂了，"肚脐"一压就出水了。

还有一类是软壳梭子蟹，硬壳刚褪去，新长出来的壳还是软的，整个螃蟹成了软趴趴的一团。软壳蟹适合烧清汤，水开后，加点葱花便是一道鲜美至极的佳肴。上等的梭子蟹才有资格上蒸锅，冷水干蒸，螃蟹仰卧，以防膏体外流，一番"桑拿浴"，螃蟹盖由青而红，烫手的螃蟹适合佐酒。还有另一种烧法：煎蟹，烧热的油锅，下生姜、大蒜子和葱段，对半切开的梭子蟹立在油料中煎至壳发红，再下料酒焖烧。

梭子蟹丰产时，价格低至十几元每斤，中秋节家宴，母亲蒸了满盆的螃蟹。家中最能吃螃蟹的就是我，我吃了整整五只梭子蟹。虽说一只螃蟹半碗壳，但是蟹肉很能饱腹，对于肠胃不耐受者，不宜多吃。《红楼梦》里吃蟹的章节中，贾母嘱咐湘云和宝钗两个人说："你两个也别多吃。那东西虽然好吃，不是什么好的，吃多了肚子疼。"贾母说的是大闸蟹，与梭子蟹同属性寒之物，所以《红楼梦》中的姑娘们吃大闸蟹要佐黄酒，而渔民们喜欢白酒配梭子蟹。

母亲还说，螃蟹吃多了会"发"，即会加重某些病症，如患有咳嗽的人，或是敏感体质者，都不宜多吃螃蟹。

人间美味，浅尝余点念想，才值得留恋。

晒大麦，山大麦

林春芬

早晨朦胧的乳雾拨开游子的依恋，等到大门岛各个基地开始密密匝匝插满竿子的时候，小门山大海边的硬栏养殖，观音礁月亮湾的软栏养殖，每一处遥远的蓝色缎面般的海面上就会照射出耀眼的光芒，闪烁如金子的珍贵，犹如渔家的喜宴，几乎整个大门都在预言收获的梦幻。

每次回家经过大门大桥的时候，总禁不住往窗外眺望，一如既往的湛蓝与浅蓝，一览无余的养殖作业，一见如故的大门人将养家的技术活都暴露在所有人的眼前。

大门的烟与火，渗透着岛民的勤劳朴实，大桥边的海和风，吹拂着岛上的养殖作业。"山大麦"的名号于 20 世纪 90 年代响彻大门的时候，我们看着拥挤的人群，还有丰收的奔走，也随着家里的大人叫唤："晒大麦，山大麦。"低潮的岩石上，通畅的水域里，我们也试图采撷，那时候的大门几乎就是晒场，山间和地上都涌动着黝黑的希望。

等到洞头二中的操场边上，大门外塘的水泥地上，逐渐响起刺耳的卡车呼啸声，迫不及待地打破村落的宁静，或者散落的三轮车陆续驶过的时候，就是晒山大麦的最佳时节。看着平时在校园里大步行走的学生在行进间多了一分小心翼翼，就知道"晒大麦，山大麦"的好日子即将来临。无须奔走相告，本地的、外地的，几乎住在大门的妇人倾巢而出，那些平时忙着手工制作的街坊，甚至打牌搓麻的邻居，全都投入晒山大麦的"伟业"中，戴着袖套，套上长袖，斗笠一戴，各个神似专业的工厂女工，这也成就了初夏大门上一道别致的风景线。春末夏初的大门，无论街边、路上，还是山头、公园，凡是可以曝晒的场所，都充斥着海洋的味道——浓郁的海水，清淡的香甜，忙碌的人们，绽放的笑颜，似乎整个大门都在分享和奔腾着检验硕果的喜悦。

偶遇不慎掉队的山大麦，一小簇或者一大把被遗落在小道，娇软的身子稳妥地躺着，深棕的颜色并不耀眼，却在阳光的照耀下满载着人们未来的憧憬。总有路过的人们顺手一捡，然后往前踱步，看到某处晒场一大片成群结队的山大麦安然仰卧马路两边，也就随手一放，就像迷路的孩子终于归队，做了顺水人情的老百姓然后各自继续散步。

　　五六月的大、小门是山大麦的栖息地。偶尔遇着晃荡的卡车，漫游般从沙岩缓缓越过，总是可以听见爽朗的笑声，然后抬头望了一眼，偏又是熟悉的邻居，就会接到从天而降的山大麦，还来不及摆手拒绝，潮湿的、清新的山大麦已经跌入怀抱。也有准头不对的时候，叔叔和阿婶就会迸发出嘎嘎的笑声，在突兀的马达声后，沿路捎上几串新鲜的山大麦回家，都是我们的福祉。

　　母亲总是欢喜地接过我们毫不费力得来的山大麦，仔细地琢磨上天馈赠的美食，黄褐色的身体，圆滚滚的长势，肥厚且多汁，放在水里浸泡的时候，总有一股呼之欲出的美味要绽放，要想品尝生鲜的山大麦，沿海的大门的确是美好的选择。用水沥过的山大麦乖巧地蜷缩在菜篮子里，这道被人精心摆设的菜品，加点老酒和醋盐，撒点葱花，放在芝麻油的锅里翻炒片刻，令人垂涎欲滴，急不可待端上餐桌，就是一道便捷便宜的好菜。母亲忙的时候，就喜欢指挥我们兄妹四人整点简单的菜肴，这时候，它有个漂亮的雅名"鹿角尖"，母亲总是对我们抱有殷切的期望。

　　当我们学会背着大人偷看礼物的时候，每年精心准备礼品的小姑却被我们嗤之以鼻，小姑购买寄回的竟然就是大门路上随处可见的山大麦，小时候可以随时在地上捡几把，或者在走路的时候踩几把。她一定不知道这时候大门本土加工生产的山大麦早已不是晒大麦，运用恰当的工序，山大麦妥帖安顿在精美的包装盒里，光荣走出国门，热销日本和欧美。

　　产、供、销一条龙的产业化格局使得长沙的加工厂更加忙碌了，每个学期的期末家访，总有几个孩子陪着家长就在路边等着发放成绩单，接纳日光的普照，享受聊天的欢腾。许是丰收的喜悦，抑或是假期的轻松，傍晚到家的时候，母亲早已把包装袋里的干菜放在蔬菜盆里浸泡，热水犹如微煮，黑褐色的山大麦逐渐变得青绿，再慢火小煮一会儿，又变回了黄褐。至于剩余的汤水却是铜红色，有点老酒的迷醉，酝酿岁月的迷人，和着瘦肉一顿小炒，拌上佐料，端到奶奶的房间。我们知道常年在外经商甚至过年无法回家的小姑也想孝敬老人、陪伴左右，这一刻，它有个希冀的美名——"长寿菜"，我们总是对家人怀有长久的祝愿。

　　苗种培育、科研推广，这些年的大门一直在发展壮大山大麦的人工养殖规模；革新工艺、改进设备，近几年的大门始终在耕耘收获劳动人民的幸福快乐生活。偶尔还是想回家乡，仍旧喜欢闲逛外塘，昔日喊着"晒大麦，山大麦"请假回家干活的少年，在我们的起哄声中悄然长大。2000 年出生的他，已经在棕蓝塑胶大道的尽头翘首以盼，说要带我参观他的羊栖菜加工厂，加工厂也在长沙，我记得那是他母亲工作的地方。

　　我也记得，大门的山大麦有个响亮的学名——"羊栖菜"。在后山放羊的阿公也记得，二十年前，浙江省海洋与渔业局已经授予大门镇"中国羊栖菜之乡"称号。

捣 年 糕

林春芬

九点到家的时候，门口的板车和三轮彼此簇拥着，后巷的落石堆里异常热闹。调高音量，我唤了声"阿妈"，母亲难言欣喜地抬头又点头，手中还不放心地扒拉着箩筐，"也算是多了个人头"。

每到年底，父亲的加工厂总是再次热闹起来。作为镇上唯一一家捣年糕的加工厂，我们家隐藏在沙岩后巷，可喜的是门口宽敞，一眼就能望见街上的车来人往，大家都说位置好。然而，如今小厂的生意越发难做，只有大饼店隔三岔五买几十斤面粉，菜市场逢年过节才捣几斤豆粉，家里的机器在平时几乎处于停摆的状态，至于捣年糕的，这三年基本以每年三五千斤的数量递减。父亲将算盘拨打得噼啪作响，抬手又放下，间或叹息："这世道变了。"

农历十二月一到，念叨着"最后一年捣年糕"的父亲仍然会迫切地和温州的米厂老板联系，预留好大米。十五一过，大姐总是第一个被召唤回家的，开始寒假生活的我属于家里的第二波人马，再加上亲戚朋友客串帮忙，还有雇佣的两三个小工，父亲的加工厂总算有了点厂家的架势。

母亲解着米袋的手日渐皲裂，左边的水槽里依次排列着三个竹制的箩筐，绿色的编织带一圈圈缠绕在内衬上，以防止大米掉落，也衬托得粳米更加晶白。母亲的腿脚越发不利索，即便父亲自制了推车，她也总是小心翼翼地扶着，怕浸泡又洗过的米会一不小心洒落地面，那是对粮食的糟蹋。我顺手接过铁质推车，父亲按下黑色的电闸，粉碎机的声音在一如既往的嘈杂中透着亲切。

按照母亲的指示，我拿起黄色舀勺给黏性太强的湿粉加了点干粉，经过多道工序的米粉在锅炉里开蒸，间或盖着湿毛巾的两个上大下小的木制蒸桶突突冒着热气，在家里从后山拾取的、经过晴天晾晒收拾的柴火加持下，灶膛里黑色的煤炭闪着红光，缭绕香甜的雾气中萌发着皎洁的希望。漆黑的机器闪动着白晃晃的年糕奶，经过两次碾压，年糕更加精致剔透。父亲早已安坐在年糕的出口处，手戴防烫手套，握着常年使用的剪刀，他的动作娴熟而富有韵律，随着一道道锃亮光影的闪烁，剪刀开合间，一条条年糕应声而落，仿佛尺子量过般长短均匀地落在长桌上，剪刀的咔嚓声与机器的轰鸣声交织在一起，竟和谐得出奇。刚剪下的年糕条在空中划出一道优美的弧线，大姐早已等在一旁，双手灵巧地接住年糕，轻轻摆放在竹匾上。竹匾是用毛竹编成的，散发着淡淡的清香。奶呼呼的年糕条整齐地排列着，等它们快要装满竹匾的时候，我迅速低下身子，将竹匾端在腰间就往大厅走去，然后将年糕放在铺满塑料膜的木板上，挨个摆放整齐。晾晒的年糕条在冬日的阳光下泛着温润的光泽，空气中弥漫着糯米的清香，混合着竹子的气息，这是大门镇的人最熟悉的年味。偶尔有前门边的邻居驻足，或是养老院的老人经过，母亲总是热情地招呼："尝个味道哟！"

这几年的行情确实不好，以前年底可以先捣一个星期的年糕，然后再换个蒸松糕的六角蒸笼，最后两三天集中蒸松糕。菜市场的基本统一配置，就是松糕蒸好的时候，在面上按红枣片或者桂花干，也有放芹菜叶的，套句小姑的说法"红红绿绿最好吃"。私人定制就比较复杂了，夹心非常丰富，三层肉、桂圆干、松子、橘饼等，每个人都会按照自己的心头好做足准备，放进袋子里，标上名字才不会弄错，碰上讲究的，连糯米都要自家田里种的。父亲不在意多样，只关心能否蒸熟，配料越多越耗时间，红糖或白糖，也是看个人的喜好，总之，每家每户都得至少准备一个松糕和几盘年糕，刚好迎接年底的拜天地。到时，机器的澎湃声中又多了鞭炮的声响，还有搬新家的，会要求做"五层糕"，五个不同尺寸大小的松糕摆在家里的新桌上，意味着年年高，越发衬得年味浓郁。

俗话说："无年糕，不成年。"温州童谣《十二月令》中的"十二月，糖糕印状元"指的就是捣年糕的传统习俗。年糕，寓意着一年比一年高，日子一年比一年好。吃年糕不能简单地化为一句年俗，更是人们内心深处对美好生活的一种向往，我每每拍了照片发朋友圈，总有年幼的伙伴惦记着我家的年糕，奶白软乎再加点糖，真是人间美味。吃上一口年糕，瞬间能感受到来自家的温暖与甜蜜，萦绕于心的思乡情结，如潮水般涌来，驱使着人们踏上归途。遗憾的是，等到同学们年底到家的时候，往往已是腊月二十七了，父母也该歇下打扫家里了，往日嘈杂的声响在年底便会安静，这时候该是迎接新年的另一种闹热。

等到元宵节前后，家里的机器再次响动的时候，还要捣一次年糕，这时候就是做寿桃了。

十来个八十多岁的老人围着长约三米的木板轻轻拍打，橙黄的木板透露着新鲜，母亲前一晚已经用板刷仔细刷过木板，晾在屋内，怕沾了灰尘，到当日早晨起用的时候，才和两个小工把木板搬到工厂的正中间房里。我下意识地拿起手机记录每年初春的壮观情景，沙岩街的叶阿公便嚷嚷着"读书人回来了"，临近的几位老人总爱这样使唤教书的我。锅灶的重任移交给母亲之后，父亲便集中注意力张罗着称重机，把握着每个寿桃的重量，热腾腾的长条年糕经过各位大爷的细心拍打，便成了寿桃的形状，旁边准备好红绿色彩的妇人，已殷切地握着毛笔，她们握笔的手势并不标准，食指翘着却格外灵活又慎重地为红桃添上点睛之笔，似乎增添了延年益寿的滋味。一个小时后，两百斤粳米便以大小各异的形状，密密麻麻地排列在箩筐里，另一边早有人准备好了扁担，若是近在沙岩的亲戚，便由这人挑着箩筐去送了，远的再整齐地摆在后备厢，开车回去送。

　　大门的年糕加工厂只剩下三家了，父亲总是隐隐透着镇上人的欣喜——还有人愿意坐车，带着箩筐跑到沙岩街找他做这个生意，这基本是每年开春就会提早打招呼的事。乌仙头仍然保留着农村淳朴的思想，这年家里添了男婴，来年春天便要挨家挨户送个寿桃。做爷爷奶奶的便吆喝着家族里长命的老人过来捏几筐寿桃。寿桃按照亲疏远近、大小比重分着，这份喜悦延续着春节的热闹。后山的几株油菜花泛着黄光，黄澄澄的花蕊挣扎着向世人炫耀自己的荡漾，似乎也在为这份喜悦而欢呼着。

　　年糕既可当正餐，也可作零食。日子放长了，年糕会开裂、长白毛。在年糕开裂前，就要把年糕放进水缸里，用水浸泡。浸年糕的水十分讲究，要用冬水，也就是立春节气之前的水，再放一点明矾，以免产生异味。有些年份立春会在过年之前，因此人们就要在立春之前在水缸里储水。年糕在冬水中浸着，可以吃到第二年春耕季节。现在没有水缸了，就用保鲜膜将年糕包好，放在冰箱里，想吃的时候，拿出来切成片或者块状，炒着吃、煮着吃，咸甜皆宜。

　　总有城里的朋友感到意外或者惊喜，大门的居民竟然还保留着过年时家家户户捣年糕、蒸松糕和做寿桃的习俗。这些朋友来我家里的时候总喜欢去一楼的加工厂逛逛，说是看看老物件。或许他们看到的是自己的童年，就像这些乌漆麻黑的冰冷机器却能捣出软白的年糕，热气腾腾地在每个年关的冬日穿透寒冷，让每一个归家人的心房都变得温暖而明媚。

　　如今，城市的高楼大厦渐次林立，街头的捣年糕作坊几乎销声匿迹。但那"咔嚓"的剪刀声，始终在我心底回响，每至年关，就会悠悠唤醒我那沉睡的乡愁，让我想念父亲用剪刀剪出的年味儿，这份年味儿永远是我最眷恋的温柔乡。

南烛叶乌饭

赖海霞

　　春节期间，闲不住，起了个早，和同伴们走村去。云朵下的山野，田间地头，处处蕴藏生机。我瞧见一处田头，探出一株鹿藿，长圆形荚果开裂，跃出两粒乌溜溜的小珠子。小时候，每逢端午节，奶奶采一把鹿藿的黑珠子，放在一边备用，等到"鸡母狗粿"做好，把一粒粒黑珠子安在米粉做的"鸡母狗粿"脸上，"鸡母狗粿"有了双黑眼珠子，顿时透着一股机灵劲儿。

　　路边，树丫支棱着鸟巢，踮起脚尖看不见鸟儿在里边，鸟蛋也没见着，是小雏鸟长翅飞走了吧。

　　其实每个晴朗的周末都应该去"放山野"，去认识一下漫山遍野恣意生长的野燕麦、胡颓子、老鼠藤、玉叶金花、薜荔果……还有很多叫不上名来的花花草草、虫子鸟儿。

　　巡到某处无人衾，颓废的民居屋顶坍塌，瓦砾碎了一地，楼梯下冒出一团贯众，穿堂风过处，晃悠几下。屋后的朱栾树，结满了黄澄澄的果子，一晃树枝，果子就扑通扑通砸在我脚面上，捡起一个，口舌生津，尝一瓣，挺酸爽的，兀自点赞，好吃啊！同行的伙伴说，这么馋！山里的乌饭叶子在召唤你啊！

　　乌饭叶子？不就是南烛的叶子吗？据说三不五时，吃顿乌饭，能乌发养颜，提神醒脑。走啊！去山头顶摘喽，煮喔咪唛夹（洞头话：煮乌米饭吃）！

　　清晨的山顶气候湿冷，起步走，寻找南烛叶的热情高涨，也不觉得冷了，我们在山野寻找，鼻尖似乎闻到一股淡淡的清香，那是南烛叶特有的气息。道旁几棵南烛青翠欲滴，再前行数米，几棵长势很好的南烛循着山脊生长在晨曦中，枝头开着浅浅的、小巧的花，姿态像极了蓝莓花，仿佛是大自然赐予这片土地的礼物。

　　我们用自己最擅长的方式来采摘叶子，用拇指和中指夹住根部，往枝梢捋，指头所到之处，叶子被一片片堆叠起来，像一朵花，比一片一片地摘快多了，不一会儿就采集够了。

南烛叶乌饭的制作过程其实很简单，但我们要有仪式感。搬出年初在凸垄海边捡的柴火，清洗灶台、铁锅，拿出纱布袋、石臼、蒸笼，蒸笼必须是双层的，不然人多不够吃。先将新鲜的南烛叶洗净，放入石臼中捣碎，用纱布袋过滤出汁液，那深绿色的汁液浓稠，散发着浓郁的草木香，再将糯米浸泡在这汁液中，隔着纱布把南烛叶的渣铺在糯米上，经过七八个小时的浸润，洁白的糯米渐渐染上了乌黑的色泽，变成乌米，清洗过后，在阳光下，隐约发出翠绿的光，仿佛被时光浸透了一般。

蒸乌饭的过程是最令人期待的，柴火噼啪响，灶台架大锅，热气冒起，就可以将乌米倒入铺着纱布的蒸笼。特别注意，盖子一定要盖紧，这样米粒才有嚼劲，不会生硬。不一会儿，热气腾腾，南烛叶的清香弥漫周遭。

拿碗筷的、切油鳗腊肉的、剁胡萝卜的、拍大蒜的、掰青豆的，都守在灶台边，眼巴巴地等着乌饭出锅。

二三十分钟，说长不长，乌饭蒸好了。揭开蒸笼的那一刻，南烛叶的清香与糯米的甜香完美融合，令人垂涎欲滴，用筷子夹起一团，乌黑的米饭泛着油亮的光泽，仿佛晶莹的黑珍珠。就这样什么都不放，吃起来口感软糯，令人回味无穷。

有人喜欢甜食，可以往乌饭里撒一些白糖，轻轻搅匀，趁热吃，可以吃一大碗。

我们用热锅冷油，将油鳗腊肉、胡萝卜、青豆等佐料倒入锅中炒熟，加入乌饭拌成咸饭。盛起一碗又一碗的咸饭，大家开始吃饭，这不仅是味觉的享受，视觉上更是红红绿绿、乌黑油亮，处处融融洽洽。

南烛叶乌饭不仅仅是一道美食，更是一种情感的传承。它让我们懂得，生活中最珍贵的东西，往往就藏在那些看似平凡的细节中。

洞头群岛山林植被茂密，生态环境良好，山野间，南烛叶随处可见，它们默默生长，不张扬，却能为人们带来舌尖上的美味与温暖。生活在小县城的人们，很少有人会上山亲手采摘一回南烛叶做乌饭。南烛叶乌饭的味道，是任何山珍海味都无法替代的，它不仅仅是一种食物的味道，更是一种乡愁的味道，一种记忆的味道。

咸鲙

吴蓉辉

在我们海岛洞头，有一种深受大家喜爱的下饭小菜——"咸鲙"。它是一种用带鱼幼鱼腌制而成的特色美食，闽南语称之为"咸鲙"，温州话叫它"白带生"。为了方便介绍，也有人叫它"鱼生"。当然，此"鱼生"非彼"鱼生"。

古人对"脍"（切细的鱼或肉）十分钟爱，甚至还造出个"鲙"（切细的生鱼）字。洞头制作"咸鲙"的历史悠久，可追溯到明末清初。据记载，清雍正年间，渔民们在洞头洋定置张网作业已有很大发展。每年四月上中旬前后的十来天时间里，捕捞的带鱼幼鱼又小又细，看起来就像一条细长扁平的白带子，洞头人用闽南语叫它"带柳儿"，温州话叫"白带"。渔民就用此时肉质细而均匀、肥而骨软的"带柳儿"来制作独具风味的家常小海鲜——"咸鲙"。

小时候，每当周末回三盘老家，奶奶总会拿出她最爱的"咸鲙"来招待我们。红彤彤的颜色，黏糊糊的质感，虽然看起来有些"重口味"，但只要它在餐桌上一摆，大家便能胃口大开，让一大碗米饭快速下肚。在洞头人的味觉记忆里，"咸鲙"是不会被岁月漂白，也不会被时间磨灭的。温籍著名作家林斤澜在《温州小吃》一文中感叹：温州人远离家乡的，谈起吃食，总是"生"占上风。本地人也偶有不吃"生"的，别人就会说："白白做个温州人了。""咸鲙"，就是这样一种独具风味的富有家乡气息的家常海鲜。

那么，这道色艳味美的"咸鲙"是如何制作的呢？腌制"咸鲙"可是一项技术活，需要多年实践经验的总结与积累。

每年四月，渔民将张网捕获的"带柳儿"洗净，沥干，加入食盐搅拌均匀，压实，盐渍于陶缸中。人们往往会用篾条压住盛满"带柳儿"的缸口，再用粽叶盖好，最后用淤泥和着稻草末封口。经过半个月左右的腌制，取出，洗净后沥干放回陶缸。在放回"带柳儿"之前，在陶缸里倒入适量白酒，以助力发酵。再加入"菜头纤"（闽南语，白萝卜丝干）、食盐、糖、姜、蒜头、糯米酒糟、红曲等调味品，在陶缸中搅拌均匀，密封。密封前，有经验的老手往往会在它们上面放上粽叶，压上小石子，以防止发酵期间"带柳儿"上冒，变质。然后沿缸口圆周洒上白酒，以消毒，静置阴凉处发酵两个月。

三伏天期间，正逢休渔期，少有新上岸的新鲜海鱼。此时正是品尝"咸鲙"的最佳时机。开封，取出"咸鲙"，除自家食用外，分赠给左邻右舍共同享受。此时新鲜出炉的"咸鲙"，每一筷子夹上来，"带柳儿"与"菜头纤"完全融为一体，红白镶嵌，色泽艳丽；闻一闻，糟香扑面，香气浓郁，"带柳儿"的鲜美气味被"菜头纤"吸收，而"菜头纤"则去掉"带柳儿"的腥味；尝一尝，绵软无骨，咸淡适中，酸中带甜，甜中有酸，美哉美哉！"咸鲙"里的"菜头纤"鲜爽脆嫩，"带柳儿"醇美咸香，"咸鲙卤"（闽南语，汤汁）鲜美浓郁。在渔农村，"咸鲙卤"常常被当作调鲜的头号用品，人们用它炒萝卜、炒卷心菜、炒冬瓜、炖老豆腐等，往往会有意想不到的滋味。特别是用"蛇"（闽南语，海蜇）蘸"咸鲙卤"，还是一道不错的名菜呢。

"咸鲙"能否美味可口，除了"带柳儿"的品质外，渔家代代相传的汤汁是关键。汤汁由"菜头纤"和糯米酒糟、红曲等配伍，经过煮沸后使用；"菜头纤"最好选用黄土地里种的白萝卜，去皮后刨得像"带柳儿"那样的粗细；糯米酒糟、红曲也要质优，才能保证"咸脍"的质优。

在洞头，很多渔村都有制作"咸鲙"的传统。据说，元觉岛的状元岙还是制作"咸鲙"的发源地呢。如今，"咸鲙"制作技艺也成了非物质文化遗产。虽然现在随着生活水平的逐渐提高，人们常年都可以吃到海鲜，但是加工、食用"咸鲙"的习惯依然在洞头人的生活中延续着。

"咸鲙"不仅仅是一种美食，更是洞头人文化传承的一部分。它承载着渔民们的智慧和辛勤劳动，也寄托着他们对美好生活的向往和追求。如果你有机会来到洞头，一定不要错过这道美味的"咸鲙"哦！

剥 皮 鲽

吴蓉辉

都说"人靠衣装马靠鞍，狗配铃铛跑得欢"，得体的衣着打扮往往能使形象更佳，突出内在气质。但在海岛洞头，如果你仅凭外表来判断食物的价值，那么你很可能会错过"剥皮鲽"（闽南语）这道美味佳肴。这种看似不起眼的海鲜，实则隐藏着大海的馈赠和味蕾的满足。

从闽南语"剥皮鲽"这个名字的"鲽"字中，我们不难知道这是一种体形侧扁的鱼类。"剥皮鲽"，学名"绿鳍马面鲀"，又叫"马面鱼""剥皮鱼"。它的模样总让人想起苏小妹嘲笑苏东坡的经典句子："去年一滴相思泪，今日方流到腮边。"我想那是运用夸张的修辞手法来表达脸长，可"剥皮鲽"无须运用夸张的修辞手法，也能达成这效果——一副冷漠的马脸，大大的鱼头，大眼睛与小嘴巴的距离有点远，小嘴巴向前嘟起，样子呆萌呆萌的。它鱼皮厚且粗糙如砂纸，头顶的鱼鳍带着坚硬的长倒刺，酷似带着刺刀遨游海洋世界的勇士。为了吃这马面鱼身的海味，人们往往直接让它成为"三无产品"——把鱼头、鱼鳍、鱼皮等全部去掉，只剩下肉肉的鱼身，因此叫"剥皮鲽"。

专家们说绿鳍马面鲀浑身是宝，其肉蛋白质含量高，营养丰富；其肝丰腴肥美，含有大量具有降血压功效的牛磺酸，与鮟鱇鱼肝同称为"海中鹅肝"；其皮可用于炼制明胶，可制作成药用胶壳和填充剂。过去，我们并不懂这些，只知道"剥皮鲽"产量非常高，价格极其亲民。它虽丑，却是海鲜食客们的大爱！现如今，它并不便宜。我们海岛人，最喜欢拿它晒干蒸起来吃，其次红烧。

制作"剥皮鲽"干很简单。剥皮，只要用剪刀沿着鱼鳃中间剪一条长口，用手沿着鱼面将其撕开就可以了。不过，这需要用点儿力气，因为新鲜的"鲽"的皮和肉黏附得非常紧。脱下这层"皮衣"，便东施变西施，展现在你眼前的鱼肉紧实细密、鲜香饱满，你似乎可以深切地感受到大海的广阔和生命的奇迹。去腮和内脏，洗净，将鱼身切成一片片的，但不完全切断，晒鱼干的时候，从尾部向上一拉，便是一整串完整的鱼片挂下来，很是好看。有风的日子里，晒上一两天即可。在没有冰箱的年代，将新鲜的鱼制成鱼干，极耐储藏。小小的鱼干里，老祖宗的艰苦朴素与生活智慧可见一斑。

将"剥皮鲀"架在锅里蒸上几分钟，便可出锅。此时，鱼干色泽晶莹，蘸点儿酱油醋，咬上一口，鱼肉绵密紧实，筋道十足，鲜美可口，营养又方便。每一口鲜香里，你会发现"剥皮鲀"里蕴藏的丰收的滋味，丝丝缕缕萦绕在唇齿间，这时，要是配上一口米酒，味蕾缠绵中，海风、阳光和岁月的百般滋味都汇聚在最朴素的咸鲜中，足以令人回味无穷。

红烧"剥皮鲀"，是海岛人最常见的烹饪方式之一。将处理好的"剥皮鲀"洗净沥干，用盐和料酒腌制约10分钟。热锅冷油，放入鱼，煎至两面金黄，盛出备用。热锅热油，放入姜蒜末煸出香味。倒点生抽，加入一碗清水，大火煮开后倒入鱼，加料酒煮沸，让"剥皮鲀"充分入味，大火收汁。在收汁阶段，可以加入少量的番茄酱或者辣椒酱，使菜肴的味道更加层次分明，同时也增加了色泽的吸引力。最后撒上葱花、香菜点缀，增添色彩和香气，装盘，即可上桌。

尝一口红烧"剥皮鲀"，口感鲜嫩，味道鲜美，肉质细腻，香气扑鼻，甚至能吃出蟹肉的味道。这时你方晓得以貌取人不对，"以貌取鱼"也不对，这真是"人不可貌相，海水不可斗量"呀。

现在，随着冷链技术的进步，大量"剥皮鲀"跋山涉水被运送到内陆地区。在各地，它有了不同的名字，以及更多元的烹饪方式。如四川人叫它"耗儿鱼"，北方人叫它"面包鱼"。

"剥皮鲀"不仅可做成美味佳肴，更是海洋文明与内陆文化交融的见证。来洞头，用简单的食物简单地取悦自己，不也是一种幸福的享受？在品尝这道美食的同时，不也是在享受人与自然和谐共生的美好？

红　圆

吴蓉辉

在洞头，有那么一种植物，它的果实只有鸡蛋大小，金灿灿的它总喜欢显摆自己"金屋藏娇"。它就是"红圆"（闽南语）。

"红圆"，是洞头人用闽南语对它的昵称（有洞头方言专家说这"红圆"应该是"红娘"的音变），学名"癞葡萄"，又名"金铃子""山苦瓜"，温州话叫"红娘"。癞葡萄是葡萄的一个品种？不，并不是，它是葫芦科苦瓜属的植物，与苦瓜是同一类型的食物。苦瓜苦瓜，以苦谓名，以苦著称，是蔬菜；而"红圆"是苦瓜中的异类，是水果。

小时候，上下学路上，好多人家的门口都有种"红圆"。每次经过，我都会花不少时间在那里逗留。它枝细叶小，叶片互生，掌状，有5—7个深裂，就像撑开的手掌。它是一种雌雄同株的植物，开出的花很小，只有拇指指甲那么大，小巧玲珑，金黄色的花朵非常漂亮。那时，大人们说，只有雌性花能结出果实，于是盼着结果子的那一天早点儿到来。慢慢地，藤蔓上垂挂下一个一个果子，果子表面有不少瘤状凸起，坑坑洼洼，像癞蛤蟆一样，难怪得名"癞葡萄"。

它纺锤形的果实小巧玲珑，如工艺品般惹人喜爱。一开始，嫩果是绿白色的，而后渐渐变成白色，后来成熟时则变成橙黄色，十分漂亮。那时，我最盼望的是它能快点儿成熟。

日思夜盼，终于瓜熟蒂落。成熟的它，黄中带红，果皮如蜜蜡般温润，犹如一个个金铃铛，错落有致地悬挂于绿叶间，十分惹人注目。它并不像一般的水果那样，拿过来就可以直接吃果肉。你只需轻轻一用力，便可掰开瓜壳，有时不用你动手，它也会成熟得自己炸开。里面顿时露出一颗颗娇艳欲滴的、血红色的瓜瓤，用嘴一舔一吸，瓜瓤便顺势和瓜种分离，非常清甜，非常娇嫩，非常滑溜，非常爽口，非常好吃。它虽归属苦瓜，内心却甘甜如蜜，实在与众不同。

其实，"红圆"作为一种水果，皮是可以吃的。如果你身上的火气非常大，那么吃一点儿"红圆"吧，因为它具有清热解毒的功效。但是一般不建议常吃它的皮，因为它的皮味苦性寒，多吃对身体不好，特别是脾胃虚寒的人一般不能吃。当然，我那时还小，并不懂这些知识，只知道它好吃。吃完瓜瓤，我们都很自觉地收集瓜种，期待来年还能这么爽快地吃。大人们则不同，他们不忘收集孩子们刚吃完的果壳，洗干净后，或用来泡酒，或制成凉拌菜。

随着人们生活水平的提高，曾经在海岛农村广泛种植的癫葡萄已经慢慢消失不见。

有一次，去水沟一带拍鸟，发现路边有好几个成熟的"红圆"，忍不住摘了一个。轻轻地掰开，还是那样清甜，那样娇嫩，那样滑溜，那样爽口，儿时的画面又回到了眼前。童年的"红圆"真让人难忘。也许，这种美好是每一个走过20世纪八九十年代的人的共同记忆。

于是我忍不住思考一个问题：作为一种水果，它为什么没能得到大面积种植呢？我想，与蔬菜苦瓜比，它的果子实在小，一个"红圆"根本没办法和一根苦瓜比重量。与其他水果比，它能吃的部分不是外面的果肉，只有里面的瓜瓤。而且和其他水果的味道相比，它的优势并不大。此外，它只有在成熟时才好吃，这样一来运输难度大，成本高，经济价值低，自然没人特意种它了。它销声匿迹是因为这样吗？

其实，"红圆"起源于印度和菲律宾等地，早在北宋时，就已传入中国。在当时，它因为稀有，深得宫中贵人的追捧。另外，不少古籍里也都有详细记载，如明代的《救荒本草》记载，"锦荔枝又名癫葡萄，救饥时采黄熟者食瓤"，并描述它"结实如鸡子大，尖鞘纹绉，状似荔枝而大"，十分形象。《本草纲目》《滇南草本》等也都有它的记录。

如今，"红圆"成了活在记忆中的一种水果，承载了再也回不去的岁月。你有多少年没见过"红圆"？你那里是怎么叫它的呢？

雀 啊

吴蓉辉

每年 5 月 1 日到 9 月 16 日，东海进入休渔期。但禁捕不等于吃不到海鲜，泥螺、蛏子、雪蛤等价格亲民的海产品接过本地海捕海鲜的"接力棒"，成了丰富餐桌的不错选择。其中，其貌不扬的"雀啊"，更是洞头人餐桌上的一道特色渔家菜。

"雀啊"是洞头人闽南语昵称，温州话叫"戳嘴"，学名"藤壶"，又名"马牙"。它是一种附着于海礁石上，靠摄食浮游生物为生，有着坚硬外壳的节肢动物。"雀啊"个头很小，却深谙"独木不成林"的道理，往往抱团生存，一个个呈圆锥形的石灰质外壳挨挨挤挤地聚在一起，就像一座座微缩的"火山"，也像一张张麻雀嘴，难怪人们叫它"雀啊"呢。

如果你在洞头海边逛逛，你就能发现凡有礁岩处便会有"雀啊"的身影，密密麻麻，大小不等。在这里，海边岩石任它生长，阳光海水任它享用。如果你想徒手从岩石上掰一个"雀啊"下来，那是绝对不可能的。因为"雀啊"能分泌一种含有多种生化成分和极强黏合力的胶，任风吹雨打、潮涨潮落，始终能紧紧吸附在礁岩上。因此，在洞头，还有"木船用火烤"的习俗专门来处理船底下的"雀啊"等物。

洞头东岙顶村有一条藤壶古巷，直观形象地展现了老巷渔民与"雀啊"相处的真实场景。"突雀啊"（闽南语，意思为采挖藤壶）需要用专门的铁铲子，一般要选在农历初一、十五前后的大水潮，因为这时的潮汐落差大，"雀啊"暴露多，"突雀啊"的量更多。"突雀啊"时，对准"雀啊"底部与礁岩的连接处用铁铲子用力一敲，外面的硬壳便被敲飞了，然后把"雀啊"肉铲进随身携带的桶里。

其实，"雀啊"也分为不同的品次。长在礁岩底部水深处，肉体如拇指般的属上品；长在礁岩中下部，层层叠叠长在一起的，属中品，是佐酒的佳选；单个独体生长的，属下品，挖戳过来后，可作下饭菜。

"突雀啊"是一项非常危险的工作。浪不停地敲打着礁石，人一个不小心就会有被打入海里，或被冲进礁石堆里的危险。而为了采集上品的"雀啊"，得去人迹罕至的礁石上，因为那里的"雀啊"个头更大，肉质更肥厚。这样一来，所花的时间更长，而潮水随时间在不断地变化水位，人随时都有可能回不到岸上。因而"雀啊"也被称为"来自地狱的海鲜"。在洞头，"雀啊"是卖一口价的，一般买的人是不会去还价的。

《舌尖上的中国》里说："高端的食材，往往只需要最简单的烹饪方式。"的确如此，在洞头，"雀啊"常以最简单的白灼方式呈现。锅里加清水，放点姜片、盐，水烧开后放入"雀啊"，再次烧开即可。其味道鲜美可口，无须再放味精。不少渔家排档、酒店就把连壳带肉层层叠叠的"雀啊"直接端上桌。大家一边闻着"雀啊"特有的鲜香，一边自己动手，从"雀啊"坚硬的壳口处轻轻戳下去，白里透红的肉便脱壳而出，连酱油、醋都不用蘸，直接入口，略微咀嚼，一股清鲜便在嘴里弥漫，其口感比虾肉更嫩滑，其鲜味比蟹肉更美味，令人赞叹。用简单的烹饪方式让食物锁住本真的鲜味，何尝不是一种对味蕾的回馈和报答？

在洞头，"雀啊"还有一种吃法就是将它的肉一块块挑出来后再炒。炒"雀啊"肉不用加其他的配料，只需调味料就行。比起大龙虾、大螃蟹，炒"雀啊"肉卖相一般，但味道独特，你吃上一次绝对不会忘。

或许你会问，这么好的东西，为啥大城市的酒店里几乎看不到它的身影？这是因为"雀啊"比一般的海鲜更难保鲜，特别是远距离运输会影响其新鲜度和口感，即便放进冰箱，不出两日便不再肥美，原有的风味荡然无存。

对此，智慧的海岛渔民创造了"雀啊鲙"（闽南语）。把新鲜的"雀啊"洗净，取出肉放进瓶子，倒入黄酒，再加少量的白糖和盐，密封数日后再食用。这样一来，"雀啊"肉保存的时间更久，风味也更原始。一碗米饭就着一个个凉丝丝、香喷喷的"雀啊鲙"，那是另一种舌尖的惊艳。

"雀啊"不仅是渔家美食，还是难得的中药材，有抑酸止痛、解毒疗疮的功效呢！

"雀啊"是如此独特，你要来洞头开启海滩礁石上探寻"雀啊"之旅吗？

番薯粉煎

吴蓉辉

在洞头这片被海风轻拂的土地上，一锅烟火气，满屋岁月香。番薯粉，这源自大地的馈赠，在洞头人的巧手中，幻化为无数令人垂涎的美食，如猫耳朵、敲鱼、鱼丸、蛏子羹、肉圆等。其中，"番薯粉煎"（闽南语）这道看似简单却内涵丰富的主食，更是承载着无数洞头人的乡愁记忆。

记得小时候，每当改善生活，母亲便会在厨房里忙碌起来，煎制那诱人的"番薯粉煎"。这时的我总是踮起脚尖，站在一边，眼巴巴地等着那诱人的美食出锅。母亲总是笑着逗我说："馋了？想吃？等下你来帮忙烧火。"然而，煎"番薯粉煎"哪里需要大火呢？小火慢煎，方能成就那丝滑柔顺、微黄如锦的"锦粉面"（温州话）。

制作"番薯粉煎"的过程，其实是一场关于时间与火候的舞蹈。抓一把番薯粉放入大盆中，打入一个鲜嫩的鸡蛋，兑入适量的温水，再加一小撮盐，向一个方向均匀搅拌。这搅拌的过程需要耐心与细心，让蛋液与番薯粉充分融合，直至成为一汪柔顺的粉液。加水的量，全凭直觉和经验，多了则稀，少了则稠，唯有恰到好处，方能煎出那完美的口感。

粉液搅拌好后就可以开始煎了。找个平底锅抹上一点儿油，加热至微热，便可倒入粉液。这时得用筷子边搅拌边倒，防止粉液结块，否则上面水多，下面粉结块，煎出来的"番薯粉煎"没有晶莹剔透的模样，口感不弹。用"煎匙"（闽南语）把粉液沿锅边均匀抹一圈，摊成薄饼状。小火慢煎，直至粉液由白变得微黄，边缘翘起，散发出诱人的香气，这时基本定型，给它翻个身，稍煎一下就可出锅。这就是"番薯粉煎"。出锅后的"番薯粉煎"饼片与饼片之间不能叠放在一起，需防止粘连。另外，饼片冷却后，才能切条收藏，以备后用。

刚出锅的"番薯粉煎"虽然还没完全熟透，但那诱人的香气已经让人垂涎欲滴。它翘起的边缘处轻薄如纸，用两个手指轻轻一捏，就能撕下整圈。放进嘴里一咬，脆脆的"咔啦咔啦"声在耳边回荡，鲜活在舌尖跳跃。那独特的口感和香味，让人回味久远，这就是我小时候踮起脚尖站在锅边等的真正目的。一片片"番薯粉煎"被我撕得不成样，但母亲从不责备我。

"番薯粉煎"可煮可炒，各具风味。煮制的"番薯粉煎"弹牙有嚼劲，吸溜一口便能直接滑进喉咙；炒制的"番薯粉煎"吸收了油香，丝滑柔顺中带着番薯的清香和配菜的鲜美，口感层次丰富。

"番薯粉煎"还可用于烧制菜肴。不管是哪种烧法，其实都很简单，就像烧面条、炒粉干一样，因为此时的"番薯粉煎"已经被切成一厘米宽的条状，跟宽面条差不多。在洞头，烧"番薯粉煎"很重视"碗头"，一般用的都是海鲜。其中，"大白鱼煮番薯粉煎"和"鳗子炒番薯粉煎"是洞头的经典小吃。各种鱼虾蟹贝与"番薯粉煎"的搭配更是数不胜数。

热气腾腾的"番薯粉煎"一上桌，便能打动人心。那晶莹剔透的外观、可口的味道、滑爽软糯的口感，暖胃又暖心，在一代代洞头人的传承中，已经与乡情深深融合在一起。它不仅是一道美食，更是洞头人心中那份无法割舍的乡愁记忆。

最是年味香

王海珍

　　腊八节过后，年味渐浓。于是，在掰着手指的期待中，终于盼来了一个湛蓝且微冷的日子。母亲早已系上围裙，将昨夜捣鼓好的各种香料拌和生抽，一股脑儿端上了阳台，香溢晨曦。阳光正落在阳台的一角，母亲手执布袋针，将青丝线一一穿过肥瘦有别的肉条子，再将它们按于香酒之中，揉搓几下，仿佛将一年的喜意和收获都糅合在一起了。再候上一会儿，沾着蒜末子的肉条子便漂漂亮亮地挂在屋檐下了。在青蓝色的天幕下，腊肉就做好了。

　　冬日里的冷风，一下子就香了。年，就要款款而来了。

　　终于，在撩开农历廿三的那一瞬间，年，大模大样地信步而来。小巷街头，一下子红火了。各类店铺在一夜之间变成了待嫁的新娘。绣着七彩丝线的吉祥物、摇着团圆须的小灯笼、串着红辣椒的小摆件……还有些喊不上名字的，说不完的各类小玩意儿全上场。赶集的人们在红火中笑着、挑拣着。大红灯笼是年的主角，它总是高高在上，却又让人触手可及，它滴溜溜地转着，转着一年来的喜气，又转着来年的希冀；对联，自然是让人比了又比，念了又念，可要是遇上一熟人，摇落笑语间，也就顺手拿上几幅，谁说它不是含着"吉祥如意""平安四季"呢！

　　年，就在这舒卷的春联中，笑意盈盈地来了。

　　将灶台擦了又擦，拿出平日里包扎好的木质插桌，把八仙桌变成团圆面，摆上儿孙们最爱的菜肴，灯光已暖了一屋。摆好碗筷，再斟上一点小酒，等着那一声"爸，妈，我们回家了"的吆喝，等着那一声"爷爷，我要买烟花"的撒娇！灯光映暖了那老旧的门，也映暖了那闪着金光的门联。年味儿，就落在老父亲那慈爱的目光中……

除夕夜，团圆饭，摇曳的小杯透着幸福的光芒。送上一杯祝福酒，为父亲母亲奉上"福如东海"大红包。一转身，发现娃儿正炫耀地挥舞着俩"有钱就任性"的大红包，一家子全乐了，天伦之乐，最是心暖。就这样围在圆桌旁，你收拾碗筷，我陪着唠嗑。再往院子里面瞧，几个小脑袋正聚在一起，玩摔炮，甩银条儿，看那烟花来开屏。

年味儿，就绽放在千家万户的除夕夜。今晚，它开的花最艳，情最浓。

正月初一，百岛佛国，千家万户来祈福。

一家老小，怀着虔诚的心来礼佛。佛光中，人心变净。一求国泰民安，二求四季平安，三求心想事成……佛光映亮了你清澈的明眸，也映亮了老母亲日夜为你祈福的心。此刻，你就是一颗尚未顿悟、尚未发芽的种子，两鬓斑白的老母亲则是守护你一生的活佛。

在朝拜中，你仰望那朵圣洁的莲花，悄悄把春天的蓝图在心中一一描绘。你祈求着，这洋溢着浓浓祝福的年味儿，让每一个湛蓝的日子，都更加红火，更加圆满！

年味儿，就是那团团圆圆的幸福！它是你忙碌一生的根，伴着脚下的日子，有滋有味地走着！

人物篇

她的第二个名字

她的第二个名字

戴婉贞

京剧演员首次登场，总少不了自报家门这一出，她自报家门时，张口便是"姓甚名谁"。姓名当属"立身行道，扬名于后世"的生发，可她似乎只理解了前半句，而丝毫不在乎宣扬自己的名字。

我知晓她也始于她的第二个名字。那天，我到达她办公室的门口时，正巧碰上一位社区居民在向她寻求帮助："海霞妈妈，这事儿你还是要去说道说道，不是我们不愿意赔钱，是对方太不讲道理了。"因为面前我们已经通过电话明了了此行的目的，待送走这位住户，我面前的海霞妈妈便毫不吝啬地打开话匣子："这两家人呀，因为水管破裂的事情，差不多吵了两个月，刚才在办公室这位是过错方，她家的水管自爆，水流到邻居家里，把邻居家的沙发、墙壁都泡坏了……"

她说话时，习惯直视对方的眼睛，我发现她双眸中总闪着光，有时是很坚定的亮光，有时是被情感触发的水光，而多数时候，是微笑的光。她说这两家人脾气都犟，又顶在气头上。两个月来，她跑了十几趟，今天过错方终于主动上门，同意赔偿了。她"唉"了一声，嘴角一扬，眼角边五六笔勾线挤到一块儿，闹着玩儿。

我出发前特意查了她的大名，便亲昵地称了她一声"玉姐"。玉姐又笑了，平时社区居民都习惯称她海霞妈妈。说起这事，玉姐不免流露出傲娇的神态。她说每次社区居民，特别是上了年纪的老人家问她姓名时，她的回答一直是："你就叫我海霞妈妈，好记。"

"海霞"两字在玉姐心中有着沉甸甸的分量，她是洞头先锋女子民兵连首任连长、全国民兵英雄汪月霞的别称，代表的是守护海岛、保家卫国的英雄。提到"海霞"两字，玉姐不自觉地挺了挺腰杆。依照玉姐的想法，出生洞头的女性都是"海霞"，而她们这支海霞妈妈志愿者团队是以新时代的方式接过了老一辈英雄们手中的枪。玉姐戏谑自己年轻时也练过枪打过靶，可惜和枪不投缘，老是脱靶。没把枪捂热的玉姐，一心一意做起了志愿服务的事儿。

退休后的她，成了正式的海霞妈妈，更是不着家了，她老伴好奇地问："你们海霞妈妈志愿服务是做什么事情的？从太阳升起忙到月亮上山，有那么多事情吗？"玉姐尝试着把上周的事情捋了捋：孤寡的张大妈风湿病发作了，她每天都要上门一趟，看看老人的情况，陪老人说说话；马上要进入台风季了，海霞妈妈志愿者团队要提前开始日巡了；最近由她负责调解的邻里保姆纠纷的事儿还没有眉目呢……从左想起，从右边绕回来，她又不知道从何说起了，索性也不解释了。不过，经老伴这么一提，玉姐倒是养成了记事的习惯。她抽空就把自己一天经历的事情记在本子上，或录入电脑里。在帮助小男孩这件事上，玉姐可费了不少"笔墨"。

两年前，那位小男孩还刚上小学，父亲过世，母亲离家不知去向，他跟着爷爷奶奶住在一间漏水的二层楼内。玉姐第一次上门去探望孩子时，被家里脏乱的场景惊得眼泪都在眼眶打转了。孩子缩在一把竹椅里，玉姐找他说话，他既不回答也不愿抬头。

玉姐一有空就去看那孩子，不仅帮他家把房子修整好，还特意跑到孩子的学校去，她说要让老师和同学们知道这个孩子是有"妈妈"爱着的。玉姐整整坚持了两年时间，孩子终于变得有笑容爱说话了。"居然跑了两年。"玉姐的声音淡下去了，她莞尔一笑，又摇了摇头，似乎有所得，又似乎在否定什么，她沉浸在自己的思绪中，眼里的水光越来越亮，竟至模糊了我的双眼。燕雀未必懂得鸿鹄的千里之志，而无知中又有多少羡慕的成分呢？

"凡好名当好有实之名，无实则被人讥议，求荣反辱。"这是曾国藩给九弟曾国荃回信中的一句话。不求名的人应该是不多的，而玉姐张口闭口总是"我们海霞妈妈"，而不是"我王银玉"。

故乡赠予她的名字，让她如此骄傲。

编外海霞

曾香琴

　　在派出所当户籍警的朋友问："你知道咱们海岛人有多少以'海'取名字的吗？"输入关键字"海"，跳出了好几页带"海"的名字，其中不乏重名的。大家一听，纷纷举例自己身边名字带"海"的人。嗬，还真不少呢！世代居住在海岛，人们对大海的挚爱可见一斑。蓝色的大海宽广无边，孕育滋养着海岛人。海，是人们绕不开的乡愁情结，无论你到哪里，梦里都会有海的影子。百岛洞头，更有一支非同寻常的洞头先锋女子民兵连队，为海岛增添了一抹亮丽的色彩，她们便是海霞。

　　十年前一次带团，客人是来自浙江大学医学院附属第一医院的医护人员。他们从雁荡山过来，游玩望海楼之后要拍张合影，凸显洞头红色之旅主题。那时候，海霞女子民兵连纪念馆正在闭馆装修，不对外开放。我提议可以在海霞村口的红旗处合影。客人们依次排好队，准备拍照。突然，领队叫住了我："导游，你跟我们一起合影，客串一下民兵连长呗。"那天，我穿着一身休闲迷彩服，挺拔的身姿倒真像一名女民兵。我没有参加过海霞女子民兵连组织，心里似乎有那么些许遗憾，这一刻，却让自己有了些许莫名的满足。至今，我的相册里还保存着那张照片，在一众白衬衣中显得特别亮眼。身穿迷彩服几乎是每个孩童都有过的念想。直到后来专职成为研学导师，单位分配迷彩工作服，我才圆了这个小小的梦想。穿上迷彩工作服，带学生在海霞村参加研学活动，许多家长以为，我就是海霞女子民兵连的一员。我笑而不语，蹭了一回海霞的热度，心中窃喜。

　　为了让自己在海霞女子民兵连纪念馆的讲解更到位，能让参加研学的学生得到更有效的学习，活动前，我和研学教官陈老师专程对海霞女子民兵连纪念馆每个展厅的内容进行深入的研究学习，搜集各方资料，佐证展馆布置的每一件展品背后的故事，从点到面摘录出需要重点讲解的部分。一首诗、一张照片、一把步枪，是整座纪念馆的点睛之笔，这样重点突出的讲解，串起了对海霞女子民兵连纪念馆解说的脉络。

走进纪念馆，毛泽东特有"毛体"书法所题写的《七绝·为女民兵的题照》跃入眼帘："飒爽英姿五尺枪，曙光初照演兵场。中华儿女多奇志，不爱红装爱武装。"通过查找，我了解了这首诗背后的一个小故事。当年，毛泽东身边有一位姓李的女机要员。一天早晨，那位女机要员到毛泽东的菊香书屋送文件，将离去时，毛泽东问她有没有参加民兵组织。机要员回答说参加了，还从随身带着的笔记本里拿出一张自己在民兵训练之余持枪而立的照片给毛泽东看。毛泽东看了很高兴，沉思片刻，顺手拿起一本自己读过的介绍地理常识的小册子，翻到有空白的地方，用铅笔龙飞凤舞写下了这首诗送给机要员，并对她说："你们年轻人要有志气，不要学林黛玉，要学花木兰、穆桂英噢！"

当参加研学活动的学生们铿锵有力地朗诵这首诗的时候，孩子们对女民兵的崇敬心情也油然而生。他们不仅仅对毛泽东特有的书法感兴趣，在我的引导提示下，还能在纪念馆三楼入口处的金属镂空雕塑上找到与题照诗呼应的诗句。"海霞之光"中，女民兵手握钢枪站岗放哨，在连队旗帜背景下，就是"曙光初照演兵场"的真实写照。带领学生研学团队，进行夏令营活动，我记不清来了多少次海霞村和多少次海霞女子民兵连纪念馆。每一次过来，似乎都有不一样的感受，因为受众不一样。在一次带团中，游客是来自外地的老年团，他们都已年过七旬，却能激情澎湃地唱起毛泽东为女民兵写的题照诗。从他们热情洋溢的脸上，我似乎又回到了当年海霞们峥嵘岁月的年代。

2003 年 5 月，时任浙江省委书记的习近平同志视察洞头，与海霞女子民兵连连长、指导员和时任的地方领导合影，成为具有划时代意义的象征。"海上花园"建设此时提出来，让百岛洞头成为半岛的梦想又跨越了一大步。二楼的那把五六式半自动步枪，让海霞的故事不断发扬光大，给海霞的发展壮大加持护航。

2021 年底，海霞文化发展中心大楼落成之际，招募了第一批来研学的学生。看着上下一新、气派十足的各个功能室，洁净明亮的自助餐厅，孩子们瞪大了清澈的双眸，嘴里不自觉地发出一阵阵惊叹声。我们钻研无线电监测，学习收发信号、破译无线电密码，看电影《海霞》，学习手语操，在海霞军事文化园中穿越丛林，活动项目很丰富。在洞头的红色之旅研学方案中，参观海霞女子民兵连纪念馆，成了绕不开的一个项目。我们为传扬海霞故事，传播海霞精神，做着自己力所能及的事。

我不再为自己没有成为海霞民兵而遗憾，因为，我已然成为一名海霞。

海霞村因为海霞而闻名，经过 65 年的发展，拥有了 5 张国字号金名片。这里的每一座民房，每一样物件，都与海霞息息相关。小小渔村因为海霞这面鲜艳的旗帜，每天都有络绎不绝的游客慕名而来。而我，也成了这里一名编外海霞，带着游客们参观，讲解关于海霞的故事，走近女民兵并采访她们，了解她们，让海霞的故事不断传颂开来。

花岗媳妇

赖海霞

花岗的夜，静悄悄，海似乎也睡着了，海边粼粼跳跃的银光如一尾尾小鱼儿。椿感觉自己在堤边待了许久，久到能听见轻柔的浪花拍在石堤上的低语，能感觉到浪花在咬她的脚趾，海风拂过她的肩头。

椿站起来，向着对岸喊："你在干吗？"

随即，自语："我在睡觉。"

掩面，泣不成声："睡着了还会讲话？"

傍晚，井边回来，婆家的虎皮房内找不到她男人老五，房前屋后都找遍了。在这个有些生分的村庄里，椿心慌起来，启齿想问屋里头的二嫂有没有见到老五。二嫂是婆婆表妹的女儿，元觉小北岙嫁过来的，性格大大咧咧，嗓门儿震楼板，白酒放开来喝，喝罢，摆出麻将就搓起来，算台数丝毫不含糊。椿担心问了二嫂，二嫂就会嚷嚷这新婚不久的小两口回婆家一趟，还这么黏乎，让人见笑。于是，她把话咽回肚里。

申时，老五的六弟出海回来，冲了个澡，扔下一堆刺鼻的臭鱼腥味衣物，就跑出家门，往屋后头的未来丈母娘家跑。

走出婆家的虎皮房，椿听见了六弟的歌声。"夕阳醉了，落霞醉了，任谁都掩饰不了，哎呀……"向山上飞奔的六弟，一脚踩在喂鸡鸭的盆子，盆哐啷啷滚下几阶，土黄色的米糠糊糊顺着青石阶的缝隙淌下。两家相距不到三十米，此时，六弟的女友梅闪身进了屋，椿不解地愣了，这是往外撵人，还是羞涩地引六弟进屋？再抬头瞧，六弟不见了，梅家虎皮屋顶上缕缕炊烟在缥缈。椿想，这般早做晚饭呀，渔村的夜生活除了打麻将，能收看到的电视频道也就一两个，不如早早地窝被窝，孵一堆孩子玩。

"椿，走吧。"婆婆挑着六弟的衣物出了边门，椿觉得刚才的想法是不是让婆婆知晓了，红了个脸，唤了声"阿娘……"。

椿上前，接过婆婆提着的水桶，桶里放着板刷和肥皂。房前屋后那一处处屁股都转不过来的角落处，是婆婆用青石垒起的一方方蔬菜地，阶沿下还养了鸡和鸭。婆婆和椿经时，鸡鸭们咕咕嘎嘎叫得很欢。下了台阶，沿着屋前的青石板路走，婆婆的人缘极好，这一路往井边洗衣，村落里的嫂嫂大妈招呼了个遍，婆婆也极高兴，有时用闽南话，有时又用乐清方言和人交谈着："这是椿哪，花岗媳妇，北岙人，戴眼镜的，识字的……"椿在她身后不是很配合，不断地拍打手臂小腿，村里的蚊子很"好客"。

跟着婆婆来到村边的这口井，井边围着青石围栏，围栏沾了水，青翠晶莹，像是古时候贵妇手上戴的镯子。这里设了两处青石凿就的洗衣台，渔家媳妇们见了椿来，争相让出一处给椿，自个儿蹲到井台上洗，嘻嘻笑着："北岙人来喽，城里人，做花岗媳妇，水水的。"

椿拿出水桶里的板刷和肥皂，腼腆地笑了笑。

这井有两个口，相距两米来远。一个口有石阶，可以通到十几米深的井底。另外一口稍大，从大的这个口往下看，能看到另一个井口延伸下来的石阶，石阶上生出绿油油的小草，叶片上挂着小小的露珠，井水清冽，泛着光，冲着井里唤一声，回声嗡嗡嗡。这井水，触摸着很凉快，喝起来很甜！那时的花岗村人都靠这一口井里的水生活。椿在若干年后，提及花岗古渔村，耳畔依稀还有水桶扔到井里的声音，那清脆的打水声响彻心底。岁月悠悠，井水幽幽，井边打水生活的人来来往往，但这厚重的井口、井台、石阶，不知道默默地承载了多少人儿时的梦想和人生的记忆。

拧干洗了的衣服，婆媳俩抬回家，衣服湿重有些吃劲，婆婆把担子一直往自己那头挪的举动，让椿心里暖了暖。婆婆和椿的外婆同龄，婆婆家子女众多，能够把六子一女拉扯大，婆婆一直是椿敬重的长辈。

逢年过节，椿若是在花岗，就把厨房里洗菜、灶台下烧火、厅堂里打扫的活儿揽了来。上楼去二哥夫妇的房里把四块裹得严实的桌板抱下来，支好，一张方桌就成了大大的圆桌，再到碗橱抽屉下拿出捆扎好的勺子、筷子和冷盆碟子，冲洗一下摆放好，婆婆只告诉她一次一应物什在哪里，此后，椿就知道东西在哪里，怎么摆放。一大家子只有婆婆坐在灶边烧火处端着碗吃着，请她上桌，她执拗地拒绝，固执得紧。椿怜惜婆婆，有时会陪着坐在灶台，看着婆婆咀嚼食物，耳边有块骨头发出细微的咯咯响，进食这么辛苦，椿湿了眼眶，抬手摸一摸那处，感受着婆婆的疼痛。婆婆说，自己还有耳鸣、偏头痛、风湿痛，是多年落下的病根。

椿和老五订婚时，婆婆在镯子和手腕处涂了肥皂水，把手腕都磨红了，摘下仅有的金镯子给了椿。椿的母亲看了镯子是愤愤不平的，拳脚和训斥劈头盖脸地赏了椿好几回："看别人家女儿，订婚哪个不是几两金，项链像奖牌一样好几两，满手都是戒指，耳环乒乓球那么大一圈，你咋这么臭贱，才值这几钱！"椿淌着泪，一言不发。脑海里是婆婆乐呵呵的表情、红肿的手腕、镯子缝隙里的污垢和乌黑的肥皂泥，想着婆婆就这样将金镯子给了自己，其他哥嫂若是知道，怕是不好吧！

公公是个老渔民，风里来雨里去地在海上讨生活，二老相濡以沫，养育了六子一女直到成家立业。20 世纪 90 年代，公公年老体弱，才没再出海。每日里，他不论晴雨，早出晚归，到那花岗村口，坐在青石板上看山、看海、看渔船。几个老把式渔民点上几壶水烟，凭着多年的打鱼经验，侃侃这趟海路有呀没的。

椿对花岗村名的由来有些好奇，公公说了，花岗是观音娘娘手中捧的花瓶变的，花瓶怎么会被唤成花岗？"不是有首歌吗，酒干那倘卖无，哈哈，闽南话的酒瓶叫酒干，花瓶就是花干，字面上也就写成花岗啦。你看那村口对着海，就是观音娘娘的花瓶口对着大海，将里面的宝物倒入海里，统统变成鱼类，咱们再去讨海，养活一大家子。"

椿恍然大悟，原来是这样。

公公对椿也是很好的，一家人用饭，他不断地把桌上的好鱼好肉夹到椿的碗里，几个嫂嫂们豁达开朗地开着玩笑，乐呵呵地喝酒吃菜嗑瓜子。吃饱喝足，收拾碗筷也是椿抢着做的，椿打小就很听母亲的教导："在外要头目机巧，让人看进目，不要坐一空站一窟，让人看不上。"

"五婶，给！我引的青蟹，您爱吃的！"二哥家十岁的小侄儿提着一网兜小青蟹跑到厨房来。

"你有没有看到五叔？"椿从口袋里掏出几块零钱塞给小侄儿。

"五婶，你到井那边的时候，我在海边引青蟹，看到五叔坐船到北岙去了。"

"现在还有渡船回去吗？"

"没有了，要等明儿早。"

"……"椿一下又一下地拉着风箱，柴火光映着她眼眶里打转的泪珠。

婆婆拍拍椿的肩膀："椿哪，老五可能临时有急事来不及跟你讲，你在这住下，明天再回。"

"不要紧的……"椿低头，终于没忍住，泪珠滚到地上。老五有部手机，可眼下椿在花岗，通信工具都没有，根本没办法和老五取得联系。

晚饭，公公把青蟹去壳，夹给椿，青蟹肚子朝上躺在椿的碗里，蒸得红红的夹子，肥嫩的肉一丝丝的。若在平时，看到小侄儿蹲在花岗渡口，用一根尼龙绳系着剥了壳的鲜虾，娴熟地垂钓上来张牙舞爪的小青蟹，椿就会口舌生津，候在灶台边，等着大饱口福。然而此刻，椿只能做给老人家看，勉强咽了几口饭。

老五毫无征兆地独自坐渡船回家，怎么会这样，为什么要这样？这个疑问，直至婚后十年，双方离异，椿也不愿再提及，已成路人，随他去吧！

此番，面对茫茫海天，椿默默念叨："宁隔千层山，不涉一层水。"

这话，是年迈的外公告诫她的。那年，外公一见到老五进门，瞪圆了眼，这个外岛的小子来做甚："出去，出去！浪荡子，走开！"外公一路追到县府边上那家托运部门口，老五躲到县府传达室门边不敢还嘴，却歪着个头，一副愤愤不平的架势，瞪着椿的外公。

她还想起自己十四岁初潮，那天母亲扯一布头，到邻家借用裁缝机，裁了块赭色布条，布条两头牵着长长的条纹带子。母亲回家来，一边上楼，一边嚷嚷："阿娘来，阿爸恩浪来！"① 一直嚷到椿蹲着的马桶边，在布条上铺了几层粗糙的草纸，垫在椿的底裤里。那段日子里，母亲一直很紧张，椿恐惧得紧，母亲叮嘱过的很多话，椿吓得只记住一句。母亲说："女人哪，千万不能让男人占了便宜，男人提起裤子尻仓搭搭②，不认。女人哪，只要一次，这辈子就完了。"

1995 年，老五说："这个月赶紧去领结婚证，不然下个月开始办理结婚证收费会很贵。""嗯，好的。"

夜，更深了，渡口还有海蟑螂陪着椿，对岸那个村庄是叫沙角吧，那闪烁灯火的人家与花岗村近在咫尺，却要靠摆渡才能到达彼岸，更何况是那么远的县城。"宁隔千层山，不涉一层水"，外公啊，当初没有听从您的忠告，对不起您的教诲！可事已至此，自己酿的苦果子，唯有自己尝。

来年，五岛连桥工程开建，霓屿诸岛之间将架设起七座大桥，连接起洞头五个有人居住的大岛。

椿从来不曾想过，有朝一日，一海之隔的人们将摆脱渡船，北岙县城与花岗村之间的距离，可以用脚步来丈量。椿和全县人民一样，都在耐心等待着通车的那一天早日到来。

2000 年正月，椿的儿子小虎出生。椿想过很多，比如：每天要做什么好吃的饭菜；地板布要买什么花样的；是不是要给孩子按照花岗堂兄弟的辈分来取名字；周末的时候是在家里晒晒太阳，还是一家三口坐渡船到花岗……

同年底，椿送走最疼爱她的外公。

---

① 阿娘来，阿爸恩浪来，洞头话，阿娘过来，阿爸不要来。
② 尻仓搭搭，洞头话，拍拍屁股。

2002 年 5 月，五岛连桥工程完工通车前夕，人们欢呼雀跃，三五结伴，涌向桥头，步行前往三盘、花岗、元觉、霓屿岛。行走在本岛横跨三盘这两座岛屿的三盘大桥上，两侧是网箱养殖区，搭建在网箱上的彩色木屋是养殖户们生产生活的临时性住所。船过浪翻，屋随浪动，别有一番情调。远近各处的岛礁、岛屿很美，蓝天碧海，风光迷离，独具魅力，恰如清朝诗人王步霄所赞美："苍江几度变柔田，海外桃源别有天。云满碧山花满谷，此间小住亦神仙。"

椿想起母亲跟她讲过，母亲十三四岁时曾坐轮船到温州，然后开始步行，脚底血泡磨破了，流出的血染红了鞋垫。这样一路行去，竟然走到了金华。

椿也不想输给她母亲，更想告诉天堂里的外公，"宁隔千层山，不涉一层水"这句洞头话将不复存在。她在背包里装上小虎的衣物、尿不湿，包装得鼓鼓的，又买了一些菜，抱着两岁的小虎，往花岗村的方向直奔。

一路跨越、避开工地上横七竖八的钢筋和带有铁钉的木板，强忍被双肩包勒住肩膀的酸胀，不断变换着姿势抱小虎。有个信念在支撑着她：外公，我踩着一座座海上架起的桥梁，从县城北岙走到花岗了；外公，您老现在可以放心了；外公，我和小虎这样走到婆家，等会儿我们再走回北岙，不用渡船、不需爬山、不再涉水了。

过了三盘大桥，经过一条隧道，行走在洞头大桥上，小虎突然扭动着肉乎乎的屁股，"喂喂喂"叫着，指着椿的背后。椿转身一看，地上有一只小鞋子，幸好鞋没从缝隙落入海里。椿俯下身去捡鞋，打量一下，大桥每间隔一段距离，就留着半尺宽的桥缝，缝隙下方是那浊黄的海浪拍打着高耸的桥墩底座，涛声阵阵。椿起身时有些吃力，怀抱里的小虎亲亲椿："亲一下，妈妈又有力量了。"于是椿继续向前！

到啦，到啦！眼前出现一座弯弯的橘色桥梁，紧邻着花岗村，连着沙角村，桥梁犹如钢铁长虹，驾海卧波，水浪拍溅，渔村悠然。打老远就听得婆婆爽朗的笑声："树上的鹊鸟喳喳叫，今天有贵人要来到啊！奶奶抱哟，我的心肝宝贝肉！"正翘首以盼的婆婆，小跑着上前将小虎接了过去抱在怀里。

回家，屋前摆着几把竹椅，婆婆坐了，逗着小虎。

渔家大娘看着虎头虎脑的小虎说："哎哟，小花岗来了，来，哦哟，姨婆抱一抱。"

"我是小虎，我不是小花岗，我是北岙的。"小虎也不哭，恼了，推开对方递来的果冻，趴在婆婆怀里，不睬大娘，大娘便又想着法子逗弄他……

这一幕就像一场长而温存的电影，一杯甜腻柔滑的奶茶，十几年来，一直弥漫在椿的心间。婆婆怀抱的温暖，笑容的慈祥，这一切，皆不是当时当刻的情怀，这是一位花岗老人对新一代花岗人的无限期许和宠爱。

花岗，时光渐老，念你如初。

天　堂

施立松

一

一夜风驰雨骤。

他的两条腿像有无数的玻璃碴子在血肉里奔突，挤压，戳扎。他倚靠在沙发上，一会儿拿按摩棒轻轻捶打，一会儿拿热水袋热敷。凌晨，他极累，模糊睡去，却一直做梦，梦见风暴把船撕裂，巨浪像尖刀打在身上，疼得他叫不出声来。一会儿，他又梦见一卡车的石块，突然哗啦啦地倒向他，他的腿埋在石块下，他使劲儿呼叫，却叫不出声来，一着急，醒了，冷汗在额头，在脊背。钻心的疼痛，还是来自那双腿，完好的右腿，竟比残缺的左腿还痛。

其实，入冬后，他的腿就一直这样痛着了。他叹了口气，抡起按摩棒，狠狠地往腿上砸去，这下，疼得他龇牙咧嘴，眼泪都快掉下来，他嘘嘘呼痛，心里却解恨了似的，舒坦了一些。

终于，雨住了，风停了，天也敞亮了。他给残腿套上两只特意剪过的柔软的棉袜，拿起吹风机，往假肢内吹了一会儿，熟练地套上，固定，把裤脚扯平，站起身，走到门后，摘下羽绒服披上，戴上绒帽，收拾停当，扶着楼梯慢慢走下楼去。鸡笼里的鸡早就咕咕叫着了，他把鸡笼拎到门外，打开笼子，鸡们飞扑出来，在他的脚旁轻盈地踩着碎步转悠，嘴里咕咕叫着。他回屋抓了一把米，又用水瓢舀了一瓢水，走回门口时，腿突然像被针刺了一般，疼得他蹲了下去，抓在手里的米撒了，水也洒了一地，鸡们晃悠着屁股扑过来。他慢慢站起来，看着鸡们灵巧地争食，轻轻叹了口气。

他从壁橱里取出渔竿、渔线、鱼钩、铅坠、浮漂，坐到墙边的矮凳上捣鼓起来。渔线重新卷过，浮漂和铅坠重新固定，鱼钩换上新的。他还没捣鼓好，妻子从菜市场回来了，带回来他要的小虾——当鱼饵的。妻子说："刚下过雨，路滑呢，今天还是别去了！"他笑笑，不答话。他起身去厨房，锅里有妻子出门前煮好的红薯粥，他拿碗盛了两碗。自从儿子去上海工作后，家里就剩下他和妻子了。菜是他钓来的鱼晒成的鱼干，蒸起来焦黄，闻着就香，还有一碟腌萝卜，也是他种的，妻子亲手腌的。妻子边吃边唠叨着，疼了一夜，就不能停一天吗？回头腿皮破肉绽的，又死疼！他还是笑笑，好脾气地给妻子夹菜。去年他的腿受伤，前后做了大小四场手术，妻子没少跟着受罪。

吃完饭，他便背着双肩包，拎着鱼饵，扛着渔竿，到路旁等公交车。以前的家，出了门就是海，涨了潮就能垂钓。如今，租住在这城中村的旧房子，逼仄得让人喘不过气来，租金还不低。"唉。"他又叹了口气。

等了好一会儿，公交车还是不来，他只好坐在路边，让腿歇一歇。鱼饵有些异味，他打开背心袋子，看了看，叹了口气。以前，只要扛把锄头到田埂上，去水沟旁，不一会儿，就能弄出几十条红红的蚯蚓，那才是正宗又美味的饵呢，现在……他又叹了口气。

不知从什么时候开始，他变得总是唉声叹气。是从家门前的海滩围垦后？还是从住了四代人的老屋被征用成工业园区后？还是油费频频涨价而东海鱼越来越少，渔业捕捞年年亏损，他只好卖掉渔船，洗脚上岸，把多年的积蓄和老屋的补助款拿去买了卡车后？

二

车终于来了。公交车售票员把他手里的东西接过去，放在过道上，他双手抓紧车门上的把手，身体拖着残腿上了车。他冲售票员感谢地笑笑，又冲车上的乘客羞涩地笑笑，因为鱼饵在密闭的车厢里味道有点重。旁边有人起身，给他让位子，他摆摆手，说："不……不……不，不用。"车里的人都笑了。他红了脸，坐下来。"谢……谢……谢，谢谢！"他说。

他小时候，也是口齿伶俐的。后来，村里来了个弹棉花的外乡人，是个白净的青年人，话不多，爱笑，对小孩子特别友善，可惜有点口吃。村里要弹的棉被多，外乡人就住下来，住在他家。他家是五间头的石头房，还带了院子，宽敞。他觉得弹棉花挺好玩，外乡人便教他。他呢，就带外乡人去海边捉青蟹，捞鱼，捡海螺。外乡人没见过海，高兴得跟什么似的，弹完棉花后还留下来多住了好几天才恋恋不舍地离开。那时，村里的女人，还说要让哪家的闺女招他入赘呢！他也舍不得外乡人，跟在外乡人的后面，送了好几里路。外乡人走了，口吃却留给他了。为了这事，他没少挨爹妈揍，可越打他越说不出话来。再后来，他就跟那个外乡人一样，爱笑，能不说话就不说话。一村子都是脾气暴躁的渔乡汉子，动不动就摔碗骂娘。就他，脾气好，又勤快，因此，他人缘极好。

他在码头下了车，向远处的礁石滩走去。这片礁石号称红石滩，因为礁石是赭红色的。夕阳西下的时候，阳光收敛锐气，光线柔和，是拍这片礁石的好时候，便有许多摄影师扛着长枪短炮，在这里守候着。他每次黄昏回来，只要天晴，总能遇到几个。他不懂照相有什么好玩的，大男人家整天照相，相片又不能当饭吃，又不能当酒喝，无不无聊啊。他不懂什么摄影，不就是照相吗，拿着相机，对着景物，咔嚓一下，谁不会啊。想到这里，他笑了一下，因为他想起妻子说，一个人，跑到鸟不拉屎的海边，枯坐一天，无不无聊啊，不如去棋牌室打两元钱一局的麻将！当时，他对妻子笑笑，不说话。不是他口齿不利索，实在是他不知道怎么跟妻子说自己的感觉。对着大海，听着轰鸣的涛声，闻着咸腥的海风，他心里踏实。这种感觉，妻子是不会懂的，不是在海边长大，不曾在海上讨生活的人，都不会懂。

他来到一块大礁石前，从羽绒服的口袋里掏出一根拇指粗的麻绳，系在腰上，把装鱼饵的红色背心带系在麻绳上，再将双肩包里妻子给他准备的午餐盒压了压，又背上，渔竿也背在身后。爬礁石的时候，这渔竿特别不方便，他几次想换个伸缩式的，却没换成，一是这渔竿他从小就用着称手，再是那伸缩式的渔竿太贵，他舍不得买。

刚退了潮，礁石湿滑，不太好驻足，何况他的脚……他想了想，靠着礁石，抽了根烟。可能是因为昨夜的暴风骤雨，今天的天空特别蓝，太阳又刚出来，赭红的礁石带着退潮后还未散掉的湿润，太阳光一照，跟涂了蜡似的，还真好看。照相的人应该清晨来才对，老是黄昏来，也不嫌腻歪。他想着，暗自笑了，觉得自己挺无聊的。

他把烟头对准一只在礁石上爬行的小蟹扔去，小蟹受了惊吓，仓皇逃走，他笑了一下，像个做了恶作剧的孩子。他顿时心情大好，腿脚也轻盈了些似的。他开始攀爬起来。

他用双手攀住一块凸出来的石头，右脚踩在石凹里，踩稳了，左脚再跟上。然后，他双手再攀住石头，右脚上，左脚跟上。然而，假的终归是假的，抓不住地，站不稳。没多会儿，他就浑身冒汗，左脚就是不争气，残处像有无数根针在扎，有些黏糊糊的感觉——大概又磨破出血了。他只好靠在礁石上，右脚支撑着，左脚悬空，歇一会儿，痛劲过了，他继续爬。不过十来米的距离，搁在以前，他几分钟就过去了，现在，他爬了半个多小时。

到底是不一样了。

三

过了这片礁石滩，他向灯塔走去。

这个灯塔，他太熟悉了。他十四岁跟着父亲出海打鱼，每次夜航归来，看到这个灯塔上的灯，他心里就乐呵，回家了！他好像闻到娘做的大带鱼番薯粉煎得鲜香了，口水不由自主地冒出来，他爹就笑他，说他是馋虫。他有点不服气。他就不信，爹会不想。每次爹喝着娘温好的米酒，就着大带鱼番薯粉煎，吃得窸窸窣窣的，恨不得把碗都舔干净的模样，还不是跟他一样。有一次回航时，突然起了大雾，他们的渔船在雾中像盲人一样兜兜转转，找不到方向。一船十几个渔民都绝望了，有几个胆小的，都忍不住号啕大哭起来。这雾轻飘飘的，却导致多少船毁人亡。对渔民来说，雾是杀人不见血的头号杀手。渔村里，许多悲惨的故事，都与这雾有关。因为雾，渔船漂在海上几天几夜找不到方向，一船人吃掉几条草席；因为雾，船撞上蛇岛，一船人都被毒蛇咬死咬伤……这些故事，他从小就听多了。当然，更多的是没有故事，只是船和人都消失在海上，永远不再回来。他心慌慌的，站在把舵的爹爹身旁，手脚冰凉，身子发抖，差点哭出来。他爹看了他一眼，骂道："熊样！没出息，大不了是个死！有什么好怕的！"可他还是怕。突然，前面有个隐隐的光点，一闪，又一闪。他叫道："灯塔！灯塔！爹，是灯塔！"船上的人都冲了出来，高呼道："是灯塔！灯塔啊！感谢老天爷，感谢妈祖娘娘！真的是灯塔啊！"一群人又哭又笑，抱在一起跳。

或许，只有经历过这些的人，才懂灯塔的意义。灯塔就是家，灯塔就是活路啊。

走向灯塔的路，也是一片崎岖的礁石。他走得很慢，一步一步，走得扎实，万一摔倒了，可不是闹着玩的，前不着村，后不着店的，连救命的人都没有。这也是妻子不让他出来钓鱼的原因。

总算坐在灯塔下的礁石上了。他把包里的东西取出来，鱼饵袋子打开，挑出一只鲜的小虾，挂到鱼钩上，然后，举起渔竿，把渔线散开，再用力甩出去。海水蓝澄澄的，浮漂在细细的浪间轻轻荡着。浪一波波涌过来，打在礁石上，一簇簇雪白的浪花绽开。每次他坐在这里，都有种坐在莲台上的错觉。可不是，这一圈开开谢谢永不停息的浪花，开得漂亮，谢得干净，还可以一开再开，比那些娇嫩的花朵强太多了。那些花红红绿绿，好看是好看，可是一旦谢了，烂了，那个丑，那个惨，看了叫人难受。

其实，不仅是花，陆地上的很多事都一样，嘈杂、逼仄、压抑，让人说不出的烦闷。他想起他买了货车，在围垦工地上运载土石块的时候。

渔船卖掉后，他失业了，在家里无所事事，只能从里屋走到外屋，从楼上走到楼下。那时，儿子正要高考，被他晃得心慌，妻子就骂他，能不能安身点，坐下来看看电视，要不去棋牌室打打麻将好了！

他劳累了大半辈子，哪闲得住，再说，他才刚过五十，身上有的是力气。何况，坐吃山空，一家子靠什么活着。

这时，妹妹给他出了主意，说老家正在围垦，工地上运送土方，一立方几十块，一天下来，挣个几百块钱不是问题。于是，他拿出多年的积蓄以及老屋的补偿款，还向银行贷款五十万，买了四辆卡车。真正做起来才知道，一立方几十块是没错，一天挣几百块也不假，可四个司机的工资、汽油费，算下来，利润所剩无几。没过多久，四辆车合计好了似的轮流爆胎。工地上路况差，轮胎损耗大，司机又不当心。一个轮胎一千多，他那个心疼啊，只好天天去工地上跟车。说是监督司机，他又不是那种强势的人，脾气好着呢，看到司机不好，也不好意思说他，只好自己多照看着。那段时间，他天天在机器的轰鸣声中，在尘土飞扬中，跑来跑去，他感觉自己身上像压着一车石头，又烦又累。

他真想念大海。渔船开到大洋上，渔网一撒，几个小时后收网，其间他们干些杂事，事干好了，他们就坐在船头闲聊，四周是空旷的大海，海鸥海燕在船边抖着劲儿翻飞。他会把小鱼小虾扔一些在甲板上，给海鸟吃，听它们嘎嘎咕咕叫唤，好像在述说鱼虾的美味，或是感激他的慷慨施予。浪把船一会儿推高，一会儿压低，躺在船舱里，简直像是在摇篮里，他总是很快就能入眠。那个歌怎么唱来着："年轻的水兵，头枕着波涛，睡梦中露出甜美的微笑。"他爱唱歌，口吃的人，唱歌不口吃。再说，在大海上，他有时就想扯开嗓子吼一吼。像《大海啊故乡》，那歌写的，就像为他写似的，字字句句都是他的心里话。还有这《军港之夜》，当初年轻时的他简直爱死苏小明了。

再也回不去了。他感觉自己像一条离了水的鱼，快要窒息了。

四

灾难来得很突然，又好像一点都不意外。每次看到载着满满一车土石块的卡车，他都感觉这车在向他碾压过来。那天，他的车轮胎又爆了，送到修理店，还没修好，另一辆车的司机打电话来，说爆胎了。他眼前发黑，四肢发软，心如死灰，一屁股跌坐在地上，心疼钱啊，又担心车子，还记挂着还贷的日子就要到了。就在这时，修理店门前原本停着的一辆叉车，竟轰隆隆地向他驶来。他挣扎着站起来，跑了几步，终是没跑过那失控的"巨无霸"，他的双腿压在了车下，一阵钻心的痛，他晕了过去。

醒来时，他已在医院，右腿粉碎性骨折，左腿坏死，要截肢。手术各种混乱。他开始还会听听医生的手术方案，后来，他懒得听了，随便。左腿截下来的骨头，取出来放进右腿，大腿的皮肤削下来，补在小腿上，各种折腾，各种疼痛，手术室几进几出，他死了心似的，都不管了。身体上虽然痛，心倒是静了。卡车卖掉了，低价转让，转让费低得让他肉痛。多年的积蓄泡汤了，贷的款，兄弟姐妹五个凑了钱帮他还了，医药费，由叉车方全额承担。

好歹是个了结。

浮漂剧烈地晃动起来，看样子，这次上钩的鱼儿不小。他兴奋地站起来，把手中的线慢慢放长，过了一会儿，再慢慢地，一点一点收回来，终于，鱼出水面。一条鲈鱼，足有五六斤重。他从包里取出蓝色背心袋，整个人趴在礁石上，把袋放到海里，接了半袋水，放到礁石凹下去的地方，再把鱼放进去。他重新装了鱼饵，重新把渔竿架好，掏出香烟，美美地吸上几口。风有些凛冽，他把羽绒服的帽子拉起来，系紧。他觉得这种风才够劲，凛冽，舒爽，吸上几口，浑身舒坦，来劲。为此，妻子还骂他，犯贱。他也只是笑笑，男人的事，女人怎么能懂。

妻子说，他上辈子一定是条鱼，不然怎么就离不开海呢！他虽然不说话，但偶尔也会觉得，自己说不定上辈子真的是条鱼呢。此刻，他觉得这方天地，就是他的天堂。

父亲的普通话

林秀莲

　　父亲从小失怙，家境贫寒，小学未毕业便去当学徒。他一辈子靠手艺谋生，从未离开过温州城，平时与人交流，说的都是温州话。在我的老家大门岛，除了教师和镇上的干部，很少有人讲普通话；平日如有草根讲普通话，会被人讥笑"吃番薯丝说普通话"装格调，年长者听了还会叱责一声："吱，忘本的东西。"乡邻中流传些个此类版本，都成了家长教育孩子的反面例子和众人茶余饭后的笑话。

　　父亲当然是懂得这些禁忌的，加之他文化程度不高，更不会在平时说普通话了。但在我的记忆中，父亲是说过普通话的。

　　父亲说普通话最常见的时刻是在他喝酒微醺之际。父亲不常喝酒，他喝酒时对我来说是个令人惊喜的时刻。放学了，还未跨进家门槛，就闻到家酿米酒的香气，我的心随之慢慢舒展开来，暗暗冒出星星微喜——就像太阳的一束亮光，透过老房子屋顶的明瓦，撑着我走过漫长的萧瑟时光。迈进门，看见八仙桌上搁着一盘平日里难得一见的猪头肉，包肉的黄纸还在桌角，皱皱的，里头肯定有两三片薄白嫩滑的肉片，这，是留给我的。母亲引我坐到灶下小凳上，把黄纸包递给我，微笑着，努努嘴，我被猪头肉的香气熏得激动不已，急忙撮了一片肉塞进嘴里，含着，慢慢吸吮、咀嚼，再把黄纸用火钳夹进灶膛，那黄纸满是油，遇到未灭的柴烬，不一会儿，"轰"地蹿出蓝荧荧的火苗，火舌忽高忽低，左跳跳、右跳跳，像皮影戏里律动的美女，美极了。

　　父亲露出难得的笑容，招呼同伴——他同班组的四个工友，他们和父亲一样，都是附近村落里半工半农的平民，每个人家中还有几分自留地，集体发的几张毛票根本不够一家老小糊口、孩子读书或偶尔感冒发烧的药费。平时，他们劳累一天回家，还得去侍弄番薯、稻谷、油菜，极少休息。凑在一起喝酒，对于他们而言，就像村里家家户户门口的"夜饭花开"——那夜幕中散发突如其来的浓香，虽然短暂，可真是让人沉醉、松快。

在我家并不明亮的厨房角落，三杯薄酒落肚，借着酒力，他们中的一个便会开始讲普通话，或是声讨乡邻中哪个恶人的蛮横，或是控诉领导的霸道克扣——那个对他们作威作福所谓的"领导"仅仅比他们大"一个指甲盖"，也是农民出身，却不体恤老百姓。更多的时候，他们诉说家中的七七八八，激动时，难过哽咽。父亲便会拍着他的肩膀，操着半生不熟的普通话安慰他："嗯，做人都苦的嘛，但是我们对得起国家和良心就行。我们苦一点没啥，把孩子们培养好，让他们幸福就行。"其他的人也点头应和，也用普通话来回应，说不准没关系，反正是彼此都懂的"温普"，怪声怪气也没有关系，懂的人自能感受到那分相惜、庄重和诚恳。

酒酣耳热之际，他们还在彼此的姓氏前加个"老"字，"老林""老陈"地叫着，不再使用平常吼的"阿荣""阿三"。母亲坐在灶前小凳上，捂着嘴巴在一旁偷乐，又不敢惊扰他们的醉梦，只是不停地抹眼角笑出来的泪。隔壁的大伯母闻声过来，倚着门框，一只脚踩着门槛，拊掌大笑："又开始说普通话了……"他们招呼大伯母落座，大伯母谢过，道一声"这几个老兄弟可真好"，便乐不可支地去忙她的事儿了，父亲和他那几个兄弟还说得不亦乐乎。

叶叔年纪最小，浓眉络腮胡，短发根根直竖，喝了酒，像张飞，瞪着眼，直愣愣地盯着坐在他旁边的父亲，卷着舌头，喋喋问："你说是不是这个道理。"坐他对面的陈伯读过一些书，是他们当中普通话稍准的一个，酒后经常念几句经典古诗文，有时还会考我懂不懂，勉励我好好"攻书"。他酒量不大好，喝一点就上脸，眼睑上一抹红光，像化了妆，眯缝着眼，用普通话字正腔圆、一字一顿、一本正经地回答："不是。"叶叔急了，要跟陈伯斗酒分对错。父亲平日里的愁容全然不见了，他看着叶叔陈伯斗嘴，开心极了，哈哈笑着，忙给他们斟酒说："有没有道理都干一杯再说。"毫无酒量的岩荣叔木讷寡言，叶叔逼他喝酒："不要像个领导假斯文。"每次聚餐后，都是这个"假领导"送叶叔醉归。

后来，陈伯遭遇变故，他的妻子顶替他来上班，因为干的是重体力活，她怕自己干不好拿不到工资，也担心拖班组的后腿，哀戚万分。父亲和叶叔他们不时鼓励她，对她给予诸多关照。这位阿嬷也会来聚餐，常常是吃着喝着就哭起来，又不停地感谢众人。母亲也陪着垂泪，人世风霜，彼此感同身受。父亲他们喝着酒，拍着胸脯，用普通话高声地说："客啥气啊，我们都是兄弟。有我们，不要怕。"我的大伯母也会来劝慰，有时候，她掉的眼泪比陈阿嬷还多："陈家阿嬷，你再熬一下，有月光光的时候，也会有星光光的时候，困难总会过去的。"陈阿嬷边点头抹泪，边感谢："咳，咳，我是遇上好人了。"

父亲偶尔酒后的普通话，在我听来，格外动人，这些酒话让我在长大后经常回想。

在父亲对普通话的向往中，我和妹妹、弟弟相继考上中专、大学，这在村里极为轰动。我的录取通知书收到后，按照风俗，父亲设宴谢师。那晚，老师们都来了，父亲像换了个人，不停地向老师敬酒，一边堂而皇之地说着方言浓重的"温普"，一边不好意思地跟老师道歉，说自己的普通话说得不好。亲友们都祝贺他——培养子女都跳出农门，成了真正说普通话的人。当夜，宾客散去，父亲还在堂屋昏黄的灯下独自喝酒，眼泛泪花，喃喃自语："说普通话好啊，普通话真好听……"

父亲晚年，去上老年大学，普通话水平大有提高。国家提倡说普通话，父亲说普通话的机会多了，他也不再为说普通话犯难了。我们时常打趣他满头白发戴着老花镜的样子像个大学教授，他很不好意思地笑笑说，讲普通话还得卷舌头，多累啊，还是温州话利索。

父亲的子女们考学就业都离开了老家，去到必须要说普通话的地方工作，有的还以教英语谋生。家里的孙辈连温州话都说不溜了，有的甚至已经没法用温州语来交流。这在父亲心里是一个隐痛，虽然他曾经那么渴望说普通话，以把子女培养成说普通话的人为荣，但温州话是他全部的精神世界，不会说温州话算什么温州人呢。电视节目再丰富，他和母亲最喜欢看的还是温州话栏目《百晓讲新闻》，最爱听的还是温州鼓词，连住院时也要把温州鼓词存到手机随身听。因此，他现在以培养孙辈学习温州话为头等大事，在视频里，在电话中，父亲执拗地想用温州话跟孙辈交流，教孩子们"正月灯、二月鹞、三月麦秆做吹箫"，怎奈孩子们总抗议"听不懂"，稍微能听懂的孩子表示理解起来太费力，不如普通话利索，每次，他都悻悻作罢，而孙辈转身就去和视频里的外教对练英语了。

我在外求学，离家千里，每次听到温州话，都会不由自主地寻找声源，继而搭话攀谈，因此结交了很多温州老乡，温暖至今。温州话是我迈向大千世界的舟楫，也是我沾满尘埃后返璞归真的温汤。工作后，每当我回老家，用温州话和父亲聊天，常常会为温州话独特的魅力会心微笑。我告诉父亲，我看过的哪本古书里有字词用法和温州话相似，父亲就会骄傲地说："那是！温州话最好听了，连吵架也有味道！"

每当我聆听乡音感动之际，或咀嚼着母语无可代替的营养之时，就会想：普通话于父亲，是别样的人生理想和奋斗目标；而温州话，却是父亲一辈子温暖的依靠和最终的皈依。当我老了，谁会和我用温州话闲聊呢?

讲 天 话

林秀莲

　　在大门岛，称说话做事不着调者为"天人"，既有"天人"，其所讲必是"天话"。"天人"开口，孩子们听得津津有味，大人嘴里虽戏谑"哎哟，又讲天话了"，脚步却老老实实停下，侧耳倾听。这种热闹的氛围在夏夜的井边、冬天的院落经常可见，让人在艰辛劳作之余将松泛、愉快的情绪价值拉满。

　　"天话"类似如今的脱口秀、讲段子，只是时间长短不同。"天人"有时就讲一两句无厘头的言行，也会招致大家笑谑，"喏，你这天人啊"，亲昵又无奈。"讲天话"不像吹牛故意给自己脸上贴金，夸张而不过分，反倒有些幽默，甚至狡黠或者小聪明，所以不会让人生厌。吹牛皮会破，"天话"漫无边际，也没有主题，说者自在，听众也一笑了之，说得好的"天话"还能赢得大家的喝彩。都说吹牛不打草稿，"讲天话"亦如此，调侃他人或吐槽自己，针砭时弊或讽喻某朝帝王，个人经历或外貌特点，甚至电影电视内容，亲眼见过或道听途说，都是"天话"的内容，信手拈来，随口一说，自娱他乐。方圆几里总有那么几个爱说"天话"的"天人"，为大家生活增添乐趣。有时候闲暇围坐，缺少"天人"，大家反而兴致缺缺，散得比以往都早。

　　在大门岛，流传最广的一则"天话"据说是邻村阿公讲的。当时，他年纪尚轻，辈分又高，见多识广，颇受大家的尊重。阿公20世纪80年代外出跑供销，属于先富起来的那部分人；他每次做生意回家，都喜欢和左邻右舍分享见闻。那时候，大多数大门人连温州城里都没去过一两趟，更别说上海、北京了。

　　阿公说，自己从外地坐飞机回温州，飞机上有吃有喝的，阴阴凉凉，甚是舒服。"飞到村子上空，大猛太阳呢，看到我的老太婆（妻子）在稻田里耘田，哎呀，恁辛苦，真想下来帮帮她啊!"

　　很多年后，我去市里开会，休息时，一领导问我："此'天话'真假?"大家都深为佩服，这"天话"真的讲到天上去了，实在好！

又过了很多年，有一次我坐船回大门岛，遇见此"天人"阿公，我们相熟，我向他求证。他穿着背带裤，墨发三七分，涂了摩丝，手戴硕大的金戒指，七十多岁，满面红光，精神抖擞，对我大叫喊冤："你个天人啊，你这讲天话啦！咋传的?！说我讲?"我大笑，瞧瞧，这简直是讲"天话"界的活雷锋啊！那就让传说继续传吧。

也有人并非天生就喜说"天话"，而是误打误撞成了"天人"。当年，我有个同事，23岁，讲闽南话，刚参加工作不久，领导安排他来大门岛调研，住一个阿婆家里。为了和群众打成一片，拉近距离，他特地用温州话和阿婆交流，说得半生不熟的，成了岛上老一辈至今难忘的"天人"。刚登岛，听说一个同事夫人昨夜生子，他好奇地问："老陈，你儿子是男的还是女的?"次日，晨起，他恭恭敬敬打好井水，放脸盆里，热情地跟房东阿婆说："阿婆，你先死（温州话"洗"和"死"发音接近），你死干净了，我再死。"阿婆被他孝敬得一愣一愣的，马上明白这物种是个"外来天人"，有趣，实在有趣！忍笑问他："嗯，你几岁?"他非常认真、字正腔圆地用温州话回答："吾二三岁！"

也有些"天话"是真实经历，因时代变迁，认知出现差异、断裂而成。我单位的离休干部冬莲阿姨曾任洞头妇联主席，温州举行第一次妇女代表大会时，她带领一班渔嫂、渔妹子进城开会，住一家旅馆里，夜晚就寝，怎么都吹不灭灯盏。她们个个都是风里浪里长大的，力气有的是，轮番上阵，就是没辙，遂向领队冬莲阿姨报告，但冬莲阿姨也吹不灭灯。闹了一晚，后来，她们才知道这灯是电灯。八十岁的冬莲阿姨跟我们绘声绘色地讲这"天话"，边笑边抹泪。

因说"天话"实在有趣，我有次也躬身入局，记不清是怎样的缘起，材料来源也是所听的两个真实故事拼凑加工而成的。一次聚会，我抖了一则。说过这"天话"不久，有次老同事餐叙，居然听到有人也在说这则"天话"，我终于明白"天人阿公"打死也不承认的心理：说了，过了，乐了，便好。

"兴娘妖"

林秀莲

　　"兴娘妖"从字面上理解，就是"兴妖作怪"，这可不是残害人间的妖怪，而是向母亲撒娇的小精灵，温暖而美好。现在的大门岛，会说这个词的人已经很少了。

　　齐齐君一两岁时，被放在大门岛抚养，周末，我坐船渡海去看她。每次刚见面，她一脸懵懂，再看一眼，听到我唤她的名字，她就瘪嘴，扑进我怀里，哇哇大哭，转而又抽鼻子，嘴巴不停地说"卡气卡气"，以示本周学到的新本领，抱着我的脖子，不停扭来亲去，傲娇得不得了。邻居小阿婆拊掌大笑："喏，喏，这么小的姆儿，看到伊娘，也晓得开始'兴娘妖'啦。"而我，一回到家，拖长声音懒洋洋地说："妈，我饿了，想吃番薯粉面。"我妈就赶紧去厨房，哧哧啦啦，不过三五分钟，香味飘进我鼻子。于是，整个人都软下来，心也安下来。

　　"兴娘妖"大概是生而为人的首要情感需求和爱的表达吧，自然而然，无须学习教授。在动物世界里，亦是如此。小狗翻着小肚皮四脚朝天，摆出狗界最高级别的"兴娘妖"方式，求妈妈挠挠；小鸭子走累了，跳上妈妈的背，这耍赖的模样，和人类幼崽多么相似。

　　除了孙悟空，天上地下，不论年纪几何，何时何地，在母亲面前，谁不想做一个自由自在、"胡作非为"的"兴娘妖"啊。世间的宠溺，唯有父母给的才是无价的。其他的，都有期许，多多少少都标好了价码。

　　只有父母在，我们才可以尽情"兴娘妖"，父母不在，这个词就与你无关了。大门俚语"有娘兴娘妖，没娘尽命熬"，说尽这聚散两重天的悲欢。

　　当我和大门岛的发小聊起这个词时，她问："为何没'兴父妖'？"我反问："有几个人能'兴'得起来？"她一愣，继而哈哈大笑。大门岛有句俚语说："宁要做乞丐的娘，也不要做状元的大（父亲）。"母亲对孩子的爱往往更细致，孩子对母亲的依恋更明显。

别以为只有女子喜欢"兴娘妖"，男子也会。只不过他们"兴妖"的方式更加隐蔽。有时候拨打那个熟悉的电话，也不称呼："我在村口了，马上到家。"不多说一个字，就挂了电话，意思就是：妈，您的好大儿回来了，我爱吃的您可要备好啰。哎，明明是个乖乖的"兴娘妖"，却偏偏摆出一副作精样。也不知这些男子咋想的，打直球不行吗？说句"妈，我想您了"有那么难吗？难道非要等当不成"兴娘妖"了才后悔吗？

长大后，才明白"兴娘妖"也是双向奔赴的行为。在母亲面前兴够了，有足够丰沛的爱去迎接人世的种种风霜雨雪。当某天，母亲老了，变成一个孩子，换我们去疼爱她，让娘在我们面前兴妖，这是多么幸福的事。

看到网上有个孝子，为了延缓患老年痴呆症母亲的衰老，不停对母亲提要求，一下要母亲一起运动，一下要吃母亲烧的菜，母亲最喜小儿无赖，一一应承。在儿子另类的"兴娘妖"中，母亲认知能力和运动功能保持良好，连医生对此都啧啧称叹。

我的好友施立松，其母 96 岁了，她做了一个视频号，拍她母亲买菜、种地、乘公交车的日常，明晃晃地"兴娘妖"。我们几个文友整天羡慕围观，都被她带入"兴娘妖"的新境界。前几天，她去元觉小学为孩子们讲童诗，哄她母亲一起去，弥补了老太太今生没进过课堂的遗憾。

"兴娘妖"，世上怎么会有如此温柔至极而又无比霸道的一个词！每每想起，嘴里都会不由自主地上扬。愿人人都是那个"兴娘之妖"。

扎 台 型

林秀莲

在温州话里，"扎台型"是个另类的词。懂得这个词的人，肯定和我一样，记忆里有很多意兴斑斓、趣味十足的促狭画面，都是烟火浓重、意蕴丰富的搞笑旧事。

据说，这个词来自上海，起源于英语"dashing"，意思是"潇洒的、时髦的"。"魔都"的国际范儿可不是吹的，洋泾浜英语就是其早期中西方文化交融产物之一。上海话里有不少英语单词，而温州作为上海的资深粉丝，仰慕其洋腔洋调也不是一天两天，久而久之，温州话里也有了很多英语单词，比如：听头（tin，意思是罐头，甚至马口铁罐头叫铁听）、达兴（dashy，意思是华而不实、嚣张、浮夸）、白塔（butter，原意是奶油，比喻揩油）等俚语。这些词，至今还在说。

扎台型，除了时髦之意，还引申为一个人为面子而"装酷""爱出风头"等意思。虽然有点贬义戏谑，但也无伤大雅。一般来说，"扎台型"这个词总和青春沾边多一些，在年轻人身上体现得淋漓尽致，青春的喧哗和骚动是"扎台型"最强悍的内驱力。20世纪80年代，全国年轻人都在"扎台型"，随处可见"喇叭裤""爆炸头""蛤蟆镜"等"扎台型"的最佳配置。大家公认最有"台型"的青年嘴里还会冒出一两句舒婷、北岛的诗："也许肩上越是沉重/信念越是巍峨""卑鄙是卑鄙者的通行证"……那是一个时代的年轻人集体"扎台型"的印迹，禁锢多时的生命力、创造力一旦挣脱枷锁，气势磅礴，那飙举飞扬的喜悦、刮骨断腕的反思和恨铁不成钢的批判，以及对未来满怀希望的欢迎和拥抱，都那么热烈、纯粹，看似一些简单的行为艺术，却不亚于一场思想革命，带着点茫然和冲动，不失欢谑有趣。现在，时代进步，审美多元，年轻人都开始"低调的奢华"，再也不见如此明显、统一、浓烈的"扎台型"了。

当时，大门岛孤悬东海，虽偏远，也能感受到春江水暖。街上时常有"皮鞋尖顶，西装硬领"的耍酷的"扎台型"小青年走来走去。也有人为了"扎台型"打肿脸充胖子，闹出不少笑话，型也扎勿牢，塌了。

我见过一次匪夷所思的"扎台型"，是邻居娶新娘的时候。邻居正值青春，大家都说他帅气，他去上海跑供销，结识了很多俊男靓女，经常带回岛。三更半夜坐道坛头弹吉他，喝酒，打牌，整夜宴乐，这倒也罢。可他家没钱，为了款待朋友，他经常东挪西借，这倒也罢，仗义疏财的人有的是，李白也曾"五花马，千金裘，呼儿将出换美酒"。没过多久，他突然宣布要结婚，婚礼就在几天后，新娘是温州市区五马街的人，五马街在大门人心中是像圣殿一样的存在，那里的媛子儿怎会下嫁到大门？结婚也罢，但全村人还是被这个消息惊呆了，他家可谓家徒四壁，仅能糊口，大家都盯着他怎么变把戏。不承想，他请人把当作婚房的一个小房间抹了水泥，从左邻右舍家借来五斗橱、梳妆台、花鼓桶、缝纫机，还有新被子，新房竟也塞得满满当当的了，甚至把邻居家的金漆掐丝马桶也借来了。霎时，众人目瞪口呆。结婚那天，几乎所有附近村落的人都来看这个"扎台型"新房，新娘还以为是岛上邻居热情似火。很多年后，这个故事还被岛上四邻挂嘴边教育儿孙。

一转眼，多年过去，温州话俚语讲得越来越少，每次发小欢聚，彼此约定只能讲温州话，俚语越多越好。大家一边讲一边乐，在这少为人知的语言密码里，我们重拾那些温暖的过往，在乡音里熨帖安顿自己行程过半的身心。有人感叹"老了"，我们异口同声说：不老不老，台型还扎得牢兮牢呀！

手写教育　落笔无悔

林春芬

十六封手写书信，掀起"书信时代"的怀旧风潮。

镰仓有一家帮人代笔的文具店。每代店主均由女性担任，只要有委托便会接受与帮忙。不论是想说出口的"谢谢"，还是说不出口的"抱歉"，都有代笔人为你投递。

店主上代是鸠子的外祖母，但是从小到大，外祖母从不允许鸠子叫自己"阿嬷"。这么严厉的上代，在从事代笔业务的同时，一个人把鸠子抚养长大，并送出国留学，但是直到在医院弥留之际，她再也没能见到鸠子一面。

代笔人的每一封书信都是一段过往。读《山茶文具店》里的每一封信件，似乎在经历不同的人生。代笔人鸠子的细腻与执着，深刻映衬在每一次磨墨的方向，每一页信纸的选择，每一张邮票的样式，每一笔落下的字迹。鸠子在痛苦的回忆中继承与投入，也渐渐明白上代"严厉的方式"，走向幸福的她拥有了闪闪发光的人生。

守望者：每一寸美好，点燃觉醒的力量

夏天的风吹过年少的梦。

小镇，风月弥香，是鸠子现在生活的地方。静雅的环境，幽深的街道，鸠子一个人住在靠湖的独栋小房子里，离家几分钟的地方有所小学，走进山茶文具店的客人，大部分都是就读于这所学校的学童。店如其名，门口确实种了一棵高大的山茶树，守护着这个家。就像她，莫名其妙变成了第十一代代笔人，守护着这个店。每当她一个人穿梭在店里或家中，回到故乡的鸠子似乎总想再次逃到国外，姨婆的帮忙，邻居的早茶，镰仓的盛夏，这一切在我眼中的美好事物，对于已经回来三年的鸠子而言都是"那时候的自己没有任何愉快的回忆"。

可是，无论她怎么否认，甚至想要逃离，第一次练书法的日子，"六岁那年的六月六日"，始终铭记在她的心里，然后就是不能辜负上代期待的反复练习。也许这份陪伴早就渗透在上代送她的桐木书信盒里，以及所有与代笔工作相关的工具里。

反观我们当代的教育，何尝不是如此呢？作为一名辛勤耕耘、默默浇灌着祖国花朵的教育工作者，我们早已适应了早出晚归、与学生为伍的陪伴模式。随着"双减"政策的落地与实施，我们拥有了更多陪伴孩子的时间，在看到忙碌着工作的家长放心地把孩子交到我们手中，再从学校安心地接走，便会觉得这分托付有着理所当然的美好与值得。教育的美好需要我们倾尽全力，唤醒每一种可能，点燃全部的希望。

"老姨，我考上浙大啦"，我渐渐明白这个从小跟着我长大的孩子终于要独立前行了。他名为阿夏，是表姐的儿子，父母离异的他从小就跟着作为教师的我一起生活。小学的每个早晨，他总是在我的再三催促下不太情愿地起床；初中晚修结束后，他又会被我留下来背诵拓展词汇；高一的第一个学期，逃学回家的他被我一顿批评教育，甚至后来放假回家或者其他休息时间，我看到他总忍不住一顿唠叨，也会反复叮嘱，不大回复的他让我有点挫败。或许真的太过啰唆，我隐隐觉得孩子变得排斥我了，可是此刻的他自信又诚恳，少年的书信里再也看不到曾经的淡漠，只剩书写的荣耀。

激励者：让信任成为一束暖光

秋天，或许是个让人思念的季节。

鸠子在故乡终于结识了第一个同龄的女性朋友。胖蒂是一所小学的老师，很喜欢烤面包，每次心情沮丧的时候，她都会揉面团来激励自己。她的乐观似乎感染了鸠子，"你要用力摔面团，把心里的疙瘩全摔出来"，胖蒂是一个乐观的姑娘，她也热爱自己的学生。鸠子在熟悉的家乡开始拥有自己的朋友，进行了更多的尝试。看着鸠子从孤独的风景走向嘈杂的人群，她的身边出现了更多鲜活的生命，就连品尝的甜点都会下意识挑选鲜艳的颜色，清爽的柑橘系奶油内馅在嘴里扩散，我仿佛看到鸠子逐渐适应返乡的生活，我想她肯定会慢慢融入从小生活的家乡。

鸠子认为，要做个称职的代笔人，即便是遇到不喜欢的客人，或者无法认同的内容，也要面带笑容地接受。在每次提笔的时候，或者遇见困难的时候，她脑海里经常浮现"我以前担任上代的助理时"，鸠子慢慢有了自己的坚守，甚至学会了拒绝无理的请求，鸠子心中一贯严厉的上代"似乎对我展露了笑容"。我相信，人生所面临的很多困惑和教育问题是息息相关的，学会做人和教书育人在根本上是一致的，肯定自己与肯定他人，悦纳自己和关爱学生也是教育过程中最应该让学生获取的甜润。我习惯用信任的目光注视每个孩子，我经常用肯定的语气表扬每个学生。我相信彼此之间的信任，会成为一道光芒，照亮着未来的方向，燎原每个孩子的人生之路。

"老师，我长大了也要当老师。"耳边恍然回荡着小慧的声音。很多个晚修结束后，我会带她一起回家，小慧就住在离我家百米远的石屋。孩子的父母都在新疆打工，基本一年才会回家一次，作为留守儿童，小慧从小就跟着爷爷奶奶长大，乖巧懂事的她虽然成绩不大突出，却总是努力学习，总是热心又细心地帮忙做班级事务，在运动会和艺术节的舞台上辉映着她的多才多艺。这个世界没有千山万水的阻隔，性格内向的小慧爱在笔记本上与我倾诉自己的烦恼与理想。"老师相信你，你一定会成为一名出色的幼师！"去年参加中考的小慧，选择了自己喜欢的幼教专业，周末的时候，她会用写信的方式给我酿制惊喜，字里行间流淌着教育的信念和孩子的热爱。因为懂得，所以喜爱。

执着者：让坚持变成一抹初阳

印象中的冬天总是阴冷的。

投入生活的鸠子赢得了属于自己的精彩，出门新年参拜，文具福袋试卖，和芭芭拉夫人分享美食。新春试笔的时候，蘸取了充足墨汁的鸠子"突然很想写和上代相同的文字"，其实每一次我读到的放下与释然，都是鸠子的念念不忘。渐渐温暖的钢笔，笔尖上都找不到墨水的痕迹，鸠子认为："一定是上代为我洗干净的。"多么庆幸，逐渐从容自在的鸠子在代笔人的工作中缓缓聚集了人生中重要的朋友，当她和大家围坐在一起聊天、揉面、畅饮的时候，我真希望人生最幸福的时候就是现在，"现在最幸福"并非因为偶然，而是一场特殊的历练。

风信子的嫩芽微微探头，鸠子接到了123封外祖母与意大利笔友交换的信件。在有生之年，外祖母从来没有给鸠子写过信。当她一个人坐在咖啡厅慢慢翻阅信件的时候，她从信里感受到上代的年华逝去，起身回家的时候，又总觉得："只要转过这个街角，她就会突然出现在我的面前。"鸠子一定从外祖母写给别人的信件中感受到外祖母对她的爱。教育是最长情的陪伴，陪伴需要坚持，初中三年，我从没有放弃过班里的任何一个孩子，带领每一个孩子早读，陪学生一起晨跑，走访每一个家庭，走近每一个心灵。有时，我们坚持做一件事情，并不是因为这样做了会有效果，而是坚信，这样做是对的。一直坚持，我想这才是教书育人最大的魅力。

"老班，我期中考试进步啦。"阿瑞的脸庞异常发亮，仿佛天边的云彩都汇聚到了他的脸上。上周的年段统一检测中，他是班级进步名次最为显著的孩子，这个曾经以为自己职高都考不上的孩子已经足足坚持了三个月。阿瑞的理想是接手父母开在家里的小店，以为中考无望的他几乎总是处于浑噩状态，开家长会、小组实践、上门家访、谈话交流，我进行了无数的尝试。现在的他每次考差了总爱找我聊天，周末的时候，我也会加强督促。给少年的信中，我缓缓写道："人的一生，总该有些坚持。你会看到六月最美的阳光。"去年的中考，他如愿进了当地最好的职高，此刻的他应该坐在明亮的教室里读着我的回信。

修炼者：每一次用心，修补生命的伤口

春天的来临，总让人雀跃。

五岁的 QP 妹妹用自己的童真感染了鸠子，她的信纸上出现了大大的彩虹，开始运用缤纷的色彩。可爱的镜像字激发鸠子的灵感，"一朵樱花在茶杯中舒服地摇晃"，鸠子如此自在地享受作为代笔人的工作，她"在心情上与上代靠近了一步"，交到了人生中的第一个笔友，敢于开口介绍自己，学会了感恩，也学会了感谢："能和你成为这样的邻居，实在太幸福了。谢谢你!"春天的盎然生机中，鸠子已然和上代和解，最终享受自己是代笔人的职业荣耀。"我站在桥上，上代就站在我的旁边。"鸠子的目标坚定有力。

"我把放在桌上、写给上代的信折好，装进信封里。"为不同人代笔的经历以及上代的 123 封信，还有周边的风土人情终于让鸠子理解了上代的心意。黄昏的风景中，幽暗的林间，火树银花的萤光点点，"萤火虫萤火虫慢慢飞，夏夜里夏夜里风轻吹。"明明灭灭的火光燃亮了儿时的记忆。

对于当下的我们，书信往来似乎弥漫在久远的校园时代，但是微小事物的感动，最是温暖常在，育人是最长情的告白。很高兴作为一名平凡的教师，我不忘提笔，用心书写，敢与每个学生分享喜怒哀乐，给学生写封书信或写张名片似乎成为我教育生涯的习惯，有时是一段安慰的温柔，有时是严厉的纠正，有时是激励的话语，我经常把对孩子的用心写在纸上，放进抽屉或夹在书里，我深切希望每个孩子都能感受到文字的力量。

"老林，你喜欢什么样的学生呀?"家校联系本上小王的留言让我惊讶，脑海中想象孩子眉毛皱成了老太婆的折痕，一脸沮丧地看着我的样子，这个因为上课

打个瞌睡而被我点名的孩子估计觉得我不近人情，她估计怕我会在班会课上点名批评吧，连晚上回家估计还在想着被扣分的事情，也许她担心自己会成为老师讨厌的学生吧！"老师喜欢你上课认真的样子，老师喜欢你举手积极的样子。"作为班级里的文娱委员，舞台上的她特别耀眼，课堂上的她踊跃发言，偶尔的犯错从来不曾掩盖孩子在我心中的美好。九月的新学期涌动着希望，我一定要大声向每个孩子抒写我的热情。

《山茶文具店》以"空气开始流动"的夏天走进我的视野，秋天的时候逐渐收获，冬天的温暖却让人感受不到萧瑟，结尾的春天似乎"啄着夜晚的余韵"。四季交替，以夏秋冬春的顺序缓缓展开，春天的温暖最后照进每个读者的心间。鸠子真正成为代笔人的时间也许有点长，差不多三年，但是却更让我理解隔代教育的交融与成就，每一届学生的毕业，每一份情感的互动，每一次提笔的书信，我用三年换来家长的信任，期待孩子的绽放，也交互彼此的成长，每封信件的书写都是最长情的教育。

此生不悔入师范，落笔育人正当年。

漆黑的天穹星辉熠熠，窗外的柳树投下斑驳的画面，静谧的夜晚适合写信，也适合回信，学习时的严厉和生活中的尖锐，只有文字表达隐藏的善意，让不够哲学的我们恣意欢喜。通信发达的年代，社交媒体的介入，教育的走心让我更加坚定每个文字背后深藏的寓意，也许我们更需要书信去温暖每个孩子的心灵，修补每段生命的缺口。

亲爱的王德好

林秀莲

　　生孩子，爱生不生，生多生少纯属私事。但如果涉及一群人、一个国家，生孩子就成了大事、国事。成了国家大事的事，哪怕个体有天大的不同意见，也总是无力回天、胳膊拧不过大腿的。

　　今生只有一个孩子，大多数人总是心有不甘，尤其是"70后"，基本上都源于兄弟姐妹众多的大家庭，相对"80后"，他们更多地保留了农耕时代的痕迹，念念不忘大家庭的浓厚亲情和热闹场面。我亦如此。生孩子坐月子时，想到今生就她一个，不禁替她担心，人世如此凉薄，以后，有困难谁帮她呢？人生不如意事十之八九，她烦闷了找谁倾诉呢？待我们离开后，人世竟再无和她血脉相连的至亲之人，她是多么的孤单……思来想去，整得自己热泪涟涟，被母亲嗔骂。

　　孩子日渐长大，她对弟弟妹妹的向往也日益增加，天天缠着我问为何没有自己的弟弟妹妹，当听说是国家不允许时，她给我出了一个妙计："你把我塞回到你的肚子里，再生一次，这次你一定要记得，要生两个！"宝贝，此计甚妙，但"母后无能"啊！

　　作为双职工家庭，肯定很多人和我们一样，不是没动过生二胎的心思，但是政策如山，让人动弹不得。

　　最近，网上关于"二孩政策"放宽的消息甚嚣尘上，我和先生都很激动，期待政策快点落地。孩子比我们大人还高兴，说自己可以让出所有好物什给未来的弟弟妹妹，甚至表示可以帮我带孩子，还给未来的手足起名"王德好"，她是德字辈的，无论老天赐予的是男是女，都是极好的。她的懂事和支持，让我蠢蠢欲动，浮想联翩。

　　前几日，我们几个"70后"女性聚会，谈兴最浓处，心潮澎湃时，话题又落到"生还是不生，That's a question"，"二孩"刺激着我们五味杂陈的心和不再年轻的身体。有个在大学任教的闺蜜是强烈的"主生派",而另一个闺蜜是医科大学毕业的,她是"不生派"的力挺者。后者的一番话,切中我们行走人世间的种种不安全感,也正是我们的担忧之处,于是,大家的心开始摇摆……还有一些"淡定姐",她们结婚早,孩子已大,自己生逢改革开放30年,经济上小有成就,对社会也有清醒的思考,生活中还有一点残存的小情怀,打"飞的"听蔡琴、罗大佑的演唱会,悠闲学习古琴、香道,生怕孩子多了负累,影响自己的生活质量和固有的平衡,"就等过几年当阿婆算了"。

如此思来想去,"70后"甚是纠结。没过几天,居委会通知"环透",还好心提醒:"这是你最后一次啦!""知道,知道!朕知道了!"再过几天,一年一度的体检报告发下来,一看,好几个"箭头"上上下下。唉!后来的后来,我们掰着指头数着"二孩政策"放开落地的日子还要多久,但直至今日,仍如泥牛入海杳无音信,而我那伙"70后"的闺蜜们,已大部分彻底打消生二孩的念头了。再见面时,谁也不提此事,似乎我们从来都没有过"两全其美"的渴望和梦想。

二孩只是我们"70后"双职工家庭一个一厢情愿的美梦而已,亲爱的"王德好",今生,我只能在梦里拥抱你……

后记:我的《亲爱的王德好》在《联谊报》发表后,齐齐刚好上初中,学习了《傅雷家书》,老师要求每人写一封信给家人,她就给王德好写了一封信。不久,"二孩政策"实施,此信和我的文章被《今日洞头》同版转载。一些朋友特地到我办公室探望,看看我是否如愿怀二孩。

亲爱的王德好

王思齐

亲爱的"王德好"：

我想你应该识得我，我是你的姐姐。

兜兜转转，起起伏伏，曲曲折折。"二孩政策"的时宽时紧，父母心情的时起时落，我盼你寻你的时觅时歇，最终在某年某月某日的某时某刻，居委会通知母亲最后一次"环透"的那一刻，似意料之中毫无悬念地平息下来。

我一直在等待着你，尽管这期盼时而强烈时而平淡，但是迎接你的念头从未停息。母亲常常遥想着你，还给你取了个名字叫"王德好"，你姓王，是和我一样的"德"字辈，名为"好"。的确很好，这个名字宜男宜女，我与父亲皆拍手称妙。

亲爱的"王德好"，我有时会痴痴地想，你会是弟弟还是妹妹呢？如果是弟弟，我会带你爬山上树，下海游泳，挖海螺，做航模，看电影大片，到处旅行。男孩子就应该从小开始拓宽眼界，长大后才会有胸襟、有抱负——总之，就是把我所有会的、男孩子应该玩的事情都带你玩一遍，顺便弥补你没有哥哥的缺憾。但如果你是妹妹，那我就带你去外婆家看漫山遍野的油菜花，矫健的梅花鹿和美丽的开屏孔雀，还有黄澄澄的稻谷，一望无际的田野；教你弹钢琴、吹箫、画画、做手工——妹妹就是生来宠的啊，所以，我要给你讲比别人家的妹妹听的还要好听的故事，然后，在生活中慢慢地教会你长大，做个人见人爱的好姑娘。

我最烦小姑娘，因为她们烦人的眼泪，尽管我或许也曾是个爱哭的小姑娘。所以，我有一阵子特别希望母亲生个健康活泼的弟弟，虎头虎脑的特别可爱的那种，我可以骄傲地抱着或牵着他，说这是我弟弟，亲弟弟！继而，坐享同学、朋友、闺蜜、死党们艳羡的目光。最重要的是，他一定是一个有泪不轻弹的男子汉。但是现在不一样了，无论你是弟弟还是妹妹，我肯定都喜欢得不得了。她的眼泪，我认为一定跟其他小姑娘的眼泪不一样，就像表妹哭了，我马上会去哄她也不觉得烦。

　　但是，现在，我清楚地知道，我想你也是明白的，你我这一生相见的可能性微乎其微，甚至不存在，我理智地不去放大那一丝丝的概率。当然，遗憾肯定是有的；但是，我还是要告诉你，你在我心中就像十五的那轮皎月，虽然它没有十六的圆，有些缺憾，但是当人们在地上抬眼望着它时，更多的，是美好和圆满。

　　亲爱的"王德好"，我想念你！

爱你的姐姐

2015 年 10 月 7 日

我有一株昙

冷云笺

我有一株昙，叶子有点乱有点黄，薍薍的，叶片是对生的，却又长得恣意，总是悄悄地从叶齿间冒出一个小红点。待红点略大些，我便开始猜疑：小红点是叶片还是花蕾？

待小红点再探出了些，略扁，带了几个小齿。哦，小红点变成叶片了。

叶片再长出了些，嫩嫩的，柔软顺滑，红色也渐渐被撑开，撑到叶边和叶尖，像婴儿的小足，摸着嫩滑，看着可爱。而它也如小儿般调皮，东出一片，西冒一片，或是往叶多的地方扎堆，或是长着长着自个儿成了杆，另起山头。它们让我理来理去，总是杂乱。

有时查看，小红点竟是圆的，顶着小小的蕾，小脖子越伸越长，到寸把长便垂了下来。花盆的养分贫瘠，小花蕾们的竞争一下子就激烈了，抢不赢养分的就愣呆了，却又不甘心地僵着，终耗不过天命，渐渐陨落；抢赢的则春风得意，连茎带蕾迅速粗壮了起来。

初时，昙的花蕾很丑，薍薍地垂着头，颜色也接近叶色，让我找来找去，时不时地找漏了。然而，某些东西表面看不出，实则暗涛汹涌。经过两三周的养精蓄锐，脐带一样的花茎突然弓了起来，像蹲在起跑线上的姿势，花蕾上的线条也突然坚定起来，微微抬起头，茎须冷凝如待命，只等一声号令。

我也在等，等花即将开放的那一瞬，穿梭回多年前的时光，我的奶奶也在等。

奶奶称昙花为"琼花"。琼花藏在后门沟边最阴暗的拐角里，尖底铁桶里种着几片稀疏的叶子，单薄得像随时要老去似的，周遭残留着一些香枝的脚，香灰落在泥土上，被水一冲，像一道道长长短短的叹息。我不知其为何物，冷不丁爆了句不好的话，奶奶急忙啐口"呸呸呸"，慌慌地点了一炷香插在桶里。

此后，奶奶再也不对我讲这株奇怪的植物。有时我记起，偷偷去后门观察一下，只见桶往阴暗处又移了些，香枝的脚也更多了些。

无聊的时候，我搬张小凳靠墙坐着，奶奶坐在门口的躺椅上，肥肥的屁股往后陷下去，身子往前倾，像倒扣着的一口大铁锅。奶奶将温州腔与闽南话混在一起，发出一种类似小儿学语的独特语腔："那时候雪真大啊，我被婆婆赶出来，去放鹅，光着脚，冷啊冷啊，又不给我吃饭。"她恨恨地，瞪起眼、咬起牙根学起婆婆的凶恶，模样很笨拙："还打呀打呀，小木棍拼命地抽在头上身上，我呀，还背着你爹呢！真是肩头换红米呀！"

讲着讲着，奶奶瞄了瞄我的腿，撸起裤脚，揉着布着紫红小血管的小腿和37码的"大"脚："你们白白的真好看，我这好多斑丑得很呐，我脚这么大，也不好看，都是放鹅放的，没鞋穿，木屐也掉了，光着脚冻大了。"

其实奶奶的脚还是很好看的，她是在和那个已过世的小脚攀比着，那个一辈子都让她怨恨的小脚，让她在爷爷面前到死都输一筹。

讲着讲着，奶奶一起身不见了，不知跑哪儿串门子去了。有时见她靠在邻居家窗台前，学舌又学不全，听一半，落一半，搬来搬去把自己都搬迷糊了，别人一插话一考证，就圆不回来了。

"琼花就要开了……"奶奶在前厅神神道道地嘟囔一声，一眨眼，又不知跑哪儿去了。

过了几日，我被奶奶叫去。前厅的方桌上放着一支软趴趴的花略略露出点米黄色的瓣，茎很长，又是弯的，既不好看也看不出有什么特别的。奶奶困顿地坐在四角椅上，眼睛在肥圆的脸上都快睁不开了。

"拿去给你爹煮水喝，很好的，喝了不咳的，你爹啊，苦啊！啥事都一个人担着……这是天上的神花，我求神求来的，不要让别人知道啊，要偷偷地煮起来喝啊，要记得啊！"奶奶进内屋前还指了指，嘟囔了句："一夜都不敢睡，守着，就怕它没了。"

我没拿，像质疑她的消息一样质疑这花。

奶奶去世后，昙花被移到了大门口，因有了光照，长得蓬勃飞扬。我折了一枝插在花盆里，头年就开了两朵花。

首先发现花开的是小狗基仔。一根细嫩的花托突地一张，基仔便"汪"一声，汪声多了，我便出去看看。基仔见我如见知音般地趴在地上，向我示意它发现的宝藏。时而烦躁地在花下走来走去，时而又望着花的方向兴奋不已，想亲近又够不着。我把它抱到花盆上，它也小小心心地，咧开嘴吐着舌头，看看花又看看我，我知道，它的小心脏正扑通扑通地跳。

昙花不慌不忙地开着，细长的花托突地一跳，花瓣也随之一转，不动声色，过了一会儿，另一根花托又突地一跳，花瓣又随之一转。不知不觉间，花已盛开了一半。似开启了宝箱，一簇簇的花蕊拥在一起如玉饰，嫩得不堪触碰，绒绒的花粉毛毛地附着，吐出的信子像一支细细的发簪，冠一样的簪头随风晃动就勾走了我的心。甜甜的幽香似琴弦跳跃的音符，填满了整个阳台，一种蜜一样的香带了点黏稠的顺滑，沁人心脾，似爱情的味道。

花越开越大，每一次的舒展都很决然，洁白的瓣如丝如缎，在月光下如水银流过，闪着微微的光，宛如徐徐而来的仙子，欲诉还休。其实，她就是一位仙子啊！错过蜂蝶纠缠，倾尽一生，或者是倾尽了前生后世，一身盛装地等候在无人的寂夜里，只为，等一个人，等一声跫音响起……

夜，渐渐深了，花也渐渐谢了，那是从期盼到失望再到绝望的疲软。越来越淡的香气在空气中萦绕……

我摘下花，加了两颗冰糖、两颗枸杞隔水炖。一阵烟气氤氲之后，甜甜的馥香再次弥漫了整个房间。

昙花性寒微凉，入肺经，有凉血养心之功效。据奶奶说，取花要取含苞待放，将放未放时。此时，香气已经酝酿成熟到极致。若花一开，香气一泄，功效便减去了大半。如此一来，是要赏花用还是药用便叫人难以取舍，踌躇再三。

父亲咳嗽多年，是出了名的人未到声先至，每每归家，在离五米远的台阶边就听到他的"报信声"了。不知是不是因为多次服食了昙花煮的水，突然间记起，发现父亲的咳嗽声不知从何时起竟然没了。

父亲一生勤劳，心胸开阔，又乐于助人，凡事急人所急，是远近闻名的好人，大家都尊称他为"加顺师傅"。

加顺师傅爱下中国象棋，并下得一手好棋。大夏天，他在电影院门口的台阶上放一方凳，摆上棋盘，和"疯人"阿土忘情厮杀。棋逢对手，杀意愈浓，日头渐上中天，火焰般的热浪当头罩下，他们居然一点也不觉得热，连汗也忘了流。

有次坐船，父亲怕我晕船，花两元租了个船员舱位让我躺。舱内正好有两人在下象棋，父亲一看，急得直跺脚，就差伸手去抢了："错了！错了！不能走这步，死棋。"那人手一挡，眼睛一瞪，很是生气："你是谁呀？关你什么事啊？出去出去！"此时正好进来一人，认得父亲。"哦哟，是加顺师傅呀，也是个高人的。"那人一听"高人"，往里一挪，父亲居然一点也没生气，坐在他身边喜笑颜开地和他下了一路象棋。

早前中央电视台有个频道专门播放棋赛；有两个讲解员现场解说赛况预判胜

负。小小县城也学着办了场象棋三天赛，借着少林餐馆旁边的游戏厅，在二楼窗台挂一张比八仙桌还大的磁性棋盘，里面赛手的棋每走一步，外面大棋盘上立刻有人挪动棋子。

我劝着父亲参加，父亲就是不去："赢了有啥用？有名气又咋样？没啥意思。"

到了决赛日，我又哄又骗地将父亲叫去观棋。棋局才开走没几步，街上已站了好几十个观众。父亲小站了几分钟，冷不丁地爆出一句："下都不会下，黑棋输了，死定了，没用了。"边上有黑棋崇拜者立马怒目："你这人怎么这样！有本事你去下，净胡说八道！"父亲也不理他，背剪着手潇洒而去。

我也不信，傻傻站了一个多小时，果然黑棋输了。

父亲是一个有"昙"性的人，不哗众，更有一颗高洁的心。

当"订业务发大财"像神话一样流传的时候，父亲也学人出差找业务。他每次出门空手而归，一两年下来，欠了一屁股债。人瘦了一圈，脸颊的肉凹了进去，显得牙都龅出了一些。有次他出门几个月，回到了温州时托人捎信来，没钱归家了。母亲急得团团转，一再逼问。原来父亲在某城市准备回家时，遇到一个邋遢的东北人坐在车站里哭，一个大男人，哭得疲惫，哭得心酸。一问，钱被偷了。父亲问他路费多少，那人计算了一下要150元，于是父亲给了他160元，毕竟有好几天的路程，多给10元买食物吃。慷慨完之后，自己却不够钱回家了。

此后很长一段日子，母亲一记起这事就是恨恨的，而父亲总是嘿嘿地笑："都是出门在外的人呐，谁没个落难时候？他还写了个地址给我，回去定会还给我的。"母亲才不信："你拿这张地址向他要！东北这么远，他怎么找你，怎么还你哟？"

我感觉父亲是盼着那人还他钱的，可那人一直杳无音信。但这并不影响父亲的热心，只要有人在他面前聊起某个项目前景如何广阔、利润如何丰厚，却苦于没钱投入时，他比别人还急，感觉不帮就是断送了别人的前程似的。

父亲不存私房钱。每天回家吃饭时，他会把裤兜里所有营业额都掏出来放桌上给母亲，只留一点买菜钱。有时赚得多了，他把钱放桌上的动作也噼瑟了些，笑得也开心些。因此，别人遇到缺钱的时候，他只能凭着自己的名气偷偷地向外人借，有时一两千，有时好几万。然而，并不是所有人都讲诚信，有些人借了钱做生意又失败了，钱还不上了，事瞒不住了，母亲知晓后又咬牙切齿地扯上我一起去先还债后讨债，不但贴了利息，有时连本钱都拿不回。久而久之，"加顺师傅"的"好人"二字时不时被人揶揄出一层"傻"的意思。

那时候，父亲是靠名声支撑起生意的，虽然让他这样子折腾掉一些钱，但大部分的钱还在母亲手里紧紧攥着。那时我也年轻，不懂得心疼钱，对此很不理解。更不理解的是，父亲曾为了一个亲戚的临终嘱托，照顾了他家人大半辈子。孩子小，家庭困难倒也罢了，直到孩子们都长大成家了，经济也可以了，还经常过来贪些小便宜。直到她让父亲为她付了五万多元的养老保险时，我终于忍无可忍地和她吵了一架。之后，父亲和我有过一次短暂的谈话。其实他也早就不耐烦了，但其夫死时曾有托付，他也是答应了的，不能骗死人，所以，就这么一直忍下来了。

父亲为自己花钱不多，吃穿都很随意，一盘温州炒面便是他的最爱，一套几十元的西装穿了十几年舍不得扔。父亲属猴，他的生肖和三两七的命数诠释了他辛苦的一生：猴变把戏为乞丐做人家。那是一种从骨子里透露出来的良善，是一份对心的答卷。

父亲去世十多年了，每年杨梅季，都有楚门人特意送来几筐新鲜杨梅，我不知父亲帮助过他什么，也不想问。因为，做一个像父亲那样的人并没什么不好，像昙花，无须喧嚣，在黑暗的夜里自开自放自芬芳。

随着年龄的增长，我发现自己的身上也渐渐有了父亲的影子。

身不由己

张丽珍

他躺在床上，仿佛沉睡。

嘴巴微张着，干裂的唇皮呈现出倒三角形，仿佛随时会弹起。唇周有一圈深深的压痕，不知是何物所致。眼睑未能完全闭拢，微微张开。脸颊深陷，颧骨凸显。黑褐色的脸上，看不到一丝脂肪或肌肉的痕迹，让我联想到寺庙里的罗汉像。我久久凝视，犹豫着是否该靠近，还是继续站着，不打扰他。

突然，蚊帐轻轻一动，应该是他的手动了。

我欢喜得几乎要哭出来，小跑到床头："爹爹，你哪里不舒服，我帮你揉揉。"

听到声音，他瞪大了眼睛，黄浑的眼白显露，显得很吃惊，我也吃了一惊。过了好一会儿，他才认出是我。往常他见到我都会咧嘴一笑，这次却只是费力地眨了下眼睛，瞪眼时的威严和光芒瞬间消失，取而代之的是疲倦和无助。然后他抿了抿干裂的嘴唇，半合上眼，头朝左侧床沿费力地靠下去。

我拿起棉签，蘸了些水，轻轻点在他的唇上。他一动不动，只是开始发出轻微的呻吟。他的内脏日夜与药物和体内的癌细胞搏斗，刀光剑影在体内肆虐。呻吟声从五脏六腑中发出，经由肺的挤压、全身肢体的渲染、咽喉的克制、内心的抵触，最终变得短促而轻微。

我一边按摩着他的手臂，寻找合适的力度。不能太用力，他的身体虚弱得无法承受再多一点儿的疼痛；也不能太轻，否则无法缓解从体内蔓延出的无休止的疼痛。手术后，疼痛便如影随形，先是左肩，然后右肩、左手、右手、左腿、右腿、大腿、小腿、脖子、腰、臀部……每一寸肌肤和骨肉仿佛都在被啃噬，像阴魂般驱之不散。

他这一生吃了不少的苦，但也威风过。

小时候家里没米开锅，他饿得前胸贴后背，用方言说"饿得靠背"。后来有吃的了，顿顿都是番薯、番薯丝，一听到"番薯"两个字就腻。

十五六岁的他，只渴望一碗白米饭。为此，他自备简陋的工具，把家里老老少少的头发剪了一遍后，在家门口开起了理发铺。他的手艺越来越好，顾客络绎不绝，慕名而来，不仅因为他的手艺，还因为他的帅气。婆婆说，她当年就没见过比他还帅的男人。匀称的国字脸，浓眉大眼，眼神炯炯，皮肤白里透红。路上偶遇远房阿姨，寒暄后，她对我儒雅帅气的丈夫说："你是他儿子啊？比不上你爸当年。"

渐渐地，许多姑娘对他青睐有加，但是女方家长都说："小小剃头匠，个体户，不成！"他有傲骨，不成就不成，不稀罕。

改革开放后，这个曾被人瞧不起的剃头匠，日子越过越红火。

有一年，省级干部来我们这小地方调研，临时起意要理发，当年的县长秘书把爹爹请了过去——"这是我们这里理发最厉害的师傅。"

"我给省里的干部理过发。"说这话的时候，爹爹眼里发着光，像夜里的植物。

"竟然没掉头发。"爹爹摸着化疗后依然在的头发，自豪地说。这一生，头发总是给他带来惊喜。

第一次手术后，爹爹还是白白壮壮的。医生说，病人这个年纪，身体素质还不错，恢复起来很快。然而，化疗后，爹爹感觉身体丢了些什么，开始出现各种排斥反应。所有人都安慰他："痛一下，很快就好了。"

庞大的家族，几乎每个家庭都从偏远的老家派人，坐公交车、动车再转公交车，一路奔波到人生地不熟的上海，轮流照顾他。

隔壁床的老汉是上海人，手术时老伴和女儿女婿都来了。手术后是夜里九点多，只留了个护工。老汉夜里呼噜声震天，一家人心真大。"没办法，"他说，"老伴身体不好，就这一个女儿，外孙女很小，老家没人……"每天呼噜声倒是来得最勤快。

那时爹爹还能聊天，还能慢慢走着，微微咧着嘴，痛起来咬着牙，忍着不喊出声。

第二次去上海治病，是因为化疗后左肩膀疼痛难忍，那里曾做过接骨手术，仿佛蚂蚁在骨头里乱啃。但他还能慢慢走路，右手要按在左肩上，半弯着身体，慢慢走进屋来。我们都以为只是旧伤复发，不敢再多想。"把肩膀的痛控制住了就回来，以后再不去上海。"走之前，他撂下话。我们站在街边，他先坐上车，车里其他人跟我们道别，他坐在那里一言不发。

到了上海，很快安排了伽马刀手术。因为大伯在上海安了家，表哥在上海一家医院当医生，借由他们的人脉，手术很快就安排上了。

手术后那晚，我女儿，他孙女，突然在睡梦中大哭起来，喊着"爷爷，爷爷"，三岁的孩子，哭得抽搐。我抱起她："宝贝，爷爷没事，你爷爷没事，爷爷很快就会好起来的。"至今，我还是没能明白，这么小的孩子隔着这么远，没人告诉她爷爷当晚动手术，她怎么就能感受到爷爷在受苦。这真是血浓于水，血脉相亲啊！

伽马刀就像战争片里的铁烙，烧得火红，往嫩肉上印，皮肉烧得滋滋响。被审讯人招架不住这般疼痛折磨，有些便招供了。医院里的伽马刀，原理相同，烙在病灶上，不同的是，要付高昂的费用。这就像，拿钱来受刑。

手术室外，所有人的心都提到了嗓子眼，时间一分一秒流逝。婆婆、姑姑们照例跪在地上，将各种神灵、经文都已经求过念过了。其他男人则闷声不响。如果时间有差别，医院手术室外的时间应该算一种。

不知过了多久，手术室的门开了。医生摘下口罩，疲惫地说："肩膀病情控制住了，但是病灶已经转到了其他地方，脊椎上都有了，四肢动不了了。我们尽力了，你们……转院吧。"

爹爹是走着进去的，现在却只能躺着出来……

一层楼隔壁几间病房的二十几个人里，唯独一个六十几岁的老人家手术后身体好转。

我们不得不再次托关系，安排爹爹进了一家外科医院。主治医生技术了得，每天查房时身后跟着一群实习生，叱咤风云。

他给爹爹进行了两次手术，将包裹在脊椎上的肿瘤刮去，是的，类似刮骨。其实是同一个部位，但是当时爹爹的身体状况不好，只能分两次做。

第二次手术后，爹爹已不成人形。人是有血有肉的啊！

医院说："手术很成功，肿瘤刮得很干净，病人现在要转到康复医院做术后康复。"

临走前，医生说："病人这个样子，要输点儿血。"但是医院缺血，上海每家医院都缺血。自家人的血合适的都抽了，还不够。病房里有人支撑着，剩下的人去外面找几个人买点儿血。于是几个人分头跑到街上，见到路边蹲着的人，拿着钱就说："我给你钱，行行好，你能去医院输点儿血救命吗？"就这样才凑够的血。

输血的时候又碰到了难题，爹爹受伤的静脉几乎找不到了。年轻的护士白白净净，捣鼓了半天，扎了一针，不见血，拔出来一点再转个方向，还是没见血。再换个位置，还是没找到静脉，第三次准备扎时，护士的汗水顺着脸颊流下，脸涨得通红，手都开始有些发抖。有人在边上说："好好找准了再扎。"爹爹笑笑："没事，不用慌。"护士迟疑了下，起身说"等一下"，然后就找来了护士长。护士长经验老到，雷厉风行，仔细看过爹爹布满针眼的两只手后，她决定在爹爹的脚上打滞留针。

输血后，爹爹整个人红润精神起来，像荒芜的土地上突然冒出青绿芽尖。整个病房也跟着轻松起来。大家都像跑了长途，总算能坐下来缓口气。

可是康复医院拿到资料后，不敢也不愿接收爹爹，回复：这种情况，康复很难。

大家焦头烂额。这边让转院，那边不愿意接收。关键时候，大伯和表哥又发挥了作用。主治医生很快放了话："我学生刚毕业在康复医院，我跟他打声招呼看看。"

爹爹总算住进去了，一待就是一个多月，人却眼看着越来越不行了。康复医院这时叫把爹爹拉回老家去。

听到这个消息，全家人眼泪都要急出来了。这等于是判了死刑。

同病房的两位病友，刚动了肿瘤切除手术，还在考虑要不要接着手术，看到爹爹这样，都打消了这个念头。

我伏着身子，靠在床边，轻轻按揉着爹爹的手臂，碰触到他的手，冰冷而瘦弱，眼泪便不由自主地吧嗒吧嗒掉下来。"爹爹，你还痛吗？"我轻声问着，声音里带着颤抖。

突然，我像是意识到了什么，猛地转头朝着门外大喊："爷爷，妈妈，老公，你们快来看啊！快来看啊，我爹爹还活着！他还活着！"我一边喊，一边控制不住地号啕大哭，仿佛要将所有的悲伤和希望都倾泻出来。

"你们看，前几天如果没有火化，我爹爹是能活过来的！"我几乎是下意识地喊出了这句话，仿佛这样就能挽回什么。

然而，就在这一刻，我突然意识到，这只是一个梦。我和爹爹都在梦里。这是爹爹走后，我第一次梦到他。梦里他没有说一句话，就像生前他没留下一句话。他自始至终觉得自己不会这么早离开。

爹爹嘴巴上那一圈印痕，是他生前最后一刻被氧气罩按压的痕迹。氧气罩就在我手上，那是我按压的，我迟迟不舍得拿下。所有人，那么多人围在身边，却没有人告诉我，拿下氧气罩，爹爹其实已经用不着了。

那时，爹爹还是会痛的。

那飞舞的银花针

王海珍

秋日的清晨，风已经变得有些冷漠。虽然只是弹指之间的一种转换，但是，却已颇有几分凉意。母亲，对季节的转换是最为知情的。

说也奇怪，我们从来不知道母亲是什么时候起床的，只是偶尔会听见"吱呀"的一声响，仿若秋风推动木门的声响。

我们在邻里街坊的轻笑细语中醒来，常常看见母亲独自站在用砖头隔成的菱形花纹的窗外，正轻轻地晾着那一大张一大张的被单。阳光细细地漏在屋檐下，母亲站在那一方阳光下，低着头弯着腰，拿起那卷成麻花绳的被单，轻轻一扬手，极为麻利地把被单披挂在光滑泛黄的竹竿上。

那被单多数是印着牡丹凤凰图的，红绿相间，十分耀眼。另一种被单是黄色绸面的，隐约中绣着黄色的一些花纹，至于是什么花纹，如今想来又觉得有些模糊了。只是，我知道，那柔软的面料，是专属于奶奶的。

吃过早饭，我像个跟屁虫一样地跟在母亲的身后，手里拿着我的小枕头。

一条条雪白的棉絮，被母亲整整齐齐地摆放在灰色的水泥板上，宛如切好的豆腐，方方正正。

排行最小的我，便会缠着母亲："妈，去缝钉被子的时候，你要喊我哦！"

母亲哪看不懂我的小心思，这时，她便会刮一下我的小鼻子，说："让你去，可不许捣乱哦！要不然，被子缝钉不好，就让你们晚上睡凉席……"

"哈哈哈！"我知道母亲是应允了，便欢天喜地地跑出去撒野了。

黄昏来临前，母亲就要带上针线、收拾好家门口散发着太阳味道的被单，去邻家阿姨的阳台上缝钉被子了。

这对母亲来说，是一件多么讲究的事情呀！她要将那米色的被单拉得平平整整，让被单的四个角落舒展得无可挑剔，再让我和她一起提起棉絮，小心地腾空放下。但这还只是一个开始，然后，母亲就要把印着凤凰牡丹图的被面拿出，与我一起拉住四角，准备轻轻地盖在棉絮之上。

我最喜欢的就是这个时候，当我们欲把被面放下时，秋风就如及时雨般地来了。瞬间，被面鼓起来了，宛如一张蓄满了力量的帆，在秋风的嬉闹中不知所措；那展翅的凤凰更是尴尬，虽有风的戏弄，让它有着展开翅膀跃跃欲动的渴望，却被我和母亲拽住了四角，只能在那里故作腔调地晃动几下，再乖乖落在那柔软的、被太阳浸泡了一天的棉被之上。

大约，我能帮母亲做的也就是这些小事了。

于是，我就可以躺在铺成一排的棉被之上，变换着各种姿势，贪心地把那蓬松的被子，压出一个个痕迹，再看着那雪白的棉花一点点地弹回来，甚是好玩！

有时，我也喜欢仰望着天空。那一缕一缕的秋云呀，就像是在烧沸的水中翻滚的面条，一根根轻盈地浮挂着；那一大片一大片的，连在一起的，就如邻家阿姨后院山坡上盛开的芦苇花，带着些红棕色，却一株株地绽放，就连那微卷的花絮也清晰可数；偶尔，会看见一团秋云静静地挂在那里，它似乎与秋日的天空没有任何关系，它只属于它自己，那么悠闲，又那么可爱，宛如母亲清早为我们蒸好的甜饼。

我常常就喜欢这样胡思乱想，一翻身，却看见了母亲，正在飞舞针线……

母亲的针线活儿在邻里街坊里是出了名的，谁家的新裤子若是不小心被香烟烫了一个大洞，第二日，准会送到我们家来。

母亲便会笑着接过裤子，午饭后，倚坐在门口的靠背竹椅上，取出自家那一盏印着金色细纹的小酒杯，将小洞撑开在酒杯上，再把杯底处连同那裤子的一角，紧紧地扎上一条红丝线。仔细比对之后，挑出和布料颜色相近的丝线，就在那日光下开始忙活起来。

一根细细的绣花针，就在母亲的手指之间飞舞，钻来挑去，亮晃晃地，倒映在我家那灰白的墙壁上，就如一条游动的小蛇。也不知她是如何穿过布料上那一缕缕缝隙的。在姨们的称赞声中，渐渐地，一个纹路整齐、细密均匀的小圆面，在她的手中出现了。即使在明亮的阳光下，我们也丝毫看不出它的存在。它已悄然成了布料的一部分。邻家阿婶满意地笑着，用手去摸那经过母亲的双手修补过的小圆面。

秋日的天空，在一点点地变色。

阳台外，那夏日里住满了蝉影儿的树，到了秋日，已经只挂着一些金黄的叶子了。偶尔，有些叶子也会被秋风撩到阳台上，悄无声息地落在那儿。金黄的余晖中，也不时飞过几只归巢的鸟儿，它们远远地飞来，像一个个小黑点，又藏在我们身后的那片黄绿参差的小树林里……

此时，母亲正背靠着那片青蓝的天幕，静静地坐在秋风里。她低着头，不时翻转着被子，手中的银针在她灵活的兰花指中一上一下，机警地钻下去，又跃动地顶上来，带动着那在风中飘摇的丝线，发出"嗖嗖"的声音，很干净，很好听。她偶然间抬头，笑着嗔怪我把那蓬松的棉絮滚出一个个印痕来，可一见我乐成那副傻模样，她就笑着继续缝被子。

那长长的丝线，在风中飘摇，有时也会扭成一个小结，母亲便要将那丝线含在嘴里，轻轻一咬，再重新开始。银针娴熟地穿梭着，丝线就一点点地缩短，而被子上则多了一道整整齐齐的纹路，仿佛是谁拿了尺子，映照着模子，描绘上去的一般。

缝钉一条被子，往往要花上半个小时。而母亲每次一清洗就是一家子六条被褥，再加上奶奶的。她往往要花上两三个小时，才能把这一条条被子，一点点地缝钉好。

即便如此辛劳，她还是不忘在被子的正上端再特意缝钉上一条花色面巾，那是贴近我们脖子的地儿。流口水、流汗渍，是我们在睡梦中常做的事儿。所以，母亲往往会在半个月左右拆洗那条面巾，一个月左右，就必然换洗一次被子。因而，在我们睡梦中散发的，便是那淡淡的太阳味儿。

现在想来，母亲的那些日子，就是在这些细细碎碎的日影中一点一点消逝的……从清早开始，一直到夜里，她仿佛有着干不完的家务事。我极少看见她在那里闲坐着，即使有那么一会儿，也必然是邻家阿姨受了委屈，来母亲这里寻找安慰。而这时，我们总是被母亲支开，要去里屋学习看书……

如今，母亲已经老了，她常说自己膀子疼痛，每到秋日凉风吹起，就会有丝丝缕缕挥不去的疼痛。可是每逢我们回家，站在灶台前，系着那散发着太阳味道围裙的，忙前忙后的，依旧是母亲；一顿美餐后，睡在母亲早已铺好的床褥上，扑面而来的，是儿时那熟悉的、特别干净的香味儿。被子的四个角落处，依旧有着呈"＊"形的红色丝线。

猛然间，又见母亲那飞舞的银针，一如当年……

莳花手卷

陈海舟

一花一世界，人生草木秋。

羡慕珍出生在九仙村。她每次吐息都抖落几粒花粉，掌心纹路里淌着九仙村的花汁，侍弄的月季能饮下整片晚霞。那些沾着晨露降生于九仙的婴孩，脐带血里都流淌着木樨香。

有一种草叫"见水还阳"，珍就生有这种神奇的本领。我们都叫她"花仙子"。否则，她种花怎能有一双"起死回生"的妙手？

我喜欢花，但缺乏种花养花的耐心。如此，退而求其次，种些草呗。草，命贱，易活，不择地而生长。

大自然中，有太多有趣的东西，随时随地吸引你的注意力。乡间不修边幅生长的树蘑，溪涧边、岩缝里紧贴着的石耳，随处安身的草籽，甚至楼台旮旯处的蒲公英，都能让我欣喜一阵子。

谈及种花，追忆至幼年。父亲将搪瓷喷壶递给我时，阳光正穿过他的指缝，在釉面铁皮上折出细碎的光斑。他絮絮地说着养护经，我却只顾看水流如何从莲蓬头里绽开，看水滴在君子兰的剑叶上积成《氾胜之书》里的象形文字。盆中的泥浆随我的莽撞翻身成褐绸，在水泥地面洇出模糊的拓片。喷壶倾泻的虹弧里，我开心地咧开了嘴。父亲见我毛手毛脚的样子，笑着对我说："囡，你适合种仙人球，这是最能偷懒的植物。"

"仙人球"，似乎就此固定了我种花的思维，从宿舍到家居，成了我的标配。自此，我的窗台上总摆着两盆刺球，一盆是嫁接的金琥，一盆是团扇仙人掌，它们像两枚被岁月风干的句号，在晨昏里迎来送往。

爱花是女人的天性。哪怕瞅见路边一簇小野菊，她们也会双眼放电。

种花，不亚于侍候一个孩儿。入盆、成长、修枝、开花，不知要倾注多少心血。哪一次不是一惊一喜的碎碎念，念到开花分享的日子。

有时真恼人，都那么小心侍候着，那些花苗并不领情，还蔫了。那一盆石斛，放窗台外随它见风见雨吧，竟然活开了，出乎意料地长得好。

近几年流行多肉。肉嘟嘟，胖乎乎，玲珑又讨喜，堪称"史上最萌植物"。栽种简单，又无须多费精力，少刺耐旱。而且，体积"浓缩"到不占地方，一个小阳台的围栏就能"串溜"起一大排。感觉再没有比多肉更好养的植物了。

就这样，仙人球的刺替我数着光阴刻度，多肉饱满的叶瓣里，住着无数个原谅自己的理由。十天半个月不用浇水照样活得滋润，尤其适合我"一天打鱼，两天晒网"的惰性。

花草似乎随了人的性格。珍的玫瑰昂首烈焰，我的绿枝伏身苔藓般的低语——我们各自滋养着性格的"倒影"。

珍天生一块种花的料，我却只适宜栽草。她侍弄的花就属奔放型的，花朵大，茂盛，热情洋溢到不消停。而我的多肉的褶皱里藏着沙漠咒语，自由散养，随遇而安，在遗忘与溺爱之间活得恣意。

珍种花不挑，大到铁树、桂花，小到碗莲，不喜欢太名贵的。照她的话来说，娇贵的不太好养。种花也种心，养不好闹心。而我，只挑适合的。那些可以随时随地让我心血来潮浇个透顶，而淹溺不死的；或是隔三岔五忘事儿，渴到嗓门冒烟，依然不屈不挠活着的。

我是个伪"花草控"。一则少有动手的能力，大多依赖上街买点贪图方便。二则也害怕抠到指甲缝隙里的泥，叶子上的虫。三则，怕种死了纠结，不如不种。买的花枯萎了与种的花枯死了是两码事。落叶、花谢是自然现象，一旦花苗种不活，心中就留下一丝亏欠。

做个"花草控"，对女子来说是再正常不过的事。

倘若一个看上去有点儿五大三粗的男人，种得一手好花，写得一手好诗，这样便很另类。在我的眼里，晋人玄武外表的粗犷与内心的细腻，难以与他联系到一起。这个用虎口丈量铁线蕨年轮，掌纹里养着整座终南山的云雾的男人，种花、写诗、养狗、当奶爸多体合一，且都能做到极致的，唯玄武，没有第二。

他常常还弄出些令人拍案叫绝的事来。自酿的玫瑰酒，自制的美容品都绝非常人所知。当玄武调配腐殖土时，陶渊明在东篱下筛着菊影，周敦颐的莲塘正泛起《爱莲说》里的涟漪——千年草木志在陶盆里完成基因重组，他种的花可谓是神魂附体。"玄武在风物的生老沉浮里，触及了生命的起承转合。"我总算在蒋蓝对他的评价里找到了答案。

自古，文人雅士仰慕花中"四君子"傲、幽、韧、淡的品质：梅，剪雪裁冰，一身傲骨；兰，空谷幽香，孤芳自赏；竹，筛风弄月，潇洒一生；菊，凌霜自得，不趋炎热。

孔子喜兰花；东晋文学家陶渊明爱种菊；北宋著名哲学家周敦颐喜欢莲，著有《爱莲说》；欧阳修钟情于琼花，把它当作了自己的花神。但种花爱花，种到骨子里，爱到生命中的，恐怕仅玄武一人而已。他莳花弄草记录的文字里，时常有两个重叠的影子：一边是敏锐细腻的柔肠，一边有侠肝义胆伴生。

"做原创纯文学微信公众号'小众'，养大狗，带小儿，牧一群花。这些成为我的一种生命状态，成为我的一种生命价值观。它们也成为力量，让我可以抗拒当下的种种浮嚣。"看到这样的自述、自白，我才明了。"牧一群花"是情怀，它直指内心，对生命的仰视、敬重使然。在花草经历的风雨中行走，倾听它们的呐喊，是为拯救。

种，是对一个世界未来的救赎，让它们都活出心中的模样。花开，便是心中怒放的希望。

我们都在寻找不会背叛的泥土。当玄武在微信推送他养的小众花开时，我窗台的仙人球正用细刺篆刻沙漠遗训：所有向下扎根的匍匐，终将在某个春天站成向上的碑林。

藏在针脚里的母爱

青 岩

母亲打来电话，说给我买了一双棉鞋，嘱咐我有空回家去取。挂了电话不久，手机"叮咚"一声，就将鞋子的图片通过微信发了过来，还特意留言："要是款式不喜欢可以去换。"

第二天，父亲就亲自将鞋子送来，当我从父亲手中接过装在红色塑料袋里的棉鞋时，它在我的手中微微晃动着，发出窸窣的声响。

父亲简单地交代了几句，便转身下了楼。我站在原地，望着父亲那清瘦而略显蹒跚的背影，心中一阵酸涩，眼泪不由自主地噙满了眼眶。从小到大，父亲的话总是不多，寥寥数语，却饱含着深沉的爱，他只是不太善于表露。

我轻轻地打开袋子，一股淡淡的新鞋的味道飘来。这是一双普通的棉鞋，卡其色的鞋面，内里加绒，虽然版型算不上新潮时尚，但足够厚实。

我的耳畔似乎响起了母亲那熟悉而温柔的声音："快穿上试试，我挑了好久，就怕不合脚。"我缓缓地坐下，脱下拖鞋，小心翼翼地将脚伸进了新棉鞋里。刹那间，一种柔软而温暖的感觉从脚底迅速蔓延开来，仿佛有一双温柔的手，轻轻地环抱着我的双脚。母亲一直都记得我的尺码，购买前还再三与我确认，这鞋的大小不偏不倚、不松不紧，恰到好处。毛绒摩挲着脚踝，痒痒的，却又非常舒适温暖。

这个温暖的瞬间，让我不由得想起了我和母亲、弟弟刚到镇上的那段艰苦的岁月。农村的日子清苦，母亲为了让我们姐弟俩能接受更好的教育，四处托人，终于让我进了镇上的一所小学念书。当时，因为付不起房屋的租金，母亲只能带着我和弟弟，勉强挤在舅舅家的车库里。那车库本就逼仄，只够放下两张小床、一个生火煮饭的灶台以及一张四方的小饭桌。

每到寒冬腊月，冷风就像一头凶猛的野兽，从各个缝隙里疯狂地钻进来，肆意摇晃着车库的卷帘门，仿佛要将这小小的空间吞噬。我蜷缩在小饭桌上写作业，双手被冻得紫红，几乎连笔都握不住。母亲看到后，赶忙取来一个矿泉水瓶。这些塑料瓶可是母亲过冬的"法宝"，只要往里倒入一些热水，拧紧瓶盖，抱在手中，就能带来些许温暖。家里有很多这样的塑料瓶子，有些被开水烫得皱巴巴的，可母亲却舍不得扔掉。

夜晚入睡时，母亲早有了周全的准备。她将这些大大小小的塑料瓶都装满了热水，房间里顿时弥漫着一股股刺鼻的塑料味儿。母亲把装好热水的瓶子分成两份，分别放进被子里。夜深时，那刺骨的寒意从四面八方袭来，寒风咆哮着，在大街小巷中横冲直撞，发出呜呜的嘶吼声。窗户的玻璃被吹得瑟瑟发抖，时不时传来"哐哐"的撞击声。由于床太过窄小，我与母亲只能分别躺在床头和床尾。尽管母亲准备了那么多装满热水的瓶子放入被窝，可那寒意还是像无数细小的针，从各个缝隙里钻进来。我的双脚更是如同两块冰砖，怎么也暖不热。我下意识地蜷缩起身子，试图将寒冷隔绝在外，可牙齿还是忍不住打颤。

就在我被寒冷折磨得难以入睡时，突然一双温暖而粗糙的手握住了我的脚。这双手，虽然粗糙，却无比温柔，就像这黑夜里的一道光，让我在寒冷中感受到了希望——寒夜再冷，太阳总会升起。

母亲将我那如冰砖一般的脚放在她的腋窝下，轻轻地夹紧。我能感觉到母亲的身体因为我冰冷的脚而轻轻颤抖了一下，但她没有丝毫退缩，反而将我的脚抱得更紧了。她用自己的体温，一点一点地温暖着我那早已冻僵的双脚。那一刻，我的心猛地一颤，一股热流瞬间涌上心头，泪水悄然滑落。

过了而立之年，我几乎已经忘记母亲为我买的最后一双鞋是什么样子的了。但我清晰地记得母亲那双人人称赞的巧手为我织过毛衣、做过棉鞋、裁过衣裳。

那时，母亲还是村里的裁缝，勤劳能干。

每年一到入秋时节，母亲便会找出家中不穿的旧毛衣，将旧毛衣上的毛线拆下，缠绕成线球。绕线这个活儿通常由我来干，只要将毛衣拆开一个线口，扯出一条小线来，绕在手掌上，一拉一绕，直到将整件毛衣还原成毛线球。扯下来的毛线还留有织迹，大都已经陈旧，重复利用时，须放进锅里煮一煮，这样可以消毒杀菌，让毛线变得更加紧密、厚实、柔软且有弹性。母亲总将煮好的线团悬挂在院子里的晾衣绳上晾干，这个时候，晾衣绳总是被压得弯弯的。

待到深秋时节，只要一闲下来，母亲就会坐在院子里的老藤椅上，一边晒太阳，一边为我钩织棉鞋。身旁的小竹篮里装满了五颜六色的毛线团。她的眼神专注而温柔，手中的钩针灵活地穿梭于毛线之间。我静静地坐在一旁，帮母亲拉扯线球，随着母亲手指快速地舞动，那棉鞋的轮廓也在一点点呈现。母亲偶尔会停下来，让我的小脚伸进棉鞋里，仔细比较着鞋面的长短。棉鞋勾好之后，母亲会在棉鞋的内里缝上一层羊羔绒布，使得棉鞋更加厚实保暖。小时候，我总是满心期待母亲钩织的棉鞋，每当母亲完工后，我会迫不及待地将鞋穿在脚上，在屋里跑来跑去，听着鞋底与地面摩擦发出的轻微声响，心中得意扬扬。而母亲则会在一旁微笑着看着我，眼神里满是宠溺。

随着时间的流逝，我渐渐长大，有了自己的审美和喜好。我开始嫌弃母亲钩织的棉拖鞋不够时尚，不够漂亮。我不再像小时候那样期待着新拖鞋的诞生。自从在镇上安家之后，母亲为了忙活生计，早出晚归，再也没有闲暇钩过棉鞋了。

直到我的女儿出生那年，母亲打来电话说，为孩子织了两套毛衣，过几天就送来。我本想说，干吗费这番工夫呢，现在的孩子哪里还穿手工织的毛衣。可话到嘴边，我竟怎么也说不出口。那是母亲的一番心意啊，是对外孙女儿无尽的爱意。

记得小时候，有一次临近过年，我不喜欢母亲买的大花布棉袄，任性地想要一套针织毛衣和裙子。母亲跑遍了大街小巷的服装店，却没有找到我想要的衣服。无奈之下，母亲只好抱着一大包毛线跑回家，准备给我织毛衣和裙子。为了让我能在过年时如愿穿上新毛衣，寒冷的深夜里，母亲弓着腰凑在十五瓦灯泡下赶工，昏黄的灯光下映着她晃动的影子，针尖划过母亲额头上一道道浅浅的皱纹，也划过了我的童年时光。

母亲送来了给孩子织的两套毛衣，她笑着说："也不知道孩子穿多大的，就往大了织，针脚不如从前齐整了。"她的笑容里带着些许沧桑，眼角上勾勒出细密的纹路，每一道褶皱都是诉说不尽的母爱。

看到这两套毛衣，被我遗忘的记忆如潮水般涌来，我仿佛又看到母亲在深夜里为我专注织毛衣时的模样，额头上的皱纹又深了一道。我轻轻触摸着毛衣上的针脚，这织进了母亲多少个不眠之夜啊！毛衣的胸前还绣着精致的图案，紧密的螺旋纹，一层又一层地融进了母亲那绵密的爱。

母亲的爱，是寒夜中捂热我双脚的体温，是针脚里细密的牵挂，是新鞋中满溢的关怀。时光染白了她的发，却从未黯淡这份爱。如今，我也成了孩子的母亲，渐渐懂得了母亲当年的不易。那一双双棉鞋、一件件毛衣，都是母亲爱的表达，它们承载着母亲的温暖与关怀，陪伴着我走过了漫长的岁月。

无尽之夏

同题篇

当洞头遇上雪

漫溯时光里

我与《百岛》

— 当洞头遇上雪 —

当洞头遇上雪

施立松

雪来时，我是不信的。一星半点的"头皮屑"，像一则谎言，怎么骗得了一颗老于世故的心。期待了太多回，失望了太多回，再柔软的心也坚硬了吧。谁让我们生在夏无酷暑、冬无严寒的洞头海岛，注定与雪缘浅。

我拥着厚厚的衣裳，抱着大而沉的暖手袋，蜷缩在沙发上，举一盏茶，闻那茶香，固执地不去看窗外的雪。只翻出张岱《湖心亭看雪》来读，"雾凇沆砀，天与云与山与水，上下一白……"一字一句反反复复轻轻地念来，好像要让那一个个的字，变成一粒粒的雪落在我手心里，好似这样雪就下在了心里。

儿子发来断桥残雪的视频，说，我一回去，杭州就下雪了。我有些难过，哪怕多住一天，也能遇上雪。我恐怕又将错过今年的雪。我总是在错过。我突然悲伤起来。再读张岱，"拉余同饮。余强饮三大白而别"。人生的际遇，最好的也不过是雪天里，"同饮三大白"尔。

想那两个一向风雅的闺蜜，估计是坐不住的吧？果然，收到一朵六角雪花的图，数了又数，真是六个角呢。停留在红手套上的六角形，洁白晶莹，因随时都会消失，而美好得让人心软。不用说我也知道，这是她家闺女的杰作，会拍会摆，会将美好接住，并留下，应是美好之人所为。

雪一直飘着，且越来越密，渐渐地，树梢上有了一抹淡淡的白，伸手向窗外，有三五朵停留、融化。停在楼下的车，也顶着一层白毡；小花园的草地上，有几撮白馒头；铁树的长枝，笼住的雪多了些，白白的一长条，一长条，汇集起来倒像是挑了一箩筐的白面。山茶花就娇怯多了，只簪少少的几缕，玫红色的花朵却更有韵致了。

到了晚上，地面上也有一些雪了，去上晚课的路上，脚下松松软软的，有些滑。看到诗人沙之塔在堆雪人，几个大人带着孩子在雪地上踩来踩去，谁在唱着："下雪的时候，我们都变成了孩子。"我收了手中的伞，任雪花落在头上、身上、睫毛上，悄悄地张大嘴，接一朵雪花，暗自笑了——谁的心里还没藏着个孩子呢！

教室外，是一个小公园。从窗口望出去，路灯的光很像舞台上的追光灯，而主角自然是漫天飞舞的雪花了。风一阵一阵的，雪花也多了许多的变化，原本很轻很匀静静落着的雪，忽然就横冲直撞起来，像一个斯文温婉的女子，秒变狂野的女汉子，诧异之余，又觉得可爱之极。来玩雪的人也多了，挤挤挨挨的，不知道他们在玩些什么，惊呼声、欢笑声，一声声传来。课堂上明显多了许多心不在焉的人，老师讲课的声音，渐渐听不清了——雪是有魔力，摄人心魄的那种，我等俗人，哪能抵挡得住呢！

终于上完课，迫不及待地扑到雪地里，暖乎乎的手，握一把轻软的雪，捏捏捏，捏出几只小鸭子；捏捏捏，捏出一只小兔子。那边，一个鼓鼓囊囊的大南瓜已然出炉；这边，石桌上多了一个半米高的雪人，肩上搭着的围巾，分明是刚刚谁脖子上的绛红。车窗上，多了一个笑脸，长长的石匾上是一行"2024 年沐沐人生第一场雪"——十多年来一回，这是多少"南方小土豆"人生第一场雪啊！

快到家的时候，又遇见诗人沙之塔，问，怎么连外套都不穿就跑出来？他说，出来看看之前堆的小雪人还在不在，刚刚在楼上隐约听到有个孩子的声音："爸爸，我们把这个小雪人搬到我们家车上吧！"我不禁莞尔，明天他的诗里莫不是要出现"小雪人失窃记"！

小雪人还在，稳稳地立在他的爱车上，黑眼睛，红嘴唇，黄围脖，头顶上还有一个小鬏鬏，双手高举着，似在打招呼，又似在求拥抱，诗人的手笔，果然不同凡俗。

一夜难眠，惦记着雪，怕雪停早了，没等天亮就化了。迷迷糊糊中，猛然醒来，天亮了，阳光出来了，不多的几缕。着急忙慌地起床，跑到楼顶。还好，雪平平整整的，等待着阳光的书写。行人很少，偶有几辆车子，开得极慢。不远处，往日看惯的小公园，因为雪的加持，而陌生得宛如初见。太阳升上来了，举目望远，仁济学院的群楼，红色的墙面被阳光照得鲜亮，如同新上了釉，又有白雪做了或尖或方的屋顶，便红得更红，白得更白，美得炫目。而蜿蜒在波平浪静的海上的洞头峡大桥，分别就是张岱绘在《湖心亭看雪》上的那图，"湖上影子，惟长堤一痕、湖心亭一点……"物无不喜雪，果然。

雪，簌簌而落，静静而卧，却给所有人打开了通往童年的时光隧道，而洞头用一场雪轻轻松松书写了许许多多的欢乐，许许多多的诗和童话。

假如给每个人发一场雪

林秀莲

　　听说你要来，这几日，亲友口耳相传的都是关于你的讯息，周边手机叮咚不停的也是前方路透。

　　我们是老朋友了，谋面多次，分别已久。我不知道你住在哪里，去了何处，为何经年杳无音信？年少时，我多么钦慕你，你也曾温柔地逗弄过我和小伙伴们，那些夸张的、激动的大笑，开放在红彤彤的小脸上，晶莹剔透的眼神像你的六翼。你带给我们的礼物，我们拍成照片，存在相册和记忆里，那些围绕着礼物手牵手转圈圈、鼻涕泡泡发光的日子，让我至今觉得自己还是个孩子。嗯，在你面前，大家都是孩子。当孩子的感觉真好啊……那么你呢？你几岁了？我出生没几天，你就来了，那是我们的第一次见面。是不是大地上很多人赤条精光的时候你都见过？你可真有趣啊，一点都不嫌弃我们身体比你笨重、脑袋比你无知，还经常一身臭汗。

　　我居住在南方的一座小岛上，它名叫洞头，漂在东海里，像你飘在天空。我一直在等你，等了很久很久，久得我也忘了等你这件事，久得等你成了很多人心中的暗河。你是不是忘了来路？还是认不得当初的那些转圈圈的孩子？现在，连我的孩子也开始等你，她一青葱少女，才见过你两三回。从早上开始，她就时不时探出窗查看你的踪影，又不停翻阅微信里你在他方的美丽传说。

　　我在写年终述职报告，边写边咳，咳嗽半月未愈，做了中西药和各种偏方的小白鼠，仍未见好。剧咳刺激胸腔旧伤，深夜更甚，万籁俱寂，一只无形的手紧掐我的脖子，几次窒息，差点闷绝，呛得涕泗横流，喘不过气的刹那，心想：就认命吧，放弃抵抗了，随它吧……缓过劲儿来的那刻，竟然觉得"咳嗽"也值得深爱，世间一切皆可原谅。

　　我且相信白开水能包治百病，水也是你轮回链条里的另一副模样吧，骨子里都是丝毫不变的清明、澄澈。过去的一年，轮回里的人世间有些悲欢离合，几位温暖过我的人离开了，认识的、不认识的，我很是不舍，他们就像你，和我有着深浅不一的缘分，或读其诗文，或曾倾心同行，至今想起，仍在咫尺。你是不是不屑来这样疯狂的世界，才拖延至今？这一年，在命运重重的围剿中，也有局部的突围和微薄的收获，在医院进进出出，我依然在娑婆世界痛并快乐着。此刻，岛城的人们怀着不同的梦想深一脚浅一脚，终于等来你赐予纯粹的狂欢。请你——传说中的白衣剑侠，不吝你的冷面热心，展示你的神奇，将阴暗埋葬，把美好冰冻，成就现实中的美丽童话。

午前，孩子又到楼下等你，你的影子在窗外缥缈不定，又倏忽消失，她甚是气恼，又无可奈何，更生怕你隐匿芳踪不再出现。她见我纹丝不动，纳闷我是否不喜欢你。听闻我们曾有过那么多的欢聚，那么浓烈的互动，她极为诧异——为何现如今你来得如此稀少。我咋知道呢？但依据我的江湖经验，事实并不复杂，就是——不想来了呗。至于为何不想，那就问苍天、问大地、问人心吧！

相对她的欣喜，我只是长大了、变老了，如今是一个马上面临年终考核的大人，一个遭受病魔茶毒的大人，一个两鬓染上你的颜色、等你盼你却无体魄和你亲密接触的半老之人……就算天黑地白，与我何干呢？顶悬命运锋刃，无奈一再退让，只有对自己狠。

我继续对着电脑码字，楼下新城广场返修重建，一大早，工人的敲砖声、切割声就在响，嘣、嘣、嘣……吱、吱、吱……周而复始。你怎么来了呢?！我是不信的，如果你来了，工人们也应该会加入欢迎的队伍、各种劳作噪声也会停歇吧？他们会因你提前下班吧？我就这样稳稳地坐着，坐成一个固执的中老年人，忘了楼下的工人也是一群拖家带口的中老年人。

午后，天地无言，尘寰寂寥，门口欢声骤响，终于，你来了，远赴人间惊鸿宴，让我们再次目睹你的神圣容颜。你来，须天时地利，你来，也促进人和，人们都视你为吉祥之兆，盼你带来世界和平、国泰民安、人寿年丰。我起身，独立窗前端详——你果真还是老样子，一片两片三四片，飘飘洒洒舞翩跹，万物皆为白狗。

孩子从门外进来："快看！快看！诚不我欺！哈哈……"她最珍爱的布偶的红头发上，盛放着你的礼物，她说，最美的礼物需要最合适的玩具来承接，如此才对得起与你的久别重逢。我看了又看你给的礼物，仔细数数，真的六个瓣哦！我第一次看到你的礼物是如此不可思议——每一瓣，似一支时光之箭，从光年外凭空而来，也像一副爱的晶翼，轻抚悲欣交集的人世间。

我开窗，你把礼物轻轻放在我的手心，我看着它渐次融化，恰似小时候你温柔的挠揉，情义心知。嗯，你来了就好，和你对视片刻，我旋即坐下，继续写我的工作总结，不再为过往神伤，也不再为业绩寥寥惭愧。你在窗外继续此番使命，桌旁小几上的蜡梅芳香清冽、幽远，咳嗽的日子，闻不得各种味道，只有蜡梅的芳香不会加剧我的咳嗽，它就像一位体贴的发小，伴我多年突奔尘劳。孩子把刻好的甄嬛像挂在蜡梅枝头，说电视剧《甄嬛传》里有一句台词，"朔风如解意，容易莫摧残"，是火遍年轻人网络社区的一个梗，今日情景，朋友圈都在争相模仿。她叹道："可惜蜡梅枝只能家养，我们没有可供它花萼初含的地儿。"够了够了，寥寥数枝，花香盈袖，我甚为知足——蜡梅是你的最佳搭档，有你们，这个冬天很圆满。

这样特别的日子，需做点特殊的事，才配得上你的光临；孩子突发奇想，翻出老白茶，撮少许茶叶，做成小纱囊，置于蜡梅花心，说这是从《浮生六记》中学来的，明天用雪水烹煮，看看是不是香韵双绝。

漫天扯絮挦棉，新城广场的劳作噪声仍在响，据说是为了营造春节幸福祥和的氛围而赶工；小区儿童乐园里孩子们沸反盈天，以你之名快快乐乐地打架、摔跤，家长也乐呵呵地看着，老老少少都喜气洋洋。

傍晚时分，我终于写完总结，翻到各种考核表的最后一页：向组织说说心里话。敬爱的、亲爱的、可爱的，我真的很想说——请给每个人发一场雪吧（可以配套带薪休假的那种）！但是，如果，组织问我：你希望雪什么时候下呢？在幼年？青春时光？现在？还是垂垂老矣甚至临终之际？乃至死后？我该怎么回答呢？如果专为一人而下，要不要找人分享呢？找谁呢？

哎，这真是一个问题。夜里，书房的白窗纱上白光恍恍，想到张岱说此是"呆白"，我舍不得把这个词用在你身上，哪怕与张岱神交已久。大凡稀少之物、稀有之人，都会有些凡俗无法理解的天然之气、赤子之心，怎能算呆呢？突然收到信息，闺蜜和你亲密接触时滑倒骨裂，我问她，如果事先预知，还盼你来吗？她笑言，千万不要低估一个南方人对你的热切。

入睡前，我边咳边断然下定决心：如果给每个人发一场雪，那就这一刻下吧！过去的不必再回头，将来的还未到来，此刻刚刚好！给每个人浇头一场"林氏白雪"，爱我的、怨我的、恨我的、我爱的、不屑的、摒弃的……就此别过……

雪　事

冷云笺

年末的一场雪，来得猝不及防。

不经意间推窗，天蒙蒙的，灰白的点状物簌簌而落，间杂着小小的絮状物，触上手心就化了。我不禁脱口而出："天上下洗衣粉啦！"

我不信会下更大的雪。三四年前，雪也是这样子蒙蒙下着，隔着玻璃看絮片似乎多了一点时，却又渐渐停了。在我以为不再下时，却又轻轻柔柔地飘了起来，未及地面已化成水。

五年前，京哥脑血管畸形中风，在医院住了整整一年，逃不过半身偏瘫坐轮椅的命运。回来后，后遗症层出不穷，在这风雪夜十一点多竟尿血了。

必须去医院！

门外的雪米叮叮地敲着不锈钢扶手，发出清脆的声音，化成水珠，一条条流下来。楼梯湿滑，京哥佝偻着身子，紧紧攥着楼梯扶手，用肘靠着一级级滑下来，我则左手搀着京哥的臂弯，右手将他瘫了的右腿一级一级扯下来，每一级都走得心惊肉跳。下了楼，我扶他坐上已经摊好棉被的轮椅，围上围巾戴上口罩，将被子顺着头部像宋制交领一样掖起来，他像个巨大的粽子，只露出眼镜。

风大，我不敢戴帽，推着轮椅出了街，雪也开玩笑似的大起来，落在头上融化了，顺着发梢滑了下来，湿湿地贴在脸上，冰冰冷冷，还顺着脖子滑了下去。

京哥是结石尿血，因为疼痛躺不下来，只能坐着轮椅，将手放在冰冷的打针台吊止血针。我脱下自己的手套和围巾给他垫在手下，他坐困了，将头歪在肩膀上睡了。夜静，输液室雪白的灯光透着缕缕寒意渗进骨肉，我去十足买豆浆给他暖身子的时候，雪停了，风绕着脖子哧溜转着圈，顺着毛孔钻进血液里，立马起了一身鸡皮疙瘩。

当我们打完针出门时，夜更深了，雪又夹着雪子纷纷而落，京哥的眼镜一会儿就模糊了。

那一夜，路很空旷，仅一个黑影推着另一个庞大的黑影在风雪中跌跌撞撞地走着。

那一夜，雪下得断断续续。天亮时了无痕迹，就像夜里根本就没下过雪。

所以，这一次我不相信会有大雪。可这些"洗衣粉"却没有停歇的意思，越下越欢，越下越密集，搞得整个天空都脏脏的。

中午时分，我去了趟医院，雪絮还是不多，夹杂着雪子，落在地面笃笃地响。地面水淋淋的，雪子随风滚来滚去，我无暇顾及，因为我也是一颗雪子，不知道会被风吹向哪里，在哪里消融。

回来时，我在年货街上买了四个苹果，一斤八珍糕。风吹得广告布猎猎作响，商贩们在四面通风的摊位上蜷缩着，无处可躲，我跺着脚，感叹一声："赚点钱真不容易啊！"遂想，自己不也是这么过来的吗？也是这年关时节，也是雨雪天，夜里十点多关店，十一点多，刚把被窝焐暖，接到电话："你来不来哟？"想起有三十元赚，咻溜一下就坐了起来："来！马上到。"

我开了十五年美甲店，很多时候都是被顾客的电话催着起床的，早饭也顾不得吃，一忙停就是下午两三点，匆匆叫碗面条继续忙。有时忙到三四点，饿也饿过头了，干脆三顿化作一餐晚饭。为了几个小钱，每夜背痛腰痛，睡睡醒醒；为了几个小钱，我失去了许多陪伴孩子的时光，每每忆及，倍感亏欠；为了几个小钱，我舍不得花时间去学车，弄得如今啥也不会，光靠着两条腿推着轮椅到处奔波……在这风雪交加的街上，又有谁是那么容易的呢？

傍晚，我又去了趟医院。看不见天空，只有雪夹着絮绵绵不断地压下来，每一颗雪打在脸上像针扎一样痛。风肆意地拖拽着身子，将雪一浪一浪地推过草丛，一些雪来不及被推走，留在草叶上，草叶上便挂上了霜。

难道真是一场大雪？

出了医院，昏黄灯下，草被上的雪厚厚一层，全白了。不过是冠上白，有些藏不住的还是露了出来，比如树干，比如踏石板。雪是雪，物依旧是物，却多了许多风韵和静谧。连城大道的小径深处有浅淡的灯火，柔和得让人不忍打搅，转过林荫似乎可见古人坐在窗前，两指拈着胡须正在吟哦："时节轮回大雪临，飘飘洒洒玉花沉。"

雪无章地下着，在路灯的照射下有些杂乱，落在房顶、栏杆上和汽车上，齐齐地一片白。一些雪钻进摊位的布帘里，不多久就堆成了一座小山。

白了白了，赶路的人头上也染了白。街口高悬的红灯笼里有闪烁的烛火，那是归家的讯息。灯壳上滑不落的积雪，是两肩挥不去的风尘，雪地里猜不透的谜语，或许就是过往与未来。

这世界只剩下一种颜色了，雪蓬蓬地盖在物面上，齐齐整整，指头一戳，松松软软的，柔若无骨。抓起一团用力一握，一种硬性的紧致，再不能分开。雪也是有骨性的，恍如时空里的某些人，那些因着某种信念，让雪地里开出梅花的人。

雪停了。阳光照在京哥的脸上，暖暖的。我捏一小撮雪放在他的手心，他一缩手，甜甜地笑了，笑得腼腆，发出的只言片语也是嗲声嗲气的。很多时候，我都恍惚地以为他是我的一个孩子。只要他咧开嘴笑，我的心就立刻欢愉了起来。很多事情，京哥是无法表达出来的，只要他皱起眉头，我就无尽地揣摩他是不是哪里不舒服了，没日没夜地用手机查，思前想后，一再求证，一定要找出原因来。只因这世上，只有我是他唯一的依靠了。

我以前并不怎么关心他，我们本也是格格不入的两个人。或许是我来这世上太晚了，也或许是太早了，与家人们的那条血脉亲情从无到有，到舍不得，到放不下。而他们都是不可能粘在这世上的，一个个都唤不回，求不来。当年眼见着京哥在我面前走来走去，突然就不动了，送到手术室竟告知50%以上概率下不了手术台时，我突然想到了父亲，很揪心，很不甘心。看着手术室的门缓缓闭上，我不知自己跪在门口磕了多少个响头。

京哥无意欣赏雪景，让我把轮椅推进屋。雪化了，我又错过了去接一朵雪花，数一数是不是有传说中的六个角。余生不长，错过几次也就过完了。

雪夜归途

戴婉贞

　　车窗外，视野内，一望无际的白绸覆盖了万物，在这幅全然留白的卷轴上，正行驶着一辆淡绿色的出租车。

　　第一次，在雪夜，我与一位陌生人一起"奔走"在归家的路途上，这是极其稀罕的。我久居这座温暖的岛城，罕见冬月飘雪，下大雪更是如同一场久违的邂逅。

　　车子离高速路口越来越近，打在汽车挡风玻璃上的雪花越来越密。开车的陈师傅自言自语："现在是真正的雪了。"他的意思是之前飘落的雪花夹带着雨水，沾地就没了，根本算不上下雪。我本不喜欢与陌生人聊天，更不能打扰他开车，只是当时急需一位经验丰富的驾驶员帮我分担内心的担忧，可我还没来得及开口追问，陈师傅马上又接上一句："看来高速会封道，估计我们要走国道。"

　　汽车继续走了十几分钟，陈师傅所言得到了验证，进入高速路口的左转车道被阻拦，立在风雪中的交警不停地指挥着车辆往前行驶。这意味着我们归家的路程变长了。

　　我在黄昏收到了雪的讯息。阴沉的天空下，雪粒子似撒在半空的杂质，稀疏、松弛，我张开手掌，接了好久也没能抓住一枚六边形的结晶体。我想，它该像往年一样，只是来应景的。于是约了个车子，打算连夜赶回家。夜路难行，我约车时，特意要求配一名熟练的驾驶员，可看这雪下的认真劲儿，让我不得不再次担忧安全问题。

　　路灯顶着夜幕，照亮了雪花飘零的路，国道上排列的"灯龙"越来越长。我降下一半的车窗，一边盯着雪花的舞步，一边不安地对陈师傅说："雪真的大起来了，我们还是慢慢开。"

　　"放心吧，姐，我跑车快二十年了，保证送你安全到家。"看样貌，陈师傅的年龄不到四十岁，驾龄倒是不短。他又说自己的第一份工作就是开车："年轻的时候喜欢开快车，受过几次伤，现在开车稳稳地，我女儿可不准我开快车。"一提到女儿，陈师傅的话匣子就关不住了。他说："女儿八岁了，平日很乖巧，就是太粗心，写作业老出错。她也懒惰，她妈还买了很多练习册让她做，她总要少写几道题。可她听我的话，还知道给我泡茶。下午一下雪粒子，她就打电话给我了，说要和我一起堆雪人。这可是她出生后，看到的第一场雪啊！"

八岁的孩子还处在可爱的保鲜期。孩子是什么时候变得不可爱的？记忆中，我的孩子从小学六年级开始变得别扭，我仍记得他噘起嘴巴的模样，委屈得让我不忍心再训他偷玩平板电脑，只能重复一遍原来的约定：平板电脑只能周末玩。他后来又"违约"了，上初中的时候，上高中的时候，他总是爱玩游戏，可爱玩不是孩子的天性吗？大学放寒假了，今天下午儿子已经到家了。在他身上，我已经找不到他孩童时期的可爱劲儿了，但我还是急着赶回家中，看他一眼。不知道，他会不会让我抱一下。

点亮手机进入朋友圈，一帧帧雪景照扑上我的双眼，似乎整个岛城人都在见证这场雪来过。海明威笔下的乞力马扎罗常年有积雪，对于雪而言，高山是安稳的托付，而大海不是，它难以依附，一贯不受白雪的青睐。既来，物以稀为贵，晒图欢迎一场十年一遇的瑞雪一点不为过。

车玻璃模糊一片，我再次降下车窗，雪花被风吹得蒙头乱转，我辨识着隐在雪夜中的建筑物、道路，终于找回了熟悉的感觉，车子已经驶入了"家"的地界。倦了的雪花俯卧在两侧花圃的杂草上、行道树上、红花檵木球上。长年一色的红花檵木球，此刻裹上了一件厚厚的白棉袄，不同于往常的木讷了。

陈师傅仍在念叨着堆雪人的事。"明天早上带她去找找看，总有一处地方有积雪，这么多年才有这么一场雪啊！"我看了眼手机上的天气预报，忍不住提醒他："说是下半夜雪就停了，明天就放晴了。今天晚上迟点说不定雪能堆积起来，明早估计难说。"他听了我的话，不免有所动摇，迟疑地说："那不一定，到高一点的地方，到山上去找，应该能找到，望海楼在的那座山高，明早说不定还有积雪。"他停顿了好一会儿，又嘀咕："我们八点多应该能到家，要不等我到家了，带她去顶楼阳台看看，说不定能堆雪人了。"

"绘事后素。"有了这幅天成的底子，我毫无顾忌地在这幅卷轴上又"画上"了一个矮小的雪人。

雪天随想

赖海霞

近些年，大寒天气偶有雪霰子敲窗噼里啪啦，伸手去接，稍后，总是失望叹气，又是个没雪的冬天。

今天中午，下雪了！新雪初霁，人们欢呼雀跃，盼望这场久违的瑞雪，带来新年的祥和。朋友圈、抖音但凡与雪相关，无论是图片还是视频，我都赞到手酸。若换作以前，儿子会说幼稚，现在我猜他是欣赏的，想起 2023 年 12 月中旬，儿子外出回来，送我毛绒帽、皮手套、大围巾雪天三件套。我还在朋友圈炫了一把：娃回来啦，送我这个、这个，还有那个。这架势，若不来场雪，真对不住我啊。

我期待下雪天，因为在某个寒冷的冬季，傍晚大雪纷飞，拖拉机轮子打滑，从北岙后竹场运回的青竹只好先卸在中仑公路边，父亲说天亮再把青竹扛回岭背。天还没亮呢，雪遮盖地面。当年，我哥初中毕业，大姨丈带他到白楼下渔业公司打工了，弟弟才七八岁，才上初一的我，作为家里的劳动力，被父亲从单薄的棉被里吼出来，披着母亲的旧衬衫，穿上哥哥的旧裤子，套上父亲的那件灰色掉线旧毛衣，鞋子露出拇指甲盖，紧跟父亲踩过的雪脚印，起脚大步往中仑一路小跑。一夜的雪，使得青竹都被覆盖得严严实实的，父亲用铁锹扒拉开积雪，露出碗口粗、八九米长的青竹。唔，这青竹不错，每支能编两担箩筐，父亲说。

青竹被雪浸湿，越发的沉，记忆中肩膀胀痛淤肿的感觉又猛然袭来，不由攥紧了拳头，眼眶又要红起来。扛青竹的路上，父亲的话不多，他不会像母亲那样说我：哈哈，你肩膀这样平整，后背这么直，都是我让你抬水扛竹子练出来的，你要感谢我。他说的令我印象最深的一句话是：磨难是生活馈赠给我们的礼物，经历过，往后再难的事也不难了。

父亲出生在一个贫寒的渔民家庭，6 岁在前坑寮养牛，11 岁才上北岙中心校，被选为少先队大队长。由于家境贫困，生活所迫，寒假期间与更加年幼的小姑妈打赤脚在二垅海滩夹苗。而后，年仅16岁的父亲就到篾器厂当学徒，过早地担起生活的重担。18岁应征入伍，23岁在洞头七二五办公室，管理民工在小朴至大朴、小九厅至三垅、半屏南岙打粮食坑道工作。退伍后，父亲被分配在县皮件厂工作，从一般的工作岗位提拔到供销科长、副厂长等职。1985年，企业从计划经济过渡到市场经济，工人全部下岗，即使不下岗也拿不到工资，父亲也不例外，赤手空拳地离开自己的工作单位，为生计重新拿起几十年未碰的篾刀，做回匠人。他通过编箩筐、竹匾、竹篮，削扁担、棒冰棍等赚取微薄的收入，起早摸黑，不畏严寒酷暑，攀高爬险，搭鱼粉竹棚养家糊口。

父亲在我左右肩膀分别压了根青竹，又觉得不妥，抬起青竹，让我靠后一些。我双手抬起，夹紧粗大的青竹的一端，驼背弯腰奋力朝前，每前行一步，竹梢与地面磨出的声响直冲耳膜，顿时耳朵里被噪声灌得生疼。冰凉的青竹触碰着脸颊，雪水淌进领口，不由得缩紧脖子，那竹梢在雪地里划出两行轨迹，当中是我左右摇晃的，蹒跚的，冻僵的，机械前行的步伐。父亲扛着青竹很快超过了我，一趟又一趟，不断往返，看着父亲的背影模糊，筋疲力尽的我双膝快要跪地时，抬眸望向来处，父亲的身影又清晰地出现在眼前，他哈腰扛起我肩头的青竹，往家的方向走去。

解脱了重负的我，在一片片无人涉足的雪地里撒野，留下一行行足迹，拍打墙垣上花花草草身上的积雪，掰断屋檐下垂挂着的冰凌吮吸。在家门口看到隔壁老奶奶往坛坛罐罐里舀雪，好奇她要做什么，她说雪水可以用来腌咸鸭蛋，蛋黄会像太阳一样红红的，还会流油，还可以来年煮给大人小孩喝，还可以止咳呢。

父亲已经系着围裙，从房梁上堆放的竹子里选了根青竹，在门口条椅上架着，拿起篾刀在劈了。和许多传统工艺一样，竹编工艺正渐渐失传。父亲认真审视青竹的厚薄宽窄，然后在篾刀的一进一退中，一根偌长的竹子被剖成若干粗细均匀的竹条。

他的双手布满老茧，皲裂得不能下水，每周我都是用热水加醋给他浸泡手脚指甲，并仔细修剪。他只读过几年小学，却能心思聪慧地用经纬连贯的方法编织出各种生活器具。古稀之年，他常说"手艺工，吃勿空"，我老了，这门手艺没有年轻人想学，若是有人要学，我都会教给他。

现在想来，那竹篮底部编好的纹路像极了雪花晶体，在我脑海里盘旋。

雪，被你惊艳到了

陈海舟

　　"哇哇哇，我姐!"一声长长的闽南语夹着老妇沙哑的声音，在楼下一惊一乍。听话里的意思，是下雪了。

　　才凌晨五点，大多数的人正在梦中。清梦被搅，心里甚是窝火。"不就是雪米粒嘛，顶多蹦哒几下，有啥好咧咧的。"

　　昨晚半夜一点多才躺下，此时睡意正浓，翻个身，裹紧了被子继续睡。

　　慢慢地，似乎有一种传染病，悄悄地在周边渗透。被搅扰后的心，敏感到可以听到掉落的针。我听到楼上、楼下推窗，开门的脚步响起。围墙外面的路上，越来越多的人声、交流声，甚至还有踩脚声，清晰地传入耳朵。

　　"少见多怪。"我因这种无端的闹哄哄而恼火。群居的习性，从众的心理，让我不得不好奇地望向窗帘，想开窗看看到底发生了什么。

　　咦，这么亮了?意外的反光让窗帘在感觉上比平时亮了许多。

　　透过窗帘的缝隙，我看见窗台的边沿积着一层厚厚的雪。"雪!天哦!"我兴奋起来，蹦哒出那个可以让我"醉生梦死"的热被窝，光着脚便跳下了床。"哗"，一把将窗帘掀到彻底。

　　眼前到处是刺眼的白，纯净到不掺杂质的白，玲珑而剔透的白啊!像是滤尽了尘世间的沧桑，光洁得只剩下一幅无瑕的巨帛素笺。人性的丑陋、世间的污垢，一夜间被清空、涤荡殆尽。但，这样的白也遮蔽了一切事实的真相，坑、洞和陷阱。

　　看着银装素裹的世界，心激动得怦怦直跳。雪乡、雪原，打雪仗、滑雪，无数次梦中向往的意境，那些曾经奢望的念想，顿时一股脑儿全炸开来。

我怀疑自己的眼睛了，用手揉了一下，看清了窗外的白色并不是迷糊中的磨砂片，掐了掐胳膊，确定自己不是在梦游。浩浩荡荡降临的一场大雪，既没有先兆，也没有太大的动静，怎么可以下得如此悄无声息，如此干脆利落。

直到冻得发抖，我才回过神来。赶紧抓了羽绒服趿着鞋冲上楼顶。生怕突如其来的雪，在我眨眼间逝去。

我幼年记忆里的冬天从来不差雪景。山城的冬天，只要你喜欢看雪，在乡下海拔高的地方，总能满足你。

殊不知海岛的雪，竟和夏天的淡水一样稀缺。来洞头后的这些年，雪成了可望而不可即的稀罕物。飘雪的浪漫世界，只在梦境里幽幽上演。每一回翘首以待，每一年心甘情愿苦等，雪讯仿佛都石沉大海。海岛能改写缺水的历史，却终究要仰仗上天赐雪的事实。白雪皑皑，这在海岛俗世里几乎成了生僻的词。雪，数十年盼望只留下漫长等待。

距离上一次下雪，竟相隔了十二年！雪啊雪，人生能有几个这样的轮回？这次突如其来的雪，令整座海岛彻底沦陷在欢呼声中。

十二年前，我在老局附近的东屏公园见识了一场风雪的浩荡。当时，我们还没有搬离人民路。听闻天气预报有雪，人人情绪高涨：相约看雪去。

等到傍晚快下班时，玻璃窗外果然弹起了"噼噼啪啪"的声音。我看着雪在天空中纷纷飘舞，又眼睁睁瞧着它飘着飘着在半空中消殒，特别捉弄人。看着街上一溜行走的伞花，几粒胆大的雪米努力地从伞顶蹦跶到地上，愣是不见了。唉！降临海岛上空的雪，四面被咸湿气氛包围，终将没有生存的底气。

晚上，老同事白天说的话一直在耳边："守着，今晚绝对有雪。"老于世故的口吻，令我不得不信。毕竟多年没看见下雪，这个念头挠得人浑身痒痒的。下雪，在海岛稀罕得紧。

我开窗数遍，依然是雪和着雨，似乎没有下雪的迹象。熬到了夜里两点，睡意一波波袭来。心有不甘的我将闹铃调到了凌晨五点，终究要弄个明白，同事所说的是不是事实。

闹铃响起，我惊喜地看到窗外的地上积起了一层雪。家家户户的房顶上披着白白的毯子。我迫不及待地穿鞋下楼，想赶个早。"赶在没人之前看雪，地上保准不滑。"谁知一下楼就看见走道上已有密密麻麻的脚印。这个小区的人八成都没有睡好觉，为一场雪的到来倾巢而出了。

从区府门前穿越中心街到人民路的税务局老楼，是一段艰难的距离。走的人多，积雪已被踩成了雪水。我听着脚下的嘎吱声，在灰蒙蒙的街灯中辨识前面一摊摊积水。不时有人滑倒尖叫，摔碰的"哎哟"声，你拉我扯、嘻嘻哈哈的取笑声不绝于耳。一场雪，似乎把所有人都逗弄得不正常了。

即便是没有人踩过的地方，一脚下去感觉也是绵软、滑溜溜的。我刚下楼那会儿，"吱溜"一下就坐在了地上，水蓝色的羽绒服后面贴了一个"大泥饼"。碰到赶早回来的同事，说："你怎么不开车出去遛一圈？燕子山那边太好看啦！等你走半天雪都化啦。"海岛的雪似乎有些欺生，我刚出门就摔了一跤，想想还是罢了。就这样，我磨磨叽叽在街上转了一圈，五点钟起来看雪毕竟还是迟了。

陆陆续续，人行道上有不少人在扫雪。我到达单位的大楼时，道路是洁净的，积雪已经被早到的同事清理了。单位的工会在餐厅贴出通知，抽调青年骨干到附近的东屏公园扫雪，防止上山步道积雪成冰，避免游人滑倒受伤。我参与了这次活动。

从山下到山上，临风而望。海风呼啸，犹如龙吟，我们个个都被吹得鼻脸通红，"千里冰封"的景象尽收眼底。我长这么大，还从来没有上过山去看雪景呢，有些喜不自胜。归来时，我的袖口、鞋子全湿漉漉的，手脚都冻僵了，心里不时想着："要是单位放假那该多好啊！我可以漫山遍野去看个遍。"

此后，不断滋生出登临高处看雪的念头，像对雪的圣洁、心中的圣山而进行的朝拜。这一发，便不可收拾。

每年的十月初，山海关以外就扬起了大雪。在发达的网络里，我们就干坐着看他们在嬉戏、滑冰，羡慕不已。即便到了寒冬腊月，北方的鹅毛大雪飘向南方，一路上不断抽丝剥茧，到了温州海边什么都不剩。感叹随之而起，一次次的盼望落空。

南方，无雪的缺憾，是日子中最缺失的浪漫。每到年关，刀郎的歌声"2002年的第一场雪，比以往时候来得更晚一些"一度在人们等雪的时间里幽咽。

月是故乡明。属地的标签，是身上永远拂之不去的刺青。每到年关，我便像那候鸟一样，从温州向上海迁徙，"父母在哪儿，家在哪儿"，也算聊以慰藉。家的温暖伴着我异地踏雪，望梅止渴。

淞沪平原的雪，少了些北方的强劲，多了几分吴语的软糯。北方的雪干爽，蓬松不易粘连；而淞沪的雪成片或呈絮状，缠绵之余又粘又嗔，你侬我侬。一旦有了个把时辰，总会粘连在一起，直到化成一摊水。

因为少了山和丘陵，少了高低起伏和错落有致的味道，雪后的景观是一片白色的平畴，既单调又乏味，多年下来，已视觉疲劳。我也从最初对雪的盼望、新鲜感，逐渐在疲于奔命的日子中结成坚硬的内核，下意识地不去触碰，却像男人变性后，仍幻觉突兀的喉结，怎么也撸不平，时不时地要去摸一下。

　　不知道雪多少年来一直在养精蓄锐，而今破壁重生，令人猝不及防。一场突如其来的雪，霸屏了"南方小土豆"攻陷哈尔滨的火热场面。

　　他乡的雪再好，不足以疗饥。命里有时终须有。雪，我心中的坚硬壁垒顷刻坍塌，在你圣洁的面前，被你惊艳到了！

初雪，落满山城

青　岩

今年，雪来的时候，没有丁点儿征兆，说来便来了。

几日前，就听说一股冷空气要席卷而来，但这对于冬季而言再也寻常不过了，未曾放在心上。洞头的冬天，倒也不像是冬天，冷个三五天，气温便又开始回升，从层层包裹的厚冬衣，又可穿回两件秋单衣，气候在秋冬里穿梭，如此复始，也就见怪不怪了。

清晨，将孩子送至校门口，雨点儿便落下来了。但今日的雨点儿与往日的有些不同，显得厚重了些。仔细一瞧，原来雨中夹带着雪米。洞头的冬天，最寒冷的时刻，无非就是下雪米了。这梨花泪似的雪米，仿佛是洞头冬天最后的"尊严"。

在记忆中，洞头的雪，似乎极少变过冰冷而坚硬的雪花。曾有人描述江浙一带下雪时的模样："它的重量像是雨点，并不会飞舞。"回想起洞头近几年来下雪时的模样，确是如此。每年冬季，正当感到雪要下来时，等待了许久，等来的却只有随着雨点洒下来的几颗雪米，是淡淡的暗灰色，不是纯白的，一到地面上，它就立刻融成了水，没有了痕迹。

过了午时，雪又开始认真地下了起来，就像一个急赶慢赶补作业的学生，为了能准时给冬天这位"严师"交差，也是费尽了心思。白色的雪花就此在半空中盘旋、飞舞着，洁白而轻盈。周围寂静无声，雪花慢慢地装点着大地上的万物，如同一位晨起弄妆的姑娘，一笔一笔地描画着细细的黛眉，直到完成精致的妆容。如此，雪也落满了。

暮色渐浓时，窗外的白雪还在纷纷扬扬地下着，黑夜将万物揽入怀中，哼唱着小夜曲。大片的飞雪绕着昏暗的路灯缓缓落地，仿佛这些绵密的雪花是从昏黄的灯光里涌出来的，幻化成暗夜里的流萤。流萤再将那束随着寒风颤抖的光亮塞进自己的胸腹，借以点亮冬夜里的萤火之光。

雪并未被黑夜催眠，那道银光就是最好的见证。

临睡前，我将头探出窗外，看看雪是否还在下着，如此恋恋不舍地拥被而眠。当我闭上双眼，眼前被一片漆黑填满，一片片雪花仿佛开始在我的眼睫毛上栖落，一片、两片、三片……心里默数着，直至无数片雪花压倒最后一根睫毛，眼皮开始沉重，雪花形成一个白色的漩涡，在脑海中回旋着，睡意蒙眬间，一股寒气袭来，如同被点了穴位一般，蜷缩在床铺的一角不敢妄动。

落雪是无声的，不像是大张旗鼓的雨点儿，高调而宣扬。

不知睡了多久，睁开迷蒙的双眼，窗外的天空早已微微泛白。一阵嬉笑声彻底让天色亮堂了起来。我有些迫不及待地披上外衣，想去看看这位远道而来的朋友是否已离去。临窗望去，只见窗外白雪皑皑，茫茫一片，已有未见过落雪的小孩子家家，将自己包裹得像雪人似的，拿着铲子和小水桶在厚厚的雪地里来回踩着、跑着，远远望去，活像是会移动的小雪人。

两个孩子刚从睡梦中醒来，叫嚷着要下楼玩雪。匆匆吃过早饭，便下楼去了。松软的草坪，被覆盖上一层厚厚的雪被。许多大大小小的孩子闻声而来，在雪地里奔跑着，一行行深深烙在雪地上的脚印，似乎在为沉睡的大地留下冬的痕迹。

儿时觉得雪花飘落，是最快乐的事。小孩子在雪地里打滚儿、堆雪人，玩得不亦乐乎。大人则取来几个空瓶子，撇去积雪上的草尘，小心翼翼地捧起少量的雪，分次装进瓶子里，直至瓶中盛满了雪，最后拧紧瓶盖，放在家中储存。据说雪水有缓解咳嗽、散热消肿的功效。

我是喝过雪水的，但是已经记不得那是什么味儿了，可能像开水般寡淡无味，可能像泉水般清洌甘甜，也有可能夹带着草木的芳香。当饮下这种混合着各种气味的雪水时，是不是也如同吞下千万片雪花，会不会也变成一个名副其实的雪人呢？

去菜市场买鱼，这是雪天里出门的理由。

骑车在路上，寒风迎面而来。刺骨的寒，如同一根根尖锐的冰钉，穿透厚重的棉衣，让人浑身止不住颤抖。俗话说："下雪不冷，化雪冷。"此时，太阳已升到高空，积雪也在悄无声息地消融。菜市场的人，比往常少了些。这么冷的天气，没人想在外多留。直奔鱼摊，买了一条大活黄鱼，看鱼贩子杀鱼，便是我此时唯一能做的事。生活在南方的好处便是买鱼给杀鱼，除去鱼肠胆，还帮你洗净，整齐地切好，到家便能下锅了。我将双手揣进兜里，在鱼摊前来回踱步。只见鱼贩娴熟地将黄鱼开膛破肚，取出肠卵，剔除鱼鳃，再信手扯来一旁的水管，将鱼由内而外冲洗干净，这一系列的操作，似乎是一气呵成。看着鱼贩满是皲裂的双手，布满了厚厚的暗黄色茧子，心中不由地感叹：如果不是为了生活，谁会在这寒冷的冬季，如此卖力地工作着。

回到家中，积雪大都已经融化，草地露出原有的"本色"，融化的雪水或渗入土壤里，滋养枯竭的草木；或结成了冰雕，形态千奇百怪。滴答，滴答……最后竟连倔强的冰也都化成了水，慢慢地蒸发了。

此时，已经冷到了极致。大寒大寒，无风也寒。过了寒冬里的最后一个节气，一场纷飞的大雪也算是为冬季画上了一个圆满的句号。

"围坐红泥小火炉，煮酒谈今夕"，想学古人饮酒暖身，怎料一杯红酒穿肠而过，脸颊通红，竟也眩晕了，倒头睡去。

也罢了，唯见这场初雪，虽寥寥几笔，慢慢亦漫漫。

— 漫溯时光里 —

临海灵犀时光里

林秀莲

　　小寒，海霞女子散文社雅集。立松嘱我为雅集取一个名字。想到我们的雅集地是在东岙村海边的民宿，我说，那就叫"临海灵犀"吧。散文创作本来就是心灵的流露，几个同道中人一起聊散文、改稿子，畅谈明年散文社创建十周年的系列活动，也需要大家相互启发。一伙有灵气的女子在充满灵力的大海边，和大自然相互激荡，也能获得些许灵感吧。

　　当我在阳光灿烂的正午，踩着柔软的沙子，来到民宿的门口，我看到雪白的门台挂着一枚小小的门牌，上刻"In Time"（时光里），暗叹这个名字和今天的雅集主题真是心有灵犀呀。霍金说，时间原本是没有的，只不过是人们为了生活方便有序而巧立的名目。如此说来，"In Time"也代表我们美好的祝愿：年年有此时，岁岁有今朝。门牌被阳光晒得微微发黄，门台也是白里泛黄，都是时光的印迹。进门的小小泳池泄了一半水，剩下的估计仅可濯足。院子不大，一张长桌，滩着早晨刚落的雨，竹篱笆上有各色绿植红花。炮仗花甚是勇猛，从犄角处爬上二楼，橙色的花一簇簇、一团团，鲜艳明亮，吵吵闹闹，在地为炮，飞天如花，给这栋白屋子里抹了一道最浓烈的烟霞。

　　我一直沉浸在"时光里"，默念着"In Time"，脑子里自然而然地冒出很多和Time 有关的词，时代，时间，当下。可不是吗，我们都在时光里，时光的新鲜、时光的半旧，都那么明显。看得出来，这栋屋子里，有出发的朝气蓬勃，也有中途的迷茫凝绝，更有沉静之后的淡然开阔。

　　奇怪，就这么一个并不十分靓丽的狭小院落，竟让我心动。套用时下流行的话，这民宿就是我的"梦中情家"。嗯，她就是有家的味道，不像豪华酒店，可望而不可即，特别契合我现在的心境：什么都不想，就晒太阳吹海风，看海阔天空，潮涨潮落，和三两知己说着咸淡。

阳光正好，我们坐在一楼的小茶吧改稿，透过明亮的玻璃，看见大海波澜不兴，像准备表演的魔术师，满是魅惑。我心旦隐隐惋惜，这么好的阳光怎么没人来晒呢？唉！幸亏我来了。沙滩的另一角，乜有一栋白色的房子，见过世界之大的时髦旅人说，这是爱琴海色、圣托里尼色。我却觉得这是两座房子在对春水、秋水眉来眼去，在盛夏台风、冬日寒天时同仇敌忾，房子也有它的性格和脾气啊。在 2024 年小寒日下午三点，我们在"时光里"微笑，读着海子的诗："在这珍贵的人间/太阳强烈/水波温柔/一层层白云覆盖着……活在这珍贵的人间。"

我受伤不便，半卧飘窗，散文社姐妹把大棉袄脱下盖在我身上，我开玩笑说，这是黄袍加身啊。抱着暖阳，看着有趣的文字，我们开始散文社改稿惯用的"剁法"。被人指出不足不气馁，受到表扬不骄傲，这是散文社在庸常琐碎中能够坚持十年的妙法之一。姐妹们上有老下有小，中间还有工作催迫，从尘劳中抽离半日定期参加雅集实属不易，"不讲情面"的改稿会大家最喜欢，因为真刀真枪地修改后，大家都有所进步。谁不想进步呢，姐妹们神采飞扬，如微漾的海上花。

改稿完毕，好奇心强烈的小伙伴们在民宿转悠。我看到白色涂料下虎皮房的痕迹，便十分欢喜。对我等生活经历相似的人来说，"时光里"民宿既亲切，也新奇，满足了我们的猎奇、图变、求新的心理。对外来游客来说，这里安宁闲适的氛围可以让人在陌生中的安全感倍增，有丝丝家的熟悉调性。"时光里"似乎有种独特的磁场，无论什么家具摆放进来，都是妥帖合适的。因为它就是你另外一个升级版的家，让你有丑得舒服的自由，有躺平懒散的权利。在"时光里"，你是自己的主人，一切你说了算！

而我除了想晒太阳，还想在这里等一场台风，体会一下此刻时光的温柔娴静在爆裂之际的震撼。

坐在院子里的靠椅上，晒得浑身软绵，我又开始想着和时间有关的词。大家在门口铭牌前合影，我突然想起，表示"当下"的还有一个英文是"Present"，也是礼物、馈赠的意思，初学时，怎么也搞不明白"当下"和"礼物"有什么联系。后来，看电影《功夫熊猫》，老乌龟对熊猫说："昨天已是历史，明天仍是未知，但今天是一份'礼物'，要不为什么它也被称为'当下'呢。"哦哦，我顿时恍然大悟：Present，把握当下，超越过去，就是生命时光里最宝贵的礼物呀。时光的箭矢单向朝前，因此它才是珍贵的"Present"。这也是今日雅集大海赐予我的灵感箴言吧？

　　黄昏渐至，身上的暖意被时光收回，我们起身回家。沙滩上有许多晒海鲜的棚子，一个孩子在棚前桌边背诵"千山鸟飞绝，万径人踪灭"。我回望大海，渺渺无影，寂寂无声，乖得像熟睡的婴儿，躺在落日余晖里。

漫步时光里

青 岩

只一个简单的初见，在东岙"时光里"。

东岙我去过多次，闭着眼也知道从哪个路口下到村里。在我的记忆中，东岙的小巷很多，每一条似乎都有着它的故事。刻骨铭心的情诗巷，镌刻着往昔诗人们喃喃的细语与深情的凝望。民风淳朴的藤壶古巷，承载着渔村的幸福与海岛的藤壶文化。古色古香的七夕古巷，海上人家的浪漫地标，蕴含着洞头深厚的七夕文化。巷子里，一家久别重逢的转角小酒馆，在时光的角落里默默等待着故人的归来。

从七夕古巷进入，穿过一条悠长、深邃的窄巷，巷子左右两排的老房子，错落有致地排列着。古朴的雕花窗棂，散发着陈旧的木香。漆白的院墙上爬满了油绿发亮的爬山虎，阳光透过屋檐的缝隙洒在斑驳的墙面，晕开一片片光斑，漫步在青石板铺成的小路，与清风一同穿巷而过。

走出巷子，视野一片豁然开朗，远近闻名的东岙沙滩赫然出现在眼前。沿着沙滩上蜿蜒的海岸线，一边缓慢行走着，一边寻觅"时光里"。无意间，一道强烈的白光落在了一面白墙上，在我的眼前晃了晃，我下意识地抬头一看，竟是民宿——"时光里"，我心中暗自欣喜，真是"得来全不费工夫"。

白墙很白，所以光喜欢聚集到这里。一面低矮的虎皮石墙将这座民宿围在其中，半掩着的小铁门，轻轻一推，就进到屋内。屋子里先到了几位社友，在闲话家常。屋主见有新客来，赶忙出来招呼。屋里屋外有着些许温差，一进屋，我便觉暖意融融，于是脱下那厚重的大衣，和大家围坐在木质的茶桌旁。一旁的社友笑意盈盈，手脚麻利地为我沏了一杯热气腾腾的茶水，我接过茶杯，轻抿一口，那温热的茶水顺着喉咙缓缓而下，润泽了这冬季里干燥的喉咙。

茶室的装潢简约而不失高雅，每一处细节都彰显着主人的用心与巧思。而我最喜欢的，是屋内的那一扇落地窗，玻璃被擦得透亮，能清晰地看到不远处的大海，以及缓慢行驶的船只。窗外种植着一些花木，几棵小丛的绿叶芭蕉，在风中轻轻摇曳着，与整座民宿的主色调非常相衬，是一处品茶观海的好地方。

一行人提议去小院里坐坐，推开门，屋外阳光甚好。细碎的阳光倾洒而下，将我们的影子拉得细长，像是为我们绘制了一幅别具韵味的剪影画。大家随意在石凳上坐下，石凳被阳光晒得暖烘烘的，坐上去，那股温热似乎就能将冬天的严寒驱散。

院子里的墙角上，垂下几条藤蔓，那橙红色的花朵累累成串，远远看去，像极了凌霄花。打从进院时，我就将它看作凌霄花，但很快，我的猜测便被否决了。

"这是炮仗花！"施老师温柔地说。

哦，它们只是颜色相似，仔细甄别，两者之间还是有很大的不同呢！

它们同属于紫葳科，却有着各自独特的花期，炮仗花的花期在冬春，宛如冬日里绽放的希望之火，给这略显萧瑟的季节增添了一抹亮丽的色彩；而凌霄花的花期在夏秋，像是夏日里热烈的火焰，在那个繁茂的时节里展现着自己的风姿。若养护得当，或许它们也能在时光的流转中有个短暂的相遇。

阳光洒在那茂盛的炮仗花藤上，使得花色更加鲜亮夺目，那橙红的色彩热烈而奔放。有人说，炮仗花绽若烟火，盛如暖阳，这话真是再贴切不过了，此刻的它无疑是院子里最亮丽、最暖的一道风景了。

或许，在这慵懒的冬日里，就这么静静地听风，赏花，沐浴阳光，看潮涨潮落，也不辜负这舒适惬意的时光里。

我在想，什么样的人会来到这里呢？也许是那些从未见过大海的人吧。他们怀揣着对那片蔚蓝的憧憬与向往，慕名而来，想要在这东岙的海边，聆听海浪的歌声，感受大海的浩瀚无垠，让那无边无际的蓝色填补心中对未知的渴望；又或许是那些在城市的喧嚣中奔波得满身疲惫的人，他们渴望在这一方宁静的天地里，寻得片刻的安宁，让那轻柔的海风拂去心灵上的尘埃，让这古朴的民宿成为他们心灵的避风港；抑或是那些本就钟情于枕着潮汐声入眠的人，他们热爱这大海的一切，喜欢在潮起潮落间感受生命的律动，在这东岙的"时光里"，找到那份与自然契合的归属感。

民宿独有的魅力，除了因为这得天独厚的地理位置以外，还应当归属于整座民宿的风格，那种契合大众审美却又独具韵味的风格，让人一踏入其中，便心生欢喜。我在客厅的展柜上看到印有"银宿"字样的牌子，这或许是对民宿等级的一种划分吧。我是第一次来这座名为"时光里"的民宿，可能是因为自己本就是土生土长的海岛人，一进入"时光里"，便有种莫名的亲切感，像是回到了家一般。这块牌子的上方，还有一行醒目的小字，上面用正楷雕刻着"此心安处是吾乡"，这句话出自北宋文学家苏轼《定风波·南海归赠王定国侍人寓娘》——"试问岭南应不好，却道：此心安处是吾乡。"它就那样静静地立在那里，让每一个身处此地的人，都能深深地感受到那份心安与宁静。

是啊，有些人喜欢驶过山岚，穿过绿野，在山隅之中，洗净满身铅华，寻得那一处吾心安处，让岁月自此有了从容的模样；有些人喜欢晨起梳妆，闲来煮茶，在清浅的时光里，一手烟火一手诗意，任窗外涛声翻涌，云来云往，也能守得内心的一片宁静与淡然；有些人喜欢漫步老街，轻抚古墙，于巷陌深处，聆听岁月回响，邂逅那一抹旧时光的韵味，让心灵在此刻有了栖息的角落。

而在东岙的时光里，这座名为"时光里"的民宿，便像是那尘世中的一方净土，接纳着每一个前来寻找心灵慰藉的人，让他们在这里，都能找到属于自己的那份"此心安处是吾乡"的美好感觉，让那些美好的时光，成为往后岁月里可以反复回味的人生印记。

让时光慢些

林春芬

车子，仅停留在路边。

顺着铺满阳光的水泥路漫溯，面朝大海的宽阔，让冬日的聚会变得温暖。

铁架堆积的地面晾晒着各种鱼干，属于海岛的特色年味就这样扑面而来。一路闻着海味，顺着民宿，缓缓而行，"时光里"三个字以中英文交错的方式轻柔地耀跃眼帘，纯白的两间三层建筑描画着冬季的烂漫，一长串炮仗花笔挺地串到左边二楼的窗口，甚是闹热。

大厅里的音乐，沙滩上三三两两的人群，更远处，或许海也有尽头，山峦层层叠叠，云雾似轻纱般缭绕海上，宛如一幅气韵流转的水墨画卷，这便是冬季时节大海边最美的时光。

2025年，海霞女子散文社第一次雅集，秀莲姐取名"临海灵犀"，确实巧妙。等人群慢慢聚集在木质的长桌边，一壶茶水、几碟小吃，我们一下子就回转到无数个这样的傍晚或夜晚，大家拿着打印的文稿，靠着桌子就开始琢磨起各自的文字与表达，提建议的、要调整的、说想法的，总是没有顾虑地吐露自己的心声，纯粹又自然。"你们都来瞧一瞧、看一看呀！"这么富有生气的嗓门一定来自苏娅姐，她带着制作好的展板出现在门口，还带着她的先生。闻讯而出的我们，围着展板的主题又是一阵感慨，上面精心挑选了每次雅集的照片。细看一下，回味一下，很高兴的是2015年我加入了立松姐提议的散文社，我们在海岛上，开始了打打闹闹的时光，当然，更多是山高水阔的时候，这群善良又勇敢的人呀，弹指一挥的十年间，彼此还陪伴在身边。在这里，时光仿佛被按下了慢行键。

在从小徜徉的海边，打造一栋美好的民宿，听起来就是一件满是深情又充满幸福的事情。站在路口，海天环抱，古道夕阳，山石嵌入墙体，直面壮阔的大海，临窗就能看见特有的石头房，儿时的渔家屋单层、低矮、盖瓦、压石，屋内的小天井瓦面坡度大，向内凹斜成漏斗，石块堆砌的房子，色泽不一，看似一张张"虎皮"，这是当地特色，别有风韵。坐在院子里看着白色桌子发呆，躲在小房间假装打开电脑很忙，或者就靠在那个米黄色的榻榻米上，裹挟着异国风情的抱枕，然后靠向木桌，这一大片落地窗就可以让我们漫溯海天山色。

暖色调的灯光，中国风的藤椅，沿路匍匐的花束和盆栽，还有墙上的渔民画，每一个摆件的姿势与搭配都亲切得让人想要靠近。例如一楼右边的茶室，绿色的沙发涌动着后墙烛光的烂漫，譬如通向二楼的书墙，坐着或站着都能欣赏书本或眺望风景，比如三楼的洗浴用品，悬挂着关于蓝色星河或海洋传说的幻象，还有各式各样的海景房，若是搭配星光坠落的夜晚，适合慰藉每个疲惫的魂灵安然入眠。

红沙滩的碧海蓝天，半屏山的鬼斧神工，仙叠岩的水上人家，在东岙，可以随时数落虎皮屋的岁月，可以随意亲吻咸湿味的海风。我们还在原木桌上斟酌着新年即将展开的丰富活动，提醒考虑十周年庆的综合事务，光影交接处的美妙渐渐投射在玻璃窗上，也映照着我们热烈的面庞，默契地抬头望去，傍晚的阳光洒在让人震撼的海面上，映出粼粼波光。我们抑制不住内心的喜悦，跑出房门，奔向沙滩，一阵手舞足蹈，外加慷慨陈词，热爱文字的我们同样热爱生活。

很多人都只是我们年少时对着窗口的玻璃哈出的水汽，随着雨天渐渐落幕。时光里的遇见，是凝视风情的海岸，也是自由慵懒的灵魂，这里有着海岛最具善意的温暖。在礁石上钓钓海鱼，在石湾里逮逮螃蟹，在海滩上敲敲藤壶，触手可及的碧海蓝天正托着斜阳发呆，冬季里的百岛洞头，一样会花开成海。

环岛路的海和风，东岙村的烟与火，这里的隐，装得下山，容得了海，没有人头攒动的过火，也没有寥无人烟的寂寞。盘山而踞，临海而建，一波接一波的海浪涌向脚下柔软的沙滩，无须炫耀，不必感念，那些不由自主的向往，都是时光隔不断的山海，属于每一个路过或住过海岛的你我。

夕阳落进了海里，我们一起拉着手去寻摸一池的星光，然后，一起感叹：时光里的聚会，慢些、再慢些。十年里，从春光无限好到夏初芳草深，我们细致地篆刻每一场遇见，总有很多的温暖值得铭记和回味。秋风起，乍严寒，在成长与追梦的小天地，我们盼过一些人，走过一些路，故乡在我们的文字里渐渐圆满。

落日，是希望，更是新生。庆幸今天的时光，我们共赏这一抹余晖。

漫溯·时光里

冷云笺

时间细细碎碎，生活有时会很疲惫。

当阳光照射在起起落落的波涛上，闪闪烁烁的流光像极了生命中的某些快意。当你在带了种韧劲的沙滩上狂奔、蹦跳，将自己埋进沙堆里接受太阳炙热的洗礼，让飞扬起的尘沙烘烫着肌肤，烘烫走萦萦绕绕挥也挥不去的烦心与压力，是否有一种抛离了尘世的狂放或者是惬意？

沙滩边上，"时光里"注视着你。这是一家有着自己味道的民宿，有蚌的外壳、珍珠的内质，简而细腻，一度荣获"银宿"之称。

当你提着鞋踏进"时光里"的那一瞬，便是走进了珍珠的内部。从喧嚣突入安逸，心一下子就静了。小院无过多装饰，一张淡色长桌，白色的九宫格门框，白色的石墙上贴着几个不起眼的黑色小字——"自己的味道"。一丛绿植从楼上蔓延而下，绿意中，嫩黄的、中黄的炮仗花三五成群，一簇一簇间杂，稚嫩的面容，如你青春年少时，不管不顾地奔赴。有几朵花开了，小炮仗炸开似的热闹着，调皮地抚过你的发丝，挠着脖颈。长方形的泳池边，一排热带植物温柔侍立，微风轻过，是一支舒缓的小调，拥扶疲累的身子。

日头渐渐西斜，透过整墙的玻璃，且有芭蕉树作前景，光线和阴影交错，流苏一样铺在小小的茶餐厅。在光与影的错愕间，你拥着抱枕，斜斜地靠在窗前的榻榻米上。炕几上早就泡好了一壶清茗，你一手执盏，目光落在海面上，东策、南策、北策三岛叠嶂，浅浅深深似水墨的肌理。近前一座小屿探出海面，高高的额，眼窝深陷，小翘鼻，微微张开的嘴，分明就是猴头出水，莫不是它也贪恋你手中的香茗，要讨一口喝？而浪花是决计不同意的，拍打着猴下巴："没羞！没羞！"声音惊动了左边的红狮，刚想起身大吼一声，却被观音手中的柳枝压下半个身子，只得抬头对着观音呵呵傻笑。

日暮西山，潮归的渔船依次停靠在小码头。隔着窗，你似乎已经看到了海鲜蹦蹦的身影，缠在缆丝上的红嘴巴的水龙鱼、弓起身子的皮皮虾、有剑一样光泽的带鱼、咕咕叫的小黄鱼……系上厨房围裙，你在异地他乡的民宿里，就着海风，尝到一口最鲜最地道的海味。

　　满足之后，你起身，踱进隔壁客厅，慵懒地窝在沙发里。沙发背后的壁龛里排放着长长短短的圆蜡烛，蜡烛很粗，上面有齿状缺口，烛光的柔和与石头墙的刚硬糅合出一股异域风味，旁边立着一个大大的老式浇水壶，镀锌板的身子斑斓着灰黑色泽，敞开的进水口插着一大捧干去的勿忘我（一种花）。静谧，一件件不同年代、不同场景的物什竟能在同一空间心平气和地相互欢喜、和谐共处。靠近后墙的位置横摆着一张木制长桌，可办公，亦可与好友们品茶消遣，畅聊古今。你抬头，从高高的房椽垂下来四盏吊灯散发着迷离的光晕，每一盏都有自己独特的藤编花纹，构造出"时光里"独特的个性标识。

　　或许，你会蜷坐在白色的楼梯头，从墙洞里掏出一本书，靠着墙慢慢地阅读起来。柔和的灯光映在脸上，在这清浅的时光里，你心无旁骛，慢慢地，溯流而上，与最初的自己握手言和。

　　你终于困了，沿着回字形的楼梯拾级而上，仿佛从一个时空走进另一个时空。推开房门的刹那，你又张大了嘴，被另一种惊奇再次突袭了。

时 光 里

赖海霞

　　周末，我和几个伙伴们在远离城市喧嚣的东岙沙滩边，寻找一间名为"时光里"的民宿。它悄然出现在我们跟前，围着一道海岛特色的虎皮墙，在蓝天白云的映衬下，静静地伫立在海边，与大海朝夕相伴。

　　推开白色木门进入院中，一张醒目的茶桌映入眼帘，桌面嵌着小巧素雅的瓷砖，摆着一盆古拙的花瓶，垂挂着一颗颗红石榴。串联中庭的炮仗花从墙角蔓延到二楼檐下，静处一隅的泳池里碧绿的芭蕉叶倒映在水中，思绪也跟着时光里的温柔岁月，仿佛走入了由旧时旧事交织而成的美妙画卷。

　　换上拖鞋进入室内，在布艺沙发上拥着大靠枕拍了几张照片，镜头里的阳光透过白色的纱帘洒落进来，在地板上留下斑驳的光影。原木色的家具散发着自然的清香，藤编的吊灯在微风中轻轻摇曳，茶几上有沾着露水的鲜花，墙上挂着几幅抽象画，笔触写意，色彩浓厚，仿佛将大海的温柔与壮阔都定格在了画布上。

　　"时光里"的每一间客房设计都巧妙地保证了各自的错落有致和良好的私密性。床边就是整面大窗，大幅度揽入大海与沙滩，推开窗，海风便扑面而来。清晨，躺床上，看太阳从海平面缓缓升起，将天空染成一片金黄；傍晚，坐阳台上，听海浪拍打礁石的声音，看夕阳将海面染成一片火红。夜晚，躺摇椅上，数着星星，枕着涛声，进入梦乡。

　　能看出这里的每一处造景布置、房间设计、床品选用、灯光色调，乃至一器一物、一草一木涌动的都是对民宿审美和实用相融合的极致追求，不由得让人感慨民宿主人的用心与匠心，每个细节都仿佛在诉说着主人的故事与情怀。

　　在时光里，时间仿佛被拉长了，你可以尽情地放空自己，感受生活的美好。你可以赤脚在门口沙滩上漫步，感受细沙从脚趾间流过的温柔；你可以捧起一把细沙，指尖悄然滑落的每一粒细沙都像是时光的碎片；你也可以什么也不做，只是静静地坐着，看着大海发呆，感受内心的平静。

"时光里"民宿的主人张丽凡是一位干练温柔的女子，她是温州市十大优秀民宿管家，从事旅游服务业30余年，获得过"全国优秀导游员""浙江省优秀导游员"等多项荣誉称号，还入选了"浙江工匠"培养项目。

早在2017年采写《筚路蓝缕　砥砺前行——洞头旅游发展三十周年》时，我曾与她谋面，当年我问她在1994年从洞头县餐旅培训班毕业后，正式从事导游职业，初次带团有没有压力。她说，要成为一名称职的导游，并没有想象中的那么简单轻松。她略带遗憾地说："当时刚当导游，带着本地、外地游客，爬山岭，看大海，指了指跟前的山和身边的花草，只会说，在这里看看花也是好的，看看草也是好的。"

如今，我们站在时光里院中，抬眼便是蓝的海、黄的沙。我就随口一问："六月台风天，客人在这海边住着，一个浪盖过来，怕不怕?"她哈哈大笑，说："正好鱼都跟着游进来，一院子都落满了!"

意不意外，惊不惊喜! 客人们是不是就能在院子里撒网捕鱼了! 哈哈，"时光里"民宿，期待您的光临!

漫溯时光里

施立松

　　阳光晴好，海风裹挟着咸涩，却并不凛冽。冬日的东岙沙滩，一派娴静。走在沙滩边，脚步也轻悄了许多。走不多远，"时光里"民宿就在眼前了。虽第一次来，但在一片虎皮房中，圣托里尼风格的它，实在太醒目。

　　轻推院门，几株仙人掌悄立门边。小而粉的花蕊，整齐地排列在枝头，俏丽又柔嫩，宛如清秀的少女。在海边寒风凛冽的冬日里，这粉嫩似是走错季节的天使。

　　院子不大，一张大理石长茶几是主角，几只方凳，静待歇脚的人。几上一枝柿子树枝分成数桠，几枚橙红的柿子摇摇欲坠。院落边是个小小的水池，池水浅浅，倒映着蓝天白云。忍不住多看了几眼，觉得这池是留白，安放你想要的睡莲、锦鲤、小虾。或许曾有人在炎日里坐在池边，濯足饮茶，听浪拍沙。

　　一丛炮仗花攀墙而上，枝叶葳蕤，红艳艳的花这一丛那一簇，开得兴味盎然，在门上，在二楼的窗边，迎风招展，冬日暖阳下。她们好像一群一年级新生被禁足在家，叽叽喳喳，眼神直往窗外瞟。阳光穿过花串，在圣托里尼风格墙面上投下斑驳的光影，恍惚间，仿佛置身爱琴海边。

　　今天是海霞女子散文社 2025 年第一次雅集，"临海灵犀"是秀莲给这次雅集定的主题。主题拉板就在小院的一角伫立着，上面还有散文社以前的活动图片精选。十年了，不知不觉，散文社已走过十个年头。

　　茶桌上，一壶老白茶正冒着热气，茶香氤氲，与斜射进来的暖阳交织，酝酿出一种独特的韵味。海霞女子散文社的姐妹们陆续到来，带着各自的作品，也带着十年的光阴。窗前的榻榻米上，腰伤未愈、不堪久坐的大溪倚靠着。"带伤参加"，"轻伤不下火线"，她自嘲着。散文社的姐妹们把靠枕都给了她，仍觉不够，又把身上的羽绒服脱下来，一件件或垫在她身后，或盖在她身上，只想让她舒服一些，再舒服一些。我们都知道，那自嘲里不仅仅是一份对散文的情有独钟，更是对散文社的依恋和热爱。

倚在窗边，望着不远处的东岙沙滩。潮水退去，露出金黄的沙地，几艘小渔船静静停泊。半屏山如一道翠屏，涂抹在这张海天一色的布面上。远处的海面上，波光粼粼，像是撒了一把碎银。

"还记得我们第一次聚会吗？"不知谁说了一句。是啊，十年前，我们十几个爱好写作的女子，因为对散文的热爱走到一起。那时的我们，或青涩，或迷茫，却都怀着一颗赤诚的心。记得第一次聚会是在一家叫"尔玉"的小茶馆，我们读着各自的作品，讨论着写作的困惑，直到月到中天。

茶香袅袅中，大家开始分享近期的创作。秀莲写了大门岛的二十四节气，字里行间都是海岛的风情和泥土的芬芳；青岩记录了她与女儿在海边拾贝的时光，贝壳的纹路里藏着母女的温情；春芬则写了她在渔村采风的见闻，渔民的皱纹里刻着岁月的故事……我听着，看着，忽然觉得这些文字就像院子里的炮仗花，一串串，都是生活的馈赠。

午后，阳光斜斜地射进来，在榻榻米上投下窗棂的影子。我们围坐在一起，讨论着散文的创作：有人说要注重细节的描写，有人说要追求意境的营造，还有人说最重要的是真情实感。我望着窗外的海，想起这些年写过的文字，有欢笑，有泪水，有迷茫，也有顿悟。写作，不就是在时光的长河里打捞那些闪光的瞬间吗？

茶凉了又续，话题从写作延伸到生活。笺姐说起她照顾生病爱人的点点滴滴，言语中透着坚韧；珍分享了她与青春期女儿相处的趣事，引得大家笑声不断；雨禾则讲述了她独自旅行的经历，那些异乡的月色与晨露，都化作了笔下的文字。我们就像院子里的仙人掌，在生活的沙漠中开出了属于自己的花。

夕阳西下时，我们来到二楼阳台。海水开始涨起来了，轻轻拍打着沙滩。远处，渔船的桅杆在暮色中若隐若现。我们曾无数次踩着细软的沙子，留下一串串脚印，又被潮水抹去。这多像我们的文字啊，记录着时光，又被时光带走。但那些感动，那些思考，那些对生活的热爱，却永远留在了心里。

下了楼来，院子里的灯已经亮起。炮仗花在灯光下显得更加红艳，像是燃烧的火把。我们或站或坐，听着潮声，品着茶，继续着未尽的话题。

十年，足以让青丝染上霜白，却也让我们的文字更加醇厚。就像这老白茶，经过岁月的沉淀，愈发香醇。我们在这"时光里"漫溯时光，回忆过往，更展望未来。写作的路还很长，但我们知道，只要心中有爱，眼中有光，笔下的文字就会永远鲜活。

　　临别时，在民宿外的矮墙边，我们依照惯例合影留念。眼前的海，熟悉又陌生，夕阳在海面上撒了一把薄薄的金粉。潮声阵阵，仿佛在诉说着什么。我忽然明白，写作就是在时光的长河里打捞一些吉光片羽，将它们串成珍珠，照亮前行的路。这"时光里"，不仅是一家民宿，更是我们心灵的港湾。在这里，我们不仅是在谈写作，更是在生活，在感受，在成长。

　　院子里的炮仗花在风中轻轻摇曳，像是在向我们道别。我轻轻合上矮矮的院门，却合不上心中的感动。明天的太阳依然会从海平面升起，而我们，依然会在文字的世界里，继续漫溯时光。

— 我与《百岛》 —

写给《百岛》的"情书"

林秀莲

是不是很多人和我一样？知道文联办的刊物，比知道世上有文联这个单位早得多。并且，接触几次后，很多人都认为自己是文联的人了，而且铁一辈子。

文联无钱无权，跟文联走近玩到一块，无非是因文联是所有单位里最有趣的、最热闹的，说得好听点是大家基于对文学艺术的共同热爱，说得再好听点是文联有写有唱、比较好玩。在洞头这个小地方，文联最初才一个人，现在也才三四个工作人员，作为一个单位，小得不能再小；但文联的各种协会五花八门，人员众多。文联开会阵势挺大，唱、跳、写、画等各路兵马齐聚，各有绝活，像"封神演义"，又似沙场点兵，私下我们常笑称"秀笔一支、雄师百万"，这得多少个百万啊，啧啧，输人不输阵，说的就是文联。

我第一次跟文联扯上关系，在1988年那年，我正在老家大门岛读高中，徐建宏老师当班主任兼教语文，经常在作文课上把我的小练笔当范文读，这让我产生了一个不利于冲刺高考的念头，有段时间整天琢磨怎么写点东西投稿。杜撰一个笔名，偷偷写了一个小玩意儿寄给洞头文联办的《百岛》，没想到竟发表了，因为不敢让别人知道，也只能"锦衣夜行"，独自偷乐，就像后背痒痒的，伸手老久，终于挠到了，一阵暗爽。此时，我的好友、日后成为散文作家、洞头文联编辑的施立松还在大门医院当护士，她天天经过我家门口，裙袂飘飘，长发飘飘，让我这个"井底之娃"深受鼓舞：考上大学，有个体面的工作，就像施立松这样。

高考前，恰逢首届华夏中学生作文大奖赛征文，徐建宏老师得知，鼓励我参赛。当时，参赛还需要5元费用，是时任洞头县教育局语文教研员的张均林老师帮我出的。当徐老师通知我获得二等奖时，我正在乐清氮肥厂宿舍楼里读"高四"。1991年9月，我和来自全世界各地的小伙伴们在北京人民大会堂受到国家领导的接见，开心的样貌在《新闻联播》上晃了好几秒。

获奖就像天边的彩虹，我凑巧看到了，然而考上大学才是真生活。我在房间的木板壁上写下舒婷的诗鼓励自己："也许我们歌唱太阳/也被太阳歌唱/也许肩上越是沉重/信念越是巍峨……"夜里做题累了，早起背书乏了，我就大声地念这首诗。板壁外面是鸡窝，我一念，鸡就立即打鸣。2006 年，洞头"五岛连桥"工程竣工典礼，舒婷莅临。当晚，洞头文联前辈邱国鹰老师率几位文学爱好者，去招待所看望舒婷，闲谈间，我告之旧事，她微微咧嘴，礼貌中皆是不信，我心想：啊，这个人被骗怕了，假作真来真亦假。

中专毕业后我当了警察。参加工作的第一个月，我因涂了一个比较鲜艳的口红被指导员训导一番；工作极忙，我觉得自己和咸亨酒店的小二无异，但有什么能阻挡一个年轻人的热爱呢？压力激发"反骨"疯长，我多次偷偷地用笔名投稿，参加各种征文比赛，每当我看到获奖的消息时，均已错过了领奖机会，小岛报纸滞后是正常的。但就算没错过，一个小民警哪敢请假去领奖，那时大门岛进城一趟要花两天时间，更何况还是"私活"。

1998 年某天，我接到时任文联主席邱国鹰老师的电话，说要帮我出书。我有点茫然，不知咋办，去请教一位老师，老师说，先好好学习。但由于种种原因，书还是出了，是我与人合作的《送你一朵蜡梅香》，据说这是洞头本土业余作者出的第一本书。"第一"意味着什么都不懂，稀里糊涂，容易被世俗误解，现在想来挺心疼那个傻姑娘的。也就在此时，我被调到县城，开始真正与文联亲密接触，与邱国鹰老师、施立松等人开始一辈子的文字之交。

在洞头，很多人是看着邱老师的海洋文学故事长大的，我也不例外。邱老师爱才惜才，视我们为宝，但凡我们有几个字发表，他总会鼓励一番；他还特别"护犊子"，只要有机会，他总在各文友的单位领导面前为大家美言，为我们争取有利写作的宽松环境。邱老师常说，一个地方行政人员有限，作家则越多越好。他如此不遗余力地提携后辈，很多人觉得他吃力不讨好，但邱老师就是不厌其烦，这不仅感动了洞头的文友，也感动了上级领导，我们打心底里爱戴他。现在的洞头，没有人像邱老师这样"有能力、有热情"了。每次文友欢聚，邱老师总是拉我坐他身边问长问短，邱老师幽默和善，缓解了我这个新人的诸多拘谨。当我走过人生的兵荒马乱时，和邱老师、立松等人俨然已成了"后天亲人"。

有天早上，邱国鹰老师看到我的一篇散文发在《温州日报》，马上来电鼓励我："很好！好好写！"他不知道前不久我因这篇文章被领导"谈话"，领导也不知道那篇文章对于我的意义。那天，亲人手术，我在手术室外绝望等待，接到

《温州日报》编辑老师的电话："这篇文章很好，明天发，你是干吗的？"我一辈子都记得这句话，因为听后，我的天，又蓝了。

2012 年，我在妇联工作，恰好立松被调到文联，于是我们组建了洞头"海霞女子散文社"。在立松的带领下，姐妹们每月雅集改稿，穷开心采风，大家的写作水平都有了明显的提升，立松成了国内有一定知名度的散文作家，我也加入了中国散文学会，不知什么时候成了区作协副主席，姐妹们也都成了省、市作协的会员。散文社创建十周年，我们成了"写作老少年"。散文社雅集的合影进了国字号教育示范基地、洞头先锋女子民兵连纪念馆，成了独树一帜的"文海霞"。

一介凡人，在烦人的世间，发现跟文联一起学习是一个消烦解忧的好方法。一往情深不知从何而起，此文就算是我写给《百岛》的情书吧。

可亲的文友

戴婉贞

我一直抵触"文人相轻"一说，便不愿去深究其出处。因我结识的文人，从未见他们之间有何龃龉，更谈不上相互轻视了，彼此唯剩"相亲"，可爱得很。

能与一群文人相亲，缘起于二十多年前我不经意踏入了一方创作的园地。我大学攻读汉语言文学专业，可方向属于师范类，有关创作的课程开设得不多，唯独上了一个学期的写作课，我交了一篇短篇小说，与我之后走的散文创作之路略有偏差。课程之外，学院会组织文学创作比赛，并办有一份报纸。大概中文系自带写作氛围感，在校期间，我也写了几篇小文章，毕业工作后，还是会陆陆续续写散文。文友称我"科班"出身，总让我觉得心虚，不仅怕自己的文章质量配不上"科班"两字，还怕连创作的能力都会被质疑。

我写的散文从纸张上的文字变成印在报纸杂志上的铅字，是从大学学院的那份报纸开始的，之后有几篇小文登上了温州日报。工作之后成家育儿，写作退到了我人生舞台的犄角，照不到光了，加之文章发表的可能性低，我一年的创作不超过万字。直到有一天我碰到之后成为我文友的庄明松老师，他在同我交谈时，随口说出的一句话，却在我的心湖里投下了一颗石子。他的原话我记不清了，大意是：婉贞，我看你的散文写得不错，可以投给洞头文联的《百岛》杂志。

我对创作一直有一份剪不断的情结，所以庄明松老师的话是给了我一枚糖果。我心里甜滋滋的，想到能在《百岛》发表作品，创作的泉眼一下子通畅起来。

我的文章开始频频出现在《百岛》，这条红绳也将我与其他在《百岛》发表文章的作者拉到了一起。我遇见《百岛》不算早，结识这第一波文友就更迟了。偶有聚会，他们常会聊起曾经活跃在洞头文坛的"十二妖"，回味那时一帮文友结识的场景，"以文会友"的乐趣，相知相惜的珍贵，如此种种都让我心生羡慕，不免腹诽，若我加入得早些，指不定就是那"第十三妖"呢。

遗憾之余，更觉当下弥足珍贵，因为我与"十二妖"中的几位"老妖"成了文友。其一便是资深文友邱国鹰老师，这"资深"二字强调的不是年龄，而归因于邱国鹰老师是《百岛》作家群中诸多写作者的引路人。我与邱老师交流的机会手脚并用就能数得过来，可他说的几句要紧话，落到我心里总是荡着回声。譬如他会严肃地说："要多写。"他又说："还不够，要争取投稿到更高一级的报刊。"每每就是这类只言片语，比那船锚还沉。在他的叮嘱和鼓励背后，我能感受到他对文学的热爱和鼓励我们晚辈用心创作的殷殷之情。

海霞女子散文社成立之后，我便有了另一群纯一色的文友。我们朝着散文创作的"灯塔"走到了一起，互相点评文章、互相鼓励。有了《百岛》这块种植园，我们散文社创作的热情不免高涨了几分，更难得有立松在社里鼓劲，时不时就发出《百岛》约稿的通知。她还会在群里抛话题，鼓励大家"同题异构"——相同的话题每人都要写一篇散文出来。立松的散文是非常细腻的，可她鼓励社友们创作的话语却带着股拗劲，极具力量感。若是哪位社友有畏难情绪，她比那会念紧箍咒的唐僧还"烦"。"写呐，她们都交了。""写呐，这个话题你熟悉。""写呐……"她说"写呐"这两个字的频率实在是太高了，以至于她说这两字时的声音和表情都刻进我脑子里。

女人总是摆脱不了上有老下有小的束缚，忙完工作才能挤出时间留给自己的爱好。所以每一次改稿活动都来之不易。改稿时，社友们是毫不留情面的，挑彼此文章的毛病，那可真的没什么趣味。可乐的是一群女人在赶往改稿活动现场时，在群里咋咋呼呼、七嘴八舌讨论。因为相聚不易，每次活动大家都热情高涨，要准备统一的社服，以便拍出美美的集体照；要带些零食水果，弥补精神食粮太干涩；最近淘到的宝贝，要带过来给姐妹们赏玩一下……我没空参加活动时，总会翻看她们的聊天记录，一边看一边乐呵呵地笑出了声。

一晃，散文社成立近十年了。我们这群文友不仅还聚在一起，创作的火苗蹿得更高了。今年年初，洞头难得迎来一场瑞雪，立松又在群里吆喝了："亲们，我们写个雪的同题吧。"群里吱声的只有两三人，结果有六个人默默地写出了文章，用立松的原话："看看，扒一扒还是能写出来的。"无怪乎，有段时间她自称为"施扒皮"。之后，"雪"的同题共出了八篇，发在2024年的《百岛》第一期。近来，立松又给我们布置"作业"，要我们分写十二节气，每人至少写两篇。群里瞬间闹腾起来，关于洞头节气的习俗一条一条"推送"出来，讨论声把手机都轰热了。

散文社的文友喜欢将我们的创作过程比作怀孕，那些作品便是我们的孩子，而《百岛》便是给予了孩子无尽温暖的褓褓。我的孩子能遇上《百岛》，我能遇上这许多可爱的文友，何其幸也！

写在百期盛典来临之际

赖海霞

　　我来《百岛》之前，曾混迹于洞头论坛，网名"春天 one"，在情感版块、灌水专区、垅头五姆里发了不少短文，每天在论坛上和网友们互相评论、留言、闲聊，不厌其烦地分享生活中的细枝末节。其间，论坛也举办了几回网友茶话会，有些青年男女线下见面，不免日久生情，有几对结成了夫妻。因此，一度觉得这个小县城的电影院、录像厅、发廊都不及洞头论坛热闹，后来由于服务器维护，电信部门关闭了洞头论坛。"吾身无长物，唯擅玄谈"，所见所闻无处发泄，实在憋得难受，比较幸运的是 2006 年冒出了个洞头博客，迫不及待搭建了自己的博客平台，隐姓埋名，使用网名"春天"，每天"博一博"，"妖言惑众"，乐在其中。未曾料到此举引起了一伙"妖人"的关注，私下打听"春天"是哪位，扬言即便躲在床底也要揪出来。嗯，是的，我很快被一位在洞头博客里叫"凤舞九天"的小学女同学"出卖"了，投入以文联主席为当家首领的"妖群"，化身"东伯十二妖"之一。成为作协一员，我开始了与这伙"妖人"为伍、以文会友、四处采风、三不五时向《百岛》交作业的日子。几年间，我的足迹遍布各个乡镇和兄弟县市，键盘下敲出多篇文章并向《百岛》投稿，还能记得其中有《此去归来》《黄檀硐村游记》《豆腐娘》《扮畲郎，娶新娘》《花岗，每个角落都有我》等。2009 年，我写了一篇《水》，参加"洞头陆域引水（一期）工程正式通水"征文比赛，得了个小奖。在洞头先锋女子民兵连建连五十周年之际，"中华儿女多奇志，不爱红装爱武装"的口号响彻县城。大家的手机铃声都换成了"大海边哟沙滩上，风吹榕树沙沙响……"我的名字也叫"海霞"，此情此景，我是不是该做点什么？遂用文章《我的名字叫海霞》参加征文比赛，砸了声响，又得了个小奖。

　　当我带上散发着油墨香的《百岛》刊物，用得来的奖金和稿酬，给父亲买藤编椅子、买熟食、买酒，在门口吃起来、喝起来。我把《百岛》递给父亲，他翻到我写的那一篇的时候，必须得是在大门口，因为父老乡亲们来来往往看得见，瞧，把老父亲骄傲的嘞！这一份傲骄是《百岛》给的。

每一期《百岛》刊登的文章大都是名家们的大作，在高手跟前，我相形见绌，有人评论说我散文随笔很散，裤腰都扎不牢的散。当然，其他"妖"，文笔都是很厉害的，他们的小说、散文、寓言故事、诗歌、随笔都相当了得。尤其是在2008年，"妖"们陆续入驻温网博客，有几个"妖"文采斐然，针砭时弊，顺理成章在知名草根博主栏熠熠生辉。有一段时间，温网半夜给命题作文，天一亮，《百岛》的"妖"们就砸出一篇篇文章，频频打败其他县市区的写手，为百岛洞头争光。

在2009年的"万和豪生宫温博大会"上，"十二妖"自编自导自演的三句半节目，引得满堂的欢呼和喝彩声，观众纷纷跑到台上和"妖"们合影，他们朝"妖"们挥舞双臂，鼓掌时掌心都拍红了。

在此，特摘录2009年第三届博客大会草根名博颁奖词："年度群魔乱舞奖：东伯'十二妖'踏浪东来，掀起'妖'风阵阵；踩歌温博，留下精彩篇篇。"这是一个趣味十足的组合，"十二妖"出岛驻足的空间，总是风起云涌，当个性迥异的"妖魔"走到一起，你能从稳重中看到城府，从出挑中看到古怪，从睿智中看到深沉，从无欲中看到真实。"妖人合一"给你最大的感觉是：有时候，"妖"比人更加可信，有时候，人比"妖"更加可怕。组委会给出的获奖理由：椎牛歃血。

在我的码字生涯中，有"温博"这一段"踏浪东来，掀起妖风阵阵"的经历，让我更加热爱《百岛》这片文字的沃土，常下笔探索如何更好地表达自己思想，如何让自己的作品更加丰富和深刻。

可接下来的几年里，单位工作量加大，还要照顾年老体弱的父母和幼小的孩子，我停笔了好几年。

直到2015年6月的某天傍晚，我下班步行回家，走得气喘吁吁的，经过区府门口打零工的闲散人员聚集的地方时，迎面走来大作家施立松老师，我打了声招呼，她同我讲洞头县文联、妇联和作协要选十来位女同志成立"海霞女子散文社"，开展系列散文创作活动，希望我过去。我说，好。

如今想来，当时的我跟路口抢生意的一般，立松来找家政服务，我价格都没谈，就跟着去了。

加入女子散文社后，在立松的不断催促下，荒废文字多年的我，交了五篇在

《百岛》刊登过的稿子，和社员们一起出版了散文合集《向春天》。2016 年，社员们又组团用十多篇文章闯入了《温州文学》的展示台，这大大鼓舞了我创作的热情！我像个许久没受到长辈关注的娃，终于被表扬肯定了，截图加文字发在了微信朋友圈："感谢温州市文联！感谢洞头区文联！感谢立松！感谢一起码字搬砖的姐妹们！"

借这般热情势头，我与散文社的小伙伴，还有各领域的行家里手们一同出了《彩虹飞跨状元岛——元觉走笔》、女子连六十周年纪念册《甲子芳华霞满天》和《筚路褴缕　砥砺前行——洞头旅游发展三十周年》《德行洞头》《洞头香·伴手礼》《洞头家风家训故事》等书集。

说起文字创作，懒且散的坏习惯我一直改不掉，还没在键盘上敲下一行字的时候，对自己能不能憋得出文章来是没把握的，直到被我们称为"施扒皮"的立松催了又催，才强迫自己敲下一行，无论好歹，挤挤还是有点内容的，比如发表在《百岛》或是洞头报刊"半屏山"版块的《暖暖远人村》《青山图画》《值守日志》《雪天随想》等文章。

在《百岛》的百期盛典来临之际，我给自己立了个目标：求进步，强烈求进步！这还来得及吧。

从读者到作者

曾香琴

　　那是很早的时候，大约是 20 世纪 90 年代初，我在一次乡里团代会的筹备会中，看到了一本印刷本杂志。记不清当时是不是叫《百岛》，但是听说这是县文化馆（当时好像没有文联这个组织机构）出版发行的内部刊物，是那时铅字打字机打印排版的简约期刊。我没有记住太多作者的名字，只对"邱国鹰""吴蓬旭""庄杰孝"几位老师的名字印象深刻。学生时代对文学有一种亲近感，语文学科也学得不错，能读到本土作者的文章，心里有一些小激动。可是，那时候，霓屿岛离县城太远，交通不方便，想要到图书馆借阅书籍，简直是一种奢望，文学的种子在贫瘠之地无法孕育发芽。

　　当我再一次看到《百岛》期刊的时候，已是过了很多很多年。美观的装帧，早已超出了我青春时期订阅的许多国内著名杂志。被人们戏谑为"石鸟"的封面题字也出自蒋子龙这样的著名作家之手。我似乎也忘了自己在《百岛》发表的第一篇文章是哪一篇。但我记得，是在 2018 年初，加入区文联"海霞女子散文社"之后，我才有机会陆续在《百岛》上发表自己的拙文。

　　因为曾经被生活磨得心力交瘁，我早已将心底的文学情怀抛之脑后。我停掉订阅了二十多年的文学杂志，也没能好好去阅读一篇文章或一本书，文学似乎与我渐行渐远了。直到我拥有了第一台电脑，直到我将生活的重心回归到自己可以完全自主拥有的岁月。

　　工作之余，我常常会在网络上浏览几个散文网站，阅读别人的文章。然后突发奇想：我可不可以也尝试着将自己对生命、对生活的理解，用稚嫩的文字呈现出来？就这样，我试着在网络上投稿，也常常看见自己的拙文得到编辑老师的认可，见诸散文网页。我似乎看到了希望，我也可以写点什么，与自己心灵共鸣的同时也得到了读者的共鸣，原来这才是文字存在的意义。也是那一时期，我的创作热情一下子被激发出来。我加入了温州旅游体验师团队，常常去渔村走读，也尝试将几篇文章参与征文投稿。几次征文获得不错的奖项，让我对文学创作更加有了信心。2020 年夏天，在区文联的组织下，我的第一本散文集《家在岛上》得以与"蓝土地文库"的同伴们一起出版面世。

近几年，我先后加入了浙江省作家协会、浙江散文协会，也偶尔在《瓯江文艺》《温州日报》等纸媒上发表文章。从青涩的读者到已人到中年的作者，我的文学梦做得有点漫长。

去年年底，区文联曹副主席邀约我作为《百岛》期刊的文字校对编辑，想着自己曾经是一枚青涩的文青，有了机会才与《百岛》里的众多作者相聚而欢，我没有拒绝这份邀约，想试着去做做。

拿到今年第一期《百岛》初版时，我整整用了三天的时间，逐字逐句地进行校对。用红笔勾画出错别字和用得不恰当的标点符号，遇到不太通顺的文句，也将其稍作修改。我看到的每一篇作品，无论散文还是诗歌，都是作者经过精心撰写，有感而发的。校对的作用，就是让篇幅里的小瑕疵能够规避掉，让文本能更好地呈现在读者面前。"散文广角""诗歌牧场""吟坛流韵"……每一个版块不仅融入了作者的心血，也倾注了编委们的努力。《百岛》作为本土的期刊，是众多文学爱好者成长的沃土，而我，也曾是其中的一株幼苗。

天上的星星会说话

林春芬

在漆黑的深夜，推开窗户，就会看见漫天繁星。

我喜欢抬头看天空，特别是迷茫的时候，天空装得下无数的秘密，当然，也有无穷的答案，浩瀚星辰就如无数名家作者向我输入了不绝的能量。在满天星辉的映照下，他们打碎枷锁，舒展身体，果敢而坚定地坚持自己的信念，把平凡的人生过得足够有趣，把自己的人生活得充盈丰沛。

我很确定自己是喜欢文字的，我爱看书，也爱感叹，有时也随手涂鸦几篇，就藏在家里大小不一的笔记本上，我很少将他们拿出来翻阅，但是每次经过书房，我知道书架的第二层上满载着我从小的梦想。至于我真正开始认真对待文学创作的时候，应该是初中的时候。班主任兼语文老师陈多华有时会把我的作文当作范文在自己班级和隔壁班级朗读。次数一多，很多同学在老师还没读作文的时候，就会转身看我。我长得还算高大，位置基本稳定在班级的后排，由于理科成绩不大突出，我的总分在好班中处于中等水平，自然很少引起同学过多的关注。但是每周一次的作文课，完成之后的即时批改和作文评析，确实为我的初中生涯增添过异样的光彩。

在陈老师的引领下，我参加过各类校内外竞赛，还拿过全国金奖。初二的时候，我在《温州侨乡报》发表文章，拿到证书和奖金的时候，自己觉得也是晕乎乎的，可能因为那时我年纪不大，除了校园那天的喇叭很响，没有过多的感受。至今印象最深的还是加入"甲山文学社"。

洞头二中是所完全中学，位于甲山脚下，我的中学六年都在这里度过。以前的校刊都是油墨印刷的，放学或周末的时候，老社员带着新社员一起装订，我们的手掌都是漆黑一片，但是看到社团的努力，就觉得这一切都是馨香的。遇到我们偶尔打闹的时候，陈老师在旁边敲打几句，我没有见过他发脾气。看到好文章，陈老师会很喜悦，眼皮一抬，嘴巴裂开就笑："孩子们，你们看看呀……"他欣喜地让我们过去一起欣赏高中生的佳作。陈老师来自西浪，他住在学校，经常带我们去他家里，架子上的各种著作我们可以随意借阅，里面就有《百岛》。那时的《百岛》还是薄薄的一本，和学校发的《中学生天地》差不多大。陈老师写散文，写诗词，也写杂谈，我看到过他的很多文章，他加入了好几个作协，还出了好几本书，是我们镇上鼎鼎有名的人。

那时，我觉得教语文真好，不仅可以当老师，还可以当作家。

好的文字如同流过涧溪的酒觞，如同正午和暖的阳光，是典藏文人志气的范本。在熙攘匆忙的时代，在拥挤焦灼的路口，翻阅书籍，思考自身，仿佛注入了更多丰富的源泉。

高中的语文老师罗进勇会唱越剧、逛外塘、分享理想，来自洞头的他也住在二中教师宿舍，他瘦长个但是上课很有激情，是个现在回想起来依然充满着浪漫主义色彩的文青。罗老师是陈老师的妹夫，他还教过我哥哥、姐姐，碰到作文比赛的时候，他总是喜欢点我的名字，圆圆的黑框眼镜写着满满的期待，这种盼望或许只有小镇长大的我们才懂，自己踏上教育岗位后才逐渐明白，很多老师的满腹经纶得靠当学生的实践去实现，而镇上范围又很小，出头的苗子更少。每次现场作文比赛的时候，我总是抓紧时间多写一篇，挑篇好的上交，如果能交两篇，我就想着多拿个奖安慰老师。罗老师带着甲山文学社的我们参加了陈老师极力倡导的大门镇镇刊《青菱屿》的发布会，洞头电视台播放的画面一晃而过，同学们说我们也成了镇上的名人。罗老师还为我们推荐稿件给《百岛》，记得那时候一个字一毛钱，有次我收到了15.6元稿费，还是老师帮忙去邮局取的。母亲很高兴我可以自己赚钱买鞋了。

后来忙着高考，再后来去读大学，即便入了学生会，进了《芳草地》，也写散文，还写诗歌，偶尔发表下读后感。恣意生长的青春里除了任务和考证，都是挥霍时光的炫耀。远离海岛，我的文学梦终究没有生根，就像作文课再也没有出现在大学的课表里。

毕业旅行的其中一站，我把班里的同学带到了自己的故乡，作为班里唯一一个坐船回家的学生，大家对海的向往是我忽视的日常，介绍的时候，我也是一句话"大门是洞头最大的岛屿"简单带过。结尾延长音的时候，我指向马岙潭，让同学们自由想象，班长饶有兴致地追问："不是经常说百岛洞头，还有哪些岛屿呢?"除了高考去过北岙，毕业离开大门岛的我又能说出多少名堂，但是我的内心突然一阵波澜，不是因为岛屿数量，而是洞头百岛，那本从初中开始我亲眼见过、读过还发表过文字的《百岛》，它在哪里呢？它在洞头吧！

大学毕业后我通过社招去了鹿西教书，困在岛上的我内心再次蠢蠢欲动，教英语的我又不敢明目张胆向文字下手，很多时候情绪枕着海水一起澎湃，只能将其写在日记簿，仿佛又回到了初中时代。回二中听初高中衔接课的时候，我去拜访了陈老师，他关切地嘱咐："听说你英语教得不错，文章也要记得写。"又过了半个月，我去洞头参加英语教研活动，下船的时候，在甲板上遇到了已经调回一中的罗老师："春芬，你现在还写文章吗？"

其实，我在写呀。作为教师，教案、论文、案例、读后感、教研活动报道，我都有写，我听着老教师和校领导的指导和指示，在教书育人的岗位上慢慢积累未来需要的证书与荣誉。那些关于生活的畅想，那些略带隐晦的心思，我把它变成一首首诗、一行行字，写在我的日记本里，放在我的枕头边上。那时我们还是手写教案，2002 年的鹿西义校就办公室一台电脑，能用来找点资料都是很难得的事情，在校长的支持下，我还负责主编过校刊《鹿曦》。

可是，热爱写作就像一道光，照见以学校为中心点的我，站起来、走出去，看看照耀过我们的更广阔的人生与心灵。

洞头博客获得声望的同时，我也一下子找到了宣泄的出口。我将 QQ 昵称作为笔名，每个晚上我总是趁着没人注意潜入办公室，把手写的文字上传网络。随着篇数的增多，我渐渐引起本岛作协的注意，我也去洞头参加过"十二妖"的盛会，每每抽奖的时候，他们总会给远道而来的我留个奖品，但是匆忙之间，我总记不全大家的真名。张主席来鹿西或大门岛采风的时候，总会叫上我，他跨个摄影包，长腿一伸，立住身子，便开始说些很有意思的话活跃气氛，旁边跟着个和我一样戴副眼镜、穿着素净的女子，留着长辫的她有时还抿着嘴笑，我自己是老师，想着她估计就是个文学修养极好的语文老师，此后就一直唤她"施老师"。后来张主席介绍她是洞头第一个加入中国作协的女作家，她原来还在家乡大门医院当过护士，熟悉后，我跟着她走遍洞头、走向别处，也成为她所发起的洞头"海霞女子散文社"的一员。

2007 年，我从鹿西调回家乡大门，继续守着洞头博客耕种自己的文学梦想，讲生活，说教育，后来被评为洞头区教育博客一等奖。路上偶遇已经退休的陈老师，他说自己要去镇里找领导探讨重启镇刊《青菱屿》的事，当时的王副镇长对此非常重视，召集学校部分老师和其他单位的文艺青年一起举办座谈会。林冬梅老师推荐我加了她朋友立松的联系方式取经。那时还是 QQ 聊天，我还不知道她就是我在鹿西一直喊的施老师，她特别热心，也很高兴，还给我发了一些和大门岛有关的文学作品和摄影作品。虽然后续因为经费情况以及人事变动，重启镇刊的计划再次搁浅，但是我还是在校长的支持下，和二中的同事，带着学生一起创办校刊《青菱屿》。等到2014年，我被调到霓北中学，通过志强老师和丽珍美女的说道，我才把洞头几个作家真正与笔名对上号。特别是邱国鹰老师，他的《海洋民间童话故事》，我在大门镇小当学生的时候就读过，年事已高的他至今笔耕不辍，又特别呵护小辈，特别可亲可敬。

在洞头工作之后，我们线下见面的频率高了很多，个子娇小的姑娘爱叫我们姐妹，松姐在群里吆喝写作的时候，她会帮忙我们整理材料，松姐在群里鼓励我们加入作协的时候，她会贴心提醒注意事项。我们爱叫她"红红"，这也是她的网名，确实也与她的热心肠匹配，由于身处外岛，她总是帮我贴照片、寄《百岛》。2015年，我加入了温州市作协，也成了洞头"海霞女子散文社"最早的成员之一。

集体拍照的时候，我因为个子问题，站位比较居中，我摸了下胸口，还好心是热的。

"海霞女子散文社"的每月一聚激发了我们创作的热情，尽管在微信朋友圈流行的年代，我们拍花拍茶，也晒造型和景点，但是聚会时的讨论批改和创作任务才是破圈的重点。我们虚无的文学信仰在这里找到了落脚的地方。随着比赛与任务的双重推进，我发现自己手头的文章积累得越来越多，2017年，松姐让我们把手头的文章拿出来，先出个合集，《向春天》给了我们温暖的展望。2019年，松姐说我们看看自己有多少万字，可以出个人集。2020年，苏娅主席主编散文集《蓝土地》，我竟然因此拥有了人生中的第一本书——《会有天使在人间》。

后来的特殊时期，我们成了笔友，见面的机会少了，但是圈里的热情不散，也许正是散文社赋予了我们创作的全部能量。我把笔端指向大美的故乡，描绘大门的风土人情；我把文字篆刻于人们的坚强，讲述教师的育人情怀；我寄情于宽广的天地，记录灵魂的每次跳跃。在群里，松姐鼓励我们继续创作，为我们布置任务，红红还是提醒时间，为我们寄送材料，我每次感觉自己似乎要远离文学的时候，总有散文社的某个姑娘在群里一阵吆喝，或王婆卖瓜——自卖自夸，或咬文嚼字、真心如铁，于是魂魄回归本真，我们继续文学梦想。2022年，我和香琴老师一起加入了浙江省作协，2023年，我和红红，还有春天一起加入了省散文协会。梦想依然美好，我们还奔跑在文学的路上，只要身边有人做伴，美好的念想也许都会逐个实现。

我一直不算特别勤力，也没有太多天赋，但是因为遇见了洞头"海霞女子散文社"，因为遇见了一群热心相助的姐妹，我一个人竟然跟着大家也慢慢地拥有了属于自己的一点点成果。我可能还是成不了作家，但是我始终觉得自己很幸福，因为我没有放弃从小的文学梦。

我还是喜欢仰望天空，在晚风微凉的时候，数星星闪烁。散文社的一个个姑娘，犹如一道道光，照亮每一间心房，一定也可以照亮我们所在的海岛与城市。

期望经过的人睁开眼睛，看到光，看见我们。

心里种着一颗种子

颜艳珍

　　总有一段如梦似雾的过往，停留在记忆的小港，记忆仿佛一道微光散落在窗前，像是抓住了时间的一角，抖出了心里的星空，摇响那年的往事。

　　男读金庸，女读琼瑶，初中时我迷上了琼瑶的小说而不能自拔，虽然看上去厚厚的一本书，但当你读起来时你不会觉得很长。文字的魅力就是可以带你穿越到阅读的场景，脑海里勾勒出画面。那时候家在农村的我，能看到的书很少，只能到处借书或者和同学交换看，然后传来传去，还会讨论书里面的故事情节，有时候你会深入小说那些让人欲罢不能的情景里，一口气读完，读完之后脑袋里一直盘旋一个念头：就这么完了，觉得怅然若失。后来看了电视剧又有不同的感受，接触的资源多了，琼瑶的小说也都看了，但是却没有了当初第一次看琼瑶小说的那种惊艳之感。当年我们家还是黑白电视，有的人家的电视已经是彩色的。农村的房子没有客厅，电视就放在爸妈的卧室，电视里播放着《还珠格格》，我十分想看，但是他们不允许，规定我要早睡早起。于是我躲在自己的房间里偷偷看书，那时候的我特别喜欢阅读，用一本书看世界，也观自己，总之好的书我一看就停不下来，感谢书里的故事，陪伴我经历那段青涩而又美好的时光。

　　家里兄弟姐妹多，我也早早出去工作了，为了省点钱，就租住简陋的宿舍，是那种老式的房子，能看到房梁，上面还铺着瓦，房梁上面经常能看到有老鼠在跑动，有时候会掉落灰尘。在我出租屋不远的地方就有路边书摊，出于对阅读的喜欢，我就在书摊前看了看。摊主说只要我买一本书，随便一本都是 5 元，看完了还可拿过来换着看。我决定买一本看看，书摊的角落，有本作者叫"三毛"的书，封面上还写着"心若没有栖息的地方，去哪里都是流浪"。出于对作者名字的好奇，我就随意地翻看几页，然后被书里的内容深深吸引。《梦里花落知多少》讲述了丈夫荷西骤然离世后，三毛坠入人生的低谷。她以沉静幽美、哀而不伤的笔触，书写了与挚爱之人的相濡以沫与生离死别，袒露了从低谷走向新生的心路历程。原来每个人没有做完的梦里，都落满了花。《梦里花落知多少》堪称一部现代版的《浮生六记》。再读《撒哈拉故事》的时候，我常常被他们温馨的日常所感动，有时候看着看着便到了深夜，也忘记房屋简陋的窘境，有时候心里不禁感慨："斯是陋室，惟吾德馨。"通过阅读三毛其他的散文集，我慢慢地喜欢上了这位作家，也对这个叫"荷西"的西班牙小伙和三毛的故事有了更多的了解。其实三毛从来都没有相信过荷西离世的事实，她总期待着，在某个温暖的午后，那个"大胡子"男人，又穿着一身湿漉漉的潜水服回来了。可是，他真的回不来了。看到荷西离世时，三毛描写的文字，多次让我流泪，既为他们的爱情感动，又为他们的分离心痛。不禁心里感慨我要好好去生活，珍惜眼前人。我们唯愿人长久，却不知后会无期！

2012 年的冬天，公司派我去扎兰屯，我先飞到哈尔滨，到哈西站转车到齐齐哈尔，再由齐齐哈尔坐车去扎兰屯。回来的时候车晚点，并且买不到机票，于是我就在哈尔滨多住了两天，一个人去中央大街走走看看，一路走到了防洪堤，看看河面有人滑冰，走下"夜幕下哈尔滨"大桥，路过一家书店，里面摆放着一本新书——《我的阿勒泰》。翻开一页，书中写一个哈萨克女孩在乡村的舞会上跳舞："音乐进入她的身体，从无限高远的地方到地底深处的万物都在看着她，以她为中心四下展开眼下的世界，当她踮起足尖，微微扬起下巴，整个世界又以她为中心徐徐收拢。"哇！好轻盈灵动的文字！这位叫李娟的作者文笔真好。又翻开一页，上面写着："天空光滑湛蓝，太阳像是突然降临的发光体一般，每当抬头看到这太阳都好像是有生以来第一次看到一样，心里微微一动，惊奇感转瞬即逝，但记起现实后的那种猛然而至的空洞感，却难以愈合。"我时常都有这种感觉，却一直不知道怎么形容这种感觉，原来就是"记起现实后的那种猛然而至的空洞感，难以愈合"。很多人读散文只关心文字华不华丽，但是经常忽略文字的准确性，文字的准确性才真正考验一个作家的功力。这个描述真的太细腻了，我当即买了这本书，赶紧翻开阅读："我在新疆出生，大部分时间在新疆长大。我所了解的这片土地，是一片绝大部分才刚刚开始承载人的活动的广袤大地。在这里，泥土还不熟悉粮食，道路还不熟悉脚印，水不熟悉井，火不熟悉煤……"我这才发觉细腻是一种力量，是一种属于女性作家的力量。

我继续从齐齐哈尔坐客车到扎兰屯，对于从南方来的人来说，没有见过如此空旷的土地，我在车上读李娟的书，书上写着"近了才看见，这辆车实在是破得可以，咣咣铛铛地在大地上晃荡着前行，肯定是一辆黑车，荒野将它从很久以前藏匿到如今，像是为世界小心地保存了一样逝去的东西，车上的乘客都默默无言，同我一起跟在全世界的最后面"。突然觉得阅读与现实同步了，书里的文字照进现实，从此在我心里种下了一颗写作的种子，我开始喜欢阅读散文，开始尝试用文字去表达自己的情感和想法。

那是 2017 年初冬，微信公众号里征文关于石厝里的故事。老公知道我从小就生活在海边的石厝房子里，便鼓励我写一写小朴老家的天井，于是我试着投稿，也就是在那时候我认识了施老师。记得我第一次参加散文社的活动，是在长坑的蓝家花围，我怀揣着对文字的敬畏与憧憬，踏入了施老师安排的第一次见面活动现场。在那里，我看到了一群很自信又很知性的老师，我的心中充满了好奇和期待。看着他们带着自己的文章和其他人切磋，讨论哪里需要修改，哪里可以怎么写，又一起分享阅读的心得、交流写作的感悟，还大声朗诵。这种氛围我之前从来没有感受过，真是让我受益匪浅，天气那么热，但是热情不减，围坐在用旧船木改造的桌子边，听着老师们的评论，感受着诗和远方的风里带来些新翻的泥土的气息，还混着青草味儿，还有各种花的香，都在微微润湿的空气里酝酿，"无丝竹之乱耳，无案牍之劳形"。这里瞬间变成一间充满文艺气息的花棚，一群文学爱好者，一壶清茶，满园清香！有了第一次的参加就有了第二次、第三次，最后我们定好每月一次，那时候我时常翘首以盼，也会精心准备，提前写好文章等待学习的机会，在施老师和其他老师的熏陶下，我逐渐认识到，文学不仅仅是一种表达，更是一种学习。我开始学会如何将生活中的点滴化作文字，如何用文字去描绘心中的世界，如何将文字变得更加生动有力。再后来，在施老师的鼓励下，我又参加了几次征文比赛，又得了几次小奖，也发表了几篇文章在《百岛》，可惜当时没有去拿样刊。文学之路无尽头，每一个阶段都有不同的风景。在散文社的这些日子里，我学到了知识，收获了友谊。社员们的文章细腻，很有情感，而自己的却更像是记流水账。第一次退缩，第二次退缩，第三次退缩，最后干脆就不想写，慢慢地我也就不想提笔记录什么了，连微信朋友圈也不愿意更新了，因为觉得自己词穷。但我还是在默默地关注着散文社微信里的消息，看到老师们获得什么奖，在哪里发表了文章，内心也很高兴，想着自己以前也是这里的一分子，还能与这些这么优秀的老师们做朋友，自豪感油然而生！

我知道，自己心中种着一颗种子。期待着它在未来的某一天能够生根发芽，开出属于我自己的花朵。

曾是书香照路人

——我与《百岛》的故事

青 岩

阳光温柔地穿过窗纱，将斑驳的光影洒进书房的一隅，照亮了那摞我还未读完的书籍。置于其上的《百岛》杂志显得格外引人注目，其封面采用了一种深邃而活泼的黛蓝色，镂空设计展现了艺术家的插画之美，这种大气而简约的设计风格让人一见倾心。轻抚书角，翻开封面，一枚精致的插画书签跃然眼前，真是一份意外惊喜。我喜欢在灯影下，蜷缩在沙发里，沉浸在《百岛》的字里行间，直至深夜。

我与《百岛》的初次遇见，是在加入"海霞女子散文社"之后。

2018年10月31日，我作为一名志愿者参加了洞头"国际作家之家"揭牌仪式，并在白迭汐语聆听了一场名家讲座。在那里，我遇到了"海霞女子散文社"的成员们，她们的热情和自信让我向往，我的目光紧紧追随着她们，但性格内敛的我不敢主动接近。虽然渴望加入她们，共同行走在文学之路上，但听说加入的条件是要获得区级以上征文奖项，这让我感到退缩，以至于带着遗憾结束了那天的活动。

从白迭回来之后，我心中有些沮丧，为自己的懦弱而感到自责，为"不得其门而入"而感到无助。这件事，成了我的一件心事。

过了很久，事情似乎有了转机。2019年2月，从朋友那里得知，"海霞女子散文社"正在招募成员，我心中的希望再次被点燃。通过朋友的推荐，我第一次参加了散文社的雅集活动。那时，正值初春，寒意袭人，但我的内心却感到无比温暖。这次雅集之后，我顺利地加入"海霞女子散文社"。在这里，我找到了志同道合的伙伴，结识了许多良师益友，我们一起分享写作的经验，一起讨论文学话题，共同成长，在这个文学团体中，我真切地感受到了文学的力量，也体会到了写作的快乐。

2019 年 11 月，我在《百岛》刊物上发表了第一篇散文《寮顶之行》，这对于我来说是一个重要的起点。由于是第一次在《百岛》上发表作品，因此创作时既紧张又迟疑，内心充满了压力和挑战，渴望着能写出一篇好的作品。所幸，有散文社师友们的指导和建议，我最终顺利定稿，这一篇散文对我来说意义重大。《百岛》成了我文学路上的灯塔，而散文社则是灯塔上的光芒。

听说《百岛》已经发行 100 期了，这个数字让我为之一震。我百感交集。首先，我感到的是圆满，这些年来，《百岛》以海洋文学为载体，为创作者提供了一个展示作品、交流思想的平台，更为写作爱好者打开了一扇广阔的文学之窗。其次，我感到有些遗憾，遗憾自己与《百岛》擦肩而过的那些年。相逢的意义在于照亮彼此，我想我与《百岛》的相遇也是如此。

《百岛》记录着我成长的脚印，或深或浅，一步步都走得坚实。随着时间的推移，我在《百岛》发表的作品越来越多，我的名字也开始为人所熟知。在我的内心深处，最为激动的不是定稿、投稿的那一刻，而是拿到《百岛》的那一瞬间，依旧是那熟悉的黛蓝色，精美的插画书签夹在熟悉的封面里。这种感觉，就像是在等一位许久未见面的老友，满怀期待，直到这位友人站在你面前，与你交谈，这时你会发现，生活开始有所期待，也是一种满足。

《百岛》不仅照亮了我的文学之路，也让我真正理解了写作的真谛。在学生时代，我对写作并没有深刻的认识，也没有领悟到作家写作的意义。但我喜欢阅读，阅读不断塑造着我的思想和人生观。当时生活条件有限，我在学校住宿，为了能买上几本书，我节省伙食费，经常饥一餐、饱一餐。尽管这个过程十分艰苦，但在困境中坚持追求自己的热爱，也是一种快乐的选择。

高二是我写作之路的起点，我站在起跑线上开始向前奔跑。除了每天坚持写日记外，我开始接触学校的各类征文比赛，虽然最初是被动参与的，但是这个机会却让我与文字有更深的接触。班级里没有人愿意写征文作品，临近交稿时，这个任务就鬼使神差般落在了我的头上。为了不让班级因为交不出作品而被扣分，我迎接挑战，在文字中摸爬滚打，最终完成了一次次任务。

在《百岛》的陪伴下，我的写作技巧逐渐成熟，我开始尝试不同的写作风格和主题。我记录了自己的成长、生活中的点点滴滴，也描绘了家乡洞头的变迁和深厚的情感。每一篇文章都是我内心的一个故事，每一个故事都沉淀了我对生活的思考。2019 年，当散文社计划出版一套散文丛书时，我毫不犹豫地提交了选题表。从提交选题表开始，无数个日夜，我埋头于白纸黑字之间，将这些年所沉淀下来的思考，将身边这些平凡的故事变成一行行字、一篇篇文，直到集结成一本书。终于，在 2020 年 8 月，我人生的第一本散文集《秋色》出版了，当我拿到这本散文集时，泪水无声地流下来，我心情复杂，高兴、幸福和忧伤等各种情绪充斥心间。对于文学的热爱，那么多年了，我不曾停笔，终于以一本书结集的方式，呈现在面前，那份心情难以描述。书籍喂养了我，我以书籍回赠。

我一直认为，文字是有温度的。它不仅承载着作者的情感与智慧，还蕴含着一种独特的温度。这种温度，是作者在创作时情感的流露，它能够穿越时空，触动读者的心灵。文字的力量不仅在于它能传递信息，更在于它的不朽——当记忆模糊，甚至遗忘时，文字依旧在书籍里承载着我们的记忆，记录着生命的点滴，这是写作的深远意义，是对永恒的一种追求。

如今，我还在文字里摸爬滚打，但我依旧保持着对文学的热爱和对写作的执着。我知道，只要我继续写下去，《百岛》就会一直照亮我的文学之路，一直陪伴着我，引领我走向更远的前方。

结缘《百岛》

冷云笺

　　网络是让我快乐且肆意的地方。拨号上网，每小时 4 元。为节省网时，我在洞头论坛和洞头博客混成了神出鬼没的样子。当电话费超 400 的时候，母亲炒菜锅的烟气就特别浓烈，稍一搭声，立刻点了火炮，咒骂着要把我们都拖到后山埋了。

　　为隐蔽身份，我极少在本地网站发声。某回，小偷竟在半个月之内连撬了我三次店门，都是很嚣张地用脚把门锁踹断后进来的，我忍无可忍，在洞头博客发了篇《110，请把我的门修好》。后来，我又因教育问题与一群真假教师"笔战百帖"，愈战愈勇，完胜后，我在论坛上收到十几种样式的威胁。

　　或许，就这样走漏了风声。

　　某日，我的店内进了两名男士，模样斯文，貌似机关人员，行为也斯文，坐在沙发欲言又止，最终说了句："你忙完先，我们等一下。"一屋子的女顾客你看我我看你，摸不着头脑。我手上淡定地画着，小心脏咯噔咯噔跳得慌："这是什么来路？"心里又一阵苦："完了完了，难不成我这大好生意就要关门大吉了？"

　　越想越慌，干脆，该来的就让它来吧。"你们有事就直说吧。"两家伙互相望了一下，说话也有些吞吐："我是张志强，这位是庄明松，我们在网上看到你写的一些文章，想邀请你加入我们文联。"

　　文联是什么东西？我没听过，也不懂。只要不叫我关店，啥都好说。

　　那时，《百岛》编辑部设在老法院院内四楼，编辑部只有两间办公室，一帅一兵，即主席张志强和员工红红。《百岛》杂志一期有 64 页，封面颜色浅淡，画面简洁，中间有彩色插图内页。我的文字居然正儿八经地出现在书页上，一篇《变化》还获了奖。

　　过了不久，主席张志强给我打了个电话，邀我一起去乌镇采风。采风又是什么东西？

　　我坐在车上，看着他们陆续上了车，是一种似曾相识又不熟的感觉，宝宗老师认得我，我却不认识他，红红小声向我介绍着这是春天和阿秀，那个是校长海伟，写诗的，那个叫楠叶……末了，上来一位穿着裙子的高个子女人，穿着平底鞋，长发垂背，说话是一种慢声细语的调，车开时，别人都进入休息状态，她却拿出一本书静静地看了起来。

　　有了《百岛》，我从字识人，有了一群温暖的朋友。明松老师时不时地将手掌当书往眼前一比，两眼一瞪："笺姐，你的文字有突然让人眼前一亮的东西。"是什么东西我不知道，反正和这伙人玩，我忘了生活的艰难与烦忧。《百岛》做媒，我爱这伙人。

　　因为有了《百岛》，我渐渐地发现了自己在文字上的不足。文联给我安排了一对一老师，2018 年我加入了浙江省作协，文字也一步步走向正轨。

　　现在的《百岛》更漂亮了。页数增加到一百页左右，封面是双联的，上联是沉稳优雅的深色调，右下角镂了个香烟壳大小的空，露出下联的名家手笔。轻轻翻开，小说、散文、诗歌、诗词，四大件镇守根基。名家手笔诉尽天南地北，落落大方，道出的句句是精髓，且有校园新蕾，虽童声稚语，却前途无量。取一本《百岛》在手，沉沉的，有岁月的沉淀，更有文学的风骨。

我与《百岛》

王海珍

　　我与《百岛》相识于 2004 年 2 月。

　　大约是听到我不时提起的念想，说怀念在乐清师范时曾编辑的文学社刊物《东塔风》，说怀念那些翰墨香的"豆腐块儿"，说期待洞头也能有这么一处书香地能让我的"豆腐块"作品晒一晒，于是阿兄很认真地阅读了我的随笔集，并从中挑选了一则《远去的故事》，对其进行指点润色……有一天，他把这本蓝色封面的《百岛》笑着递给我，我一阵狂喜，急忙翻看，只见《百岛》2004 年第 2 期（总第 19 期）目录处，赫然写着"远去的故事"。我喜而呆之，而后追问阿兄，这是怎么发表的。他笑着说，他帮我拿去投稿，被采用了。

　　那一刻，仿佛在洞头的某一处也悄然落了我的根，就这样，阿兄为我和《百岛》结下了这场缘。从那时起，我对《百岛》开始有了一种特殊的情愫：仿佛是新交，但它又不认识我，我只是一束在默默期盼它、想阅读它的灯光；但它仿佛又是老友，我知道，那是文字独有的温度，带着阿兄每一次笑着递给我时的宠溺和鼓励，让我对它总是充满了若即若离的感觉……这种滋味儿，就像是初恋的味道，带着心跳的期待。

　　阿兄是懂我的。那疼爱的目光，开始为我搜索各种写作赛事。有一日，他告诉我，文联有一则赛事，以"洞头五岛连桥的巨变"为主题，他笑着让我试一试。我毫无底气，总担心写不出，阿兄却说他也陪着我写一篇，再陪着我一起去投稿参赛。他还说，只要我写出来，无论能否获奖，他都会奖赏我一笔稿费。

　　阿兄这般好，我怎可辜负？带着莫大的勇气，在阿兄对五岛连桥的介绍中，我开始激情澎湃地写了一则《洞头，腾飞的巨龙》。之后的时光，在教案中翻页而过，日子从期待变成了安静，我似乎有些忘记。可有那么一日，阿兄拿着两张证书，笑着在我面前晃了一下，我欢喜地抢过，自己曾经平静的心情再次瞬间被激活。这一次是粉色封面，《百岛》2004年第4期（总第21期）再一次眷顾了我们。阿兄没有食言，他陪着我写的《蓝色恋歌》也刊登于《百岛》上，这让我心生骄傲。可我不愿把这份骄傲告诉他人，就仿佛是一个海盗突然间拥有了一个大宝藏，在仰天大笑之后，独自踏浪而去偷着乐，无比自在。《百岛》，就这样给了我第二次机会。我还是有些不认识它，但它却以最温柔的方式接纳了我，一个心有憧憬、行动慵懒的我。

一直到了我为人妻的2005年，那时我身怀六甲，却意外接到林海玉老师的电话，她是我小学时膜拜的语文老师，不曾教过我。在一次元觉中心校与村小的会议中，身着长裙的她穿梭于我们学生之中，见她长发挽起，优雅脱俗，年幼的我想起了《书剑恩仇录》中的"霍青桐""香香公主"，又觉得林老师与二者也有不相似，于是暗称她为"仙女下凡"。那一天，我接到了林老师的电话，才得知她从教育局转到了文联，听着她那婉转清丽的声音，向我约稿，我诚惶诚恐，就仿佛是一位小学生接到了一份自己喜欢的作业，欢喜应允。《百岛》就以这样一种奇妙的姿势，优雅地与我再次相见。《蝶恋花》便是我在2005年与《百岛》续下的缘。

之后的时光呀，《百岛》与我隔岸相望。我不曾主动渡过河，它亦只渡有心人。2010年的那个夏天，我曾登上望海楼的四楼，望见一幅字画，上面写着"真水无香"，我蓦地就对这四个字产生了欢喜，一种莫名的深深欢喜。同行的朋友告诉我，洞头有一位作家，笔名为"真水无香"，真名为"施立松"，文笔绝佳，或许我可以与其认识，探讨一二。那时的我低头不语，我知道这种可能性何其微小！我认识的不过是一群群无邪的孩子，与他们整日整月整年地栖息于语文课堂。天地如此狭窄，推开这扇窗，去认识"真水无香"？这恐怕是我的单恋吧！

谁知，机缘巧合，2014年的那个秋天，我竟然再次接到了文联电话，当我怀着忐忑和期待，一步步地转过楼道，轻叩那扇门时，我见到了长发飘飘的施姐姐，她莞尔一笑，像极了我自家的姐姐。原来，我曾为之驻足的"真水无香"，就这样微笑地绽放于我的眼前。

我再次惶恐，这么多年，从阿兄手中接过的第一本《百岛》，到如今已是十年之久，斗转星移，世事难料……我早已不是那个缠着阿兄想要知道作品是否发表的少女了。生活的车轮以另一种形式在它碾过的车道上留下了痕迹。有些痛，痛彻心扉，永远不能释怀；有些爱，是永恒，存于星河浩瀚之中，从不曾渺小，更不会离去。

这一次面对《百岛》，我感慨万分，心底生出说不清、道不明的情愫，读着施姐姐赠送的《真水无香》，又多了一份触手可摸的真实感，犹如施姐姐的笑，浅浅的，很温柔，很妥帖，很暖心……仿佛那些失落的文字，又一点一点地捡起来；仿佛少女时寻找的根，又一点一点地开始生长。那时的我，无法预判未来，我不知道后面的故事——竟然会遇见一群女子，和她们一起与《百岛》再续前缘。

直到 2015 年 9 月，月朗星稀，蝉鸣蛙唱。尔玉茶庄，灯光暖暖，几盏清茶，缕缕书香，十余位女子开始踌躇满志地为散文社取名，几番探讨，几处笑语，最后决定，名曰"海霞女子散文社"。为首的是温柔的施姐姐，她似乎从未怒过，声音中总透着的温柔和包容。她以一种上善若水的情怀，把我们这群人轻轻拥抱。从此，笔落处，有归宿，《百岛》的墨香里，多了我们的故事。

慵懒时，一群人在自个儿的微信群里，互相吆喝，彼此鼓劲儿。于是，我们斗志重生，敲击文字；勤快时，发上一稿，彼此评论，直言不讳，砍词砍段，挤兑水分，真心可见。在这里，我认识了莲姐姐。她自然不知，我早在 2004 年第一次接触《百岛》时，就已读过她的《大江东去》。当年就想要与她相识，如今多年以后，竟会因为文字真的相遇，甚是奇妙。

《百岛》就以这样一种神秘的方式，悄悄地连缀着我。宛若深海的珍珠，闪烁着光，在我很想它的时候，它合上了外壳；在我快忘了它的时候，它又意外地出现……它，让我相信了聚散本是缘，且珍惜，且慢行。

我与它，不只是最初的眷念，还有这 20 年来，深埋于心底的爱和期待！

煮字为药

——我与散文社的那些人那些事儿

苫 米

约略记得，2015 年那日，立松姐说县里有一个"海霞女子散文社"，问我是否愿意入社。蓦然间，我也不知从哪儿搜刮来的底气，欣欣然立马前往。

第一次雅集在尔玉茶庄——那是个婉约的地方，琴韵三两声，文章八九篇，清茶十余盏，席间可闻玉石之音。此后，社里常有雅集，或烹茶煮字，同题练手，互刀互砍，情谊拳拳；或于山野海边摆拍，那一群潇潇洒洒的女子，拔一根芦苇，飘一方丝巾，着一袭青衫红袍，笑在风中，亦醉在风中。日子好不畅快，岁月的藤蔓上因散文社的存在，清风徐来，花开如梦。

采风也是常有的。印象中我访过霓屿，走过元觉，写过民宿，为退休老校长、花店女主人、岛外民间游医撰稿。写稿子常有山重水复疑无路之时，好在有"施主儿"不时在群里吆喝，摇旗呐喊，"写呀！写呀……""稿子砸过来呐……"人在一条道上走着，最幸福的莫过于此——有个声音激励着你，有双手推动着你。因此，在声声吆喝中，懒散惰怠的我也曾在《百岛》期刊上，发表了几篇"豆腐块"——《心上秋》《等一座阳台》《那些年》……岛内的征文比赛、2018年参加的每月主题美文大赛也偶有获奖。于我而言，这样的日子，滋味新鲜得像秋天刚挂上枝儿的果子，虽然小小的，却是新结的，多么欢喜。

2019 年年底，命中注定一般，我迎来我的恺，此后沉溺其间，母爱泛滥，不可自制。然而，我的恺语言发育迟缓，三十个月余还未真正开口讲话，至此我尝到人生困顿的滋味。过去的几年，跌过生活的泥潭，尝过至亲的远逝，伤痛之余，惶惶然自觉行至人生路的窄处，便一头扎进为人母的世界里，只因那里虽疼痛，却亦疗愈了我。

去年一日，散文社许久未联系的秀莲姐来电，竟是要送我一套书。这赠书之谊，我受之有愧。不读闲书，不参加社里的活动，未曾动笔留存只言片语，一晃已经多年。在读书面前，一个母亲的忙碌，算不算蠢笨的一种托词？那些年的清风朗月，烹茶煮字，似乎已经沉至记忆的深渊，不复记起。

前几日，秀莲姐发来微信，指出生活中阅读与记录的大意义，读之甚是动容。那时正值午后，初夏的阳光倾泻于校园的屋顶与廊檐，曲折的线条勾勒出阳光的参差明灭，黑与白的铺陈，暗与亮的交锋……蓦地，脑海浮现加缪的话——我并不期待人生可以一直过得很顺利，但我希望碰到人生难关的时候，自己可以是它的对手。如若于烦琐苛杂的烟尘里身无长物，心无寄托，人生何以解忧？何谈与之匹敌？于我而言，阅读可以称为一种，记录可以称为一种。阅读如窗，打开生活的另一种可能，让光进来；记录如舟，可渡己向着心之平和与安宁那方。煮字为药，就让文字成为生活的解药吧，又或许文字本身并不是解药，一段段与文字为伴的旅程，可解心之所惑、心之所困，亦可平心之山海……

每个冬天的句号都是春暖花开。乘文字之船筏，寻找内心不灭的光明。秀莲姐如此说与我。

这便是我与散文社的故事，我平凡生活的一场因缘际会。十年前缘起，种下与文字结缘的种子，不承想，种子竟然抽出了芽，开出了花，照亮了前路。那桃花源般美好的船筏，愿我能从此杖履相从，以勇，以真……

遇见《百岛》

张红红

有的人说遇见一种美好的事物会让人心情愉悦，然而大学毕业的我，来到洞头岛，一不小心踏入了《百岛》这个文学天地，是温暖的，是幸运的。

2006 年 3 月，我来到了县文联，来到《百岛》杂志编辑部。记得门口挂了一个铜牌"《百岛》杂志编辑部"。看着这几个字，我有点心慌，小心翼翼地推开了门。眼前是一位说话温柔可人的老师，披着长发，戴着一副眼镜，笑眯眯地对我说："你是红红吗？听说你是学校英语老师，现在来我们文联了，欢迎你的加入。"从此我成了文联的一分子。依稀记得，小小办公室十几平方米，放了两张桌子、一台电脑、一部电话。桌上层层叠叠的书稿都是手写稿，贴着两色小标签——"待采用"和"已采用"。林海玉主席拿了一本《百岛》给我，我端详着，原来小小的洞头岛也有我们的文学刊物，里面设置了各种栏目：散文广角、小说看台、诗歌牧场等。

就读英语专业的我，毕业后去了杭州《英语画刊》社从事英语编辑工作，后来回到家乡，去了霓南义校教书，辗转到洞头县文联是我没想到的，也许是一种缘分吧。2006 年 5 月，我成了《百岛》杂志的一名编辑，开始组稿《百岛》2006年第二期杂志。

听林主席说，2006 年开始《百岛》改版为综合性文艺季刊，涵盖了文学、摄影、美术等艺术形式，多角度、全方位表现和反映洞头的经济社会活动和人民群众生活。本着"海岛人写海岛事、抒海岛情"的办刊理念，立足洞头，外引内联，书写洞头，宣传洞头，忠实地担负起"繁荣洞头文艺事业，推进文化洞头建设"的一份重任。

刚到文联不久，一日，邱国鹰老师来文联拿《百岛》，瞧见我，说道："哦，文联多了一位新同志，好事情好事情，以后也要多写写文章哦。"这是我第一次这么近距离地看着他，心中澎湃着：今天能在文联见到他，真是太幸福了。记得读小学三年级的时候，邱老的爱人叶明珠老师是我的班主任，我去过她家几回。一次，班级发了邱老师的《狐狸打猎》这本寓言故事。这是我人生第一次读邱老师的作品。每每来到老师家中，都想去拜读邱老师的作品。之前几次去，都未曾见到他，只知道他在楼上案台前埋头写书稿。叶明珠老师特别和蔼，平易近人，经常拿一些糖果给我们吃，还告诉我们多看书，多写字，肯定能写得一手好作文。或许正是那时，我深深埋下了热爱文学的情愫。

后来经过林海玉老师介绍我才知道，原来邱老是文联的主席，心中又对他多了一份敬仰。虽然他退休了，但是他一直关心洞头文化事业，一直默默地关注《百岛》。

2006年10月，张志强主席调入文联，他也喜欢文学，而且是一位寓言写作者，自然对《百岛》杂志特别关注。为扩大《百岛》的稿源，保证杂志能顺利出刊，他一有空，就主动联系我县文艺工作者约稿，或是致电，或是走访，对文艺人才的挖掘更是用心。记得有一回，他在温都博客上发现一位名叫"冷云笺"的女作者，写得一手好文章，为找寻本人，花了不少心思，最后也是几经打听才找到。他积极鼓励她参加县里一些文学活动和采风活动，渐渐地，在张主席的鼓励下，她的文章写得越来越好，并多次获奖，还出版了散文集，最后加入了浙江省作家协会。

张主席不仅对文艺工作者关怀备至，而且把活动也搞得有声有色。他经常鼓励大家多写写，要是某人有一阵子没投稿没写稿了，他就主动联系，了解近况，拿些近期出版的《百岛》杂志，送到其家中。一来二去，这些文学爱好者，又积极投入创作中。为拓宽视野，提高创作热情，丰富文艺作品创作，有时候会借外地作家来洞头的契机，举办一些洞头文艺名家讲坛，并邀请那些"懈怠"的写作者来听听讲座，激发大伙的文学兴趣，并对他们呵护有加。时间长了，大家拧着一股绳，积极性提升了，自然而然积极创作，写了一些作品，投稿发表在《百岛》上。

看着一本本《百岛》杂志顺利出版，他是喜悦的，这对于写作者来说更是一种动力和鼓励，当作者们看着自己的文章能发表在《百岛》上时，创作热情自然也提高了。《百岛》——一个挖掘新人、让新人成长的阵地，书写着洞头日新月异的变化。正是由于广大文艺工作者的大力支持，积极奉献，才有《百岛》刊物的不断发展，日趋成熟。

其间我认识了很多文艺工作者和作家，特别是施立松老师，她是2013年5月调入文联的，之前在文联挂职了 6 个月。她一来文联，张主席就让她负责《百岛》杂志编辑工作，以及收录整理《百岛一望》一书。记得当时正逢洞头建县 60 年，县文联举办了纪念洞头建县 60 周年征文活动，并特地收集整理自 2006 年以来发表在《百岛》上的部分散文作品，编辑出版《百岛一望》。这本书收录整理了一些外地知名作家来洞头采风后创作的作品和本土作者的一些文章，是献给洞头建县六十周年的礼物。这是一件可喜可贺的事情，也是一件令人兴奋的事情。

记得当时我们俩在一间办公室，她时常鼓励我多写，多看书。在她的鼓励和熏陶下，我也时常提笔写作。女子连建连 50 周年时，在施立松老师的鼓励下，我的一篇散文《铿锵玫瑰》获了奖。一日，张志强主席告诉我，邱老问起："《铿锵玫瑰》那文，笔名叫红红的是谁呀？"张主席说道："是我们文联的红红姑娘呀。""哦，原来是她呀，记得嘱咐她接下来多写写，写得不错。"虽然海岛的冬日，风是冷的，但听着这些话语，我的心却是暖的，是雀跃的。

遇见《百岛》，遇见他们，是快乐的，是幸福的。2015 年，我收到温州市作协的入会通知，成了市作协的一员，这也坚定了我的信心。后来陆陆续续写了一些文章并发表于《百岛》、洞头新闻文艺副刊《半屏山》《椒江文学》《海中州》等杂志，并积极参加每月一主题的征文比赛，获了一些奖项。有时候想，自己为什么回到洞头呢？或许是一种缘分，让我结缘《百岛》，和一群爱着文学、爱上写作的人在一起，是何等的快乐！顿时那股暖意，在我的心中久久流淌。

海风轻轻吹着我们的脸颊，夜幕下一群友人手捧着书稿，穿梭在海岛巷口。2015 年 6 月，在区妇联、区文联、区作协的组织下，在林秀莲主席、陈志华主席、施立松老师的吆喝下，我们组建了洞头"海霞女子散文社"。一群爱好文字和有文学激情的人聚在一起，讲讲近期创作的文章，相互切磋，聊起某个问题。施立松老师经常鼓励大家一起写作，激发大家的创作热情，组织散文社成员在工作之余抽时间聚在一起。一有空，她就带领大家去采风，积累创作素材。从交流文字到日常生活，大家就像亲姐妹一般，相互鼓励，渐渐地，大家的创作水平和创作动力也就得到了提高。

充盈，丰富，快乐，温暖。在区作协施立松老师的鼓励下，洞头海霞女子散文社成员们先后加入省、市级作协会员，并在《百岛》《温州文学》《浙江作家》《浙江散文》杂志上专栏刊发文章。这群女子热爱文学、爱好写作，成了洞头最美的一道风景线。区里有任务时，大家义无反顾地分领任务，丝毫没有推脱，相继出版《德行洞头》《彩虹飞跨状元岛——元觉走笔》《洞头旅游发展三十年》《向春天》《甲子芳华霞满天》等等。

璀璨的灯火照亮海面，星光点点，犹如宇宙一颗颗星辰。我常常想，一本书、一群人、一座城，和对心中那块文学田地的深深眷念，像一双无形的大手，将我置于洞头岛的清晨和黄昏。转眼就是十几年，一波领导调任，又来了新的一波领导，然而《百岛》文学的沃土是不变的，它根植于洞头文学爱好者，滋养一群人，培养一些人，为海上花园百岛洞头贡献自己的文艺力量。

时光在琴键上滑过，春天踏着美丽的舞步转身离去，夏天以其灿烂的微笑、阳光的脸，在浪花的簇拥下，迎来了《百岛》第 100 期。在你的茶余饭后有兴致翻翻这期《百岛》，呈现于你眼前的可能是别样的风景。《百岛》走过的每一个深深的脚印，无不浸透、凝聚着洞头广大文艺工作者的汗水和心血。感恩遇见这份美好，感恩遇见《百岛》。

众人行远

张丽珍

　　"施扒皮"松姐又来催我了："妞，'我与《百岛》的故事'你也写一篇吧。"想了一下，我与《百岛》能扯上故事，缘于我跟上"一群人"的脚步。

　　十几年前，我的状况与今天很像，也是刚生完娃，娃娃两岁多，又换了新学校，又带毕业班。我面临着诸多的挑战，每天忙得焦头烂额。文字、文学于我都是遥远的记忆，已经成为奢侈品。

　　还记得，读大学那会儿，我也是经常在温州师范学院的《师院报》上发表"豆腐块"的。刚搬到茶山新校区第一个月，全院征文大赛，以"八月"为主题，最终我凭借一篇《桂花香》拿到了唯一的一个一等奖。我想可能因为我是在轰隆的机器声和黏腻的泥土路上闻到了校园桂花香。那时，年轻，有闲没钱，一个人偶尔玩点文字，宣泄青春，赚点零花钱。

　　工作后，强大的工作压力和烦琐的工作任务扑面而来，最多的时候，每周要上 24 节课。24 节课是什么概念，一周的满工作量通常是 10—12 节课，再加上跨年段教学任务和班主任工作。每天要六点起床，教师宿舍外直接接盆水，擦把脸，洗面奶、护肤品全免了，直奔学生宿舍。因为六点半学生要起来晨跑了，我要去督查了，有时心血来潮，也要跟着孩子们跑一跑。九点半晚自修结束，有时还得跑趟学生寝室，看看自己班的孩子睡了没，有没有在整啥幺蛾子，有时还要去校外街上、网吧看看，有没有孩子还在吃夜宵，有没有偷偷喝酒、上网打游戏。然后回寝室备个课、洗洗刷刷又十二点了……

　　整整五年，未留下只字片言。

　　后来工作调动，结婚，生娃。女儿两周多的时候，先生组织了"带着孩子去行脚"的活动。每个周末，年轻的爸爸妈妈们带着孩子们到家乡的各个村落、景点游玩。为了记录孩子成长的点滴，我把每次行脚的经历都记录在微信朋友圈。

不久便收获了一批圈里粉友，在我微文的感染和宣传下，加入"行脚"的家庭越来越多。规模最大的一次是去脚桶石公园，有十几个家庭。一群大人陪着孩子们在山野间疯跑、嬉闹，跑着跑着跑出了对自然的亲近，跑出了和谐的亲子关系、健康的体格、开朗的性格、温暖的情谊……

而我，写着写着，对文字的感觉慢慢复苏了。那段行脚的时光，是孩子们成长的时光，也是我的文字重新发芽的时光。就像埋在石缝间的那颗种子，突然就逢了点雨露，又萌了芽，一片嫩芽探出来，光便跟着进来。

后来我将行脚的日记整理成文章，《竹屿岛行纪》《行走》均发表在了《百岛》。

2015 年，女儿三周多的某一天，先生回来说："县里准备成立个海霞女子散文社，你有没有兴趣加入?"在先生的支持和鼓励下，我就那么有点胆怯又有点兴奋地加入了。

领头的松姐是我们的"社魂"，各种雅集安排、名家对接对话、文章点评都是她在操盘。每回听她用独有的温温哝哝的"洞普"跟我们娓娓道来时，我都像没见过世面的孩子。

一群姐妹们，定期雅集、采风、向名家学习、征文、写同题文、摆态、徒步……我们一起探讨人生，探讨春天、秋天，探讨民俗……我的文章《秋天的老屋》《春天，一只鸟跌落》《一棵树》《探秘瑞安寮》《番"俗"》《花间记》《身不由己》等，才陆陆续续出现在《百岛》上。后来，又有了我们的散文合集《向春天》，我也出了我的个人散文集《半间花房》。

特别感谢这一群人，没有一群人的助力，也许我还只是那个忙于工作囿于家庭的我。加入散文社的这十年，是收获的十年，更是快乐的十年。

一个人，可以走得快；但是一群人，才能走得远。

我要紧跟一群人的脚步，不能落下，不能落下。

知遇"石鸟"

陈海舟

初见"石鸟",《百岛》杂志是我入行的"见面礼"

第一次见《百岛》刊物,是在同事楠叶的桌上。

当年局域网络兴盛,在浙江省税务内网的文苑,诗词歌赋,你方唱罢我登场。在温州地区派系,我"小荷才露尖尖角"和鹿城的同行一起,跟其他县市区税务系统的"文酸坛寇",连续半月文斗几十回合,让他们吐槽"温州人携皮包,有财,没才"。随后,又在市局110税务系统网做了文学天地版主,日渐显山露水。

当时,楠叶在市局颇有名气,有个"文人"的头衔。2007年,我调动到洞头,楠叶积极动员我加入诗协,我才知道他是诗歌协会主席,及时吸收和发展会员是他撑起诗歌协会最大的动力。"跟我们一起玩吧。周末有采风,有诗歌品读、鉴赏,你也不会无聊和寂寞。"我问:"诗协是作协里的吗?"他笑着说:"是两个协会。"我有点疑惑和不理解。他抓起桌上的杂志一扬:"喏,给你的'见面礼',看看我们《百岛》的水平,不差的。"我一瞅,说:"这不是石鸟吗?!"那两个字越看越像行书的"石鸟"。

我翻了翻《百岛》,陌生人名十有八九。破天荒发现在诗歌报论坛和先锋论坛上经常活跃的"沙之塔",竟然是温州洞头的。顿时,亲切感随之而来。当时我是论坛版主,可以看IP,特别留意我们温州的人,但从没联系过他本人。从网络的遥远到现实的亲近,原来只隔着一张纸的距离。

2009年,汶川举办了"5·12"汶川特大地震纪念活动,我和沙之塔在活动广场见面。沙之塔带了他的好友参与了诗歌协会组织的这一场活动,分发文联出刊的书籍和他们蓝土地出版的书,看着他们在签名,我心生羡慕。我真的很想和他们一样，能够出版一卷属于自己的诗集。

这次的纪念活动，我从被动到主动，组织、参与了整个过程，从后台跨上了朗诵的前台。我感受到诗歌不再是幽怨的、自私的感叹；它是力量的呐喊，是热血，是激昂而慷慨的斗士号角。

自此，我越发积极参与其中，把每一个会友当作自己的家人，组织了多次诗歌活动。没有经费就自己掏，没有活动地点就设在自己家中。我的诗歌创作水平也随着水涨船高，我创作的诗歌越来越多地出现在《百岛》上。

当了诗歌协会副秘书长后，组织活动多了起来。我也因缘踏入文联。当时文联办公室在县府内，第一次因公务去联系时，接待我的是张志强主席。由于张主席也时常参与诗歌活动，我对他并不陌生。

投石问"鸟"，短篇小说《那山那水那人》："浮出水"

从拓展视角与外界对接后，我不再满足于在系统内"游泳"，也不再因担任网络《阿毛税务论坛》文学版主而沾沾自喜。通过在文联这个平台信息与外面对接，以及参加各种采风与交流活动，尤其是通过一期期《百岛》名家大作的阅读，让我看到了网文与文学的差距，知道了自己的短板。我默默记下了邱国鹰、施立松这两个经常在《百岛》出现的名字。

我当时混迹于论坛，诗歌的文风大都浅显。为了写好诗歌，必须要有扎实的文字功底。我开始阅读名篇，埋头练习写作，想突破诗歌局限于情感的瓶颈；学一学，测一测，写长文章到底需要多少底气。于是，尝试短篇小说《那山那水那人》的写作。

其间，恰好文联组织去丽水采风，我有幸向单位请假后参与。一回来就写了《雪花漈》，草草地交了诗稿。为了标新立异，我还特地写了几首古体诗。其中一首《油菜花开》（春风纤指亦疏狂/笑引蝶蜂过矮墙/农父自嘲春睡短/醒来花事已千行）被同行挂到了市局网络上。我觉得其有点肤浅，不敢交稿给《百岛》。

写诗不需要太多时间，有时灵感一来，一蹴而就；想写好，有点难。诗歌流派太多，各执一词；仁者见仁，智者见智，没有一个特定的"标准"。而文章就不同了，尤其是散文，构思、布局很考验一个人驾驭文字的功底。看着一同外出采风的"施主"，洋洋洒洒的一溜文章，有点汗颜。我和沙之塔觉着，光写诗也对不住张主席的一片盛情，他除了写诗以外还特地写了一篇《大均漂流记》发给我看。我也赶鸭子上架，写了几篇文章——《墟歌》《千峡走马》《大均之"漂"》。对比自己掐头去尾的文章，又看看张主席给我看的几篇稿子，失去了修改的耐心，借口工作太忙，只好扔下作罢。临阵磨枪，那水平怎么出得来？何况，我这把枪还是生锈的。去了几个地方只交了一首诗，感觉有点说不过去。张主席问："小说缺刊，你有吗？"我赶紧顺着这个台阶，回办公室打出来一叠稿子送了过去。

第二天，张主席来电说，稿子有几处不行，要改，改好后让送到老法院的那幢楼上去，文联在三楼。

区府和文联离我家都很近。那天的路感觉好长啊，我低着头，有点挫败感，第一次感觉到自己写的文字不行。同样是文字，难道一个做文秘的连文章也写不好了吗？

看着改动的地方，我细细品来，还真是那么回事。我所接触的税务专业公文以及所撰写的论文、信息、报道和文学根本不能相提并论。再改，再改！最后《那山那水那人》艰难登场。然而，这也给我敲响了警钟。我不得不去思考，如何把文章写好。

张主席告诉我，最后一稿是编辑看的，我才知施立松是《百岛》的编辑。三稿拉锯，勉强过编辑"施主"的法眼。我想起在丽水采风时，大家一起玩、一起在古屋门前拍照的，原来是那么斯斯文文的一个人，一点架子都没有呢。这一次试水小说，我抱着"摸着石头过河"的心态，投石问"鸟"。拿到了纸刊，我如释重负，双手把"石鸟"捂得紧紧的，生怕它飞了。

"石鸟"先飞，施扒皮一路催我上阵："你行的"

每次翻阅《百岛》，搜寻最多的，不是邱老的文章，就是施立松的散文。

散文形散神聚、意境深邃、语言优美，我逐渐被它的独特魅力吸引。它不像小说那样虚构故事，而是记录了生活中点滴的真实细节；它像一面镜子，映照出作者的心灵世界，这种真实性最能让人产生共鸣，最能让人感受到文字的力量。看欢喜，看摸叶子，看水故事，那里的一颦一笑都牵动着我的心。

不管有没有我的文章，都能要来一卷《百岛》，这是作协会员的福利。那种自豪，那种喜欢，是喜不自胜的。一来二去，手中的"石鸟"多了，时常翻看，便成了生活中的琐事一桩。不知不觉，我用心地学写起散文来。

2013年在作协成立大会上，我正式归入作协门下。由诗协入作协，我开始了"两栖生涯"：一边写诗，一边写散文。我的散文相继出稿，包括《看！那沿溪的绿柳成行》《孤独，思想者的沃野》《五凤街雨·润如酥》《新疆纪游》等，越来越多的铅字出现在《百岛》。感觉相比之下，诗歌那样的"豆腐块"分量要轻得多。写散文，最考验人的意志。

"你可以的。你就是懒嘛！"我每次都这么被立松打了鸡血，于是就不知天高地厚起来，写，不停地写。有时候写泄了气，又一次次被她哄着上道。

管他呢，有写总比没写好吧。我也只能像老驴拉磨一样，挤出一块块豆腐干，乃至裹脚布。自始至终就为了一句"你行的"，年年月月一再地被勉励。

2014年某日，邱老师在温州举办新书发布会，立松买了一束鲜花带着我一起前往祝贺。那天，我真真切切地认识到了邱老的儒雅，想不到百忙之中的邱老听了立松的介绍后说"我知道，你进步很快"。我这等芝麻粒的小人物，邱老也关注到了，我受到莫大的鼓舞。

我猜测，邱老与文联肯定有什么交情。这个谜最后解开了。邱老的《文旅20年》中有关两家民宿的采访稿是他让我练笔的，在交代任务时我听同仁讲起，邱老是文坛泰斗，是老一届的文联主席。渊源原来如此之深，怪不得他对我们晚辈的关切之情溢于言表。这年，几篇练笔《花田花地花岗》《扛着音乐行走的民宿》《被岁月凝望的琥珀》，不仅上了《百岛》，还纷纷获奖。

"石鸟"展台，"女子散文社"且待小僧"伸伸脚"

2015年6月散文社成立，我成了一名铁杆粉丝。散文社有施立松，妇联有林秀莲，她们双向联合，激发了大家挥笔创作的激情。有了《百岛》这块园地，散文社开枝散叶。我们殷切期待形成自己独特的风格来。

原来一直在"石鸟"拉练的一群人，几次冲出了圈外，去市里其他区县采风、交流。"石鸟"也因为有了女子散文社的加入而变得更加热闹和多姿多彩。

2016年是最具转折性的一年，我担任了作协的秘书长。文联联动其他相关单位采写美丽乡村创建，风风火火，作协先行顶在了前沿。密切的关注使得我与"石鸟"更加惺惺相惜，后勤服务更加上心。每期争取上稿，不敢在"石鸟"落单，以示我不断在努力学习进步。这一年，我荣获了文联先进成员。

2017年每月擂台赛，我频频获奖，《百岛》连续刊登，我信心爆棚。女子散文社创作的作品因被《百岛》和宣传媒体推介而受到了更多的关注和影响。社员们逐渐展开了羽翼未丰的翅膀，在《百岛》散文角占据了大量的篇幅。一篇篇文章在删删改改下日渐成熟起来。

每回采风、雅集、写作同题，女子散文社会员的一句口头禅是："真会扒！"一个个有潜力的会员，只要被立松瞄上，被"扒"是肯定的。摧"扒"得狠了，她也忍不住自嘲地笑笑："谁让我是施扒皮呢。"大家实在不忍心拒绝这么一个贴心贴肺拉着你，陪你，指点你上道的人，每期都会完美地交卷。

多年催"扒"之下，效果显现出来了，一个个会员陆续升级省、市级作协会员，甚至全国作协会员。2017 年，我也荣幸晋级为省作协会员。

2019 年我与陆春祥老师的结对，是人生写作路上一抹高光。我筛选了《百岛》刊出的文章，收录成集，完成了人生第一本书卷——《被岁月凝望的琥珀》并出版。散文社共九人出版了自己的书，迎来了创作丰收的鼎盛时期。

知遇《百岛》，自己成为写作的主角。自此也改变了我在合集中配角的命运。

《百岛》缘

施立松

之前，我似乎从没想过会与文学结缘。

我出生在偏僻的海岛渔村，村里只有七座石头房，十几户人家，百余号人，村人以打鱼为生，生活贫瘠而艰辛。因为父亲患肝癌早逝，我那本就贫困的家，再经重病"洗劫"，更是家徒四壁。我平生最大的愿望是跳出渔门，有一个旱涝保收的"铁饭碗"。初中之前，我甚至没有好好地看过一本课外书，家里唯一的藏书是《毛泽东选集（第五卷）》。后来我考上卫校，所学的医疗护理专业，与文学相去甚远。参加工作后，在医院当护士，也跟文学八竿子打不着。

我与文学结缘，"媒人"是邱国鹰老师和他主编的《百岛》。

2003年，我被抽调到县"三个代表"办公室。办公室设在宣传部会议室，隔壁是县文联。县文联有本文学刊物《百岛》，我虽有耳闻，却没有读过。有一天，工作之余，在宣传部的阅读栏里找书看，第一次看到《百岛》。读着书中那些洞头名家的文章，倾慕之余，竟感觉类似的经历我也有，我好像也可以写一写，但也没想到要投稿。

当时文联办公室总关着门，后来一问才知，文联主席是区人大常委会副主任邱国鹰兼职的，不在文联坐班。一日，我写了一篇小文，顺手打印一份，悄悄地从文联办公室的门缝里塞进去。这是我平生第一次投稿。这种投稿方式不敢说绝无仅有，但也足够独特。事后想想，如果当时文联有人在，估计我也没有勇气投稿。过了一段时间，差不多忘记这事的我居然收到一本崭新的飘着油墨香的《百岛》，上面有我的那篇小文。

不久，就在文联办公室见到了邱国鹰老师。那些年，总在不经意间读到邱老师写的不少寓言故事和民间故事，对这个近在身边的作家，早就心向往之，见到他本人时，我激动得有点语无伦次，实在没想到邱老师是那么平易近人，又幽默风趣！跟邱老师聊了什么，已经不记得了，只记得他说："多写写，你文笔很好！"这对我而言，真是莫大的鼓励！

不久，邱老师又选编了我的一组小文，以"施立松散文小辑"为题，刊发在《百岛》上。我记得是《桂香千千遍》《母亲的长发》《小村后垄》等文，文章很稚嫩，好煽情，邱老师说，有一篇文章，拿掉又放上，放上又拿掉，反复几次，最终决定放上，是因为小辑里刚好凑齐四个主题：亲情、乡情、友情、爱情。宣传部的陈小微说："读了你的文章，都哭了，好感动。"我心下惭然。

邱老师经常会把洞头的文学青年召集起来，喝喝茶，聊聊文学。一群文青在一起，总有说不完的话，我是个内向的人，每次聚会，都怯怯地坐在一旁，听他们高谈阔论，心里无比羡慕这些才气纵横又能说会道的朋友。有共同爱好的人在一起，"相视一笑都会心一些"。

同年，邱老师主编了"蓝土地文库"第一辑。邱老师让我校对其中一本"文学名家写洞头"的专辑《海上仙山》，看舒婷、叶文玲等名家写洞头的锦绣文字，我读得满心欢喜，深深折服。书籍出版是何等重要的事，我生怕自己水平不够，不能完成校对任务，愣是把这本书逐字逐句、认认真真看了三遍。

第二年春天，邱老师又把我们几个文青召集起来，说"蓝土地文库"要出第二辑，让我也出一本。怎么可能！我第一感觉是不可能！想了想还是觉得不可能。虽然平时喜欢写点东西，但那些小玩意难登大雅之堂啊！邱老师说："那你先整理一下旧稿，再抓紧时间写一些，实在不行，就两个人出合集。"

此后，邱老师隔几天就会打电话，问问我写得怎么样，鼓励我好好写，弄得我不写都有点不好意思。再后来，他看了我的文稿后，觉得差不多可以单独出一本，让我再加紧写几篇。他还从我的文稿中选了一些，登在《百岛》。就这样，我的第一本书《真水无香》在邱老师的"催生"下出炉了！而书中的所有文章，几乎都在《百岛》上亮过相。

《真水无香》的出版，仍然没有给我跟文学搭上边的感觉。那些年，生活工作压力极大，每日里蝇营狗苟、疲惫不堪，只有邱老师召集我们这些文青聚会时，才会发现自己离文学越来越远。邱老师当时是洞头县旅游顾问，在旅游局上班，为洞头望海楼重建费尽心力，事必躬亲，非常忙碌，却创作了很多作品，也获得了许多奖，寓言类的、散文类的都有。但邱老师始终没有放弃我们，他总是尽可能找机会让我们写起来，聚起来，我们戏称他是洞头的"文学泰斗""望海楼之父"，虽说是"戏称"，却是我们实实在在的心声。他在《百岛》上也给我们足够的阵地，让我们的文字得以见天日。

2006 年，张志强主席调到文联，《百岛》编辑工作由他负责。我那时很少写稿，倒是看他们在博客上玩得很欢，"东伯十二妖"很是出名，每每在《百岛》上读到他们的文章，都能感受到他们的快乐，他们才华横溢，让我自愧不如。

2009 年，我开始用心写作，在全国各级报刊上发表作品，邱国鹰老师和张志强主席多次给予我鼓励，并让我申请加入省作协。我填好申请表后，想请邱老师当推荐人。邱老师仔细地看过我的申请表，觉得关于创作成果那一块条理不够清楚，说，我得让评委一目了然。他建议我将创作成果分成报纸类、杂志类、获奖类来填写，再附上详细清单。我很是感动，没想到邱老师这么用心。2010 年，我如愿加入省作协，邱老师很高兴，自掏腰包请我们几个文友去吃了一顿海鲜大餐。后来我加入中国作协，第一时间打电话告诉邱老师，与他分享我的喜悦，邱老师在电话那端连声说好。他总是用心寻找洞头的文学新人，只要发现苗子，他便千方百计找来，在《百岛》上为新人留下一席之地。这么些年，几乎洞头的每一个文学爱好者，都是邱老师一手培养出来的；几乎洞头的每一个文学爱好者，都是从《百岛》起步的。这些年，洞头有二十多个作者加入省作协，中国作协会员达六名，各级报刊上也频频出现洞头作者的身影，"海岸线诗群""海霞女子散文社"等群体创作十分活跃，《百岛》功不可没。

邱老师常说，一个地方，行政长官只能有一个，但作家可以有很多。所以，洞头的文学氛围很好，没有什么文人相轻之类的龌龊。一个只有十来万人的小县（区），能有这么好的文学氛围，都是因为有邱老师的引领，有邱老师作为榜样，而《百岛》也是不可或缺的存在。

2012 年，我被调到区文联工作，编辑《百岛》是我最主要的工作之一。

向《百岛》投了十年稿后，居然成了《百岛》的编辑，真是没想到啊。从普通投稿者到编辑，我懂投稿者的心思，也深知发表对于初写者的意义。

《百岛》的用稿宗旨基本上是"洞头写"和"写洞头"，就是基于要为洞头广大作者提供发表展示的舞台。《百岛》的封面、中心彩页、封三，也均刊发洞头美术、书法、摄影、音乐、民间文艺等艺术门类的作品。

因为坚持"洞头写"，所以组稿一直是《百岛》的难题。洞头人口少，作者相对也少，主动投稿的不多，每期组稿，我都要在 QQ 群和后来的微信群里发组稿通知，再看区里近期有没有相关活动，活动中有没有可挖掘的新人新作。我还要给几位重点作者单独联系催稿，久而久之，就有人笑称我为"施扒皮"。诗歌、散文、诗词稿件相对容易组稿，因为诗歌有区诗歌协会定期举办的"诗歌沙龙"托底，散文有"海霞女子散文社"供稿，诗词也由区诗词协会的时任会长苏淑娟和林振文会长组稿，他们每次都认真负责地把稿件收集并修改好，直至能够直接上刊。组稿难点是小说。洞头的小说作者实在太少了，叶海星老师算是供稿较多的作者。当时也考虑用一些外地作者的优秀作品，跟邱国鹰老师商量，邱老师说，意义不大，还是给洞头本地作者提供发表平台更为重要。

为组"写洞头"的稿件，区文联开展了"全国散文名家写洞头""望海楼杯全国海洋诗歌大赛""小众杯散文诗歌大赛""中国诗歌之岛""每月一主题美图美文大赛"等活动，使"写洞头"这个版块的"货源"十分丰富，质量也有保证，同时也对宣传洞头、增强洞头的美誉度，起到了积极的作用。

不知不觉，《百岛》已经出到第100期了，而我也退休了，但仍负责《百岛》散文版块和校园文学版块的编辑工作，不胜荣幸，更甘之如饴。